W0405991

APRIL DAWSON

Dare to Stay

APRIL DAWSON

DARE TO *Stay*

ROMAN

LYX

LYX in der Bastei Lübbe AG
Dieser Titel ist auch als E-Book und Hörbuch erschienen.

Die Bastei Lübbe AG verfolgt eine nachhaltige Buchproduktion.
Wir verwenden Papiere aus nachhaltiger Forstwirtschaft und verzichten darauf, Bücher einzeln in Folie zu verpacken. Wir stellen unsere Bücher in Deutschland und Europa (EU) her und arbeiten mit den Druckereien kontinuierlich an einer positiven Ökobilanz.

MIX
Papier aus verantwortungsvollen Quellen
FSC® C014496

Originalausgabe

Copyright © 2022 by Bastei Lübbe AG, Köln

Textredaktion: Silvana Schmidt
Covergestaltung: Sandra Taufer, München, unter Verwendung von Motiven von Shutterstock (© Simon Dannhauer / © TierneyMJ / © Zakharchuk / © tomertu)
Satz: Greiner & Reichel, Köln
Gesetzt aus der Adobe Caslon
Druck und Einband: GGP Media GmbH, Pößneck

Printed in Germany
ISBN 978-3-7363-1495-5

1 3 5 7 6 4 2

Sie finden uns im Internet unter: lyx-verlag.de
Bitte beachten Sie auch: luebbe.de und lesejury.de

Liebe Leser:innen,

dieses Buch enthält potenziell triggernde Inhalte.
Deshalb findet ihr auf der letzten Seite eine Triggerwarnung.

Achtung: Diese enthält Spoiler für das gesamte Buch!

Wir wünschen uns für euch alle
das bestmögliche Leseerlebnis.

Eure April & euer LYX-Verlag

Für alle,
die es wagen, für die Liebe einzustehen

PLAYLIST

The Lumineers – Ophelia
Young the Giant – Cough Syrup
Halsey – Bells in Santa Fe
Yongzoo – Maze
Alec Benjamin – The way you felt
Heize, Kim Feel – The Walking Dead
Adam Chance – Song for Home
Kacey Musgraves – Simple Times
Declan J. Donovan – Perfectly Imperfect
Lady A – Ocean
Rascal Flatts – Bless the broken Road
Thien – i try to smile
AILEE – Make up your mind
Heize – On Rainy Days (2021)
BTS, Steve Aoki – The Truth Untold
Oasis – Wonderwall
Jooyoung – Here we are
Ed Sheeran – Cold Coffee
Halsey – Girl is a Gun
Kacey Musgraves – Good Wife
Key, Taeyeon – Hate that …
B.I. – Illa Illa
ONEWE – Rain to Be
Tod Odell – Heal

PROLOG

»Du bist ein Held.« Das waren die ersten Worte, die ich hörte, als ich wieder einigermaßen klar denken konnte. Ich blinzelte, sah den Mann an, der mir gegenüberstand und geduldig auf eine Reaktion meinerseits wartete. Alles an ihm vermittelte Wohlstand: die Designerklamotten, die er trug, die teure Uhr an seinem Handgelenk und Markenschuhe, die genauso glänzten wie seine Rolex, die sicherlich ein halbes Vermögen gekostet hatte. Er und ich hatten nichts gemeinsam außer dem traurigen Zug um den Mund, den erschöpften Augen und dem Umstand, dass wir beide dabei hatten zusehen müssen, wie die Frauen, die uns die Welt bedeuteten, verletzt wurden.

»Bin ich nicht. Ich habe nur versucht zu helfen.« Meine Stimme hörte sich fremd und kraftlos an, spiegelte wohl exakt die Gefühle wider, die mich gerade überfluteten.

»Du hast es nicht nur versucht. Du hast uns gerettet.« Verlegen blickte ich auf meinen Becher mit dem fad schmeckenden Krankenhauskaffee, da ich seinem Blick nur schwer standhalten konnte. Ja, ich und meine engsten Vertrauten, die eher wie Geschwister für mich waren, hatten ihn und seine Frau vor einem Raubüberfall gerettet, doch die Situation war eskaliert.

Ich glaubte die Situation im Griff zu haben, doch alles ist mir entglitten und Menschen sind zu Schaden gekommen. Nun lagen seine Ehefrau und Quinn verletzt im Krankenhaus, die Schuldigen hatten jedoch entkommen können. Ich hatte alles aus dem Ruder laufen lassen und das Leben meiner Familie riskiert und das nur, weil die Frau mit ihrem Schrei mich in die Vergangenheit katapultiert hatte.

»Wieso fühlt es sich dann so an, als hätte ich versagt?«, flüsterte ich kaum hörbar, da der Umstand, dass meine kleine Quinn verletzt wurde, einzig und allein meine Schuld war. Dass ich diese Unsicherheit aussprach, wunderte mich selbst. Es fiel mir nicht leicht, anderen Vertrauen entgegenzubringen. Zu oft war ich enttäuscht oder im Stich gelassen worden, also hatte ich mir eine dicke Haut zugelegt und behielt meine Sorgen in der Regel für mich. Doch als ich den Blick wieder nach oben gleiten ließ, sah ich in den Augen von Griffin Millard nur Verständnis und etwas, was ich nicht ganz deuten konnte. Es sah beinahe aus wie Wärme. *Aber wieso sollte ein Fremder mich so ansehen?* Ich war ein Junge von der Straße, dem niemand eine erfolgreiche Zukunft voraussagte. Es wirkte so, als wüsste er genau, was in mir vorging. Vielleicht war das auch der Grund, weshalb ich mich ihm öffnete.

»So, wie ich das sehe, hätten meine Frau und ich weitaus mehr als unsere Portemonnaies verlieren können. Hättet ihr uns nicht geholfen, würden wir jetzt gerade ums Überleben kämpfen oder bereits in der Leichenhalle liegen. Durch deine Hilfe konnte Schlimmeres verhindert werden.«

»Wer weiß«, murmelte ich und blickte an ihm vorbei zum Kaffeeautomaten. Einem Erwachsenen in die Augen zu sehen, war für mich schon immer ein Problem gewesen. Jedes Mal, wenn ich es tat, hatte ich das Gefühl, dass dieser Jemand dann bis tief in meine Seele blickte. Dinge erfahren konnte, die ich noch nicht bereit war preiszugeben.

»Auch wenn du anderer Meinung zu sein scheinst, hast du Mut bewiesen und dafür danke ich dir.« Er reichte mir seine gepflegte Hand, die ich aber nur anstarren konnte. Weder in der Einrichtung für Jugendliche noch in der Schule hatte mich je jemand als Gleichgestellten behandelt. Überall war ich das arme Waisenkind, das keine Familie hatte und nur mit wenigen Menschen befreundet war. Mitleid war während meines ganzen Lebens mein ständiger Begleiter. Für viele waren Personen wie ich ein Schandfleck des Systems, Jugendliche, aus denen nie etwas Vernünftiges werden konnte. Jugendliche ohne Eltern, die dazu verdammt waren zu scheitern. Niemand gab uns eine Chance oder nahm sich die Zeit, uns wirklich kennenzulernen. Doch dieser Fremde tat es. Ich fühlte, dass er anders war. Als er einen Schritt auf mich zuging, schüttelte ich seine Hand und nahm seine Dankbarkeit an. Ohne zu wissen, dass dies bald mein Leben verändern sollte.

Vier Wochen nach dem Überfall hatte ich nicht mehr das Gefühl versagt zu haben. Im Gegenteil: Ich betrachtete es eher als Schicksal, dass wir zur rechten Zeit am rechten Ort gewesen waren. Dass es uns bestimmt war, die Millards zu retten. Quinn war mittlerweile wohlauf und nur eine Narbe war geblieben, die durch ihre Kleidung verdeckt wurde. Was uns außerdem erhalten blieb, waren die Millards selbst. Aus Dankbarkeit und stundenlangen Gesprächen unter uns entstand eine richtige Freundschaft, die ich so noch nie erlebt hatte. Auch wenn das Paar mehr als doppelt so alt war wie wir, hatten wir das Gefühl, als würden die beiden Quinn, Hayden und mir auf Augenhöhe begegnen. Und dafür war ich ihnen überaus dankbar. Zum ersten Mal hatten wir jemanden an unserer Seite, der uns zuhörte und sich wirklich für uns einsetzte.

An dem Tag, an dem sich für uns alles verändern sollte, war der Tagesablauf wie immer. Die Schule und die Leute dort nervten, die Hausaufgaben häuften sich, und die Zeit zog sich wie Kaugummi. Zum Glück fiel an dem Tag das Footballtraining aus. Dieser Sport hatte mich ohnehin nicht mehr interessiert, da die Band einfach Vorrang hatte. In meinen schlimmsten Momenten war es die Musik, die mich rettete und davor bewahrte durchzudrehen. Um sechzehn Uhr kamen wir gut gelaunt in der Einrichtung an, als uns die Heimleiterin, Mrs Fine, zu sich rief.

Ich überlegte fieberhaft, ob ich etwas angestellt hatte oder ob es etwas mit Quinn und Hayden zu tun hatte. Doch auch die beiden sahen mich verblüfft an und konnten sich wohl keinen Reim daraus machen, was vor sich ging. Normalerweise wurde man nur dann zur Heimleitung zitiert, wenn etwas nicht stimme. Wir betraten das Büro, wo wir Eve und Griffin vorfanden, die mit strahlenden Gesichtern neben der Leiterin standen.

»Nehmt doch Platz«, wies die Leiterin uns an, und wir taten wie verlangt. Sie griff nach einer Akte und sah mich direkt an.

»In dem letzten Monat seid ihr drei regelrecht aufgeblüht, was ich wohl auch dem Kontakt mit diesen lieben Menschen zuschreibe.« Sie wusste, dass wir uns mit ihnen trafen, und befürwortete es, nachdem sie ein Gespräch mit Eve und Griffin geführt hatte. Auch wenn ich schon achtzehn war, war die Leiterin bis zu meinem Schulabschluss mein Vormund.

»Ihr wart hier immer die Vorzeigekinder. Trotz aller Steine, die euch in den Weg gelegt wurden, habt ihr einander gefunden und seid zu wunderbaren jungen Menschen herangewachsen. Das macht mich unsagbar stolz.« Mrs Fines Augen wurden glasig, als sie sich erhob und mir und Hayden jeweils eine Hand auf die Schulter legte, ehe sie Quinn in eine feste Umarmung zog.

»Ich wünsche euch alles Glück der Welt«, sagte sie, als sie sich schließlich von ihr löste und sich dann wieder zu den Millards umdrehte, die ihr zunickten. Fragend blickten wir zwischen der Leiterin und dem Paar hin und her, da wir noch immer nicht wussten, was vor sich ging.

»Sagt Hallo zu euren zukünftigen Adoptiveltern«, sagte Mrs Fine ergriffen, woraufhin unsere Augen sich weiteten. Es passierte in dieser Einrichtung äußerst selten, dass Teenager adoptiert wurden. Niemand wollte fast erwachsene Kinder mit harter Vergangenheit aufnehmen und ihnen ein Zuhause schenken. Und doch standen sie hier und sahen uns voller Mitgefühl und Freude an. Wir verstanden die Tragweite erst, als Eve auf uns zukam und uns in eine Gruppenumarmung schloss.

»Es wäre uns eine Ehre, wenn wir eure Eltern sein dürften«, flüsterte Eve und löste sich nur widerwillig von uns. Eine Träne kullerte über ihre Wange. In meiner Brust breitete sich eine Wärme aus, die ich so noch nie gespürt hatte.

»Was?«, fragte Quinn, doch Eve und Griffin nickten nur und dann wurde es uns fast gleichzeitig klar.

Wir wurden adoptiert.

Wir würden nun Teil einer Familie sein.

Danach war der Raum erfüllt von Tränen, Lachen und Glück. Ich war der Letzte, der zu Griffin kam und ihn fest in den Arm nahm. Auch Griffin hatte feuchte Augen und blinzelte. Ich spürte das aufgeregte Klopfen meines Herzens. Denn mir wurde klar, dass ich nun jemanden an meiner Seite hatte, der mich tatsächlich in seiner Familie wollte und an mich glaubte.

»Ich danke euch«, murmelte ich an seiner Schulter und konnte immer noch nicht fassen, das dies hier wirklich geschah.

»Es ist mir eine Ehre. Ich bleibe dabei, wenn ich sage, dass du mein Held bist, Ian.« Um nicht in Tränen auszubrechen, drückte ich ihn fester an meine Brust und flüsterte in sein Ohr.

»Und du bist meiner.«

1. KAPITEL

Ian

Tu es nicht, schreie ich in Gedanken meine Schwester an, die mit ihrem Bräutigam vor den Altar tritt. Troy ist nicht der Richtige für meine Schwester, und das ist meiner ganzen Familie bewusst – mit Ausnahme von Quinn. Es ist nicht so, dass er unhöflich wäre oder ein schlechtes Benehmen an den Tag legt. Er passt nur einfach nicht zu meiner Schwester. Er ist ein Workaholic und Muttersöhnchen, das keine eigene Meinung hat und alles tut, was seine Eltern von ihm verlangen. Er mag teure Klamotten und glamouröse Feste mit den oberen Zehntausend, während Quinn offen für alles ist. Sie genießt eine Gala genauso wie ein Bier in einem Pub. Und früher oder später werden diese Unterschiede zwischen ihnen stehen.

Mit gerunzelter Stirn verfolge ich mit, wie die beiden sich nicht zu dem Geistlichen, sondern zu der Hochzeitsgesellschaft in der Kirche wenden. Quinns Blick gleitet zu mir. In ihren Augen sehe ich Dankbarkeit, als hätte ich ihr bei etwas geholfen, doch die Frage ist, wobei. Sie lächelt und blickt dann wieder verlegen auf ihre Füße. Es ist schließlich ihr verliebtes Lächeln, das sie verrät, denn plötzlich weiß ich es und atme erleichtert aus.

Sie werden die Hochzeit absagen. Auch meine Familienmitglieder wirken erleichtert, und das ist etwas, was ich in unserer Familie immer geliebt habe: dass wir uns ohne Worte verständigen können. Wir wollen alle das Beste für Quinn und hätten auch ihre Entscheidung, Troy zu heiraten, akzeptiert, wenn es sie glücklich gemacht hätte. Doch eigentlich hat meine kleine Schwester immer schon gewusst, was sie will. Und jetzt sieht es beinahe so aus, als würde sie die Hochzeit platzen lassen.

Bevor die beiden jedoch etwas sagen können, eilt Quinns Jugendliebe Jackson Orwood auf den Altar zu und fleht Quinn an, Troy nicht zu heiraten. Als Teenager waren sie ein Paar, ehe sie durch Missverständnisse getrennt wurden und sich erst Jahre später wiedertrafen – zwei Monate vor Quinns Hochzeit.

Es überrascht mich kein bisschen, ihn hier zu sehen, denn er und meine Schwester sind füreinander geschaffen, und offensichtlich haben die beiden es endlich geschnallt. Jackson dabei zuzuhören, wie er meiner Schwester seine Liebe gesteht, lässt mich etwas neidisch auf das Glück der beiden werden. Ich bin kein Beziehungstyp, aber es wäre schön, einmal wahrhaftig zu lieben. Die große Liebe begegnet mir überall: in Filmen, Büchern und Songs. Selbst gespürt habe ich sie aber noch nie.

Quinn schafft es schließlich, Jackson zum Schweigen zu bringen, und Troy klärt alle darüber auf, dass es keine Hochzeit geben wird und Quinn und er getrennte Wege gehen werden. Eine Welle der Empörung geht durch die Menge. Besonders aus der Richtung von Troys Familie und Bekannten ist Getuschel zu vernehmen. Doch wenn Quinn in unsere Richtung sieht, wird sie nur Wärme und Verständnis erblicken, denn wir werden sie immer unterstützen, egal, wie sie sich entscheidet. Mit einem stolzen Lächeln im Gesicht blicke ich meiner Schwester nach, die mit ihrer Jugendliebe überglücklich die Kirche verlässt. Der Bräutigam steht noch immer am Altar, wo er sich nun dem ausbrechenden Chaos gegenübersieht. Sein zufriedener Geschichtsausdruck zeigt aber, dass er nicht unglücklich über die jetzige Situation ist. Dad verkneift sich ein Lächeln, als er nach vorn zum Altar blickt, wo Troy wohl gerade seiner Mutter zu erklären versucht, dass Quinn und er sich im Guten getrennt haben. Seine Mutter redet weiterhin hartnäckig auf ihn ein. Diese Frau war schon immer eine Furie und hätte Quinn sicherlich das Leben schwer gemacht.

»Das ist ein Chaos, was?«, meint Hayden amüsiert, denn keiner von uns wollte, dass Quinn in diese unmögliche Familie einheiratet. Mit jeder Begegnung mit den Buchanans wurde mir klarer, dass Quinn nicht zu ihnen passt. Sie ist das blühende Leben und strahlt wie eine Sonne, während ihre Beinahe-Schwiegereltern eher das Gegenteil sind.

»Habt ihr Lust, brunchen zu gehen?«, fragt Mom uns, ohne den anderen weiter Beachtung zu schenken. Auch wenn ein Teil der Hochzeitsgesellschaft bereits die Kirche verlassen hat, ist es noch immer ziemlich laut. Die Absage der Hochzeit hat hohe Wellen geschlagen, was uns aber kalt lässt. Wir sind über den Ausgang dieses Vormittags mehr als zufrieden.

»Klar, Jungs, seid ihr auch dabei?«, frage ich meine Bandmitglieder, die eine Reihe hinter uns in der Kirche sitzen.

»Ich würde ja gerne, aber ich muss unbedingt ins Studio. Dieser eine Song lässt mich nicht los«, antwortet Seth, worauf hin die anderen Jungs sich ihm anschließen.

»Ist okay, ich komme nach dem Brunch einfach nach.«

»Alles klar, bis später«, sagt Lewis und verabschiedet sich als Erster von meiner Familie.

»Dann bleiben wohl nur wir fünf, was?«, fragt Hayden und rutscht von der Kirchenbank. Wir folgen ihm und schlendern an den bereits leeren Bänken vorbei.

»Na dann. Lasst uns gehen. Ich halte Shonas Stimme einfach nicht mehr aus«, meint Mom und legt einen Zahn zu, um endlich aus der Kirche zu kommen.

»Ich kann noch immer nicht fassen, dass Jackson hergekommen ist, um Quinn zurückzugewinnen. Das ist so romantisch«, seufzt Tori, die Freundin meines Bruders Hayden, als wir aus der Kirche treten, wo zum Glück keine Paparazzi zugegen sind. Für die wäre die Absage der Hochzeit vermutlich ein gefundenes Fressen.

»Soll ich mich von dir trennen und dann einen herzzerreißenden Versuch unternehmen, um dich zurückzugewinnen?«, fragt mein Bruder belustigt, worauf Toris Miene sich verfinstert.

»Okay, ich fasse das als ein Nein auf.«

»Völlig richtig erfasst«, antwortet sie und küsst ihn zärtlich auf die Wange. Wenn ich die beiden so ansehe, fühle ich eine tiefe Zufriedenheit in mir. Mein Bruder ist endlich mit seinem Schwarm aus der Jugend zusammen, und meine kleine Schwester hat den Mut gefunden, endlich auf ihr Herz zu hören. Ich habe mir für die beiden immer nur gewünscht, dass sie ihrem Herzen folgen. Beide sind nun glücklich, und auch ich werde in ein paar Monaten wahres Glück verspüren, wenn auch auf eine andere Art und Weise. Ich betrete als Letzter den Parkplatz, als mein Smartphone zu klingeln beginnt. »Fahrt schon mal vor, wir treffen uns dann im Restaurant«, rufe ich ihnen zu, da es eiskalt ist und wir nicht alle hier herumstehen müssen.

»Okay, aber beeil dich. Ich habe einen Bärenhunger«, ruft Dad mir zu, ehe er und Mom in den Wagen steigen. Meine Eltern fahren zuerst los, gefolgt von Hayden und Tori. Ich schaue aufs Display. Da es meine gute Freundin Courtney ist, gehe ich direkt dran.

»Hey Court, ich habe gerade an dich und unsere Zukunft gedacht«, sage ich gut gelaunt, verkrampfe mich allerdings, als ich einen lang gezogenen und schmerzhaften Schrei am anderen Ende der Leitung vernehme, einen, der mich an meine

Kindheit erinnert, die schlimmste Zeit meines Lebens. Alles um mich herum scheint plötzlich trist und grau zu werden, während ich nur dastehen kann, ehe die Worte aus mir herausplatzen.

»Courtney! Hallo?«, rufe ich panisch und blicke mich um. Ich bin allein. Erneut höre ich ihren Schrei, gefolgt von Schluchzern, und drohe vor Verzweiflung das Smartphone fallen zu lassen. Dazwischen höre ich undeutliche Männerstimmen. *Was zum Teufel geht hier vor?* Angst erfüllt mich, da ich weiß, dass sie mich braucht, ich aber nichts tun kann. Ich rufe immer und immer wieder ihren Namen, doch es kommt keine Antwort. Mein Puls rast, während mein Körper wie zu einer Salzsäule erstarrt. Ich will rennen, um mich schlagen, um ihr zu helfen, aber ich kann mich nicht bewegen.

Als ich schon auflegen und sie nochmals anrufen will, höre ich ein Rascheln, ehe sich eine tiefe Stimme meldet.

»Hallo?«

»Wer ist da? Wo ist Courtney?«

»Mein Name ist Benjamin, und ich bin Sanitäter, wir haben einen Notruf erhalten. Die Patientin wird Sie wohl angerufen haben, als wir sie in den Krankenwagen brachten.«

»Was ist passiert?«

»Das darf ich Ihnen aus rechtlichen Gründen nicht übers Telefon sagen. Wir bringen sie jetzt ins Mount Sinai Hospital. Dort erhalten Sie weitere Informationen, falls Sie dazu berechtigt sind.« Danach ist die Leitung tot, aber ich höre ihre Schreie immer noch in meinem Ohr und fühle sie tief in meinem Inneren. Sie triggern mich und ziehen mich in die Vergangenheit, der ich um jeden Preis entfliehen wollte. Doch ich schüttle den Kopf, versuche mich zusammenzureißen. Es bringt mir nichts, jetzt durchzudrehen. Ich muss mich beruhigen, ehe ich losfahren kann.

Während der Fahrt bin ich komplett konzentriert, wage es nicht, zu viel nachzudenken, da ich durch meine Wut einen Unfall herbeiführen könnte. Meiner Familie habe ich geschrieben, dass etwas dazwischengekommen ist und ich es nicht ins Restaurant schaffen werde. Den wahren Grund verschweige ich bewusst, da niemand von ihnen überhaupt weiß, wie tief ich mit Courtney verbunden bin. Ich könnte jetzt niemals darüber reden, solange ich selbst nicht weiß, was wirklich passiert ist. Also blicke ich auf die Straße, fädele mich durch den dichten Verkehr und bin froh, in keinen Stau zu geraten. Ich schüttle den Kopf, als ich erneut an das Telefonat denke und verstärke meinen Griff ums Lenkrad. Das Knarzen des Leders wirkt beruhigend auf mich, also wiederhole ich die Bewegung immer wieder. Nach einer gefühlten Ewigkeit erreiche ich das Gebäude und parke meinen Truck in der Parkgarage, ehe ich mir Baseballcap und Sonnenbrille schnappe und aussteige.

Ich bete, dass sich hier keine Fanmeute um mich versammelt, sobald ich erkannt werde, und plötzlich bereue ich es, heute keinen Bodyguard an meiner Seite zu haben. Die Fahrt mit dem Aufzug kommt mir wie eine Ewigkeit vor und jetzt, wo ich nicht mehr hinter dem Steuer sitze, ist die Angst stärker denn je, da ich mich an nichts festhalten kann. Die Sorge und die Wut, weil ich immer noch nicht weiß, was geschehen ist, treiben mich in den Wahnsinn. Mit schnellen Schritten trete ich an den Informationsschalter und stütze mich auf der Theke ab, da meine Beine zu zittern beginnen.

»Ich möchte zu Courtney Borrows.« Die blonde Frau macht sich nicht die Mühe aufzusehen, sondern tippt quälend langsam auf der Tastatur herum und sieht gelangweilt auf den Monitor.

»Sind Sie mit ihr verwandt? Ansonsten darf ich Ihnen keine Auskunft geben.«

»Ich bin ihr Bruder«, lüge ich, und bemühe mich, meine Stimme gesenkt zu halten, da die Wut über die ganze Situation nach außen dringen möchte. *Sieht sie nicht, dass ich am Verzweifeln bin?*

»Können Sie sich ausweisen?«, murmelt sie und blickt zu allem Überfluss zu ihrem Smartphone. Sie will gerade danach greifen, als mir der Kragen platzt.

»Nein, verdammt, das kann ich nicht!«, knurre ich, gerade mal so laut, dass es noch nicht als Schreien durchgehen würde. Sie hebt eine Braue und blickt mich überheblich an. Blicke dieser Art haben mich meine gesamte Jugendzeit begleitet. Nicht dass sie mich gestört hätten, denn sie waren so präsent, dass ich mich schließlich an sie gewöhnt habe. Doch in diesem Moment würde ich mein Gegenüber am liebsten anschreien, damit ich endlich zu Courtney komme.

»Sir, wenn Sie sich nicht ausweisen können, kann ich Ihnen nicht weiterhelfen.« Ich richte mich zu voller Größe auf und nehme die Sonnenbrille ab, um mir mit der anderen Hand die schmerzende Schläfe zu massieren. Heftige Kopfschmerzen gesellen sich zu meinen Sorgen und machen mich zu einer tickenden Zeitbombe. Sie hebt erneut den Blick, und man kann regelrecht dabei zusehen, wie es in ihrem Kopf arbeitet. Schließlich verschwindet die Überheblichkeit aus ihrem Gesicht und Erstaunen breitet sich darauf aus.

»Aber … Sie sind doch Ian Millard.«

»Der bin ich.« Da sie meinen Spitznamen kennt, muss sie wohl ein Fan von Everstorm sein, was ich hoffentlich zu meinen Gunsten nutzen kann. Meine Fans wissen, dass ich privat meist Ian genannt werde.

»Aber Ihr Nachname ist nicht Borrows.« Ihre Stimme ist jetzt versöhnlicher, auch wenn sie mir nicht die Antworten liefert, die ich brauche, also flunkere ich.

»Millard ist auch mein Künstlername, also bitte ich Sie inständig, mich zu meiner Schwester zu bringen. Sie ist verletzt und hat Angst, ich muss zu ihr.«

»Selbstverständlich. Einen Augenblick bitte.« Zufrieden verschränke ich die Arme vor der Brust und sehe ihren flinken Fingern zu, die nun geradezu über die Tastatur fliegen. Normalerweise hasse ich es, aufgrund meines Rockstar-Status anders behandelt zu werden, aber heute bin ich so froh wie noch nie, prominent zu sein.

»Miss Borrows ist noch im Aufwachraum, aber wenn Sie möchten, können Sie im Zimmer auf sie warten, die anderen dort wird das mit Sicherheit nicht stören.«

»Andere?«, frage ich verwirrt, da ich einfach nicht nachvollziehen kann, wieso Fremde bei ihr im Zimmer liegen sollten.

»Die Krankenkasse Ihrer Schwester deckt nur die Unterbringung in einem Vierbettzimmer ab.«

»Das kommt gar nicht infrage. Bitte bringen Sie sie in einem Zimmer der Sonderklasse unter. Ich übernehme die vollen Kosten.« Ich greife nach meiner Brieftasche und reiche ihr meine Kreditkarte, die sie mit einem Lächeln entgegennimmt. Nun, da sie weiß, wer ich bin, geht alles schneller voran und zu meiner Erleichterung stellt sie auch keine nervigen Fragen mehr. Zum Glück wird sie nicht stutzig, weil meine Kreditkarte auf Dorian Millard läuft.

Innerhalb einer halben Stunde haben wir alles geklärt, und sie bringt mich persönlich aufs Zimmer – nicht, ohne vorher um ein Selfie mit mir zu bitten. Dann bin ich allein in diesem Raum, der nach Krankenhaus riecht und so viele Erinnerungen in mir wachruft, die ich eigentlich verdrängen wollte. Als Quinn damals nach dem Überfall im Krankenhaus lag, habe ich eine Abneigung gegen Krankenhäuser entwickelt. Hinzu kommt, dass meine Angst um Courtney ebenso groß ist wie die um Quinn damals, wenn nicht sogar noch größer.

Warten ist normalerweise kein Problem für mich. Durch meinen Beruf muss ich ständig warten – in der Maske, während die Roadies die Bühne für den Soundcheck fertig machen oder vor einem Fotoshooting, für das noch die letzten Vorbereitungen zu treffen sind. Doch hier und jetzt fühlt es sich an, als würde mit jeder verstreichenden Sekunde meine Welt mehr ins Wanken geraten. Egal wie sehr ich mich anstrenge, ich stehe unter Strom und tigere nervös im Raum auf und ab. Immer wieder höre ich Courtneys Schreie in meinem Kopf, ganz egal, wie sehr ich sie auszublenden versuche. Das Kreischen der Fans ist etwas, was ich genieße, wenn ich auf der Bühne stehe, doch schmerzerfüllte und Hilfe suchende Schreie triggern mich seit meiner Kindheit. Es scheint so, als würde mein Inneres diese Laute filtern und in Gut und Böse unterteilen.

Irgendwann geht die Tür auf und Courtney wird mit dem Bett hineingeschoben. Sie scheint bei vollem Bewusstsein zu sein, was mich erleichtert, aber der Anblick ihres Gesichtes lässt mich erstarren.

Überall sind dunkelblaue Flecken und Blutergüsse, die sich über ihr gesamtes Gesicht erstrecken. Doch auch an dem Fuß, der unter der Decke hervorlugt, sehe ich dunkle Verfärbungen. Ich schlucke schwer. Obwohl ich tausend Fragen habe, halte ich mich zurück. In diesem Moment entdeckt Courtney mich und beginnt stumm zu weinen. Dicke Tränen durchnässen den Verband an ihrem Kinn und doch bleibt ihr Körper ruhig. »Wir sehen in Kürze nach Ihnen. Ruhen Sie sich aus, denn später wird die Polizei Ihnen mit Sicherheit Fragen stellen wollen«, sagt ein Pfleger und lächelt sie mitfühlend an, doch sie reagiert nicht, sondern sieht weiterhin in meine Richtung. Mich beachtet der Pfleger gar nicht, wofür ich überaus dankbar bin. Ich könnte jetzt nicht gute Miene zum bösen Spiel machen. Ich bedanke mich beim Krankenhauspersonal, ehe alle den Raum verlassen. Dann bin ich mit meiner Freundin allein in diesem Raum und habe Angst, meine Fragen zu stellen, da Court so aussieht, als würde sie gleich endgültig zusammenbrechen. Sie in den Arm zu nehmen, traue ich mich in diesem Moment auch nicht, also stehe ich einfach nur da.

Ich kenne diese starke und unabhängige Frau nun seit Jahren. Sie hat uns als Roadie auf der Tournee begleitet, ehe sie kündigte, um die Welt zu bereisen. Sie war immer der Typ Mensch, der den Mount Everest besteigen, über die Chinesische Mauer rennen und von einem Turm Bungee jumpen würde, und das habe ich immer an ihr gemocht – ihren freien und offenen Geist. Wir blieben in Kontakt und trafen uns häufiger, seitdem sie wieder in New York wohnte. Ich habe sie immer nur als Freundin gesehen, auch wenn wir einmal in betrunkenem Zustand eine Nacht miteinander verbracht haben. Das hat unserer Freundschaft keinen Abbruch getan, sie eher noch verstärkt. An einer Liebesbeziehung sind wir beide nicht interessiert.

Die lebensfrohe Frau nun verletzt und gebrochen zu sehen, lässt mein Herz in tausend Teile brechen. Ich greife sanft nach ihrer Hand und drücke sie, den Blick fest auf sie gerichtet.

»Was ist nur passiert?« Es braucht zwei Anläufe und einige Räusperer, ehe sie antworten kann.

»Colton hat mich gefunden und verprügelt«, murmelt sie so leise, dass ich sie nur mit Mühe verstehe. Bei der Erwähnung ihres Ex-Freundes verkrampft sich alles in mir. In den letzten Monaten hatte sie häufiger von ihrem Ex erzählt, der mehr und mehr zum Kontrollfreak, Schläger und Stalker mutiert ist. Er hatte die Trennung nie akzeptiert und sie regelrecht verfolgt. Schließlich hatte sie es geschafft unterzutauchen. Bis zu diesem Moment. Nun liegt sie gebrochen und verletzt in diesem Krankenhausbett. *Was hat dieses Arschloch ihr bloß angetan?* Bewusst blicke ich weiterhin auf ihr Gesicht, denn ich brauche ein paar Atemzüge, ehe ich auf ihren Bauch sehen kann. Tief in mir ist da diese Angst. Die Angst, dass sich alles verändern wird, sobald ich es tue. Meine Befürchtung bewahrheitet sich, als ich schließlich den Blick hinabgleiten lasse und ihren flacheren Bauch sehe.

Das Atmen fällt mir schwer, als sich der Nebel in meinem Kopf schließlich klärt und die Wahrheit sich dort manifestiert.

Sie hat unser Baby verloren.

Dort, wo bereits ein Schwangerschaftsbauch zu sehen war, ist nun nur noch eine Wölbung zu erkennen, die die Verbände hinterlassen. Etwas in mir will es nicht wahrhaben. Auch wenn es glasklar zu sehen ist, ist der Wunsch groß, dass dies alles nur ein Albtraum ist, aus dem ich bald erwachen werde. Ich würde alles in meiner Macht Stehende tun, um diesen Wunsch wahr zu machen, doch ich bin machtlos.

Unser Mädchen ist weg.

Sie wurde uns genommen.

Lange finde ich nicht den Mut, Court wieder ins Gesicht zu sehen. Schließlich tue ich es doch. Auf den Schmerz, der mir in ihren Augen begegnet, bin ich nicht vorbereitet. Er lässt etwas in mir zerbrechen, das schon lange instabil war. Ich öffne den Mund, um etwas zu sagen, doch sie schüttelt heftig den Kopf und bricht weinend im Bett zusammen.

Für Worte ist in diesem Moment kein Raum. Nicht wenn alles über uns einstürzt. Auch ich kämpfe gegen die Tränen an, verliere aber schnell und weine mit ihr. Wir werden nie wieder dieselben sein, denn dieser Mistkerl hat uns das genommen, was der Mittelpunkt unserer Welt werden sollte.

Unsere Tochter.

Da ich sie nicht halten kann, drücke ich ihre Hand und streiche beruhigend über ihr Haar. Ich muss jetzt ihre Stütze sein, muss alles tun, um uns beide davor zu bewahren, völlig zusammenzubrechen, doch alles woran ich denken kann, ist, dass ich diesen Typen in die Finger bekommen will. Er soll den gleichen Schmerz spüren wie Courtney und ich. Es dauert nicht lange, bis die Schmerzmittel sie müde machen und sie vor Erschöpfung einschläft. Ich halte immer noch ihre Hand und blicke auf ihren geschundenen Körper, präge mir jede ihrer Verletzungen ein, um sie nie wieder zu vergessen. Alles was ich je wollte, ist, an ihrer Seite zu stehen und sie zu unterstützen, wo ich kann. Das Schicksal hat uns verbunden, doch jetzt ist alles zerstört. All die gemeinsamen Pläne sind nicht mehr relevant, und das lässt mich eine Entscheidung fällen. Ich hauche ihr einen Kuss auf die Stirn, ehe ich das Krankenhaus verlasse, um Rache zu nehmen.

2. KAPITEL

Ian

Ich bin so froh, dass ich einen Backup-Check durchgeführt habe. Deshalb weiß ich, wo dieser Mistkerl wohnt. Ich werde mit Sicherheit nicht warten, bis irgendwann ein überarbeiteter Cop auftaucht, der Courtney halbherzige Fragen stellt, ehe die Polizei tatsächlich ermittelt. Bis dahin könnte er längst untergetaucht sein. Doch das werde ich nicht zulassen.

Eine Stunde, nachdem ich das Krankenhaus verlassen habe, trete ich die Tür dieses Mistkerls ein und erwische ihn dabei, wie er auf der Couch mit einer Frau vögelt. Kurz bin ich bewegungsunfähig und kann ihn einfach nur voller Hass anstarren. Er macht einfach weiter, als wäre nie etwas passiert. Als hätte er unsere Leben nicht für immer zerstört.

»Wer zum Teufel bist du! Raus hier!«, brüllt er, gefolgt von dem erschrockenen Kreischen der Frau, die mich wohl gerade entdeckt hat. Der Laut lässt mich kurz zusammenzucken, doch ich fasse mich wieder und lenke all meinen Hass auf Colton. Ich keuche wie ein wilder Stier und bin dankbar, dass die Frau sich von ihm löst und rasch ihre Klamotten einsammelt, ehe sie verschwindet. Das macht es mir leichter, das zu tun, wonach mein Innerstes lechzt.

»Wieso?«, frage ich bedrohlich ruhig. Er zieht seine Hose hoch und erhebt sich von der Couch.

»Wovon zum Teufel redest du? Ich kenne dich nicht mal.«

War klar, dass er den Ahnungslosen spielt. Ich mahle mit dem Kiefer und erblicke seine geschwollenen und teilweise blutigen Handknöchel. Wie fest muss er sie wohl geschlagen haben, dass auch er selbst Verletzungen davongetragen hat?

»Du wirst mich sehr schnell kennenlernen, glaub mir«, gebe ich zurück und balle die Hände zu Fäusten.

»Ich gebe dir drei Sekunden, um dein Anliegen vorzutragen, ehe ich die Cops rufe«, antwortet er und scheint sich seiner Sache ziemlich sicher zu sein. Er zieht wohl nicht einmal in Erwägung, dass die Polizei ihn wegen eines Gewaltdeliktes festnehmen könnte.

»Gibt es dir einen Kick, unschuldige Frauen zu verprügeln?« Stelle ich eine Gegenfrage, denn ich will wirklich wissen, was in seinem Kopf vorgeht.

»Ah. Daher weht der Wind. Diese kleine Schlampe hat es nicht anders verdient. Ich schätze mal, du bist der Arsch, der sie …« Sein überhebliches Grinsen und das Ausbleiben von Reue lösen einen Kurzschluss in mir aus. Die Angst, Wut und Verzweiflung bündeln sich, bereit, ihn zu zerstören. Ich sehe nur die verletzte Courtney vor mir, als ich ihm den Arm breche. Höre ihr Schluchzen, als ich immer und immer wieder auf ihn einschlage. Sehe ihre todtraurigen Augen vor mir, als ich ihm in den Bauch schlage. Immer und immer wieder, bis mich jemand von hinten packt und von ihm wegzieht.

Ich schlage um mich und will mich aus dem Griff lösen, doch die Erschöpfung lässt es nicht zu. Sobald ich mich umsehe, erkenne ich Cops, die in den Raum stürmen, gefolgt von Sanitätspersonal. Ihre Worte höre ich nicht. Ich fühle mich wie in Watte gepackt, also lasse ich mir widerstandslos Handschellen anlegen. Jetzt verhaftet zu werden, wird alle hart treffen, und mich wird wohl einiges an Ärger erwarten. Doch egal wie hoch die Strafe ausfallen sollte, ich bereue nichts.

Der Stuhl, auf dem ich sitze, ist unbequem, aber etwas anderes hätte ich in einem Verhörraum auch nicht erwartet. Trotzdem fällt es mir auf. Nachdem ich stundenlang in einer Zelle saß und still vor mich hin brütete, hat man mich schließlich in diesen Raum geführt. Ich sehe überall hin, nur nicht in die Augen des Polizisten vor mir. Er hat mir noch keine Fragen zu Colton gestellt, doch auch wenn er es getan hätte, wäre jede davon unbeantwortet geblieben. Zum einen, weil erst jetzt die Spannung von mir abfällt und meine Gedanken sich langsam klären. Zum anderen will ich niemandem von Faith erzählen.

Nur Courtney und ich wussten von ihrer Existenz, und hier in diesem stickigen und kalten Raum will ich ihren Namen nicht in den Mund nehmen. Auf die Frage, ob ich etwas trinken will, schüttle ich den Kopf, als sich auch schon die Tür öffnet und meine Schwester Quinn den Raum betritt. Sie begrüßt den Cop, ehe sie mir einen besorgten Blick zuwirft. Dann, nachdem sie sich vergewissert hat, dass ich nicht verletzt bin, wechselt sie wieder in den Modus der Bossin, den sie immer draufhat, wenn sie arbeitet. Kurz spüre ich, wie sich mein schlechtes Gewissen regt. Meine Schwester sollte jetzt feiern, dass sie endlich wieder zu ihrer Jugendliebe Jackson zurückgefunden hat. Stattdessen ist sie hier und muss sich mit ihrem unverbesserlichen Bruder herumärgern. Doch genauso schnell wie sie gekommen ist, verschwindet die Gefühlsregung wieder und weicht dem Schmerz, der mich plötzlich erneut zu überwältigen droht.

»Ich bin die Anwältin von Mr Millard.«

»Detective Evans. Bitte nehmen Sie Platz«, weist er sie an und setzt sich ebenfalls.

»Wurden dir Fragen gestellt, bevor ich hier war?«, fragt sie in meine Richtung, doch ich schüttle den Kopf.

»Was genau ist vorgefallen?«, fragt sie den Ermittler und strafft die Schultern, als würde sie sich körperlich dafür wappnen, was er ihr in Kürze erzählen wird. Es ist immerhin nicht das erste Mal, dass wir uns in solch einer Situation befinden.

»Wir erhielten den Notruf einer Mieterin. Mr Millard hat eine Schlägerei losgetreten.«

»Kann das jemand bezeugen?«

»Ich war es.« Quinn dreht sich zu mir um und erdolcht mich mit Blicken, da ich ihr bei der Verteidigung wohl keine große Hilfe bin, doch ich zucke nur mit den Achseln. Der Cop macht sich eine Notiz, bleibt aber sonst ruhig.

»Dürfte ich kurz mit meinem Mandanten allein sprechen?«, fragt meine Schwester angespannt.

»Selbstverständlich«, antwortet er und erhebt sich, um aus dem Raum zu treten. Kaum hat er die Tür geschlossen, ist Anwältin Millard Geschichte und Quinn, die besorgte Schwester, tritt in Erscheinung.

»Was zum Teufel machst du da?«

»Die Wahrheit sagen.«

»Das hätte ich auch getan, aber ich hätte den Fokus darauf gelegt, dass es Verteidigung war.«

»Ich habe es getan. Jeden einzelnen Schlag habe ich genossen, denn ich wollte ihm wehtun.«

»Wieso? Was hat er getan, dass du dich vollkommen selbst verlierst?«, fragt sie, ohne mir Vorwürfe zu machen. Sie will tatsächlich die Wahrheit von mir, aber ich bin nicht bereit sie preiszugeben. Zumindest nicht die ganze Wahrheit.

»Er hat Courtney krankenhausreif geprügelt.«

»Was!? Wann?«

»Vor ein paar Stunden. Dieser Mistkerl hat sie übel zugerichtet. Ihr Anblick hat mich so rasend gemacht, dass ich in blinder Wut zu ihm gefahren bin.« Sie seufzt und lässt kurz den Kopf sinken. Sie und mein Bruder Hayden kennen Courtney, also wird auch sie diese Neuigkeit mitnehmen.

»Ich finde es schrecklich, was Court passiert ist, aber das gibt dir noch lange nicht das Recht, Selbstjustiz zu üben.« Ihre Strenge ist zwar abgeflaut, aber der Vorwurf ist greifbar. Ich verstehe ihre Reaktion. Kurz überlege ich, ihr von Faith zu erzählen. Doch etwas in mir sträubt sich dagegen.

»Doch, glaub mir. Nach dem, was dieser Mistkerl uns angetan hat, hat er noch weitaus Schlimmeres verdient.«

»Was er euch angetan hat? Wie meinst du das?«

»Na, ich bin schließlich verhaftet worden oder nicht?« Die Lüge hinterlässt einen bitteren Geschmack auf meiner Zunge, da ich es hasse, meine Familie anzulügen.

»Was auch deine Schuld war. Du hättest die Arbeit der Polizei überlassen sollen.«

»Damit er abhauen kann? Niemals. Ich stehe zu meinen Taten. Ich habe Rache geübt.«

»Aber das war nicht richtig. Ian, du kannst nicht immer um dich schlagen, sobald dir etwas nicht passt.« Ich habe keine Antwort auf ihre Aussage. Ich weiß selbst, dass ich falsch reagiere und mich nicht unter Kontrolle habe, wenn mir alles zu viel wird.

»Du brauchst Hilfe, Brüderchen«, flüstert sie und streicht mir tröstend über den Rücken. Doch ich bin zu erschöpft, um irgendetwas zu fühlen. Ich bin leer. Durch und durch verloren und ich denke nicht, dass ich so schnell aus diesem Loch finde. Nicht einmal mit der besten Therapie der Welt.

»Ich weiß nicht, wie ich dich da rausboxen kann.«

»Das musst du auch nicht. Ich nehme die Strafe, wie sie kommt.« Die Zeit, in der Sly und andere meine Handlungen unter den Teppich kehren mussten, ist vorbei. Ich bin nicht mehr der Mann, der ich gestern noch war.

»Die Presse hat es übrigens schon wieder irgendwie mitbekommen«, informiert Quinn mich, doch ihr Tonfall verrät mir, dass sie das für das kleinste meiner Probleme hält. »Wenn du ihm Schmerzensgeld …«, setzt sie an, doch ich schneide ihr das Wort ab, da die Wut meinen Körper wieder einmal erfasst.

»Niemals! Dieser Mistkerl wird keinen Cent von mir bekommen. Ich gehe ins Gefängnis oder mache Sozialstunden. Alles werde ich in Kauf nehmen, aber ich werde ihm sicher kein Geld in den Rachen schieben.«

»Okay, okay, beruhige dich«, sagt sie und hebt abwehrend die Hände. Sie streicht sich über ihren azurblauen Blazer. Wieder muss ich daran denken, dass sie eigentlich jede Sekunde mit Jackson genießen sollte. War sie gerade bei ihm, als sie die Schlagzeilen gesehen hat? Vorhin trug sie noch ihr Brautkleid, doch jetzt verrät nur noch ihr leicht verschmierter Kajal, dass es sich um keinen normalen Arbeitstag in der Kanzlei handelt. Quinn sucht erneut meinen Blick.

»Irgendwie werde ich das hinbiegen, aber, Ian, das wird das letzte Mal sein. Nicht weil ich dich nicht liebe, sondern weil du Hilfe brauchst.«

»Ich brauche nichts und niemanden«, gebe ich schroff zurück, da ich es schon immer gehasst habe, zur Therapie zu gehen.

»Ich werde alles geben, um deine Strafe so gering wie möglich zu halten, aber vorher muss ich die Wahrheit wissen. Gibt es noch mehr, was du mir sagen willst? Etwas, das mitunter ein Grund wäre, wieso du so um dich geschlagen hast?«

»Ich habe nichts mehr zu sagen.« Niemand kann von mir erwarten, dass ich nach dem schlimmsten Tag meines Lebens gesprächig bin. Wenn Quinn eine Strafmilderung bewirken kann, ist das gut, wenn nicht, werde ich es auch verkraften. Denn es gibt keine schlimmere Strafe als die, dass dir dein

Kind genommen wird, noch bevor du die Möglichkeit dazu hattest, es in den Arm zu nehmen.

»War's das? Ich muss dringend ins Krankenhaus.« Ich möchte noch etwas sagen, möchte ihr zu ihrem Glück gratulieren, mich bei ihr bedanken. Doch ich bekomme kein weiteres Wort heraus.

»Ich frage mal nach«, antwortet sie, gefolgt von einem tiefen Seufzen. Nun ist auch zu meiner Schwester durchgedrungen, dass ich ihr entglitten bin. Wieder ein Stückchen mehr.

Es dauert ganze zwei Stunden, bis ich endlich auf freiem Fuß bin und in ein Taxi steigen kann. Ich nenne dem Fahrer die Adresse des Krankenhauses und lehne mich im Sitz zurück, um die Augen zu schließen. Heute wollte ich die Hochzeit meiner kleinen Schwester feiern und schlussendlich habe ich meine Tochter verloren – auf die schlimmste Art, die ich mir vorstellen kann.

Mein einziger Antrieb ist es, zu Courtney zu gelangen und für sie da zu sein. Doch diese Taxifahrt zieht sich ewig hin. Ich setze mich aufrecht hin und blicke auf meine Hände, die von der Prügelei immer noch geschwollen sind. Ich strecke meine Finger auseinander, ehe ich sie wieder zu einer Faust balle und die Wut mich erneut durchströmt. Mittlerweile habe ich mich an das Gefühl gewöhnt und akzeptiere sie als einen Teil von mir. Aber so rasend und verzweifelt darf ich nicht vor Court treten. Nicht, nachdem sie die Hölle durchmachen musste. Ich versuche, mich auf meine Atmung zu konzentrieren und all die niederschmetternden Gedanken auszublenden. Für Courtney und für meine mentale Gesundheit – auch wenn ich weiß, dass alles erneut über mir einstürzen wird, sobald ich allein bin.

Im Krankenhaus herrscht wie immer reges Treiben. Ich gehe direkt zu Courtneys Zimmertür, aus der gerade zwei Polizisten treten. Als sie an mir vorbeigehen, kann ich sogar verstehen, was der eine Cop sagt. »Ich hoffe, dieser Mistkerl bekommt, was er verdient.« Ich lege die Hand auf den Türgriff und lächle in mich hinein, denn auch wenn Selbstjustiz falsch ist, bin ich froh, dass ich derjenige war, der ihm das gegeben hat, was er verdient.

Als ich in das Zimmer eintrete, scheint Courtney es nicht einmal zu bemerken. Sie hat den Kopf zur Seite geneigt und blickt aus dem Fenster in die Dunkelheit der Nacht, die Hand ruht auf ihrem Bauch. Bei diesem Anblick zerreißt es mich innerlich. Langsam gehe ich auf sie zu und setze mich an die Bettkante.

Courtney starrt weiterhin ins Nichts, selbst dann, als ich ihre Hand nehme und sanft drücke, scheint sie weit weg zu sein. So verbringen wir einige Zeit damit, einfach still zu trauern. Ab und zu weint einer von uns, doch wir wechseln kein Wort miteinander.

Ich habe kein Gefühl dafür, wie viel Zeit vergangen ist – Stunden oder Minuten –, als ein Ärzteteam den Raum betritt. Die Ärztinnen und Ärzte kommen auf uns zu, doch Courtney reagiert noch immer nicht. Ich stehe auf und gehe vor ihr in die Hocke, streiche ihr sanft über die Wange, um sie auf mich aufmerksam zu machen. Wenn jemand sie aus ihren Gedanken rausholt, sollte ich das sein.

Langsam klärt sich ihr Blick, doch was ich darin sehe, zieht mich noch tiefer in das Loch aus Pein und Verzweiflung. »Hey, die Ärztinnen und Ärzte sind hier und wollen mit dir reden.«

»Ich will nicht mit ihnen reden«, flüstert sie mit erstickter Stimme, woraufhin ich verständnisvoll nicke und ihre Hand in meine nehme.

»Ich weiß, dass du einfach deine Ruhe willst, aber wir müssen mit ihnen reden.« Sie blinzelt, und ich erwarte schon, dass sie sich weigert, doch da setzt sie sich auf.

»Miss Borrows, wir möchten Ihnen und Mr Millard unser herzliches Beileid ausdrücken«, beginnt eine Ärztin des Teams.

»Danke«, haucht sie kraftlos. Sie legt die Hand auf ihren Bauch und zuckt zusammen, als ihr wohl erneut klar wird, dass dort kein Baby mehr ist.

»Wir wollen Ihnen noch die Möglichkeit geben, sich von Ihrer Tochter zu verabschieden, wenn Sie es wünschen. Sie können sie noch ein letztes Mal im Arm halten, bevor die Vorbereitungen für die Beerdigung getroffen werden.«

»Wir können sie halten?«, frage ich fassungslos, da mir nie in den Sinn gekommen wäre, dass diese Möglichkeit besteht.

»Nur wenn Sie das wünschen«, antwortet einer der Ärzte und man sieht ihm an, dass auch ihm dieses Gespräch nicht leichtfällt. Langsam gleitet mein Blick erneut zu Courtney, die das erste Mal, seit ich hier angekommen bin, lächelt, auch wenn ihre Augen von Tränen erfüllt sind.

»Ja, ich will meine Tochter ein letztes Mal halten.«

Wenige Minuten später befinden wir uns in einem fensterlosen Verabschiedungsraum. Durch die einladenden Farben und die Sitzgelegenheiten sieht es gar nicht wie ein Krankenzimmer aus, sondern wirkt eher wie ein gemütliches Wohnzimmer, doch der Schein trügt. Denn in diesem Raum werden wir Faith zum ersten und letzten Mal sehen. Wir werden weinen, sie berühren, und dann wird ein Teil von uns sterben – der Teil, der immer ihr gehört hat.

3. KAPITEL

Brooke

Einen Monat später ...

»Bryony, pack dir etwas Moussaka ein!«, höre ich meine Mom rufen und kann nur die Augen verdrehen. Ich hasse es, wenn sie mich mit meinem griechischen Geburtsnamen anspricht – als wäre es nicht schon über zehn Jahre her, dass ich ihn habe ändern lassen. Also ignoriere ich sie und gehe ins Wohnzimmer, wo meine Großmutter auf der Couch mal wieder strickt, während sie eine neue Folge ihrer Daily Soap *Reich und Schön* ansieht. Oder sollte ich sagen anschmachtet?

»Giagiá, bist du es nicht leid, seit 1987 dieselbe Soap zu sehen?« Ich drücke ihr ein Küsschen auf die Wange, ehe ich mich neben ihr auf das Sofa plumpsen lasse. Zuerst denke ich, dass sie mich nicht gehört hat, weil sie nicht antwortet, doch schließlich erhalte ich eine Antwort. »Kindchen, ich habe teilweise das Gefühl, dass die Personen aus der Serie ebenfalls Teil meiner Familie sind.«

»Weißt du noch damals, als wir auf dem Fan-Event waren und ich Ridge Forrester gegenüberstand?«

»Klar weiß ich das noch, immerhin bist du in Ohnmacht gefallen.« Da meine Mom und ich sie begleitet haben, kann ich mich noch lebhaft an den Schock erinnern, als sie einfach umgekippt ist.

»Sei nicht albern! Mir war nur heiß. Sieh hin!« Sie blickt auf das gerahmte Foto von ihr und dem Schauspieler Ronn Moss, das damals aufgenommen wurde und bis heute ihr wertvollster Besitz ist. Daneben hängt ein Foto mit Grandpa, doch dieses Bild himmelt sie nicht so an wie das mit ihrem Lieblingsschauspieler.

»Sieht so eine Frau aus, die in Ohnmacht fallen würde?«

»Nein, Giagiá, wie konnte ich nur. Du hast damals schon rattenscharf ausgesehen und jetzt erst recht.« Sie gibt mir einen sanften Klaps auf den Oberarm.

»Aua! Was habe ich denn gesagt?«

»Sei nicht frech!« Sie deutet mit dem Zeigefinger auf mich, ehe sie wieder ihre Stricknadeln zur Hand nimmt.

»Wieso bist du wieder so brutal?«, höre ich meinen Großvater sagen, noch ehe er den Raum betritt und sich auf den Fernsehsessel gegenüber von uns setzt.

»Weil sie mal wieder frech war.« Mein Grandpa hebt eine Braue und sieht mich schmunzelnd an, so als wolle er fragen: *Was hast du diesmal getan, um sie auf die Palme zu bringen?*

»Ich habe nur gesagt, dass Giagiá noch immer ein heißer Feger ist.« Sie schnaubt, verdreht die Augen und ignoriert mich.

»Glaubst du, das weiß ich nicht? Sieh sie dir doch an, wunderschön wie die Sommerblumen auf Samos.« Sie hält inne und blickt ihren Ehemann an, dabei färben sich ihre Wangen zartrosa.

»Costas, du kleiner Charmeur!« Meine Großmutter kichert wie ein Schulmädchen und schüttelt daraufhin den Kopf, bevor sie sich wieder dem Fernseher zuwendet.

»Hey! Ich habe fast dasselbe gesagt und bei mir warst du nicht so gerührt.« Ich verschränke empört die Arme vor der Brust, da ich es einfach nicht verstehe.

»Ach was! Du übertreibst«, antwortet sie, noch immer ein verliebtes Lächeln auf den Lippen. Mein Großvater sieht sie schweigend an, und es wirkt so, als würde er sich gerade denken, was für ein Glück er doch mit seiner Ehefrau hat. Ich unterdrücke ein Seufzen, da mich die Liebe im Raum zu erdrücken droht. Das ist immer so mit den beiden – ehe es ein Donnerwetter gibt. Doch als er einen Blick auf den Bildschirm wirft, ist es an ihm zu seufzen.

»Musst du dir wieder diese Schnulzsendung ansehen, Sofia?« Nun verschränkt er die Arme vor der Brust, was ich zum Anlass nehme, schnell das Weite zu suchen.

»Natürlich, so wie schon die letzten dreißig Jahre«, antwortet sie empört, als hätte er sie beleidigt. Die Liebe meiner Großmutter zu dieser Soap ist beinahe nicht von dieser Welt.

»Können wir nicht einmal etwas Normales sehen?«

»Willst du damit etwa sagen, meine Sendung und folglich auch ich seien nicht normal? Was stimmt nicht mit dir?« Und da beginnt es wieder. Meine Großeltern lieben sich innig seit über sechzig Jahren, doch sie streiten über alle möglichen Kleinigkeiten, ehe sie sich wieder vertragen. Der Part mit dem Streiten kann manchmal ewig dauern. Es ist ein ewiger Teufelskreis. Die beiden sollten ihre eigene Sitcom starten, das wäre ein Quotenhit. Zumindest, bis es dann zu den griechischen Beschimpfungen käme, dann würde man nur noch die Pieptöne hören.

Ich gehe in die Küche zu meiner Mom und in sichere Gefilde.

»Streiten sie wieder?«, fragt sie und sieht von ihrem Schneidebrett zu mir auf.

»Ja, es geht wieder mal um ihre Obsession für die Daily Soap.«

»Das kann also noch dauern. Ich sag's dir, ich bin so froh, dass wir in einem Haus wohnen. In einer Wohnung wären wir längst wegen Ruhestörung rausgeflogen.« Kopfschüttelnd, aber mit einem Lächeln im Gesicht kommt sie auf mich zu. Es erstaunt mich immer wieder, wie alle Frauen meiner engsten Familie sich so ähnlich sehen können. Meine Mom sieht wie eine jüngere Version meiner Großmutter aus, ich sehe wie eine jüngere Variante meiner Mom aus und meine Tochter Athina wie ich, als ich zehn Jahre alt war. »Wir wissen alle, dass die beiden immer schon so waren und sich nie ändern werden«, sage ich mit Stolz in der Stimme, denn ich liebe meine Großeltern, ob sie sich nun gegenseitig an die Gurgel gehen oder nicht.

»Und das würden wir auch niemals wollen. Stell dir doch mal vor, wie langweilig es ohne die beiden Streithähne wäre.«

»Du würdest vermutlich vor Langeweile zu stricken beginnen«, sage ich, um sie aufzuziehen.

»Um Himmels willen, sag das nicht vor deiner Giagiá, ich habe sie vor Jahren endlich dazu gebracht, mich nicht immer zu bedrängen, mit dem Stricken anzufangen.«

»Nur wenn du sie endlich überredest, mir keine Fotos von potenziellen Ehemännern mehr zu schicken.«

»Wenn ich das nur könnte, Kind«, seufzt meine Mom, da sie selbst weiß, dass es ein Ding der Unmöglichkeit ist, Grandma etwas auszureden, was sie sich einmal in den Kopf gesetzt hat.

»Sind wenigstens attraktive dabei?« Ich hebe anklagend die Brauen, was sie nur zum Grinsen bringt.

»Nimm es uns nicht übel. Wir wollen nur, dass du glücklich bist.«

»Dafür brauche ich keinen Mann. Mein Glück werde ich nie wieder von einem Mann abhängig machen.« Meine harten Worte lassen ihre Miene ernster werden.

»So meinte ich das nicht.« Verlegen blickt Mom zur Küchentheke, ehe sie nach etwas greift, das hinter ihr auf dem Esstisch steht.

»Hier.« Meine Mutter reicht mir eine Box aus Edelstahl, die noch warm ist. Sie hat mir wieder mal etwas zu essen eingepackt. Sofort bekomme ich ein schlechtes Gewissen, weil ich schroff gewesen bin, immerhin kann meine Mom nichts für meine Situation. Ich stelle die Box wieder auf den Tisch und nehme sie fest in den Arm. Wie immer umweht sie der Duft von Gewürzen.

»Es tut mir leid. Ich wollte dich nicht anfahren. Die Situation überfordert mich immer noch.«

»Das ist doch verständlich, jetzt lass uns das einfach vergessen. Du weißt, wir können einfach nicht streiten, diese Gabe haben wir nicht von deiner Großmutter geerbt.«

»Stimmt, wobei ich gerne etwas von ihrem Selbstvertrauen hätte.«

»Das kommt noch und jetzt nimm.« Sie drückt mir wieder die Essensdose in die Hand.

»Du musst uns nicht immer bekochen, Mom.«

»Ach was. Ich koche täglich für sechs Personen und wie üblich bekommen wir sicher Besuch. Du weißt ja, wie es im Hause *Little Greece* zugeht.« Seit ich denken kann, ist dieses Haus immer gefüllt mit Menschen, seien es nun Verwandte, Personen aus der Nachbarschaft oder Mitglieder der Kirchengemeinde. Savannah, meine beste Freundin seit dem Kindergarten, hat mein Zuhause einmal *Little Greece* genannt, und es stimmt ein wenig, da die Besuchenden größtenteils griechisch sind. Stille sucht man in diesem Haus vergeblich, da die vielen lauten Familienmitglieder einen ordentlich auf Trab halten. Das hat meine Teenagerjahre zur Hölle gemacht, denn als junge Erwachsene möchte man manchmal einfach nicht gestört werden. Mein jüngster Bruder Aris ist achtzehn und spielt Schlagzeug, mein Großvater dreht Fernseher oder Radio zu laut auf, da er nie die Batterien in seinem Hörgerät wechseln will. Meine Mutter singt beim Putzen, und mein Dad ist Hobbytischler – seine Säge höre ich von der Garage bis zu meinem alten Kinderzimmer.

Nach dem Tod meiner Urgroßmutter erbte meine Großmutter einiges an Geld, doch da die Lebensumstände in Griechenland immer schwerer wurden, entschieden sich meine Großeltern, nach Amerika auszuwandern. Meine Mutter war damals fünf Jahre alt. Meine Großeltern kauften ein großes, aber sanierungsbedürftiges dreistöckiges Haus mit viel Grünfläche in Brooklyn. Damals waren die Immobilienpreise nicht so horrend wie heute. Das Haus haben sie mit der Zeit nach ihren Wünschen renoviert und zu dem Zuhause geformt, das wir kennen und lieben.

Ich blicke mich um und werde auf einmal nostalgisch. Die Küche wurde vor ein paar Jahren modernisiert und nach den Wünschen meiner Mutter umgebaut, da sie den Großteil ihrer Zeit in der Küche verbringt. Hier habe ich meine ersten Schritte gemacht, im Garten meinen ersten Kuss erhalten, und im Wohnzimmer haben meine Wehen eingesetzt. Hier ist mein Zuhause und das meiner Tochter, und doch wollte ich nach der Scheidung nicht hierher ziehen, da ich meine Ruhe brauchte. Und wenn es hier eine Sache nicht gibt, dann ist es Ruhe.

»Wo bist du wieder mit deinen Gedanken?«

»Ach, mal hier mal da. Aber alles ist gut.«

»Du warst schon immer eine schlechte Lügnerin. Raus damit.« Ich lächle, blicke auf meine Füße und stelle wieder einmal fest, dass mich wohl niemand so gut kennt, wie meine Mutter.

»Das hier ist ein Zuhause, wie es sein sollte. Dad und du habt es zu einem gemacht. Ich hoffe einfach, dass ich ein wahres Zuhause für Athina und mich gestalten kann. Den Auszug aus dem Penthouse hat sie nur schwer verkraftet, da sich nun auch unsere Umstände geändert haben.« Die letzten Monate meiner toxischen Ehe waren die Hölle für uns beide. Selbst fünf Monate danach haben wir uns nicht davon erholt. Meine Tochter musste vieles mit anhören, was niemals für ihre Ohren bestimmt war, und welchen seelischen Schaden das angerichtet hat, kann ich noch nicht abschätzen. Auch finanziell leben wir nun ein völlig anderes und eher schwieriges Leben.

»Das tust du schon längst. Die letzten Monate waren hart, aber sie weiß, wie sehr du sie liebst und dass du alles in deiner Macht Stehende tun wirst, damit sie sich von dem Geschehenen erholt.«

»Wieso habe ich dann das Gefühl, sie zu enttäuschen?«, frage ich und lasse die Selbstzweifel zu, die mich in meinem Inneren immer wieder quälen.

»Niemand ist enttäuscht von dir. Du hast einen mutigen Schritt gemacht, als du diesen Mistkerl verlassen hast. Der Weg mag jetzt steinig sein, aber das Ziel macht es wieder wett. Glaub mir.« Sie nimmt mich erneut fest in den Arm. Heute erkenne ich den Geruch von Anis und Basilikum an ihr. Ein Duft, den ich mit meinem Zuhause verbinde, mit Liebe und Rückhalt. Ich drücke sie fester an meine Brust und lächle in ihr Haar.

»Danke, Mom«, flüstere ich.

»Ich will nur, dass du mir sagst, wenn du etwas brauchst, okay?« Ich weiß, dass ihre Worte aufrichtig gemeint sind, also nicke ich, auch wenn ich zuerst versuchen werde, es allein zu schaffen. Sollte ich scheitern, weiß ich, dass meine Familie immer hinter mir steht. Finanziell könnte es bei mir besser laufen, aber über dieses Thema will ich jetzt nicht reden. Nachdem ich nach der Scheidung quasi ohne Geld dastand, haben meine Eltern die Kaution für meine Mietwohnung gestellt. Sie meinten, es sei ein Geschenk, doch ich spare schon fleißig und kann ihnen das Geld bald wieder zurückgeben. Wir führen nun ein sparsames, aber glückliches Leben.

»Natürlich«, sage ich mit einem strahlenden Lächeln, damit sie sich keine Sorgen machen muss, und atme auf, als sie das Thema fallen lässt.

»So kenne ich meine Brooke.«

»Ich hab dich lieb.« Ich drücke sie fest und gebe ihr einen Kuss auf die Wange. Meine Großmutter und Mutter bilden das Herz unserer überaus großen Familie und ich liebe den Umstand, dass ich immer mit beiden reden und sie um Rat bitten kann.

»Schluss mit den Liebeserklärungen. Schau auf die Uhr, es ist sechzehn Uhr, du musst dein Kind von der Schule abholen. Nicht dass du wieder zu spät kommst.« Rasch blicke ich zur Uhr und fluche innerlich. Wieder mal hat sie recht. Ich bin ziemlich spät dran, was aber nichts Neues ist.

»Bye!«, rufe ich laut, sodass auch meine Großeltern und meine Brüder sich angesprochen fühlen.

»Antío«, ertönt es im Chor, als ich auch schon aus dem Haus stürme und in meinen Honda Civic einsteige. Ich hole mein Smartphone hervor, wähle eine meiner zahlreichen Playlists aus und drehe die Musik auf volle Lautstärke, ehe ich das Auto starte und losfahre. Der Verkehr hält sich zum Glück noch in Grenzen, sodass ich kein Hupkonzert veranstalten muss. Während der Fahrt singe ich laut mit und bewege mich zu den Beats, wie ich es immer tue. Das bin ich, das macht mich aus. Dass vorbeigehende Personen und der ein oder andere Autofahrer mir missbilligende Blicke zuwerfen, macht mir nichts aus. Wenn es sie stört, ist es ihr Problem. Denn auch wenn das Leben mir übel mitgespielt hat, bleibe ich positiv gestimmt. Vielleicht war das auch der Grund, warum ich es so lange mit

Gary ausgehalten habe: Ich hatte immer die Hoffnung, dass es besser werden würde. Aber ich habe mich getäuscht.

Trotz allem schaffe ich es, pünktlich vor der Schule zu parken. Während ich zu einem meiner Lieblingssongs mitsinge, blicke ich kurz auf mein Smartphone, wo eine neue Nachricht von Savannah aufblinkt:

Savannah: Bitte sag mir, dass du heute Abend Zeit für mich hast. Connor meldet sich seit Tagen nicht mehr, und ich drehe hier noch durch. Ich brauche die wunderbare Gesellschaft deiner Tochter und einen Tritt in den Hintern von dir, um ihm nicht zu schreiben. Lieb dich

Meine arme beste Freundin – sie hat einfach kein Glück mit Männern, genau wie ich. Nur habe ich meinen Fehler eingesehen und gehe der männlichen Spezies so gut es geht aus dem Weg, anders als Savannah, die fast jedes Wochenende ausgeht und somit neue Männer kennenlernt. Ich tippe ihr gerade eine Antwort, dass sie gern vorbeikommen kann, als plötzlich jemand neben mir an die Fensterscheibe klopft und mich zu Tode erschreckt. Ich blicke zur Seite, wo mich das falsche Lächeln der Mutter des Jahrhunderts, Mildred Weinstein, erwartet. Ich drehe die Musik leiser und lasse die Scheibe nach unten fahren.

»Brooke, schön dich zu sehen.« Das sagen zwar ihre Lippen, doch ihr vorwurfsvoller Blick spricht eine völlig andere Sprache.

»Mildred. Hey.« Ich ringe mir ein Lächeln ab, da ich schon ahne, dass ihre Worte mal wieder in einen Seitenhieb ausarten werden. Das haben sie bis jetzt immer.

»Ach, wie oft habe ich dir schon gesagt, dass du mich Milly nennen sollst.« *Wird niemals passieren, aber danke.*

»Wie kann ich dir helfen?«

»Ich wollte dich nur darauf hinweisen, dass die Musik in deinem Auto eine kleine Spur zu laut ist.«

»Ach tatsächlich. Danke für den Hinweis. Meinem Trommelfell geht es bestens! Lieb, dass du nachfragst.«

»Schön, aber diese Musik …«

»Ach du meinst K-Pop? Ist es nicht toll?« Ich wechsle das Thema, auch wenn ich natürlich weiß, wie sie es gemeint hat. Es interessiert mich nur einfach nicht.

»Man versteht ja gar nichts.«

»Musik ist dazu da, um gefühlt zu werden. Sie spricht eine universelle Sprache.«

»Hören das nicht nur Teenies?«, fragt sie schnippisch, doch sie kann meine Laune nicht trüben. Vermutlich rechnet sie damit, mich mit ihrer Frage zu verletzen, aber mit Personen wie ihr kann ich umgehen.

»Das hören nur Menschen mit Geschmack, da ist das Alter nicht so wichtig.« Sie schnappt empört nach Luft, als auch schon die Tür aufgeht und meine wunderbare Tochter sich neben mich setzt und sich anschnallt.

»Hallo, mein Schatz. Du hast ja eine Ewigkeit gebraucht«, sage ich, und muss dabei wohl etwas verzweifelt klingen, denn die Mundwinkel meiner Tochter zucken kaum merklich.

»Habe mir Zeit gelassen, als ich gesehen habe, dass du dich köstlich amüsierst und unterhältst.« Oh, ich kenne da jemanden, der lange keine Pfannkuchen zum Frühstück bekommen wird.

»Danke«, bringe ich gepresst hervor und setze wieder ein gequältes Lächeln auf, um mich erneut zu der Frau umzudrehen, die mir noch nie sympathisch war.

»Tja, wir müssen leider los, aber danke noch mal für deine Sorge um meine Ohren. Das weiß ich zu schätzen. Wir sehen uns.« Ohne eine Antwort von ihr abzuwarten, drehe ich wieder die Musik auf volle Lautstärke, und sehe in das lächelnde Gesicht meiner Tochter. Auch sie ist froh, dass wir diese Frau endlich losgeworden sind. Ich winke und fahre aus der Parklücke.

Daheim schmeißen wir unsere Taschen in die übliche Ecke und eilen in die Küche, um das leckere Essen meiner Mom zu verschlingen, das sogar noch lauwarm ist, sodass wir gleich reinhauen können. Mittlerweile ist die Sonne untergegangen, sodass es draußen bereits dunkel geworden ist.

»Es ist so gut«, murmelt Athina mit vollem Mund und genießt jeden Bissen sichtlich. Sie hat sich ihr Kinn bekleckert, also hebe ich meine Hand und wische es weg.

»Das sagst du über meine Moussaka nie«, beschwere ich mich, ohne es wirklich ernst zu meinen.

»Ich gelobe Besserung.«

»Ach was, so gut wie Mom werde ich wohl nie werden.«

»Da ist was dran.« Ich zucke mit den Achseln und esse weiter. Innerhalb weniger Minuten haben wir die Box abgewaschen und es uns auf der Couch gemütlich gemacht. Während ich nach einem Buch greife, ist Athina an ihrem Smartphone.

»Spielst du ein Spiel?«, frage ich, doch sie schüttelt den Kopf.

»Chattest du mit jemandem aus deiner Klasse?« Wieder die gleiche Reaktion.

»Planst du, die Weltherrschaft an dich zu reißen?«

»Kreative Frage, aber nein, ich gehe nochmals die Notizen des heutigen Tages durch.«

»Hausaufgaben? Du bist gerade erst wieder in Freiheit, wie kannst du da jetzt schon an Hausaufgaben denken?«

»Im Gegensatz zu dir mag ich die Schule und das Lernen.«

»Bist du wirklich meine Tochter? Ich meine, da kann doch was nicht stimmen.«

»Ich muss dich enttäuschen, ich sehe genauso aus wie du, mehr Beweise braucht es da nicht.« Sie streckt mir frech die Zunge raus, was mich mein Buch wegschieben lässt, ehe ich nach einem Kissen greife und es in ihre Richtung schleudere. Minutenlang liefern wir uns eine Kissenschlacht der Extraklasse, bis wir irgendwann beide keine Luft mehr bekommen. Danach nehme ich sie in den Arm, und wir blicken an die Decke auf unsere Sterne, die wir dort angebracht haben, damit sie in der Nacht leuchten. Seit ich denken kann, ist meine Tochter fasziniert von der Astronomie. Mond war ihr erstes Wort, und sie lernt hart und viel, um Astronomie an der Princeton University zu studieren, wo auch ihr Vater seinen Abschluss gemacht hat.

»Vermisst du ihn?«, fragt sie plötzlich in die Stille hinein.

»Nein, wie kommst du darauf?«

»Du denkst gerade an ihn, das zeigt mir deine verkrampfte Haltung.«

»Oh. Stimmt, er tauchte gerade kurz in meinen Gedanken auf. Ich werde ihm immer dankbar sein, dass er mir dich geschenkt hat, aber ich empfinde einfach nichts mehr in seiner Gegenwart.«

»Gut so. Wir brauchen ihn nicht.«

»Sag das nicht. Er ist dein Vater.«

»Das mag er auf dem Papier sein, aber welcher Vater sagt all seine Besuche ab und verzichtet darauf, Zeit mit seiner Tochter zu verbringen?« Sie sagt diese Worte nüchtern, als würde sie über das Wetter reden. Ich höre keinen Schmerz in ihrer Stimme, und das erleichtert mich. Doch gleichzeitig macht es mir Sorgen.

»Das tut mir so leid, Schätzchen.« Ich drücke sie fest an mich, doch sie löst sich von mir und sieht mich selbstsicher an.

»Muss es nicht. Ich habe dich, Tante Savannah und unser *Little Greece.* Mehr brauche ich nicht, um glücklich zu sein.«

»Ich auch nicht, Athina. Ich auch nicht.« Ich versuche, auch meine Worte selbstsicher klingen zu lassen, scheitere jedoch kläglich.

4. KAPITEL

Ian

Gleißendes Licht lässt mich meine Augen zusammenkneifen. Ich rolle mich auf den Bauch und begrabe das Gesicht im Kopfkissen. Doch diese kleine Bewegung ist zu schnell für meinen Zustand und löst heftige Kopfschmerzen aus. Ein Zischen entweicht meiner Kehle, da ich mit dieser Schmerzattacke nicht gerechnet habe. Ich ächze ins Kissen, aber meine Qualen scheinen sich nur zu verschlimmern.

»Auf mit dir!«, höre ich die genervte Stimme meines Managers Sylvester, den wir alle aber Sly nennen. Ich hebe langsam den Kopf und muss meine Augen vor dem hellen Sonnenlicht abschirmen. Der Arsch hat alle Jalousien geöffnet und die Vorhänge beiseitegezogen, sodass meine Wohnung von Licht durchflutet ist.

»Was zum Teufel machst du hier?«, murmle ich eher ins Kissen, doch er hat mich gehört.

»Dein Ernst? Hast du überhaupt keine Ahnung, was ich an so einem herrlichen Vormittag wie heute hier machen könnte? Denk mal scharf nach.« Sarkasmus trieft aus jedem seiner Worte, was typisch für ihn ist.

»Wie hast du mich überhaupt gefunden? Ich habe diese Wohnung in Brooklyn erst vor ein paar Wochen gekauft.« Ich übergehe seine Frage, denn ich weiß sehr wohl, dass ich erneut eine Bandprobe verschwitzt habe.

»Das spielt jetzt keine Rolle. Wichtiger ist, dass du mir endlich verrätst, was zum Henker mit dir los ist.« Ich kann diese Frage nicht mehr ertragen. Gefühlt jeder in meinem Umfeld scheint sie mir zu stellen, nur kann ich ihnen keine Antwort darauf geben. Wenn ich das tue, müsste ich von Faith erzählen, und dazu bin ich nicht bereit. Also blocke ich ab, wie ich es immer tue.

»Keine Fragen vor dem ersten Kaffee!«

»Das hättest du wohl gern.«

»In der Tat, hol mir bitte einen Kaffee.«

»Einen Scheiß werde ich tun. Das hier ist kein Spaß mehr, Ian!« Der Ernst in seiner Stimme entgeht mir nicht, aber es ist mir egal. Ich kann ihm nicht mehr als Sarkasmus anbieten, nicht, solange ich jeden Tag innerlich sterbe. Ich stehe auf und störe mich nicht an der Tatsache, dass ich nackt bin. Die Jungs haben mich schon sehr oft ohne Kleidung gesehen und Sly ist da keine Ausnahme. Ich will in die Küche gehen, doch Sly stellt sich mir in den Weg und verschränkt wütend die Arme vor der Brust. Langsam lasse ich meinen Blick über seine polierten Schuhe, die schwarze Anzughose, das weiße Hemd und seine hart wirkenden Gesichtszüge gleiten.

Heute lässt er den Army-Ausbilder raushängen, denn eigentlich war genau das sein Beruf, bevor er kündigte und den Musikladen in Manhattan eröffnete. Kian, Lewis, Seth und ich haben mehr Zeit in seinem Laden als in der Schule verbracht. Trotz seiner teils kühlen Art mochten wir ihn, und als er uns einmal im Proberaum besuchte, war er hin und weg von unseren Songs. Er erkannte unser Talent, bevor wir es taten, und mit der Hilfe von Hayden, der sein Label gründete und erste Erfolge erzielte, haben wir es schließlich bis ganz an die Spitze geschafft. »Geh mir aus dem Weg«, sage ich leise und mit Nachdruck, doch er steht noch immer mit verschränkten Armen vor der Brust da und sieht mich mit einer Mischung aus Wut und Sorge an. Sly würde alles für seine Liebsten tun, und unter seiner harten Schale steckt ein weicher Kern, doch diesmal scheint er wirklich ziemlich sauer auf mich zu sein.

»Keine Chance, du Pisser.« Ich könnte ihn wegen seines Mundwerks feuern, aber so hat er immer schon mit uns gesprochen, wenn wir Mist gebaut haben. Was in meinem Fall öfter vorkommt als bei den drei anderen zusammen.

»Oh. So hast du mich schon seit Wochen nicht mehr genannt.«

»Weil du gerade wirklich über die Stränge schlägst, Ian.«

»Ach, was du nicht sagst.« Ich gehe einfach an ihm vorbei, doch er packt mich am Arm und zwingt mich zum Stehenbleiben. Ich blicke grimmig auf seine Hand, die fest zupackt, und dann in sein Gesicht. So wütend wie heute habe ich ihn selten erlebt, was mich stutzen lässt.

»Du hast erneut eine Probe verpasst und dich volllaufen lassen.«

»Ja und? Ist ja nicht so, als stünden Auftritte an.«

»Und deswegen lässt du alle hängen? Ihr wolltet doch an eurem siebten Studioalbum arbeiten.«

»Die anderen können das auch ohne mich.«

»Mach dich nicht lächerlich. Zieh dich an! Wir fahren ins Studio, die Jungs wollen mit dir reden.«

»Ich gehe duschen und dann schlafe ich weiter.«

»Um dann fürs Saufen am Abend fit zu sein?«

»Genau! Du hast es erfasst.« Mittlerweile brüllen wir einander an. Meine Kopfschmerzen werden dadurch nur schlimmer, aber ich werde nicht nachgeben. Ich kann den Jungs nicht entgegentreten. Nicht heute.

»Ich sage es nur noch ein Mal. Mach dich fertig und komm mit.«

»Nein.« Das ist meine endgültige Antwort.

»Na schön, du hast es nicht anders gewollt.« Er schnappt sich sein Smartphone und tippt etwas. Es dauert keine fünf Minuten, als sich meine Wohnungstür öffnet und ich bekannte, wutentbrannte Stimmen vernehme. Hastig schnappe ich mir eine Jogginghose, die ich am Boden finde und ziehe sie an, als ich die Stimmen meiner Mom und Quinn höre.

»Dorian Griffin Millard, du verdammter Mistkerl!«, ruft meine Schwester, gefolgt von einem enttäuschten Kopfschütteln meiner Mutter. Wir treffen im Wohnbereich aufeinander, wo die beiden mich mit einem vernichtenden Blick strafen, den ich so von den beiden noch nie erlebt habe.

»Guten Morgen«, sage ich und lächle, doch die erhoffte Reaktion bleibt aus. Diesmal kann ich sie nicht so leicht um den Finger wickeln. *Mist! Was ist nur mit diesem verdammten Tag? Nichts scheint so zu laufen, wie ich es will.*

»Du bist ein Verräter«, murmle ich in Slys Richtung, da er zu härteren Bandagen gegriffen hat und die Leading Ladys in meinem Leben mit einbezogen hat.

»Habt ihr euch nun gegen mich verschworen, oder was?«, frage ich und blicke zwischen den dreien hin und her. Denn genauso fühlt es sich an.

»Ich denke, es ist eher andersrum. Wie es aussieht, hast du dich gegen die ganze Welt verschworen. Es muss ziemlich schlimm um dich stehen, wenn Sly mich hinzuziehen muss«, sagt meine Mutter betroffen, was mir einen Stich in der Brust verursacht. Ich versuche, mir nichts anmerken zu lassen.

»Ach was, er übertreibt. Ich habe nur eine Probe verschwitzt.«

»Vier Proben, um genau zu sein«, fügt der Arsch hinzu, worauf ich ihm den Mittelfinger zeige.

»So kann das nicht weitergehen, Ian. Einen Monat lang haben wir dir Zeit gegeben, um dich von etwas zu erholen, was du mit niemandem von uns teilen möchtest, aber irgendwann reicht es auch«, ruft Quinn, die mit jedem Wort lauter wird. Ich weiß, dass es sie mitnimmt, dass ich ihr etwas verheimliche. Normalerweise teilen wir all unsere Sorgen, aber Faith ist ein Geheimnis, das ich unbedingt bewahren möchte. Kaum denke ich wieder an sie, kehrt die Hilflosigkeit wieder zurück. Und mit ihr die Wut, mit der ich absolut nicht umgehen kann.

»Ich sage, wenn es genug ist, nicht ihr!« Meine donnernde Stimme lässt die anderen keine Miene verziehen.

»Du bist kein Kind mehr. Du hast eine Verantwortung deiner Band, Familie und den Fans gegenüber«, flüstert Mom und kommt langsam auf mich zu.

»Hört auf, mich ständig zu bedrängen.«

»Das tun wir nicht«, antwortet meine Schwester, diesmal mit sanfter Stimme.

»Ich kann nicht singen, und spielen schon gar nicht.« Das zu ergründen habe ich schon längst aufgegeben, denn in der Vergangenheit zu graben würde mich nur noch mehr in den Abgrund reißen.

»Du hast es nicht einmal versucht. Das sieht dir gar nicht ähnlich.« Die schmerzerfüllten Worte meiner Schwester gehen mir unter die Haut, und dass mich Mom und Sly nun auch noch eindringlich ansehen, lässt mich schwer schlucken.

»Ich will einfach nur meine Ruhe haben«, flüstere ich und blicke überall hin, nur nicht in die besorgten Augen der Menschen, die ich liebe.

»Die hattest du schon einen Monat lang«, stellt Sly nüchtern fest.

»Ich brauche mehr Zeit, um mich zu erholen.« Das ist eine Ausrede, denn ich weiß, dass ich, egal wie viel Zeit ich auch habe, nie wieder derselbe sein werde.

»Die Jungs werden ungeduldig«, meint Sly ohne Vorwurf.

»Wieso sagen sie mir das nicht selbst?«, frage ich gereizt.

»Vielleicht, weil du auf keine ihrer Nachrichten oder Anrufe reagierst?«, stellt Sly die Gegenfrage und erwischt mich damit eiskalt. Denn mir wird klar, dass er recht hat. Den Kontakt mit meiner Familie habe ich mit Ach und Krach aufrechterhalten, doch an die Jungs habe ich kaum einen Gedanken verschwendet. Ich bin ein furchtbarer Mensch.

»Ich werde morgen zur Probe kommen. Ich verspreche es, okay?« Das schlechte Gewissen bringt mich dazu, mir selbst einen Arschtritt zu verpassen. Denn sie haben recht. Seit Wochen habe ich keinen Fuß in ein Studio gesetzt, geschweige denn ein Instrument angerührt. Schon vor ein paar Jahren habe ich diese Zerrissenheit in mir gespürt, doch sie wurde immer stärker und stärker, bis ich schließlich nicht mal mehr in der Lage dazu war, Musik zu machen. Teils wegen Faith, teils weil ich das Gefühl habe, ausgebrannt zu sein.

»Also morgen. Okay?«

»Ja doch«, antworte ich, aber er ist noch nicht fertig.

»Bitte, Ian. Du musst versuchen, wieder auf die Beine zu kommen und vor allem mit den Jungs reden. Ihr seid ein Team, wenn einer ausfällt, dann hängen alle mit drin.« Ich kann mich nicht daran erinnern, wann Sly mich mal um etwas gebeten hat. Vielleicht ist das auch das erste Mal, aber er hat recht. Lewis, Kian, Seth und ich sind ein Team, und ich sollte es wenigstens versuchen, ehe alles über mir zusammenbricht.

Ich habe es versucht. Gott weiß, dass ich es getan habe. Ich habe früh zu Abend gegessen. Habe mir Trash TV reingezogen und sogar gelacht. Ich bin früh ins Bett gegangen, um fit für die morgige Probe zu sein. Doch ich habe Stunden damit verbracht, die Decke anzustarren, bis mich schließlich die Vergangenheit wieder eingeholt hat. Ich sehe Courtneys Misshandlungen, Faiths Gesicht, das aussieht, als würde sie nur schlafen. Mit aller Macht habe ich versucht, einzuschlafen, doch gegen zwei Uhr habe ich es schließlich nicht mehr ausgehalten.

Ich musste raus, musste einen Weg finden, diesen Schmerzen in mir zu entfliehen. Doch egal, wohin ich ging, nichts schien zu helfen. Erst als ich das zweite Glas Whiskey getrunken hatte, ging es mir besser. Es waren nur ein paar Stunden, doch diese waren für mich Gold wert.

Am nächsten Tag weckt mich Sly erneut auf, doch diesmal hat er mir nichts zu sagen. Und das muss er auch nicht, denn mir ist bei seinem Anblick durchaus klar, dass ich es verbockt habe. Er hat mir eine letzte Chance gegeben, und so nobel meine Absichten anfangs auch waren, habe ich der Versuchung nachgegeben und konnte mich nicht aufraffen, um pünktlich und vor allem nüchtern bei der Probe zu erscheinen.

Ich ziehe mich an und folge ihm nach draußen, wo auch schon unsere Limousine auf uns wartet. Während der Fahrt ist es totenstill im Wagen. Unser Fahrer blickt nervös zwischen Sly und mir hin und her und versucht bestmöglich, mit der eisigen Stimmung im Auto zurechtzukommen. Ich habe Sly und auch die Jungs enttäuscht, und das lässt er mich auch spüren. Seufzend blicke ich aus dem Fenster und lasse die Umgebung an mir vorbeiziehen. Ich blende jeden Gedanken an das anstehende Gespräch aus und blicke ins Nichts. Das ist es, wonach ich strebe. Momente der Ruhe, Augenblicke, in denen niemand etwas von mir verlangt oder erwartet. Dann kann ich einfach ich selbst sein. Zumindest die jetzige Version meiner selbst. Doch diese Ruhe hält nicht lange an, denn dann kommt wieder die Reue. Die Zweifel, die so laut in meinem Inneren rumoren, dass ich sie nur mit Alkohol betäuben kann.

Der Wagen kommt an einer Ampel zum Stehen, sodass auch meine Sicht sich wieder klärt. Neben uns hält ein silberner Ford Focus, in dem zwei junge Frauen lachend einen Song singen. *Wer weiß, vielleicht ist es sogar ein Song, den ich geschrieben habe?* Sie bewegen sich, als wären sie auf einer Tanzfläche und nicht in einem Auto. Die Lebensfreude, die beide ausstrahlen, macht mich neidisch und traurig zugleich. Sie lachen um die Wette und sehen so losgelöst aus. So frei von Sorge. *Wann habe ich mich das letzte Mal auch nur ansatzweise so gefühlt?*

Die Zeiten, in denen die Jungs und ich einfach zum Spaß gejammt haben, sind längst vorbei. Dabei vermisse ich die Tage, an denen es nur um die Musik ging. Wo die Melodien und Texte förmlich aus uns herausgesprudelt sind. Damals konnte ich behaupten, wirklich glücklich gewesen zu sein. Anders als heute, wo jeder Tag eine Qual ist, da ich die Schatten der Vergangenheit einfach nicht loswerde.

»Wir sind da«, sagt Sly, ohne mich anzusehen oder darauf zu warten, dass ich als Erster aussteige. Verdammt, ich habe es mir mit ihm wirklich verscherzt. Seufzend steige ich aus und binde mir mein halblanges Haar im Gehen zu einem Zopf zusammen. Es ist, als würde ich mir damit Stärke verleihen, da dieser Knoten mein Markenzeichen geworden ist. Wir betreten ein Studio, das die Jungs und ich gerne nutzen, um neue Songs für ein Album aufzunehmen. Es ist eher am Rand von Manhattan in einer ruhigeren Gegend und somit auch leichter für uns zu erreichen.

Kurz blicke ich auf die Uhr, bevor wir das uns zugewiesene Studio betreten. Vierzehn Uhr am Nachmittag. Es ist ziemlich lange her, dass ich um diese Uhrzeit auf gewesen bin. Normalerweise stehe ich erst spät am Nachmittag auf, ehe ich etwas esse und die Bars unsicher mache – in der Hoffnung, alles Vergangene vergessen zu können. Das Stimmengewirr und Lachen erstirbt, als ich unseren Aufnahmeraum betrete, und als ich den Blick hebe, weiß ich auch wieso. Meine Bandmitglieder, die im Laufe der letzten zehn Jahre zu meiner zweiten Familie geworden sind, sehen mich anklagend an.

Das bin ich schon gewohnt, da ich mehr Ärger mache, als gute Publicity zu liefern, aber heute ist es anders. Die Eiseskälte vom Auto hat sich verfünffacht und droht mich zu erdrücken. Stumm winke ich in die Runde, ernte aber nur ein Nicken der anderen. Ich weiß, dass ich eher mit Abwesenheit geglänzt habe, aber das hier grenzt schon an Hass. *Oder fühlt es sich für mich nur so an?*

»Setz dich«, sagt Kian, ohne mich dabei anzusehen. Er ist der Bandleader und wie ein großer Bruder für uns alle. Im Gegensatz zu uns anderen hat er seine Beziehung öffentlich gemacht. Er hat einen Tag vor mir Geburtstag und das lässt er immer raushängen, wenn er denkt, dass er im Recht ist. Ich liebe diesen Kerl – genau wie den Rest der Band. Er war für mich da, als ich nach dem Überfall eine Panikattacke in der Schule hatte, hat mich besucht, als ich weggezogen bin und mich nicht anders behandelt, nur weil ich mit einem Mal Teil einer wohlhabenden Familie war. Sein hellblondes Haar trägt er kürzer als sonst, da der Frühling vor der Tür steht und er es hasst, wenn er verschwitzt ist und Haare an seiner Haut kleben.

»Ist lange her«, sage ich, und es stimmt tatsächlich. Ich habe das Gefühl, als wären Jahre vergangen und nicht nur ein Monat, seitdem wir uns das letzte Mal gesehen haben. Wobei nur ich derjenige bin, der sich verändert hat.

»Was einzig und allein an dir gelegen hat.« Okay, Kian kommt gleich zur Sache, ohne sich vorher mit Small Talk aufzuhalten. Das habe ich verdient.

»Ich war beschäftigt.«

»Womit? Dir die Leber zu ruinieren?« Ich lecke mir verärgert über die Lippen und blicke kurz zu Lewis und Seth, die mich aber nur stillschweigend beobachten. Ich muss mich einfach setzen, da die geballte Ladung Schuldgefühle, die mir entgegengeschleudert wird, mir die Luft aus den Lungen drückt, auch wenn ich es nach außen hin nicht zeige.

»So was in der Art.« Ich gehe nicht auf diese Diskussion ein, denn sie würde nur zu weiteren Fragen führen, die ich nicht beantworten will.

»Das ist alles, was du zu sagen hast?«, fragt er mit Nachdruck und einer Spur Entsetzen. Wenn er denkt, dass ich hier und jetzt zu Kreuze kriechen werde, hat er sich getäuscht. Ich habe sie vernachlässigt und die Probe mal wieder verpasst, aber er tut ja geradezu so, als hätte ich seinen Hund überfahren.

»Ja, das ist es.« Ich weiß, ich sollte jetzt nicht mit Trotz kommen, aber ich kann einfach nicht anders.

»Ach komm schon!«, platzt es plötzlich aus Lewis heraus. Unser Drummer steht auf und beginnt im Raum hin und her zu gehen. Er konnte nie wirklich lange ruhig sitzen bleiben. »Wie kannst du uns einen Monat lang hängen lassen und dann so tun, als wäre nichts passiert?« Den Jüngsten aus unserer Band scheint meine Abwesenheit ziemlich getroffen zu haben. Sie alle haben mir geschrieben und angerufen, aber ich hatte nicht die Kraft, mich ihnen zu stellen. Selbst jetzt lechze ich nach einem Drink, um dieser Scheißsituation zu entfliehen – oder auch mir selbst.

»Ich musste allein sein und mit einigem klarkommen.«

»Hast du es geschafft?«, fragt mich Seth ruhig. Er ist der Einzige, der ruhig geblieben ist.

»Nein«, antworte ich ehrlich, stütze die Ellbogen an meinen Oberschenkeln ab und lasse den Kopf hängen.

»Und was bedeutet das für uns?« Es ist Kian, der erneut das Gespräch mit mir sucht. Ihn hat meine abweisende Art wohl ziemlich gekränkt, da er bisher immer derjenige war, zu dem ich gekommen bin, wenn ich Probleme hatte.

»Dass ich an mir arbeiten muss.«

»Und wie stellst du dir das vor? Wie willst du wieder du selbst werden, wenn das Einzige, was du tust, saufen oder Ärger machen ist?«

»Woher willst du wissen, was ich tue?«

Plötzlich greift Kian nach einem Stoß Magazine und knallt sie vor mir auf den Couchtisch. »Weil du nicht irgendjemand bist. Hier sind Zeitungsberichte und Posts von Fans, alle aus dem letzten Monat. Es sind so viele, dass wir sie kaum zählen können.«

Verblüfft blicke ich auf die Bilder. Manche sind unscharf, aber es besteht kein Zweifel, dass ich der Mann auf den Fotos bin. Die vielen Flaschen um mich herum lassen mich schlucken. Wie viel ich trinke, bemerke ich währenddessen nicht, es jetzt jedoch in halb nüchternem Zustand zu sehen, schockiert mich.

»Du schadest der Band, Ian«, sagt Sly ruhig und ohne jeglichen Groll.

»Ich habe seit einem Monat kein Instrument berührt oder gar gesungen«, flüstere ich, was den anderen ein Nicken entlockt. Denn das wussten sie bereits. Was sie nicht wissen, ist, wie tiefgehend diese Blockade ist. Noch nicht mal ich weiß, wie stark sie in mir verankert ist.

»Wir wissen, dass du nicht so weit bist, mit uns über das zu reden, was dich in einen Abgrund hat stürzen lassen, aber wir wollen, dass du die Zähne zusammenbeißt und es wenigstens versuchst«, sagt Kian und setzt sich neben mich auf die Couch. Seth nimmt rechts neben mir Platz. Lewis geht vor mir in die Hocke, und alle sehen mich eindringlich an.

»Wie soll ich das schaffen?«, frage ich niemanden bestimmten, denn ich habe das Gefühl, als könnte mich nichts aus diesem Loch rausholen.

»Du musst es tun, denn wir können so nicht mehr weitermachen. Du weißt, dass du unser Bruder bist, und wir lieben dich, aber wir wollen unsere Karriere nicht wegen dir beenden müssen. Wenn du mal einen Blick auf die Social-Media-Plattformen werfen würdest, würde dir auffallen, dass wir wegen deiner Eskapaden schon ziemlich an Beliebtheit eingebüßt haben«, meint Kian und seine Stimme wird noch eine Nuance trauriger.

»Was?« Mir war nicht klar, dass mein Verhalten solche negativen Wellen schlagen würde. Klar, ich habe über die Stränge geschlagen, aber dass es die Band mit in den Abgrund reißen könnte, hätte ich nicht gedacht.

»Auch wenn es uns alle schmerzt, das zu sagen, aber wir müssen dir ein Ultimatum stellen.«

»Aber wieso?«, frage ich erschrocken. Ich hatte nicht damit gerechnet, dass sie mir die Pistole auf die Brust setzen.

»Ich sage dir wieso«, meint Kian ruhig und sieht mir dabei fest in die Augen.

»Du hast uns allen gestern Hoffnungen gemacht. Sly sagte, du meintest es ernst. Wir haben uns alle gefreut, unseren Kumpel und Bruder wiederzusehen. Dann hast du uns wieder hängen lassen, aber diesmal hat es mehr wehgetan als im letzten Monat zusammen. Denn du hast uns bewusst hängen lassen.«

»Nein, das stimmt nicht!«, sage ich, doch Kian hebt nur eine Hand, um mich zum Verstummen zu bringen.

»Doch, das hast du, und weil du eben eine Grenze überschritten hast, geben wir dir jetzt noch eine allerletzte Chance. Entweder du kommst mit deinen Problemen klar, oder …« Seine Stimme bricht kurz weg und er sieht abwechselnd jedem

Bandmitglied ins Gesicht. Seine Worte schmerzen, doch ich gebe mich gelassen, auch wenn ich innerlich schreie.

»Oder was?«, frage ich, auch wenn ich mir schon denken kann, was als Nächstes kommt.

»Oder wir müssen uns einen neuen Leadsänger suchen.«

5. KAPITEL

Brooke

»Wieso tut der Wettergott uns so etwas an?«, jammert Athina und bibbert vor Kälte.

»Ich weiß es nicht, es soll einfach aufhören«, rufe ich, und wir beschleunigen unsere Schritte. Ich schirme mein Gesicht mit der Hand ab, um es vor dem fallenden Schnee zu schützen. Es sind nur ein paar Schritte von der Haustür meiner Eltern zu unserem Auto, aber trotzdem sind wir durchgefroren und unsere langen Haare nass vom Schnee. Schwer atmend gönnen wir uns eine Verschnaufpause, ehe ich den Wagen starte. »Wir werden bei dem Schneesturm wohl eine Weile brauchen, bis wir nach Hause kommen«, schlussfolgert meine Tochter und hat vollkommen recht. Die Winter in New York City sind unberechenbar und eiskalt. Mehr als einmal bin ich während des Fahrens ins Schleudern geraten, hatte bis jetzt aber zum Glück noch keinen Unfall.

»Du hast recht, aber besser langsam fahren als einen Autounfall verursachen.«

»Auf welche Musikrichtung hast du Bock?«

»Guck auf die Uhr«, antworte ich, und wir blicken gleichzeitig auf die Ziffern, die dreiundzwanzig Uhr vierzig anzeigen.

»Okay Mom, ich habe den Wink verstanden. Ich suche etwas Ruhiges heraus.«

»Danke, Moró.« Sie strahlt übers ganze Gesicht, da sie es liebt, wenn ich sie Schätzchen auf Griechisch nenne. Ich starte den Wagen und fädle mich in den Verkehr ein. Zum Glück sind an diesem Samstagabend nicht so viele Autos auf der Straße. Die Scheibenwischer verursachen ein nerviges Geräusch, das jedoch plötzlich durch sanfte Klaviermusik übertönt wird. Mit einem warmen Lächeln blicke ich kurz zur Seite, wo meine Tochter die Augen geschlossen hat und mit den Fingern klimpert, als würde sie selbst Klavier spielen. Dabei hat sie ein seliges Lächeln auf den Lippen.

»Hast du jemals daran gedacht, selbst Klavierunterricht zu nehmen?« Sie seufzt auf, ehe sie die Augen öffnet.

»Daran gedacht ja, aber ich denke, dass ich es nicht könnte.«

»Wie kommst du darauf? Klar, es ist manchmal nicht leicht, mit etwas Neuem zu beginnen, aber Übung macht ja bekanntlich den Meister – oder die Meisterin.«

»Ich denke trotzdem nicht, dass ich dafür gemacht bin.«

»Du entscheidest, aber solltest du Interesse daran haben, werden wir uns nach einer entsprechenden Möglichkeit umsehen.«

»Sollte ich einmal so weit sein, bist du die Erste, die es erfährt.«

»Das freut mich. Egal was du im Leben machen oder erreichen willst, ich bin hier, um dich zu unterstützen.«

»Danke, Mom. Das warst du schon immer.« Ich lächle sie an, doch plötzlich breitet sich Traurigkeit in mir aus. Wie gern würde ich ihr sagen, dass dies auch für ihren Vater gilt. Das Verhältnis zwischen mir und meinen Ex-Mann war schon länger schlecht, doch das Schlimmste war, dass er in den zehn Jahren, die er mit seiner Tochter zusammen war, keine Beziehung zu ihr aufbauen konnte. Immer war etwas wichtiger als seine Familie. Ich wünschte, er würde ihren Lebensweg ebenfalls stolz begleiten, doch dieser Mistkerl hat sich seit fünf Monaten nicht gemeldet und ist zu seinen Besuchszeiten nie aufgetaucht. Doch das ist ein Thema, das ich nicht gerne aufrolle. Gary hat einfach keinen Platz mehr in unserem Leben. Ich möchte mit Athina einen Neustart wagen.

»Wie geht es dir? Jetzt wohnen wir schon fünf Monate in Brooklyn. Gefällt dir unser Leben, so wie es ist?«

Sie denkt nicht lange über ihre Antwort nach. Sofort erscheint ein breites Lächeln auf ihrem Gesicht. »Ich liebe unser Leben, wie es ist. Ich habe mich in dem Penthouse nie wirklich zu Hause gefühlt. Ich mochte Dads Verhalten, seine Familie und Freunde nicht. Erst jetzt weiß ich, wie sich ein wahres Zuhause anfühlt.« Ihre Worte sind ehrlich, aber auch hart der Familie meines Mannes gegenüber. Aber meine Tochter sagt stets, was sie denkt. Das war schon immer so.

»Vermisst du deinen Vater kein bisschen?«

»Wieso sollte ich? Seit der Scheidung hat er mich nicht ein einziges Mal besucht oder Kontakt zu mir aufgenommen.« Ihre Worte klingen nicht traurig, sondern sachlich, was es für mich noch schlimmer macht. Mein Herz schmerzt bei ihrer Aussage, denn ich fühle mich irgendwie mitschuldig daran, dass ihr Dad ihr nie die Liebe gab, die sie so dringend brauchte.

»Das tut …«

»Bitte hör auf, dich für ihn zu entschuldigen. Er ist kein Teil unseres Lebens mehr, Mom. Du reichst mir vollkommen …«

Ihr Lächeln bringt auch mich dazu, die Tränen wegzublinzeln und es zu erwidern. Ich bin bestimmt nicht perfekt, aber wenn ich mir meine Tochter ansehe, dann weiß ich, dass ich etwas in meinem Leben richtig gemacht habe.

Und mit diesen paar Worten ist die trübe Stimmung auch

schon wieder verflogen. Meine Tochter lauscht entspannt den Klavierklängen, bis wir endlich vor unserer Wohnung parken. »Zieh dir einen Schal an. Der Aufzug ist kaputt und die Heizung im Treppenhaus ausgefallen.« Athina nickt und bindet sich wie ich den Schal um, ehe wir aussteigen, den Zahlencode eintippen und durch die Eingangstür treten. Eiskalte Luft umhüllt uns, als wir die Stufen nehmen, sodass es sich fast so anfühlt, als sei es im Inneren kälter als draußen. Als wir den dritten Stock erreichen, wird uns der Weg von einem Männerkörper versperrt, der auf den Stufen liegt.

»Was zum Teufel? Hallo?«, sage ich und tippe den Mann an, der zu breit gebaut ist, als dass wir einfach über ihn drübersteigen könnten.

»Können Sie mich hören?!«, rufe ich nun lauter und berühre ihn kurz an der Schulter. Er gibt ein kurzes Murmeln von sich, wobei ich eine scharfe Alkoholnote bemerke.

»Der schläft tief und fest.«

»Und er ist betrunken. Versuchen wir einfach, über ihn drüberzukrabbeln.«

»Warte mal, Mom, das können wir nicht tun.« Meine Tochter greift nach meinem Ärmel und hält mich auf.

»Und wieso nicht?«

»Weil es hier gefühlt minus zehn Grad hat, und wie du siehst, trägt er nur ein T-Shirt. Wenn wir ihn hierlassen, wird er erfrieren.« Da ist etwas dran, aber mir gefällt nicht, worauf dieses Gespräch hinausläuft.

»Und was sollen wir tun?«

»Er ist doch unser Nachbar, wir können ihn hier nicht einfach liegen lassen.«

»Woher willst du wissen, dass er hier wohnt?« Sie deutet mit dem Finger auf den Schlüsselbund neben ihm, den ich vorher nicht entdeckt habe.

»Dann kann er nur der neue Mieter im Dachgeschoss sein.«

»Der mit den Anfangsbuchstaben D M?«

»Genau«, antworte ich und beginne zu grübeln.

»Dann sollten wir ihn in seine Wohnung schaffen.« Ich sehe sie ungläubig an. Für wen hält sie mich? Wonder Woman?

»Vergiss es, Athina, den bekommen wir nicht bis ins Dachgeschoss.« Er ist ein Berg von einem Mann, wie sollte ich ihn hochhieven können?

»Dann müssen wir ihn bei uns übernachten lassen.« *Wo kommen diese Gedanken von ihr her?* Ich glaube, ich höre nicht recht.

»Wie bitte? Wieso sollte ich einen völlig Fremden bei uns schlafen lassen?«

»Weil du ihn nicht auf dem Gewissen haben willst, Mom.« Verdammter Mist! *Wieso muss diese Kleine immer recht haben?*

»Ich sollte den Hausmeister anrufen, der kann ihn dann zu seiner Tür bringen.«

»Du weißt doch, dass er sich gerade in Reha befindet.«

»Fuck!«

»Mom!« Ich habe gegen meine eigene Regel verstoßen und geflucht, was in unserem Haus eigentlich verboten ist.

»Entschuldige. Sollte es nicht andersrum sein, dass du Schimpfwörter benutzt und ich dich tadeln sollte? Aber normal ist bei unserer Familie selten etwas, also komm. Wir wecken ihn auf, dann geht er womöglich von selbst hinauf.« Ich nähere mich langsam und mit vor Nervosität rasendem Puls dem Mann und tippe ihm erneut auf die Schulter, doch nichts passiert. Der Kerl scheint wohl nur aus Muskeln zu bestehen, also übe ich nun etwas mehr Druck aus. Und tatsächlich, er bewegt sich. Doch anstatt die Augen zu öffnen und aufzustehen, dreht er sich auf den Rücken und legt sich auf die Stufen, als wären sie ein weiches Kingsize-Bett.

Viel Licht spendet die Treppenhausbeleuchtung nicht, doch es reicht aus, um das Gesicht des Mannes klar und deutlich zu sehen. Als Nachbarn habe ich ihn noch nie im Haus angetroffen, aber ich erkenne ihn als den Mann wieder, der mich vor Monaten in einem Restaurant verteidigt hat. Damals hat Gary mich mal wieder öffentlich beleidigt, und ich war so gedemütigt und beschämt, dass ich kein Wort sagen konnte. Doch plötzlich stand jemand neben mir und schüttete meinem Ex-Mann ein Glas Bier ins Gesicht. Als ich aufsah, war da dieser Mann, der mir einen kurzen Blick zuwarf, ehe Gary anfing, ihn anzubrüllen. Danach ging alles im Chaos unter, doch sein Gesicht habe ich nie vergessen können. Er war der Einzige, der mich in den letzten Jahren neben meiner Familie und Savannah verteidigt hat. Tief in mir habe ich es bereut, dass ich mich nie bedanken konnte. Wer weiß, vielleicht ist unser erneutes Aufeinandertreffen ja Schicksal.

War ich vorher noch unwillig, ihm zu helfen, bin ich nun voller Tatendrang. Denn es ist das Mindeste, was ich tun kann, nachdem er mir geholfen hat. Und ich bekomme endlich die Möglichkeit, mich bei ihm zu bedanken. Zumindest wenn er wieder nüchtern ist.

»Mom? Ist alles in Ordnung?« Athina sieht mich abwartend an und blickt zwischen dem Mann und mir hin und her.

»Ja, ich erkenne ihn«, gebe ich zu und schüttle kaum merklich den Kopf, um meine Gedanken zu vertreiben.

»Würde mich auch wundern, wenn nicht.« Ich bin immer noch so verblüfft über sein Auftauchen, dass ich auf ihre Worte nicht eingehe. Stattdessen packe ich ihn energisch an den Schultern, um ihn aufzuwecken.

»Was willst du von mir, Kian?«, murmelt er, doch ich mache einfach weiter, denn er muss auf die Beine kommen, wenn ich ihn zu seiner Wohnung befördern will.

»Mein Name ist Brooke Stephanidis, und ich möchte Ihnen helfen, in Ihre Wohnung zu kommen.«

»Es ist kalt«, murmelt er weiter und schlingt mühselig die Arme um seine breite Brust.

»Genau deswegen will ich Ihnen ja helfen. Kommen Sie, stehen Sie auf.« Zu meinem Erstaunen folgt er der Anweisung und erhebt sich eher schlecht als recht. Als er schließlich steht, ist er leider so wackelig auf den Beinen, dass ich ihn stützen muss. *Verdammt, ist dieser Mann schwer!*

»Athina, schnapp dir seine Schlüssel und lass uns gehen.« Quälend langsam schleppen wir uns voran. Der Typ ist völlig hinüber, schafft es aber irgendwie, sich aufrecht zu halten. Immer wieder murmelt er irgendwelche Namen, wobei Courtney, Faith und Kian die häufigsten sind. Ich beruhige ihn und nenne ihm immer wieder meinen Namen, versichere ihm, dass ich ihn nach Hause bringen werde.

»Ich kann nicht mehr«, keuche ich, als wir schließlich im fünften Stock ankommen.

»Niemals schaffe ich es, ihn in den achten Stock zu bugsieren.«

»Dann lass ihn auf der Couch schlafen.«

»Mir ist nicht wohl dabei, einen Fremden in der Wohnung zu haben.«

»Aber du erkennst ihn doch, und außerdem kannst du bei mir schlafen, und wir sperren das Zimmer ab, wenn dir dann wohler ist.«

»Das wäre eine Möglichkeit.« Ich fackle nicht lange und entscheide mich für Athinas Vorschlag. Sie sperrt uns die Tür auf, und ich bewege mich mit dem Mann im Schlepptau auf die Couch zu, doch ein Blick darauf zeigt mir, dass er dort nicht viel Platz zum Liegen haben wird.

»Öffne meine Schlafzimmertür«, weise ich Athina an. Geistesgegenwärtig zieht sie die Decke weg, damit ich ihn aufs Bett hieven und später zudecken kann. Athina geht daraufhin zur Garderobe, wo ich das Poltern ihrer Stiefel höre. Einige Minuten später dreht sie den Wasserhahn im Badezimmer auf. Ich blicke auf diesen großen Mann, der in meinem eher schmalen Bett liegt und friedlich schläft. Dass er gut aussieht, ist mir vor Monaten schon aufgefallen. Auch wenn er jetzt durch seinen Absturz etwas mitgenommen aussieht, tut das seinem attraktiven Aussehen keinen Abbruch.

Meine Augen wandern über sein Gesicht zu seinem gut gebauten Oberkörper, der mich an den Körperbau eines Footballspielers erinnert. Erst als Athina das Wasser in der Dusche anstellt, komme ich wieder zu mir und realisiere, dass ich einen betrunkenen Fremden wie eine Voyeurin anstarre. Ich greife nach der Bettdecke und ziehe sie über seinen Körper. Der Streifen Haut, den ich an seinem Bizeps zufällig ertaste, ist eiskalt, sodass ich ihn bis zum Kinn zudecken will, doch bevor ich es schaffe, packt er meine Hand und umschließt sie mit seiner. Nicht zu fest, aber entschlossen hält er mich, als stünde sein Leben auf dem Spiel.

Ich keuche erschrocken auf und auch er reißt die Augen auf und blickt mich aus klaren, grünen Augen an. Ich halte erschrocken den Atem an, verspüre aber keine Angst, was ich mir allerdings nur schwer erklären kann. Mein Herz klopft wie wild, je länger ich ihn anblicke.

»Du bist es«, flüstert er mit einer außergewöhnlich tiefen Stimme, die eine Gänsehaut auf meinem Arm auslöst.

»Du erkennst mich?«, frage ich nervös und versuche, mich aus seinem intensiven Blick zu lösen, schaffe es aber nicht. Vielleicht will ich es auch nicht. *Wer weiß das schon?* Irgendwie scheint mein Verstand in seiner Nähe nicht so zu funktionieren, wie ich es von ihm gewohnt bin. Der Mann zieht an meiner Hand, sodass ich halb auf seiner Brust liege und unsere Gesichter keine zehn Zentimeter trennen. Ich reiße erschrocken die Augen auf, als er plötzlich seine rechte Hand sanft auf meine Wange legt.

Ich sollte ihn aus meiner Wohnung jagen und verfluchen, aber ich kann mich nicht bewegen, denn etwas in mir will mehr von dem, was er mir gibt. Dort, wo er mich berührt, fühlt es sich an, als würde meine Haut in Flammen stehen. Sanft streichelt er über meine Wange, ehe sein Mundwinkel nach oben wandert. Es ist dieses verschmitzte Grinsen, das mein Herz höherschlagen lässt.

»Ich würde dich überall erkennen«, raunt er und zieht mich plötzlich in seine Arme, als wäre ich eine lange verschollene Freundin, die er ewig nicht mehr gesehen hat.

Was tust du da, Brooke?

Er ist ein Fremder, und du lässt dich von ihm umarmen?

Was stimmt nicht mit dir?

Nach einigen Augenblicken wird sein Griff lockerer und seine Atmung stetig. Ich löse mich aus seiner Umarmung und stelle fest, dass er eingeschlafen ist. Damit es zu keinen weiteren Überraschungen kommt, decke ich ihn zu und verlasse das Zimmer. Nachdem ich die Tür hinter mir geschlossen habe, lehne ich mich dagegen und atme tief durch. *Was war das gerade?* Ich lege die Hände an meine erhitzten Wangen.

»Wer ist das bloß?«, murmle ich, denn ich weiß zwar, dass er mir geholfen hat, kenne aber nicht mal seinen Namen. Es ist zwei Jahre her, seit mich ein Mann berührt hat und nur der kurze Moment der Nähe hat ausgereicht, um mich völlig durcheinanderzubringen. Ich neige den Kopf zur Seite und sehe sein Gesicht vor mir, das mir so viel mehr Wärme entgegengebracht hat, als es mein Ex-Mann in den letzten zehn Jahren getan hat. Dieser Umstand macht mich traurig und holt mich wieder auf den Boden der Tatsachen zurück. Der Mann ist betrunken. Egal, was er getan hat, er wird sich morgen nicht mehr daran erinnern.

6. KAPITEL

Ian

Eigentlich sollte es mich nicht überraschen, mit heftigen Kopfschmerzen aufzuwachen, und doch leide ich jeden Tag aufs Neue. Ich drehe mich zur Seite und atme den Duft meines Kissens ein. Überraschenderweise riecht es nach Zitrone. Das kann aber nicht sein. *Oder habe ich gestern Nacht mal wieder eine Frau abgeschleppt, die verdammt gut gerochen hat?* Ich greife mit geschlossenen Augen nach links und rechts, doch das Bett ist leer. Sie muss wohl gegangen sein, was auch gut ist, denn ich bin nicht in der Stimmung für Small Talk.

Meine Laune ist an diesem Morgen jedoch viel besser als sonst, denn ich habe erneut von *ihr* geträumt. Die Träume, in denen diese eine Frau vorkommt, sind die einzigen freudigen Augenblicke in meinem Leben. Dabei habe ich keine Ahnung, wer sie überhaupt ist. Manchmal denke ich, dass sie allein meiner Fantasie entstammt, was auch in Ordnung wäre. Auch wenn ich sie nicht berühren könnte, wäre sie etwas, was mein Leben wieder freudiger machen würde. Während ich so meinen Gedanken nachgehe, werde ich das Gefühl nicht los, beobachtet zu werden.

Nachdem ich nun wach bin, kann ich es wagen, die Augen zu öffnen. Blinzelnd stelle ich fest, dass es zu meinem Glück ein bewölkter Tag ist, sodass ich nicht von gleißendem Licht gefoltert werde. Wohlig seufzend drehe ich mich auf die andere

Seite und keuche erschrocken auf, als ich ein junges Mädchen erblicke, das mich seelenruhig anstarrt. Sie sitzt auf einem Lesesessel, ein Buch auf dem Schoß, wobei ihre ganze Aufmerksamkeit auf mir liegt. Panisch blicke ich mich um und stelle fest, dass ich in einem fremden Bett liege. *Fuck!*

Das ist völlig untypisch für mich, da ich Frauen grundsätzlich in meiner Wohnung in Manhattan vernasche. Und das hat auch einen besonderen Grund, denn sobald wir die Lobby betreten, aktiviert mein Portier Lawrence in meiner Wohnung ein Internet-Funkloch, sodass keine von ihnen heimlich Videos und Fotos von mir hochladen könnte. Wenn sie die Wohnung verlassen, wird ihr Smartphone nochmals überprüft, um sicherzugehen, dass keine Fotos von mir geschossen wurden, während ich geschlafen habe oder weggetreten war. Das geht jetzt natürlich nicht, und das ärgert mich. *Wie konnte ich nur so leichtsinnig sein?*

Dabei wollte ich letzte Nacht niemanden abschleppen, sondern nur der Vergangenheit entfliehen. Aber in letzter Zeit scheint nichts wirklich nach Plan zu laufen, so viel ist sicher. Mein Leben gerät aus den Fugen, da brauche ich nicht noch mehr Stress. Die Frauen, mit denen ich eine Nacht verbringe, verhalten sich am nächsten Morgen vollkommen unterschiedlich. Einigen ist mein Promistatus egal und sie interessiert nur eine heiße Nacht und nichts weiter. Andere jedoch würden am liebsten direkt die Hochzeit planen. Aber dass ich neben dem Kind meines One-Night-Stands aufwache, ist noch niemals vorgekommen.

»Guten Morgen«, murmle ich schließlich. Der Duft von Zitrone ist hier drin allgegenwärtig. Die Wände sind in einem Pastellgrau gestrichen, wobei die Decke in Weiß gehalten wurde. Der Raum ist klein, sauber und gemütlich. Der Schrank, der Schreibtisch und das Bett sind weiß, der Holzboden grau.

»Deine Stimme ist tiefer als in den Interviews«, antwortet die Kleine und sieht mich fasziniert an, als würde sie einen Eisbären im Zoo beobachten.

»Du kennst mich?« Wir zählen auch Teenager zu unseren Fans, aber Kinder kommen nicht so oft vor.

»Alle Welt kennt dich.« Da ist leider etwas dran. Wie gerne würde ich einfach ein normaler Mann sein, der sich frei bewegen kann, ohne von Fremden angesprochen zu werden, aber je größer der Ruhm, desto kleiner die Privatsphäre.

»Na prima.« Ich vergrabe das Gesicht in den Händen und unterdrücke einen Schrei, weil ich so naiv gewesen bin, nicht darauf zu achten, mit wem ich mitgegangen bin.

»Wo ist deine Mom?«

»Sie liegt noch im Bett, aber ich konnte nicht mehr schlafen, schließlich hat man nicht jeden Tag seinen Rockstar-Nachbarn zu Besuch.«

»Ich bin kein Star. Ich bin einfach nur Ian. Wobei, Moment … Nachbar?« *Kann es sein, dass Gott doch gnädig mit mir ist?*

»Ja, du befindest dich im fünften Stock, da Mom dich nicht bis zum achten Stock hätte stützen können.«

»Warte mal! Was?«

»Oh verstehe, du hast wohl einen Filmriss. Als wir nach Hause gekommen sind, haben wir dich schlafend oder komatös am Boden vorgefunden. Mom wollte dich einfach liegen lassen.«

»Nett von ihr.« Oder auch nicht.

»Aber sie hat sich dann doch umentschieden, nachdem sie dich erkannt hat. Sie hat dich in unsere Wohnung gebracht und in ihr Bett gelegt, und da wären wir.«

»Verdammt«, fluche ich, ehe ich erschrocken wieder zu dem Mädchen blicke.

»Ach was, das sind noch die harmlosen Schimpfwörter. Die schlimmeren sind bei uns allerdings verboten.«

»Verstehe. Also hat deine Mutter …?«

»Möchtest du nicht vorher einen Kaffee? Du siehst aus, als könntest du einen gebrauchen.« Ich nicke dankbar und erhebe mich, auch wenn mir weitere Fragen auf der Zunge liegen. Ich könnte jetzt einfach abhauen, aber wenn es wahr ist, dass meine Nachbarin mich vorm Erfrieren gerettet hat, muss ich mich persönlich bei ihr bedanken. Selbst durch meinen Alkoholnebel, der sich noch nicht gelichtet hat, erinnere ich mich noch sehr gut daran, wie eiskalt es gestern im Treppenhaus gewesen ist. Mein Shirt und ich selbst riechen stark nach Alkohol, was mir ein noch schlechteres Gewissen macht. *Was muss die Kleine wohl von mir denken?* Langsam folge ich dem jungen Mädchen in eine kleine, aber hübsch eingerichtete Wohnküche. Auch hier ist alles harmonisch aufeinander abgestimmt. Ich fühle mich augenblicklich wohl hier und frage mich, ob ihre Mutter Innenarchitektin ist, da alle Dekogegenstände stimmig platziert wurden. Wie in einem Prospekt von Westwing.

»Wie trinkst du deinen Kaffee?«

»Schwarz, bitte.«

»Okidoki.« Das Mädchen hantiert in der Küche, als wäre sie längst ein Teenie, dabei kann sie keine elf Jahre alt sein. *Wer hätte gedacht, dass mein Morgen so beginnt?*

»War ich völlig daneben gestern?« Sie dreht sich mit einem leichten Lächeln auf den Lippen zu mir um und plötzlich bin ich gar nicht mehr so scharf auf die Antwort.

»Du warst anfangs völlig weggetreten, meine Mom konnte dich gerade mal so aufwecken, damit du selbst gehen konntest. Oder besser gesagt schlurfen.«

»Schlurfen?« Wie soll ich mir das vorstellen?

»Wie die Zombies aus *The Walking Dead*«, antwortet sie und beißt sich dabei auf die Lippen, um nicht loszuprusten. Okay, eine so genaue Umschreibung wäre nicht nötig gewesen.

»Oh, wie gerne würde ich jetzt die schlimmen Schimpfwörter aussprechen.« Ich seufze und blicke peinlich berührt zur Decke.

»Das kann ich mir vorstellen.« Enttäuscht von mir selbst löse ich meinen Zopf und fahre mir durchs Haar. *Was zum Teufel ist gestern Nacht passiert?* Eine Woche habe ich es ausgehalten, ohne mich zu betrinken, habe Kontakt mit meiner Therapeutin aufgenommen und mich selbst dazu gedrängt, wieder mehr zu essen. Doch dann war da der Flashback, die Panikattacke und dann die Flucht in die nächste Bar, wo ich pausenlos Whiskey in mich hineingeschüttet habe. Ich wollte die Traurigkeit und Leere einfach loswerden, und das hat mich über die Stränge schlagen lassen.

»Hier.« Der Geruch des heißen Kaffees ist der einzige Grund, wieso ich nicht einfach aufstehe und gehe, um im Erdboden zu versinken.

»Danke«, murmle ich und trinke einen hastigen Schluck, wobei ich mir direkt die Zunge verbrenne. *Kann denn heute irgendetwas normal ablaufen?* Ich stelle die Tasse ab und schaue das Mädchen an, das mir gegenüber sitzt und mich neugierig mustert.

»Du siehst aus, als würdest du mich etwas fragen wollen.«

»Ich habe tatsächlich eine Frage.«

»Dann schieß mal los. Mein Kaffee braucht ein wenig, bis er abkühlt.«

»Wie ist es, vor einem großen Publikum aufzutreten?« Sie verschwendet keine Zeit und löchert mich mit Fragen zu meinem Leben als Sänger einer erfolgreichen Band. Niemand will etwas über mich persönlich wissen. Alle interessieren sich nur für die Bereiche meines Lebens, die mit dem Ruhm zu tun haben. Da die Auftritte gerade so weit weg erscheinen, brauche ich eine Weile, um mich an das Gefühl zu erinnern.

»Das Gefühl ist überwältigend und einschüchternd zugleich. Tausende von Menschen beobachten jeden deiner Schritte. Das kann dich beflügeln oder beängstigen.«

»Das verstehe ich. Ich mag es auch nicht, im Mittelpunkt zu stehen.«

»Aber es geht nur um die Musik. Das halte ich mir immer vor Augen. Der Ruhm und alles ist toll, doch die Melodien und Instrumente sollten im Mittelpunkt stehen.«

»Spielst du auch Klavier?«

»Ja, das ist sogar mein Lieblingsinstrument.«

»Meins auch!«, meint sie begeistert. Ihre Augen beginnen zu leuchten.

»Spielst du auch?«, frage ich ehrlich neugierig.

»Nein, das nicht«, antwortet sie, wobei ein trauriger Unterton in ihrer Stimme mitschwingt. Ich will schon fragen, wieso nicht, als ich ein Räuspern vernehme.

Ich drehe mich um und bete, dass ihre Mutter nicht stocksauer auf mich ist, weil ich ihr den Abend ruiniert habe. Als ich meine Nachbarin sehe, blinzle ich immer wieder ungläubig. Dann reibe mir über die geschlossenen Augen, wie ein Kind, das nicht glauben kann, was es vor sich sieht. Auch ich kann nicht glauben, wer mir hier gerade gegenübersteht. Mein Puls beginnt zu rasen, weil dort die Frau aus meinen Träumen steht. Die, die ich für ein Trugbild meiner Fantasie gehalten habe. *Wie ist das möglich?*

Sie kratzt sich verlegen am Unterarm und weicht meinem Blick aus, da mein Starren wohl einnehmend ist. Auch ich zwinge mich, den Blick von ihr zu lösen.

»Guten Morgen«, sage ich und erhebe mich, um ihr die Hand zu reichen. Sie ist einen Kopf kleiner als ich, und ihr lockiges braunes Haar hat sie zu einem unordentlichen Knoten zusammengebunden, was sie größer wirken lässt.

»Morgen«, murmelt sie und räuspert sich erneut, als würde meine Gegenwart sie nervös machen. Dann legt sie jedoch ihre Hand in meine, damit ich sie schütteln kann. Da sie sich offensichtlich nicht ganz wohl in ihrer Haut fühlt, lasse ich ihre Hand los und weiche einen Schritt zurück.

»Sie sind wach und nicht mehr so wackelig auf den Beinen wie letzte Nacht«, meint sie lächelnd.

»Da haben Sie recht«, antworte ich und fahre mir durch das offene Haar, das ich normalerweise immer zusammengebunden trage. Ich bin über die eher lockere Begrüßung überrascht. Ich hätte eine Standpauke oder ein zu steifes und unhöfliches Kennenlernen erwartet, aber genauso wie ihre Tochter ist sie ein herzlicher und freundlicher Mensch. Zumindest erweckt es den Anschein.

»Wieso duzt ihr euch nicht?«, fragt das junge Mädchen und steht plötzlich neben uns. Sie scheint sich lautlos zu bewegen und erschreckt mich.

»Also, wie ich von …«, sage ich und blicke das Mädchen fragend an.

»Athina.«

»Wow, schöner Name. Also, wie Athina mir erzählt hat, wohnen wir im gleichen Haus, und ich finde, wir können die Förmlichkeiten weglassen und uns mit Du ansprechen.« Ihr Lächeln wird breiter, als sie nickt.

»Das ist okay für mich.«

»Dann sollten wir uns offiziell vorstellen. Ich bin Dorian Millard, aber alle nennen mich Ian.«

»Brooke Stephanidis, freut mich.«

»Die Freude ist ganz meinerseits.« Mehr, als sie wohl ahnt. Es gibt so vieles, was ich sie fragen möchte. Und vor allem will ich ergründen, wieso ich von ihr träume, wenn ich sie doch heute zum ersten Mal sehe.

»Und ich bin Athina Ioanna Stephanidis. Da wir das nun geklärt haben, sollten wir frühstücken.«

»Das ist lieb von euch, aber ich kann eure Gastfreundschaft nicht länger ausnutzen.« Und das meine ich vollkommen ernst. Gestern Nacht habe ich mich wohl von meiner schlimmsten Seite gezeigt.

»Ach was, das tust du doch nicht. Oder Mom?« Sie blickt zu ihrer Mutter, die wiederum mich ansieht und den Kopf schüttelt.

»Wir haben genug da.«

»Vielen Dank, aber vielleicht ein anderes Mal.«

»Versprochen?«, fragt mich Athina fast flehend.

»Natürlich. Wenn ich etwas verspreche, kannst du dir sicher sein, dass ich es auch einhalte. Okay?« Sie nickt und strahlt mich an.

»Ich werde dann mal gehen.«

»Warte, ich bringe dich noch zur Tür«, meint Brooke, während Athina am Tisch sitzen bleibt und mir zum Abschied winkt. Bevor Brooke die Tür öffnet, drehe ich mich zu ihr um und werde seit langer Zeit wieder einmal verlegen.

»Danke nochmals für deine Hilfe, Brooke. Ohne dich wäre ich mittlerweile wohl ein Eiszapfen.«

»Oder heftig erkältet«, fügt sie an und lacht ein glockenhelles Lachen, dessen Klang mich auf eine Art und Weise anzieht, wie ich es schon lange nicht mehr gespürt habe.

»Mach's gut, Ian. Und vergiss dein Versprechen nicht«, sagt sie und öffnet die Haustür.

»Niemals. Wünsche euch noch einen schönen Tag.«

»Ebenso. Bis bald«, antwortet sie und hebt zum Abschied die Hand, ehe sie die Tür schließt. Danach kann ich ein paar Sekunden nur die Tür anstarren, ehe mir die Tragweite der gestrigen Nacht und des heutigen Tages bewusst wird. Zum einen habe ich mich völlig vor meinen Nachbarinnen blamiert und nicht gerade einen guten Eindruck hinterlassen. Zum anderen habe ich die Frau getroffen, von der ich seit Monaten träume.

Ich setze mich in Bewegung, betrete meine Wohnung und gehe direkt ins Badezimmer, um mir den Gestank der letzten Nacht vom Körper zu waschen. Danach fühle ich mich wie ein richtiger Mensch. Ich ziehe eine Jogginghose und ein weißes T-Shirt an und merke, dass mein Magen allmählich zu knurren beginnt. Mein Kühlschrank ist jedoch leer. Mittlerweile ist es neun Uhr morgens und für ein gutes Frühstück würde ich gerade alles tun.

Einfach in ein Diner zu spazieren und mir Frühstück zu bestellen ist für mich nicht drin, also hole ich mir mein Smartphone, um nachzusehen, wo ich bestellen könnte. Als es an der Tür klingelt, runzle ich verwirrt die Stirn. Nur meine Familie und Sly wissen, wo ich wohne, und die würden mich um diese Zeit niemals besuchen. Als ich die Tür öffne, staune ich nicht schlecht, als ich Brooke vorfinde, die mich mit geröteten Wangen verlegen anlächelt.

»Hey. Habe ich etwas bei euch vergessen?«, frage ich verwundert, doch sie schüttelt den Kopf.

»Nein, aber Athina besteht darauf, dass du bei uns isst. Immerhin hast du eine anstrengende Nacht hinter dir.«

»Das ist ja lieb von euch, aber wirklich nicht nötig.«

»Ach was. Wenn meine Mutter wüsste, dass ich dich ohne anständiges Frühstuck nach Hause habe gehen lassen, würde sie mir den Hals umdrehen.«

»Ähm, was hat das eine mit dem anderen zu tun?«

»Ich bin Griechin«, sagt Brooke, als würden diese Worte alles erklären, doch ich verstehe noch immer nicht, worauf sie hinauswill.

»Sieh es als Geste der guten Nachbarschaft«, meint Brooke amüsiert. Sicherlich bemerkt sie, dass mir tausend Fragen im Kopf herumschwirren.

»Okay, da ich nicht möchte, dass dich deine Mom einen Kopf kürzer macht, werde ich mich gerne opfern und mit euch gemeinsam frühstücken«, sage ich. Ich spüre Erleichterung in mir. Es ist beinahe so, als hätte ich insgeheim gehofft, dass sie mich so schnell wie möglich wieder zu sich einlädt.

»Kluge Entscheidung. Wir werden auf dich warten«, sagt sie lächelnd, und nun ist es an mir, den Kopf zu schütteln. *Wieso fällt es mir so leicht, mit ihr zu sprechen?* Plötzlich fühle ich mich nicht mehr erdrückt und rastlos, sondern ruhig und angekommen.

Gemeinsam gehen wir erneut in ihre Wohnung, wo Athina mich überschwänglich begrüßt. Brooke weist mich an, mich zu setzen, während sie das Frühstück vorbereiten will, doch ich folge ihr sofort und lehne mich mit ausreichend Abstand neben sie an den Tresen. Sie nimmt eine Box aus dem Kühlschrank und erschrickt, als sie mich sieht.

»Gott, hast du mich erschreckt. Setz dich.« Doch ich schüttle den Kopf und nehme ihr die Box aus der Hand. In der Dose erkenne ich Cocktailtomaten, Paprika und Avocados.

»Ich weigere mich, untätig dazusitzen, während du das Frühstück zubereitest. Dir müssen doch die Arme und Schulter wehtun, immerhin hast du mich fünf Stockwerke lang gestützt.«

»Genau genommen waren es zwei Stockwerke. Du lagst auf den Stufen im dritten Stock.«

»Oh Mann. Peinlicher kann es wohl nicht mehr werden, oder?«

»Na ja«, meint sie und lächelt geheimnisvoll, aber die große Frage ist, ob ich überhaupt wissen will, wie tief ich gestern Nacht gesunken bin.

»Ich gehe mal irgendwo ein Loch graben, damit ich im Boden versinken kann.«

»Ach was, ich mach doch nur Spaß. Ein Witz von Nachbarin zu Nachbar sozusagen.« Dann lacht sie, und der Klang lässt mich plötzlich schlucken, auch wenn ich nicht ganz verstehen kann, wieso.

»Könnte sein, dass es noch ein wenig dauert, bis mein Verstand wieder normal funktioniert.«

»Ach, wir waren alle mal dort. Auch wenn es bei mir ziemlich lange her ist.«

»Dass du betrunken warst?«

»Dass ich generell aus war.« Sie lässt mir keine Zeit, über ihre Worte nachzudenken, sondern spannt mich gleich ein. Innerhalb einiger Minuten haben wir ein üppiges Frühstück zusammengestellt. Es ist erstaunlich, wie gut wir in ihrer eher kleinen Küche arbeiten können. Es ist, als wären unsere Bewegungen aufeinander abgestimmt, ohne dass wir es so beabsichtigt hätten. Athina kauert währenddessen auf ihrem Stuhl und liest. Als wir am Tisch sitzen, reichen Brooke und Athina mir beide jeweils eine Hand. Verblüfft lege ich meine Hände in ihre, als beide auch schon ein kurzes Tischgebet sprechen.

Danach stürzen sich die beiden auf das Essen, während ich sie immer noch verwundert betrachte. Ich kenne niemanden, der noch Tischgebete spricht, auch wenn ich finde, dass es eine schöne Geste ist. Da ich einen riesigen Hunger habe, beginne auch ich zu essen. Schon nach kurzer Zeit bin ich pappsatt und wische mir den Mund mit einer Serviette ab, während die beiden noch immer schlemmen. Anfangs haben sie ihr Essen richtig verdrückt, doch nun genießen sie jeden Bissen und weiten das Frühstück genüsslich aus.

»Ist was?«, fragt Athina, als ich die beiden lächelnd beobachte.

»Entschuldigt, ich wollte euch nicht anstarren, aber ihr scheint einen gesunden Appetit zu haben.«

»Du meinst, wir essen wie die Mähdrescher? Da könntest du recht haben«, antwortet Athina lächelnd. Brooke zupft ihre Tochter am T-Shirt.

»Hey Kleine, kannst du mich bitte nicht mit einer übergroßen Arbeitsmaschine vergleichen? Danke schön.«

»Na schön, aber nur, wenn du mir noch etwas von deinem Rührei gibst.«

»Du hast selbst einen riesigen Haufen verputzt.«

»Aber es war zu wenig. Komm schon, du hast ja noch den Schinken und die Tomaten.«

»Muss es immer mein Lieblingsfrühstücksgericht sein, das du haben möchtest?«

»Aber ich liebe es auch so sehr.«

»Na schön. Na schön. Hier.« Ich verfolge den Schlagabtausch der beiden amüsiert, da ich noch nie jemanden erlebt habe, der so offen und locker mit seinem Kind spricht. Es ist nicht so sehr das, *was* sie sagen, sondern *wie* sie es sagen. Die beiden verraten durch ihre Körpersprache so viel. Vermutlich ist es ihnen gar nicht bewusst. Sie vertrauen einander vollkommen und wirken auf mich wie ein eingespieltes Team. Wieder lächle ich, und diesmal erschreckt es mich, denn es macht mir schmerzlich bewusst, dass es das erste Mal seit Jahren ist, dass ich bereits am frühen Morgen so viel gelächelt habe. Und ich komme nicht umhin, das als eine traurige Tatsache anzusehen.

7. KAPITEL

Brooke

Ist es so lange her, dass mir ein Mann seine Aufmerksamkeit geschenkt hat, dass ich das Bedürfnis habe, bei jedem Lächeln erröten zu müssen? Denn das habe ich peinlicherweise getan. Es ist zwei Tage her, dass Ian bei uns gefrühstückt hat, und doch kann ich nicht aufhören an ihn zu denken. An die Nacht, als er mich voller Wärme und Zuneigung angesehen hat sodass mein Herz beim Gedanken daran immer noch stolpert. Nach dem Frühstück hat er sich bedankt und verabschiedet, uns aber versprochen, dass er die Mühen, die er uns bereitet hat, wiedergutmachen wird.

Allein die Vorstellung, ihn wiederzusehen, setzt eine Hitze in mir frei, die mir mehr als unangenehm ist. Diese Gefühle und dass ich so heftig reagiere, kenne ich nicht von mir. Das ist völlig untypisch für mich. Selbst bei Gary war ich eher der zurückhaltende Typ und habe ihn nur geküsst, wenn wir beide allein im Schlafzimmer waren. Leider kam das immer seltener vor, da er eher das Bedürfnis hatte, ganz Manhattan flachzulegen als bei mir zu sein. Aber das ist Vergangenheit. Sie sollte keine Macht mehr über mein jetziges Leben haben.

»Brooke, darf ich auf die Toilette gehen?« Ich reiße mich aus meinen Gedanken und gehe vor meinem Schützling Kris in die Hocke.

»Aber natürlich darfst du das. Brauchst du Hilfe?«

»Psst!«, zischt er panisch und blickt zu den anderen Kindern, die im Garten spielen.

»Nicht so laut, sonst hören dich die anderen und ziehen mich auf.«

»Okay, entschuldige«, flüstere ich und lege meinen Finger auf den Mund. »Ich werde so etwas nie wieder fragen.«

»Danke«, meint er erleichtert und geht in Richtung Terrassentür. Ich erhebe mich und blicke zu einer Gruppe Kinder, die gerade Verstecken spielen. Ich arbeite seit Jahren im Saint Claire Waisenhaus und leider habe ich mehr Kinder kommen als gehen gesehen. Aber ich weigere mich, sie nur als zu bemitleidende Waisenkinder anzusehen. Jedes von ihnen ist auf die eine oder andere Art außergewöhnlich, klug, talentiert und fleißig. Was sie miteinander gemeinsam haben, ist, dass sie alle von mir geliebt werden.

In unserer Einrichtung leben dreißig Kinder zwischen drei und zwölf Jahren. Natürlich gibt es immer wieder einige, die aus der Reihe tanzen, aber bei der schrecklichen Vergangenheit, die sie durchlebt haben, wundert es mich auch kein bisschen, dass sie ab und zu austicken. Und das dürfen sie auch, solange sie niemand anderem oder sich selbst schaden. Es ist öfter vorgekommen, dass die Kinder in ihren schrecklichen Erinnerungen gefangen waren und Möbel oder Geschirr kaputt geschlagen haben. Ich konnte sie jedes Mal wieder runterholen und habe alles auf eigene Kosten ersetzt, damit ich die Schäden nicht melden musste. Wenn es sich um kleine Beträge gehandelt hat, habe ich es von meinem Gehalt nachgekauft, alles was darüber hinausgegangen ist, habe ich mir damals von meinem Mann abgezweigt. Mittlerweile kann ich gut einschätzen, ob es nur ein kurzer Rückfall ist oder etwas, was in einer Therapie aufgearbeitet werden muss.

Eines der wenigen positiven Dinge am Zusammenleben mit meinem Ex-Mann war die Tatsache, dass ich viel Geld in die Renovierung des Waisenhauses stecken konnte. Garys Familie ist wohlhabend und allein durch das Geld, das er von seinem verstorbenen Onkel geerbt hat, wurde er schon in jungen Jahren zum Millionär. Für ihn und die Firma seines Vaters waren die Investitionen ins Waisenhaus gute Publicity, für mich war es die Möglichkeit, den Kindern etwas zurückzugeben, nachdem sie so lange Teil meines Lebens waren. Neben täglichen Essenseinkäufen mit der Charity-Kreditkarte habe ich die Heizung und das Dach des vierstöckigen Gebäudes sanieren lassen. Da wir überbelegt waren, mussten sich einige Kinder ein Zimmer teilen. Auch dem habe ich ein Ende gesetzt, indem ich mit einem Architekten der Firma meines Ex weitere sechs Räume habe bauen lassen, sodass ich jetzt voller Stolz sagen kann, dass jedes der Kinder ein eigenes Zimmer hat. Seit ich geschieden bin, sind solche Aktionen nicht mehr möglich, was mir wohl mehr wehtut als den Kindern.

»Mom! Ich bin da!«, höre ich die laute Stimme von Athina, die wohl gerade von der Schule gekommen ist.

»Wir sind im Garten!«, brülle ich ebenso laut zurück, was einige der Kids kichern lässt. Meine Tochter begrüßt alle Kinder, ehe sie mich kurz umarmt und ihren Schulrucksack abnimmt, der ziemlich schwer aussieht. Ich nehme ihn ihr ab und bin erschrocken, dass er nicht nur so aussieht.

»Was trägst du da mit dir rum? Steine?«

»Schön wär's, das sind fast alles Hausaufgaben.«

»Das kann doch nicht sein? Musst du zehn Bücher in einer Nacht auswendig lernen, oder was?«

»Nein, aber so ähnlich. Glaub mir, die Details willst du gar nicht wissen.«

»Ich denke, auch wenn du es mir erklärst, würde ich es vermutlich nicht verstehen.« Ich war in der Schule nie ein Ass, dafür konnte ich gut mit Menschen umgehen. Meine Noten waren okay, meine Tochter jedoch ist ein Genie und eine Einserschülerin.

»Kann ich die Hausaufgaben in der Küche machen?«

»Ich komme mit«, höre ich Estella von Weitem sagen, noch ehe ich sie sehe. Sie kommt von der Terrasse auf uns zugerannt und nimmt Athina in den Arm. Die beiden sind beste Freundinnen seit dem Kindergarten, und beide sehr engagiert dabei, mir im Waisenhaus zu helfen. Estella war früher mein Schützling, bis sie von einem liebevollen Paar adoptiert wurde. Sie hat sich immer schon nach der Wärme einer Mutter gesehnt, bis sie dann plötzlich zwei bekam.

»Okay, aber esst vorher etwas. Ich habe Gemüseauflauf gemacht, er müsste noch im Backofen sein.«

»Ist gut. Danke, Mom«, sagt Athina und begibt sich zum Haus.

»Ja, danke, Mom«, ruft auch Estella, ehe sie ihrer Freundin nachläuft. Tatsächlich war ihr erstes Wort »Mama« und hat damals mir gegolten. Es ist eine besondere Erinnerung für mich, an die ich gern zurückdenke.

»Sind die Mädels wieder da?«, fragt Savannah und blickt in dieselbe Richtung. Nicht nur sind wir von Kindesbeinen an beste Freundinnen, sondern wir arbeiten auch zusammen im Waisenhaus. Eigentlich hat sie nur ein Praktikum hier absolviert, aber irgendwie wollte sie dann einfach nicht gehen und blieb ein Teil unseres zehnköpfigen Teams.

»Ja, sie machen die Hausaufgaben und werden uns wohl später mit dem Abendessen helfen.«

»Super, wir werden wohl wieder reingehen. Es ist noch immer ziemlich kalt.«

»Okay, dann lass uns mal die Racker einfangen.«

Ziemlich erledigt von einem anstrengenden Tag, setzen Athina und ich uns ins Auto. »Mom, du stinkst so bestialisch«, meint dieser Teufelsbraten, hat damit aber gar nicht unrecht. Genau bevor meine Schicht zu Ende gegangen ist, habe ich mich, bereits im Wollmantel, von den Kindern verabschiedet und die dreijährige Chloe hochgehoben, die ausgerechnet in diesem Moment ihr gesamtes Abendessen auf mich erbrochen hat. Ich habe minutenlang probiert, es abzuwischen, was mir aber nur dürftig gelungen ist.

»Ruhe auf den billigen Plätzen.«

»Ich meine ja nur.«

»Oh Gott, ich freue mich so auf eine Dusche und mein Bett.«

»Ja, aber vorher musst du noch Sport machen.«

»Wie bitte?«

»Na ja, der Fahrstuhl wird erst nächste Woche repariert, jetzt heißt es: Step by step …« Athina fängt lauthals an, den Song *Step by Step* zu singen, was ich mit einem Augenrollen quittiere.

»Kannst du bitte aufhören, New Kids on the Block zu zitieren? Schnall dich lieber an.«

»Geht klar«, sagt sie, immer noch breit grinsend. Wieso muss ausgerechnet mein Kind mich manchmal wie ein kleiner Lucifer in den Wahnsinn treiben? Haben das angehende Teenies so an sich? Dann kann ich mich wohl auf etwas gefasst machen. Ich beginne zu frösteln, als wir das Treppenhaus betreten und sehne den Tag herbei, an dem die Heizung endlich repariert wird. Als wir im dritten Stock ankommen, blicke ich flüchtig auf die Stelle, wo vor ein paar Tagen Ian lag.

Unwillkürlich möchte ich lächeln, wenn ich daran denke, wie peinlich ihm die Sache gewesen ist und wie unglaublich attraktiv sein Welpenblick war, als er sich entschuldigt hat. Ich beschleunige meine Schritte, damit Athina meinen Gesichtsausdruck nicht sieht. So aufmerksam, wie sie ist, wird sie sofort erkennen, dass ich an unseren Nachbarn denke.

»Musst du morgen arbeiten?«, fragt sie mich mit einem Gähnen. Auch für sie war es ein langer Tag.

»Nein, ich habe frei.«

»Wollen wir in die Bücherei gehen und dann ins Cat Café?«, fragt sie, als wir unsere Etage erreichen.

»Klar. Können wir gerne machen, wenn …« Ich verstumme, als ich den Rücken eines Mannes vor unserer Tür sehe. Je näher ich komme, desto deutlicher erkenne ich das halblange Haar von Ian Millard. »Ian!«, ruft Athina begeistert und läuft auf ihn zu, als wäre er ein langjähriger Freund von ihr.

»Hey Athina, da seid ihr ja. Ich habe gerade bei euch geklingelt.«

»Du wolltest zu uns?«, fragt sie neugierig.

»Ja, ich wollte mit deiner Mom reden.« Kaum hat er mich erwähnt, gleitet sein Blick zu mir. Heute hat er sein halblanges Haar zurückgebunden, trägt ein schwarzes Band-T-Shirt zu dunkler Jeans und Boots. Wenn ich nur nach seinem Äußeren gehe, könnte er glatt als Mitglied einer gefährlichen Biker-Bande durchgehen.

»Hallo Brooke«, sagt er und dieser verdammte Mundwinkel wandert erneut nach oben, was mein Herz stolpern lässt. Ich brauche definitiv eine kalte Dusche.

»Hey Ian. Was gibt's?«, frage ich und komme näher.

»Da ich euch für eure Hilfe am Wochenende danken möchte, würde ich euch gerne am Samstag zum Frühstück einladen.«

»Das ist lieb von dir, aber nicht nötig. Wir haben das gerne getan.« Sollte ich länger Zeit mit ihm verbringen, kann das nur in peinliche Augenblicke ausarten.

»Ich will es aber, aus Dankbarkeit und auch weil ich meine Nachbarinnen gerne besser kennenlernen möchte.«

»So interessant sind wir nicht.«

»Da bin ich anderer Meinung«, antwortet er prompt, was mir die Hitze in die Wangen schießen lässt. Dann gleitet sein Blick zu dem riesigen Fleck auf meinem Mantel.

»Ein Kind hat sie vollgekotzt«, stellt Athina klar, doch ich gebe mir nicht die Mühe, sie zu tadeln, sie ist einfach ein Mensch, der alles ausspricht, was er denkt. Außerdem ist es die Wahrheit.

»Oje, du Arme. Dann schnell rein mit euch, damit deine Mom sich umziehen kann. Wir sehen uns dann am Samstag, passt es euch gegen acht Uhr?«

Da er ohnehin nicht lockerlassen wird, nicke ich zustimmend.

»Ich freue mich sehr auf euch«, sagt er und winkt uns zu, ehe er wieder geht. Ich reiße mich wirklich sehr zusammen, um ihm nicht auf den Hintern zu sehen, immerhin ist meine Tochter anwesend, aber trotzdem riskiere ich einen kurzen Blick.

»Wie nett er ist«, ist das Erste, was ich höre, als ich die Tür hinter uns schließe.

»Das ist er wirklich«, antworte ich und schäle mich aus den Klamotten. Da der Mantel Vintage und ziemlich empfindlich ist, werde ich ihn wohl oder übel in die Reinigung geben müssen. Ich lege ihn ebenfalls in den Wäschekorb, um den Gestank mit dem Deckel etwas einzudämmen.

»Ich hüpfe mal unter die Dusche, suchst du uns einen Film aus?«, sage ich und löse meinen Haarknoten.

»Wonach ist dir heute?« Da meine Haut noch immer erhitzt von dem Blick meines Nachbarn ist, könnte ich jetzt keine romantischen Komödien ertragen, die ich sonst am liebsten mag.

»Einen kinderfreundlichen Actionfilm.«

»In Ordnung. Ich mache die Snacks fertig.« Wieder schließe ich die Tür hinter mir und erneut lehne ich mich dagegen, um tief Luft zu holen. *Wieso ende ich immer in dieser Position, wenn ich meinem Nachbarn begegne?* Ein bisschen habe ich das Gefühl, ein Teenager zu sein, der gerade mit seinem Schwarm gesprochen hat. Als ich mir durch meine wilden Locken fahre, bleibe ich natürlich hängen. Ich unterdrücke ein genervtes Stöhnen und löse meine Finger aus meinen Haaren, denen ich bei der heutigen Pflege wohl besonders viel Aufmerksamkeit schenken muss.

Ich stelle mich unter den heißen Wasserstrahl und entspanne meine Muskeln, um mich von dem harten Arbeitstag zu erholen, muss jedoch gleich wieder an Ian denken. Seine Einladung war nicht nötig, aber er hat es trotzdem getan, und das macht ihn in meinen Augen noch interessanter. Dass er mich vor meinem Ex-Mann verteidigt hat, war eine Geste, die mir gezeigt hat, dass er ein guter Mensch ist, sonst hätte ich ihn niemals zu mir in die Wohnung gelassen. Athina ist mein Ein und Alles und nach der Hölle, die wir durch ihren Vater erlitten haben, möchte ich sie vor weiteren enttäuschenden Erfahrungen schützen.

Gerade weil Ian mich durcheinanderbringt, sollte ich mich von ihm fernhalten. Ich hätte die Einladung ausschlagen sollen, aber nun ist es zu spät. Nach meiner Scheidung ist ein neuer Mann das Letzte, was ich gebrauchen kann. Ich muss mich auf Athina konzentrieren, mehr Zeit mit meiner Familie verbringen und versuchen, nach den Jahren in der Ehehölle wieder zu mir selbst zu finden. Ian mag ja nett sein, aber ich bin an einer Beziehung nicht interessiert. Oder besser gesagt darf ich nicht interessiert sein.

»Ein letztes Treffen«, murmle ich. Einen weiteren Morgen werden wir noch miteinander verbringen, bevor wir erneut getrennter Wege gehen.

8. KAPITEL

Ian

»Mom?« Ich öffne die Schiebetür, die nach draußen zum Garten führt, und blicke mich suchend um. Ich entdecke meine Mutter bei den Rosenbüschen, die sie gerade zurechtstutzt. Auch sie trägt ein kurzärmeliges T-Shirt. Das Wetter spielt mal wieder verrückt. Am Wochenende hat es geschneit und heute haben wir über zwanzig Grad. Ich gehe auf sie zu und muss lächeln, da ich schon von Weitem die Musik höre. Wenn es eine Frau gibt, die ein wahrer ABBA-Fan ist, dann ist es meine Mutter.

»Das gibt es doch nicht! Diese Teenies, die immer die Musik bis zum Anschlag aufdrehen!«, rufe ich, und endlich hört sie mich. Erschrocken dreht sie sich um, ehe sie lächelt, die Handschuhe ablegt und mich fest in den Arm nimmt. Ihr Sonnenhut kratzt mich am Hals, aber das macht mir nichts. Ich liebe die Besuche bei meinen Eltern, weil das eine Zeit ist, in der ich runterkommen kann von all dem Stress, der mich umgibt, auch wenn er nicht alle meine Wunden heilen oder die Leere füllen kann.

»Was für eine Überraschung! Schön, dass du da bist, Ian.«

»Ja, ich habe ja jetzt Zeit und dachte mir, ich besuche euch.«

»Du siehst gut aus.« Sie mustert mich, wie es nur eine Mutter tun kann und bemerkt wohl, dass meine Wangen etwas fülliger geworden sind.

»Ja, ich arbeite an mir.« Am liebsten würde ich sagen, ich wäre wieder der alte Ian, der ich vor ein paar Jahren gewesen bin, aber das wird wohl niemals der Fall sein.

»Das sieht man. Komm, lass uns reingehen. Hast du schon gefrühstückt?«

»Nein, noch nicht.«

»Das dachte ich mir schon. Folge mir, ich zaubere uns schnell etwas, ja?« Ich nicke und lasse ihr wie immer den Vortritt, ehe wir das Haus betreten. Die Villa in den Hamptons ist Moms ganzer Stolz. Das Anwesen hat sie persönlich geplant, es hat einen Tennisplatz, einen fünfzehn Meter langen Pool und zehn Schlafzimmer. Anders als mein Haus in New Jersey ist es nicht von Bäumen umgeben, da Mom es liebt, alles überblicken zu können. Egal ob wir in den Hamptons oder in den anderen Immobilien meiner Eltern sind: Immer duftet es nach süßem Gebäck. Meine Mutter liebt es, zu backen. So überrascht es mich nicht, dass auf dem Küchentresen Cupcakes und ein lecker aussehender Früchtekuchen abgestellt sind.

»Was machst du eigentlich immer mit dem Süßkram?«, frage ich sie mit ehrlichem Interesse. Die Mengen können sie und Dad unmöglich allein essen.

»Die Familien unserer Angestellten sind groß. Ich packe dem Gärtner Maurice immer viel ein, und meine Reinigungsdamen Jennifer und Sandy lieben meine Kuchen. Wir trinken jeden Tag einen Kaffee, sobald sie mit der Arbeit fertig sind.«

»Das muss doch für reichlich Gesprächsstoff sorgen?« Die Nachbarschaft in den Hamptons ist eher dafür bekannt, arrogant und voreingenommen zu sein. Freigeister wie meine Eltern sind nicht so gerne gesehen.

»Natürlich. Was glaubst du, wie ungläubig die halbe Nachbarschaft guckt, wenn wir auf der Terrasse sitzen und lachen.« Ich liebe an meiner Mom, dass sie keinen Wert auf die Meinungen der anderen legt, sondern immer sie selbst bleibt. Ja, meine Eltern sind stinkreich, könnten sich noch zehn solcher Anwesen kaufen, aber sie prahlen nicht mit ihrem Besitz und geben gern etwas zurück. Ich stelle mich neben sie, als sie auch schon den Kühlschrank ausräumt und mir die Zutaten anreicht. Sie weiß, dass ich nicht einfach zusehen kann, wenn Frauen in der Küche arbeiten.

Während des Kochens unterhalten wir uns über Dads Golferfolge, das Buch, das sie gestern beendet hat, und ihre Freundinnen, die auch Angestellte sind. »Wie geht es Jennys Mann?« Ich erinnere mich, dass sie bei unserem letzten Treffen von den Schmerzen ihres Mannes erzählt hatte. »Die Hüftoperation ist gut verlaufen. Sandy hat freiwillig Doppelschichten gemacht, damit Jenny bei ihm bleiben kann.«

»Wie lieb von ihr.«

»Das sind sie und seit Jahren viel mehr als nur Angestellte. Sie sind zu Freundinnen geworden.« Das Personal meiner Eltern arbeitet seit über zwanzig Jahren für meine Mutter. Seit ich denken kann, sind Jennifer, Sandy und Maurice fester Bestandteil in unserem Leben. Ich kenne sie gut und verstehe mich gut mit ihren Kindern. Jedes Mal, wenn wir in Long Island touren, schenke ich ihren Kindern Freikarten für unsere Konzerte. Sie sind wie die Cousins und Cousinen, die ich nie hatte.

»Die Meerluft tut euch gut, was? Deshalb kommt ihr so selten in die Stadt.«

»Ich muss gestehen, dass mir Manhattan zu hektisch geworden ist. Egal wo man hinsieht, die Menschen scheinen immerzu unter Strom zu stehen.«

»New York wird nicht umsonst als die Stadt, die niemals schläft, bezeichnet.«

»Aber das muss doch anstrengend sein.«

»Für manche ist es normal geworden.«

»Wenn wir touren oder promoten, dann läuft das bei uns genauso ab. Ein Termin jagt den nächsten.«

»Vermisst du es? Das Touren?«, fragt sie, ohne innezuhalten. Sie geht vorsichtig mit dem Thema Rockband um, da sie weiß, dass mich etwas hemmt, wieder an mein altes Leben anzuknüpfen.

»Mir fehlt es, auf der Bühne zu stehen und einfach zu singen oder zu spielen. Eins zu sein mit den Songs und Klängen. Ich vermisse irgendwie unsere Anfänge als Band, wo der Ruhm noch so weit entfernt schien und wir einfach nur beste Freunde waren, die zusammen gejammt haben.«

»Also machen die Pressetermine und der Rummel dir zu schaffen?«, fragt Mom und deckt nebenbei den Tisch, während ich die Eier brate.

»Das haben sie immer schon auf die eine oder andere Art. Es ist eine glitzernde Welt, in der wir uns bewegen, doch sie hat auch ihre Schattenseiten.«

»Das habe ich auch über die Jahre miterlebt, aber wieso fällt es dir gerade jetzt, nach über zehn Jahren im Showbiz so schwer, wieder eins mit der Musik zu werden?«

»Das weiß ich nicht. In der Promiblase fühle ich mich schon eine ganze Weile unwohl. Manchmal habe ich das Gefühl, nicht atmen zu können.«

»Was sagt deine Therapeutin dazu?«

»Na ja, wir haben erst mit den Sitzungen angefangen. So weit sind wir noch nicht.«

»Dann wäre es langsam an der Zeit, dieses Thema anzusprechen. Gerade weil es den Anschein macht, als wolltest du darüber reden.«

»Na ja, wollen tue ich nicht wirklich. Aber ich muss wohl

über gewisse Sachen reden, um wieder Fuß fassen zu können. Ich muss aus meiner Komfortzone raus, um an mir arbeiten zu können.«

»Allein dass du es versuchst, zeigt, welche Fortschritte du in den letzten Wochen gemacht hast.« Wenn sie über die letzten Wochen redet, sehe ich wieder Faiths Gesicht vor mir, doch diesmal ist der Schmerz eher ein leichtes Ziehen in der Herzgegend, als würden mein Körper und meine Seele langsam mit dem Verlust zurechtkommen wollen. Es wäre zumindest ein Anfang.

»Die Jungs haben mir ein Ultimatum gestellt, und so gern ich mich darüber ärgern möchte, verstehe ich ihre Beweggründe. Wenn ich meine Karriere nicht gleich an den Nagel hängen will, muss ich mich zusammenreißen.«

»Das tust du, mein lieber Junge«, sagt sie und streicht mir mütterlich über die Wange. Ich lächle sie an und portioniere die Eier auf den Tellern auf der Theke.

»Ich bin dreißig Jahre alt, aber nichts fühlt sich so tröstlich an wie die Nähe zu meiner Mom.«

»Das freut mich zu hören. Immerhin habe ich die ersten achtzehn Jahre deines Lebens verpasst und habe einiges nachzuholen.« Wir setzen uns auf die Hocker an der Theke, und ich will Mom schon die Hand reichen, so wie ich es bei Brooke getan habe, lasse sie aber schnell wieder sinken. Doch ihre letzten Worte hallen noch in mir wider.

»Sag mal, Mom.«

»Ja?«, fragt sie und schenkt uns Orangensaft ein.

»Habt Dad und du jemals bereut, uns adoptiert zu haben?«

»Was ist das für eine Frage? Natürlich nicht. Wir lieben euch über alles in der Welt und möchten euch niemals missen.« Die Aufrichtigkeit in ihrer Stimme lässt mir den Atem stocken.

Was habe ich bloß getan, um so eine wunderbare Frau meine Mutter nennen zu dürfen?

»Das hast du klar und deutlich rübergebracht. Die Frage brannte mir schon länger auf der Seele, und ich musste sie wenigstens einmal stellen.«

»Quinn, Hayden und du seid unsere Kinder und unser ganzer Stolz. Ich weiß, dass jeder von euch auf die eine oder andere Weise seinen Weg im Leben gehen wird, und wir werden euch jederzeit dabei unterstützen.«

»Wir werden langsam erwachsen«, stelle ich fest und denke dabei an meinen Bruder, der wohl der Ehrgeizigste von uns allen ist.

»Hayden hat durch Tori erkannt, was Liebe und Vergebung bedeuten, Quinn hat gelernt, ihrem Herzen zu folgen und ist nun glücklicher denn je. Ich weiß, dass die beiden gut aufgehoben sind bei Tori und Jackson, aber bei dir frage ich mich, ob es da jemanden gibt, der deine Welt genauso im Sturm erobert, wie es die beiden bei deinen Geschwistern getan haben.«

»Du weißt, die Liebe ist für mich eher unbekanntes Terrain.«

»Aber eines Tages wirst auch du dich dafür öffnen können.«

»Eines Tages klingt doch machbar«, gebe ich lachend zurück.

»Alles passiert zu seiner Zeit, Ian.« Da hat sie recht, aber das heißt noch lange nicht, dass ich auch Interesse an der Liebe habe.

Nach dem Essen setzen wir uns mit Kaffee und Kuchen auf die Terrasse. Der Frühlingswind weht mir immer wieder einzelne Strähnen ins Gesicht, aber das stört mich nicht, da ich es liebe, hier zu sitzen und das Meer zu beobachten.

»Du hast wieder diesen sehnsuchtsvollen Blick aufgesetzt.«

»Da könntest du recht haben. Jedes Mal, wenn ich hierherkomme, wird mir aufs Neue bewusst, was für ein schönes Fleckchen Erde das hier ist.«

»Das könnte auch dein Fleckchen sein. Willst du nicht endlich mit der Planung deines Anwesens beginnen?« Ihre Frage bringt mich zum Lächeln, denn es führt mir wieder vor Augen, wie viel Mühe sie sich gegeben hat, damit auch wir eine Chance auf ein Grundstück in den Hamptons bekommen. Eine Sache, die meine Mutter schon früh mit der Baubehörde besprochen hatte, war, dass jeder Quadratmeter des Anwesens bebaut werden darf. Ein Limit gibt es nicht. Sie wollte es ihren Kindern ebenfalls ermöglichen, ihr Traumhaus zu bauen. Dass sie keine Kinder bekommen konnte, wusste sie damals nicht.

»Ich glaube, dazu fehlt mir gerade die Kraft.« Auch wenn ich, bevor Courtney verprügelt wurde, auf der Suche nach einem Architekten gewesen bin. Ich bekomme den Platz neben der Villa, direkt am Strand. Hayden und Quinn haben jeweils Plätze hinter dem Haus bekommen. Bis jetzt hat aber keiner von uns mit dem Bau begonnen.

»Du machst gerade wirklich eine schwierige Zeit durch, oder?« Ich will schon nicken, besinne mich aber. Seit dem Ultimatum habe ich versucht, an mir zu arbeiten, die Scherben meiner Seele aufzufegen, nur um mich dann wieder an ihnen zu schneiden.

»Der Ruhm bringt auch eine Einsamkeit mit sich, die mich dazu gebracht hat, um mich zu schlagen und Hotelzimmer zu verwüsten. Ich bin nicht stolz darauf, aber ich konnte einfach nicht anders. Es war so, als wollte ich raus aus diesem schwarzen Loch, aber weil ich es nicht konnte, musste ich meiner Wut Luft machen.«

»Das ist aber nicht alles, oder? Da ist doch noch mehr? Hat es mit deiner Verhaftung und Courtney zu tun?«

»Nein, das ist nicht alles, aber ich kann jetzt nicht darüber sprechen.« Über Courtney und das Baby zu sprechen ist etwas, was einfach nicht geht. In keiner Weise. Und auch wenn die beiden sich immer wieder in meine Gedanken schleichen, raubt mir der Schmerz die Luft zum Atmen. Deshalb habe ich getrunken, bis ich nichts mehr fühlte. Doch so schlimm das Ganze auch war, hatte es auch etwas Gutes. So habe ich Brooke und Athina kennengelernt, die mich aus meinem Trott rausgeholt haben und mit denen ich zum ersten Mal seit Wochen wieder gelacht habe. Die Erinnerung an das Frühstück lässt mich lächeln.

»Dein Gesicht hellt sich auf. Heißt das, es geht wieder bergauf?« *Tut es das?* Ich kann es nicht wirklich beantworten. Seit ich Brooke begegnet bin, frage ich mich immer wieder, wieso sie in meinen Träumen auftaucht, die Hand nach mir ausstreckt und mir das Gefühl vermittelt, nicht allein zu sein. Sie ist wohl kein Fan von Everstorm, da sie während des Frühstücks kein Wort über die Band oder generell über die Musik verloren hat. Ich weiß nicht, wieso sie mir so bekannt vorkommt.

»Ich habe meine Nachbarinnen kennengelernt.«

»In deinem Apartment in Brooklyn?« Meine Mutter ist ganz Ohr und stellt ihre dampfende Kaffeetasse auf dem Tisch ab. Vielleicht wird sie deshalb so hellhörig, weil es das erste Mal ist, dass ich überhaupt über jemand anderen als die Familie oder die Bandmitglieder rede.

»Ja. Sie ist eine alleinerziehende Mutter. Zumindest denke ich das, ich habe keinen Vater oder Fotos von ihm gesehen.« Die genauen Umstände muss ich noch in Erfahrung bringen.

»Das lässt sich schnell klären, denke ich. Wie alt ist das Kind?«

»Athina schätze ich auf ungefähr zehn.« Mir wird schnell klar, dass ich außer ihren Namen und der Tatsache, dass sie ein eingespieltes Team sind, nicht viel über sie weiß. Und etwas in mir will das unbedingt ändern.

»Was für ein schöner Name.« Ich nicke zustimmend.

»Sie sprechen Griechisch. Springen oft vom Englischen ins Griechische, ohne dass es ihnen bewusst ist. Es ist interessant den beiden zuzuhören.«

»Es klingt, als hättest du sie schon etwas besser kennengelernt.«

»Ich habe bei ihnen gefrühstückt und für morgen habe ich die beiden zum Essen zu mir eingeladen.« Von der Nacht im Treppenhaus erzähle ich natürlich nichts. Es ist schon peinlich genug, dass Brooke und Athina mich so erlebt haben.

»Wie großartig, schön, dass du wieder den Kontakt zu anderen suchst und dich nicht mehr in der Wohnung verschanzt.« Sie legt sanft ihre Hand auf meine Schulter und drückt sie kurz. Jedes Mal, wenn sie das tut, wird alles ruhiger in mir.

»Ich gebe mir Mühe. Auch wenn ich die Zeit allein genossen habe. Klar, ich habe die Zeit nicht wirklich genutzt, um zu entspannen oder produktiv zu sein, aber es war schön, nicht von einem Termin zum anderen zu hetzen.«

»Dass dieser Stress dir nicht gutgetan hat, habe ich mir schon lange gedacht.«

»Ich habe es nicht wahrhaben wollen. Es musste viel passieren, damit ich es endlich selbst checke.«

»Ich bin froh, dass du hergekommen bist und mir das erzählt hast. Ich habe mir große Sorgen um dich gemacht, nachdem ich von dem Ultimatum erfahren habe.«

»Ja, es fühlt sich so an, als hätten sie mir eine Pistole auf die Brust gesetzt, aber ich kann verstehen, wieso sie das getan haben.« Jetzt, wo ich mehrere Tage hinter mir habe, in denen ich nicht das Bedürfnis hatte, meinen Kummer im Alkohol zu ertränken, sehe ich ein, was für ein Chaos ich angerichtet habe. Ich wage nicht im Geringsten zu behaupten, dass ich geheilt bin oder wieder zu mir gefunden habe, aber ich habe akzeptiert, dass es so nicht weitergehen kann.

»Ich habe Scheiße gebaut und bin nicht mehr ich selbst. Ich habe den Jungs und mir selbst versprochen, dass ich an mir arbeiten werde. Das ist alles, was ich tun kann.«

»Und es wird genug sein. Ich kenne dich, du hast deinen Weg verloren, aber du findest wieder zu dir, wenn du das verarbeitet hat, was dich quält.«

»Das wäre schön«, antworte ich, auch wenn ich daran zweifle.

Samstagmorgen, sechs Uhr. Das letzte Mal, dass ich in meiner Freizeit freiwillig um diese Zeit aufgestanden bin, ist ziemlich lange her, aber ich denke, dass die Vorfreude den Schlafmangel wieder ausgleicht. Etwas in mir kann es kaum erwarten, meine Nachbarinnen bei mir zu begrüßen. Ich will mich bei ihnen für ihre Hilfe mit einem üppigen Frühstück bedanken, da ich beim letzten Mal bemerkt habe, dass sie genüssliche Schlemmerinnen sind. Ich muss Aufstriche machen, das Gemüse vorbereiten, die Teebeutel anrichten und den Tisch fertig decken. Sobald ich mit diesen Schritten fertig bin, entferne ich die Abdeckung des Klaviers, da ich ahne, dass dieses Athina am meisten in meiner Wohnung gefallen wird.

Ich blicke mich um. Alles ist sauber. Victoria hat ganze Arbeit geleistet, sodass die Wohnung völlig frei von Staub ist. Da mir eine Wohnung zu klein war, habe ich alle drei Apartments des obersten Stockwerks gekauft und innerhalb von zwei Wochen umbauen lassen. Eine Wohnung habe ich in eine Terrasse umbauen lassen, während ich die restlichen hundertzwanzig

Quadratmeter als Wohnung belassen habe. Diese Wohnung sollte meine Ruheoase sein, der Ort, an dem ich vor der Hektik Manhattans fliehen wollte.

Die Gegend ist eher Mittelklasse, aber die Straßen sicher und sauber. Hier habe ich das Gefühl, freier atmen zu können, da mich nicht in jeder Ecke jemand erkennt. Vielleicht ist es den Menschen hier auch einfach egal, dass ich mal Sänger war.

War, nicht bin. Die Richtung, in die meine Gedanken abdriften, sollte mir Angst machen, da ich eigentlich nicht will, dass meine Karriere endet. Immerhin hat sie mir das Leben gerettet. Doch nun habe ich das Gefühl, als könnte nicht mal die Musik mich retten. Da ich aber nicht will, dass meine gute Laune getrübt wird, schiebe ich all das weit von mir und konzentriere mich auf die Frühstücksvorbereitungen.

Als ich nach unten gehe, um Gebäck zu kaufen, komme ich unweigerlich an Brookes Tür vorbei, wo ich das Gebrüll sogar durch die geschlossene Tür hören kann. »Gib's zu, du hast absichtlich keinen Kakao gekauft!«, höre ich die empörte Stimme von Athina.

»Stimmt doch gar nicht!«, erwidert Brooke.

»Doch! Du beschwerst dich, dass ich immer zu viel Zucker reingebe und hast ihn mit voller Absicht nicht mitgebracht.«

»Du machst mich wahnsinnig, Athina!«

»Du mich auch, Mom! Wie kann ich den Tag ohne Kakao starten?«, jammert sie laut vor sich hin.

»Schütte einfach fünf Löffel Zucker in deinen Mund. Wird denselben Effekt haben«, kontert Brooke und bringt mich zum Grinsen. Die beiden sind fröhlich und voller Temperament, aber genau das mag ich an ihnen. Ich setze meinen Weg fort und beschließe, auch noch einen Abstecher in den Supermarkt zu machen.

Pünktlich um acht Uhr klingelt es. Ich blicke noch mal zum Tisch, der voll mit Essen ist, und mache mich dann zufrieden auf den Weg zur Wohnungstür. Als ich sie öffne, erwarten mich zwei fröhliche und lachende Gesichter. Die gute Laune der beiden färbt sofort auf mich ab.

»Guten Morgen«, begrüße ich meine Nachbarinnen und bitte sie hereinzukommen. Lächelnd betreten sie das Apartment, während ich die Tür schließe. Brooke trägt heute eine Jeans, die sich eng um ihre Kurven schmiegt und eine weite weiße Bluse. Durch den hellen Stoff kommen ihre gebräunte Haut und das dunkelbraune Haar noch stärker zur Geltung. Als Brooke etwas auf Griechisch sagt, löse ich meinen Blick von ihr und gehe auf sie zu.

»Hast du alle Wohnungen auf dieser Etage gekauft?«, fragt sie verblüfft, da ihr natürlich als Erstes die Größe der Wohnung auffällt.

»Ja sie standen zufällig alle zum Verkauf, und da ich sie nach meinen Wünschen umbauen lassen wollte, habe ich spontan alle drei gekauft.« Sie nickt fassungslos und auch Athina bestaunt die Wohnung und bekommt noch größere Augen, als sie die Glasfront und die dahinterliegende Terrasse entdeckt.

»Du hast einen Außenbereich?«, fragt das Mädchen erstaunt und geht langsam darauf zu.

»Ja, ich halte es normalerweise nicht lange in geschlossenen Räumen aus.« Die Stadt kann sehr beengend sein, deshalb genieße ich die Zeit, die ich im Freien verbringen kann.

»Wow«, haucht Brooke und scheint völlig hin und weg zu sein. Ich grinse und mein Blick bleibt an ihren Lippen hängen, die sanft geschwungen und voll sind.

»Wollt ihr draußen frühstücken? Es ist zwar noch etwas frisch, aber auch heute soll es frühlingshaftes Wetter geben.«

»Ja bitte«, kommt es von Brooke, ehe sie mich ansieht. Vorhin war es nur ein flüchtiger Augenblick, aber nun schaut sie mir direkt in die Augen, und ich könnte schwören, dass das der Grund für die Wärme ist, die sich plötzlich in meiner Brust ausbreitet. Die Gefühle, die sie bei mir hervorruft, sind mir fremd, machen mich nervös und doch fühlen sie sich wunderbar an.

9. KAPITEL

Brooke

Das hat ja gut geklappt, Brooke. Kaum sieht er dir in die Augen, hast du wieder Herzflattern und das Gefühl, keine Luft mehr zu bekommen. *Was war noch mal mit dem Vorsatz, sich nicht von seinen schönen Augen ablenken zu lassen?* Ich glaube, der ist verpufft, sobald ich ihn in Jeans und dem weißen T-Shirt gesehen habe. Der Stoff umschmeichelt seine Muskeln, und allein für diesen Gedankengang sollte ich mir selbst eine Ohrfeige verpassen. Einzig und allein, weil ich mir eigentlich ein Männerverbrot auferlegt habe. Nicht dass die Herren bei mir Schlange stehen würden, doch nach meiner Scheidung wollte ich mich zuerst auf Athina und mich selbst konzentrieren. Doch Ian Millard bringt meine guten Vorsätze ziemlich ins Wanken.

Um es nicht zu offensichtlich werden zu lassen, gehe ich auf den Essbereich in der riesigen Wohnung zu. Ein Blick auf den üppig gedeckten Tisch reicht aus, um zu merken, wie viel Mühe er sich für uns gegeben hat. Jedes freie Fleckchen ist mit Speisen und Gebäck bedeckt und noch dazu sehr liebevoll angerichtet worden. Wir packen alle mit an und bringen das Essen und Gedeck auf den ebenso großen Tisch, der sich auf der überdachten Terrasse befindet. Es ist etwas frisch, aber nicht so sehr, dass man eine Jacke brauchen würde. Als wir alles auf dem Tisch ausgebreitet haben, setzen wir uns sofort hin.

»Möchtest du Kaffee?« Ian greift nach der Kaffeekanne und sieht mich abwartend an.

»Ja bitte, ohne Kaffee kann ich nicht leben.«

»Und was ist mit mir?«, fragt Athina und bemüht sich um einen empörten Tonfall.

»Du machst mich in der Frühe nicht wach.«

»Das ist ein Argument.« Ian schenkt mir Kaffee ein und der herrliche Duft lässt mich wohlig aufseufzen. Dann greift mein Nachbar nach einer anderen Kanne, die ich am Anfang gar nicht gesehen habe.

»Möchtest du vielleicht eine Tasse Kakao?«, fragt er Athina, die sofort bejaht und übertrieben nickt. War ja klar, dass sie ihren Willen doch noch bekommt, obwohl ich vergessen hatte, Kakao zu kaufen. Ich würde sagen, das ist eine Win-win-Situation.

»Woher wusstest du, dass ich eher der Kakao- als der Teetyp bin?«, fragt Athina, was Ian kichern lässt.

»Von euch selbst. Ich bin los, um Gebäck zu holen. Da habe ich eure Kakao-Debatte mitbekommen und hab noch schnell welchen gekauft.«

»Du hast dir wegen Athina extra die Mühe gemacht?« Verwundert blicke ich diesen faszinierenden Mann an, der nur mit den Schultern zuckt.

»Das war doch selbstverständlich. Ich habe euch zum Frühstück eingeladen und möchte, dass ihr auch das bekommt, was ihr gerne habt.«

Es fällt mir schwer zu glauben, dass dieser Mann hier echt ist. Ich weiß, dass man keine Vergleiche anstellen sollte, aber Gary hätte sich niemals diese Mühe gemacht. Nicht einmal für seine Tochter. Einfach weil er ein egoistischer Mensch ist, der nur auf seinen eigenen Vorteil aus ist.

»Du siehst überrascht aus.«

»Eher dankbar. Das war wirklich lieb von dir.«

»Keine Ursache. Bitte greift zu.«

Und das tun wir. Ausgiebig. Meine Tochter und ich essen für unser Leben gerne, seien es nun selbst gekochte Speisen, Essen vom Lieferservice oder einfach nur Snacks. Wir genießen alles, was wir in die Finger bekommen. Dabei genießen wir jeden Bissen. So wie heute bei Ian. Auch diesmal ist er als Erster satt, während wir von jedem Aufstrich, jedem Käse oder Gemüse kosten.

»Du isst nicht viel, was?«, fragt ihn das freche Ding, das sich meine Tochter nennt.

»Ich bin gerade wieder dabei, mehr zu essen. Die letzten Wochen waren ziemlich turbulent.«

»Das kann ich mir vorstellen.« Während des Essens wandert Athinas Blick immer und immer wieder zum Flügel, der sich im Wohnzimmer befindet. Mir und Ian entgeht das nicht.

»Hast du Lust, darauf zu spielen?«, fragt er sie, nachdem auch sie die Gabel beiseitegelegt hat. Athina bekommt augenblicklich große Augen und klatscht vor Freude in die Hände.

»Darf ich wirklich? Er sieht kostbar aus.«

»Klaviere sind keine Dekorationsgegenstände. Sie sind dafür da, dass man auf ihnen spielt.

Los geh, und dann hoffe ich, dass du mir etwas vorspielst.« Kaum hat er die Worte ausgesprochen, steht sie auf, öffnet die Schiebetür und geht ins Innere. Ein Windhauch weht mir meine Locken ins Gesicht, und plötzlich nehme ich auch Ians Duft intensiver wahr. Er riecht nach Erde, Wald und Beständigkeit. Der Duft eines Mannes war nie etwas, was ich als anziehend empfunden habe, doch bei Ian ist das völlig anders. Sein Geruch bringt mich dazu, einen tiefen Atemzug zu nehmen, ehe ich mir die Haare aus dem Gesicht streiche.

»Sie ist voller Leben«, meint Ian und lehnt sich lässig zurück. Auch ich höre auf zu essen und nippe an meinem Kaffee, der unglaublich gut schmeckt.

»Sie repräsentiert ihre griechischen Wurzeln, denke ich. Meine Familie ist immer laut, wir sind meist gut gelaunt und finden ständig einen Grund zum Feiern und Essen.«

»Und wenn jemandem nicht nach Feiern zumute ist?«

»Das ist es ja, alle werden von dieser Energie angesteckt, und ihre Laune schwenkt um. Ich weiß, es ist schwer, sich das vorzustellen. Man muss es einfach erlebt haben.«

»Das würde manchen so einige Therapiesitzungen ersparen, wenn das stimmt.« Sein Blick wird abwesend, so als würde er von sich selbst sprechen. Seit ich ihm begegnet bin, scheint stets eine Wolke der Melancholie über ihm zu hängen, und jedes Lächeln sieht aus, als würde es ihn ziemlich viel Mühe kosten. Er versucht zwar, es zu verbergen, aber ich erkenne so etwas. Meine Kinder im Waisenhaus tun das auch, also habe ich eine Art Radar entwickelt. Dabei habe ich nicht das Gefühl, dass Ian seine Zeit ungern mit uns verbringt. Aber irgendetwas beschäftigt ihn.

»Geht es dir gut?«, frage ich aus einem Impuls heraus. Ich habe so viel Fragen, die ich ihm stellen möchte, aber als seine Augen plötzlich matt werden, ist das die einzige Frage, die wichtig erscheint.

»Nicht wirklich. Ich habe eine Person verloren, die mir wichtig war, und nage noch immer an ihrem Verlust.« Bestimmt redet er von einer Frau. War ja klar, dass ein attraktiver und interessanter Mann wie er verliebt ist oder noch an seiner Ex hängt.

»Das tut mir leid.« Da ich neben ihm sitze, berühre ich seine Hand, um mein Mitgefühl auszudrücken.

»Danke. Ich habe ziemlich harte Wochen hinter mir und

hatte den Antrieb verloren, aber langsam kämpfe ich mich wieder zurück.«

»Das ist wichtig. Nicht aufzugeben. Wenn ich Athina nicht gehabt hätte, wäre auch ich ein Wrack geworden.«

»So schlimm?«

»Mein Ex-Mann und ich haben uns leidenschaftlich geliebt und haben mit siebzehn heimlich geheiratet. Meine Eltern waren außer sich, doch mit der Zeit haben sie es akzeptiert. Da seine Familie wohlhabend war, hatten wir nach der Highschool die Möglichkeit, die Welt zu bereisen. Wir waren gerade in Kroatien, als ich erfahren habe, dass ich schwanger bin. Und seitdem ging es mit uns bergab. Es war so, als wäre Athina in seinen Augen ein Keil, den ich zwischen uns getrieben habe. Gary ist ins Versicherungsunternehmen seines Vaters eingestiegen und hat immer weniger Zeit mit uns verbracht.« Mein Blick gleitet zum Rücken meiner Tochter, die auf dem Flügel klimpert. Sie hat sich Mühe gegeben, um nicht zu zeigen, wie verletzt sie über die Abweisung ihres Vaters ist, aber sie konnte mich nie täuschen.

»Das muss für euch beide schrecklich gewesen sein.«

»Das war es, aber ich habe mir große Mühe gegeben, damit sie unter seiner Abwesenheit nicht so sehr leidet. Habe sie mit zur Arbeit genommen, ihr Baseballspielen beigebracht, war mit ihr fischen und so weiter.

»Das erklärt eure innige Beziehung zueinander.«

Ich wische nachdenklich über die Tischdecke, ehe ich wieder seinen Blick erwidere.

»Ja, wir sind ein Team, und niemand wird uns das je wegnehmen können.« Meine Tochter ist mein Ein und Alles, und ich bin mir sicher, dass ich ein Wrack wäre, wenn sie nicht an meiner Seite wäre. Sie ist und bleibt mein Herz.

Er nickt und blickt kurz auf seinen leeren Teller, ehe er wieder den Kopf hebt. »Du sagtest, du nimmst sie mit zur Arbeit. Wie ist das überhaupt möglich?«

»Ich arbeite seit meiner Jugend im Saint Claire Waisenhaus. Anfangs als Aushilfe, dann, als Athina zwei wurde, habe ich alle Ausbildungen nachgeholt und arbeite mittlerweile als Betreuerin dort. Und du? Was machst du beruflich?« Ian stutzt und runzelt die Stirn, fast so als hätte er meine Frage nicht verstanden. Augenblicklich frage ich mich, ob ich etwas Falsches gesagt habe oder in ein Fettnäpfchen getreten bin. Das wäre mal wieder typisch für mich.

»Ähm … ich bin sozusagen Künstler. Komponiere, schreibe und performe Songs.«

»Tatsächlich? Diese Berufssparte stelle ich mir spannend und abwechslungsreich vor. Habe ich davon vielleicht schon etwas im Radio gehört?«

»Vielleicht hast du das sogar. Unsere Band ist ziemlich bekannt.«

»Wie nennt ihr euch?« Ich habe das Gefühl, als müsste ich ihm alles aus seiner hübschen Nase ziehen. Nicht dass es mich stören würde, denn zum ersten Mal seit unserem Treffen kann ich mich in Ruhe mit ihm unterhalten.

»Mom! Echt jetzt!«, höre ich Athina rufen, als sie auch schon die Schiebetür etwas weiter öffnet und auf uns zukommt.

»Habe ich etwas Falsches gefragt?« So geschockt, wie meine Tochter gerade ist, habe ich mich wohl blamiert.

»Ian ist der Leadsänger von Everstorm. Der Gruppe, von der du dir jedes einzelne Album gekauft hast.« Sie sieht mich an, als würde ich hinter dem Mond leben, doch ich brauche eine Weile, bis ihre Worte wirklich bei mir ankommen.

»Was? Everstorm?«, frage ich ungläubig, denn diese Band kenne und liebe ich tatsächlich. Ich habe ihre Alben sogar in meinem Auto, aber da sie nie ihre Gesichter auf den Albumcovern zeigen und ich Klatschpresse und Social Media meide, hatte ich keine Ahnung, wie die einzelnen Mitglieder aussehen.

»Das ist keine große Sache. Meine Band muss man nicht kennen.« Athina schnaubt empört.

»Ich kenne eure Songs. Ich hatte nur keine Gesichter dazu vor Augen.« Dann plötzlich liegt die Hand meiner Tochter auf meiner Schulter, und sie sieht so aus, als wäre ihr gerade etwas eingefallen, das sie mich unbedingt fragen muss.

»Warte, Mom, du hast doch gesagt, dass du ihn erkannt hast, als wir ihn betrunken auf der Treppe gefunden haben.« Ertappt blicke ich zwischen Athina und Ian hin und her. Jetzt muss ich wohl wieder einen der erniedrigendsten Momente meines Lebens neu aufrollen. Zumindest innerlich, denn Athina weiß nichts von diesem Vorfall. Auch wenn sie sagt, dass sie nichts mit ihrem Vater zu tun haben will, will ich keinen Keil zwischen Gary und sie treiben und habe das Desaster im Restaurant verschwiegen.

»Na ja, das stimmt auch.« Jetzt ist es an Ian, überrascht zu gucken. Grübelnd verschränkt er die Arme vor der Brust und ich kann förmlich dabei zusehen, wie es in seinem Kopf arbeitet. Auch er brennt darauf, meine Antwort zu hören.

»Ich habe ihn einmal im Restaurant getroffen, als dein Vater und ich essen waren.« Für Ian war der Moment, als er mich gerettet hat, vielleicht einer von vielen, weshalb er mich nicht wiedererkennt, doch das kann mir nur recht sein. Ian überlegt ein paar Atemzüge lang, bis sich seine Augen weiten und er sich leicht nach vorne beugt, als wäre er plötzlich ziemlich aufgeregt.

»Warte … was? Das warst du?«, fragt er ungläubig, und es sieht beinahe so aus, als würde er mich plötzlich mit anderen Augen betrachten. Das stimmt mich traurig, denn das will ich nicht. Jeder, der meine Geschichte hört, empfindet Mitleid mit mir, doch das ist das Letzte, was ich will.

Als mein Smartphone klingelt, flitzt Athina ins Wohnzimmer, was mich erleichtert aufatmen lässt.

»Ja, das war ich, aber bitte erzähl Athina nichts davon. Ich will nicht, dass sie von diesem Vorfall erfährt.« Er nickt verständnisvoll und hebt die Hand, als wolle er sie auf meine legen. Dann überlegt er es sich offensichtlich anders und zieht sie wieder zurück. Beinahe enttäuscht räuspere ich mich und setze mich aufrechter hin. Ich hasse es, dass Gary es selbst jetzt noch schafft, ein Gefühl von Unwohlsein in mir zu verursachen. Ich seufze auf und blicke auf die umliegenden Gebäude, um dem intensiven Blick von Ian zu entgehen.

»Es tut mir leid, dass du das alles durchmachen musstest. Wenn schon der eine Abend so heftig gewesen ist, wage ich kaum darüber nachzudenken, wie das Leben mit diesem Mistkerl gewesen sein muss.«

»Es war nicht schön«, antworte ich und untertreibe damit maßlos. Doch zum Glück bohrt er nicht weiter nach, da er wohl spürt, dass ich nicht mehr darüber reden möchte.

»Jetzt ergibt endlich vieles einen Sinn«, sagt er nun, und seine Mundwinkel wandern nach oben, als würde er sich an etwas Lustiges erinnern.

»Inwiefern?«

»Ich weiß gar nicht, wie ich es sagen soll, ohne dass du mit einer Heugabel auf mich losgehst.«

»Hmm, also erstens bin ich eigentlich ein offener Mensch, der sich nicht so schnell aufregt, und zweitens besitze ich keine Heugabel, also solltest du auf der sicheren Seite sein.« Das bringt ihn zum Grinsen. Nachdem er einen Blick zu Athina geworfen hat, die noch immer am Telefon spricht, wendet er sich mir zu.

»Ich hoffe, du fasst es nicht falsch auf, aber seit einer Weile träume ich von dir.«

»Kannst du das bitte wiederholen?«, frage ich und blinzle ungläubig. Er kommt meiner Bitte nach und erzählt mir noch mal, dass ich in seinen Träumen vorkomme. Ich öffne den Mund, um zu antworten, aber er redet nervös weiter.

»Es ist nichts Schmutziges, nicht dass du das denkst. Es ist eher so, als wäre ich verloren und könnte meinen Weg zurück nicht finden, und dann kommst du und leitest mich. Ich sehe immer dein Gesicht und wusste einfach nicht, wie ich es zuordnen sollte. Ich wusste, dass ich dich schon einmal getroffen haben muss, aber mir wollte einfach nicht einfallen wo.«

»Ach so. Das erklärt einiges«, antworte ich. Ich erinnere mich an die Nacht, in der ich ihn betrunken in mein Bett gehievt habe.

»Tut es das?«

»Na ja, du warst ziemlich gesprächig, als du betrunken warst«, sage ich kurz angebunden, aber es reicht, um ihn erröten zu lassen.

»Möchte ich überhaupt Genaueres darüber wissen?«, fragt er peinlich berührt, was mich zum Schmunzeln bringt.

»Es war nichts, worüber du dir Sorgen machen müsstest. Alles gut.«

»Wenn du das sagst, glaube ich dir. Trotzdem ist es mir peinlich, dass es überhaupt so weit gekommen ist, dass du mich stützen musstest.«

»Mach dir nicht so viele Gedanken. Wir sollten uns nicht zu sehr mit der Vergangenheit beschäftigen, sondern mit der Gegenwart, und bis jetzt haben wir uns doch wacker geschlagen, oder?«

Ians Augen kleben an mir, und auch wenn ich den Ausdruck

in seinem Gesicht nicht benennen kann, beschert er mir eine Gänsehaut.

Da mich seine Blicke etwas nervös machen, rede ich einfach weiter. »Everstorm also. Nun, da ich wahrhaftig ein Bandmitglied vor mir sitzen habe, muss ich dir einfach sagen, wie tief mich eure Songs berührt haben. Egal in welcher Lebenslage, es war immer ein Song von euch, der mich zum Lachen oder Weinen gebracht hat.«

»Das ist das schönste Kompliment, das ein Musiker bekommen kann, weißt du?« Diesmal errötet er nicht, sondern sieht stolz und zufrieden aus.

»Ich meine jedes Wort ernst. Everstorm begleitet mich schon so lange. Jedes Mal, wenn ich einen Entwicklungssprung gemacht habe, hattet ihr den richtigen Soundtrack für meinen Lebensabschnitt.«

»Wir als Band haben uns auch weiterentwickelt. Vielleicht ist das der Grund dafür, dass wir über die Jahre erfolgreich geblieben sind.«

»Euer letztes Album vor drei Jahren war …« Meine Stimme versagt, als ich an die schlimme Zeit denke, in der ich mit Garys Abwesenheit und Kälte zu kämpfen hatte. Ich habe mich allein und ungeliebt gefühlt und doch war da Everstorm. Die Musik hat mir Kraft geschenkt und mich dazu motiviert, erhobenen Hauptes weiterzuleben und mich nicht unterkriegen zu lassen.

»Tiefgründig?«

»Voller Stärke. Ohne euch wäre ich untergegangen. Vermutlich wäre ich nie zu der Frau geworden, die ich jetzt bin. Ich weiß, das klingt jetzt an den Haaren herbeigezogen, aber neben meiner Tochter ist es vor allem die Musik, auf die ich nie verzichten könnte. Es gibt so viel und verlangt sehr wenig. Die Musik war meine erste Liebe und wird es wohl immer sein.«

»Ich bin nicht gut mit Worten. Meine Gefühle verarbeite ich meistens in Songs, aber glaub mir, wenn ich dir sage, dass du eine der stärksten Frauen bist, die mir je begegnet sind. Du bist stärker, als ich es jemals sein werde.«

»Es wird eine Weile dauern, bis ich mich von zehn Jahren seelischer Distanz zu einem Mann erhole, der mich hätte lieben sollen, aber ich wäre nicht ich, wenn ich nicht weitermachen würde. Ich hoffe, dass die Wunden sich bald schließen und ich wieder lieben kann.« Er seufzt und blickt auf seine Hände, als würde er dort nach einer Erwiderung suchen. Das hier ist ein intimes Gespräch. Zu persönlich für Nachbarin und Nachbar, die gerade erst dabei sind, sich kennenzulernen. Doch seitdem er in meiner Wohnung aufgewacht ist, stimmt die Harmonie zwischen uns, und ich habe das Gefühl, als könnte ich ihm alles anvertrauen. Und dabei bin ich kein leichtgläubiger Mensch, aber da ist etwas an Ian, das ihn für mich vertrauenswürdig macht. Ich will noch etwas sagen, doch in dem Moment kommt Athina mit dem Smartphone in der Hand auf die Terrasse.

»Mom! Es ist Giagiá per Facetime.«

»Nicht abheben!«, sage ich. Im gleichen Moment wird mir klar, dass sie vorhin schon mit ihr gesprochen haben muss. Ich fühle mich ertappt und kneife die Augen zusammen, als ich auch schon die markante Stimme meiner Großmutter vernehme.

»Hat sie gerade gesagt, dass du nicht rangehen sollst?« Danach folgt ein Schwall griechischer Beschimpfungen. *Mist!* Da haben wir den Salat.

»Gib ihr das Telefon, Moró.« Athina blickt mich entschuldigend an und geht auf mich zu, um mir das Smartphone zu reichen.

»Kaliméra, Giagiá.«

»Von wegen guten Morgen! Nichts ist gut, wenn du deine Tochter anweist, meinen Anruf wegzudrücken.« Sie lässt die Diva raushängen.

»Wir sind zum Frühstück eingeladen, und da es unhöflich ist, während einer Verabredung zu telefonieren, habe ich nur das getan, was du mir beigebracht hast.«

»Eingeladen? Bist du bei Savvina?«

»Nein, Grandma, Savannah hat Schicht im Waisenhaus.«

»Ach so, ich halte das Gespräch kurz, weil du ja unterwegs bist. Du hast ein Date.«

»Ich habe ein was?«

»Ein Blind Date mit Adonis Vlahos, dem Enkel meiner guten Freundin Nefia. Er ist Arzt und hat ein Penthouse in Manhattan.« Als wären das Kriterien, die mir bei einer Person wichtig sind. Um meiner Tochter ein Vorbild zu sein, verdrehe ich jedoch nur innerlich die Augen.

»Ich werde auf keinen Fall mit einem Fremden ausgehen.« Ich muss wenigstens versuchen, mich da herauszuwinden.

»Oh. Oh, mein Herz. Costa, bring mir meine Tabletten! Ich muss Schluss machen. Morgen Abend, zwanzig Uhr, im *Hellas Greece*.«

»Giagiá! Warte!« Doch meine Bemühungen, sie in der Leitung zu halten, sind umsonst. Sie hat bereits aufgelegt, und nun sitze ich hier. Auf der Dachterrasse eines berühmten Rockstars, in dessen Liga ich nie spielen werde, und der gerade Zeuge davon geworden ist, wie ich von meiner Großmutter zu einem Blind Date gedrängt werde. *Wunderbar. Wirklich wunderbar.*

»Entschuldige, Mom, ich hätte dir sagen sollen, dass ich den Anruf schon entgegengenommen habe.«

»Du hast nichts Falsches getan, Moró. Du kennst ja deine Urgroßmutter, sie neigt dazu, sich überall einzumischen.

Ich winde mich schon irgendwie aus diesem Date heraus.« Doch wir wissen beide, dass die Chancen nicht gerade gut stehen. Ich hole tief Luft und wappne mich für Ians Reaktion auf diesen ereignisreichen Morgen. Er sitzt etwas angespannt in seinem Gartenstuhl, lächelt mich aber an, als wolle er mir Trost spenden. Ich sehe Mitleid in seinem Blick. Na ja, wenn ich ehrlich bin, würde es mir als Außenstehender so wie ihm gehen.

»Danke für das leckere Frühstück. Es hat Spaß gemacht, aber wir werden jetzt gehen.«

»Jetzt schon? Aber ihr seid noch keine Stunde hier.«

»Ich weiß, aber wir haben noch viel zu tun.« Das ist eine Lüge, aber es waren genügend Peinlichkeiten für einen Morgen, die ein attraktiver Mann von mir erleben sollte.

»Aber …«, setzt Athina an, doch ich bringe sie mit einem Blick zum Verstummen. Sie weiß, dass ich gerade nicht zu Scherzen aufgelegt bin.

»Danke für euer Kommen. Wir werden uns jetzt bestimmt häufiger sehen, oder?« Seine Frage lässt mich stutzen. Es sieht beinahe so aus, als wollte er wirklich Zeit mit uns verbringen. Es ist eine schöne Vorstellung, sich zu verlieben und mein Herz zu öffnen, aber das geht nicht. Ich habe mir bewusst vorgenommen, mich von Männern fernzuhalten.

»Ich denke nicht. Wir sind ziemlich beschäftigt. Die Heimleiterin hat mich sehr oft eingeteilt, sodass ich kaum Freizeit haben werde.« Die Lüge fühlt sich falsch an, aber sie muss einfach sein. Athina sieht mich verwirrt an, sagt aber nichts.

»Oh. Verstehe.« Täusche ich mich, oder sehe ich da Enttäuschung in seinen Augen? Nein, das kann unmöglich sein. Warum sollte ein Weltstar wie er Zeit mit mir verbringen wollen?

»Du musst uns nicht zur Tür bringen. Wir finden schon selbst hinaus.« Mit einem Nicken verabschiede ich mich, während Athina ihm enttäuscht zuwinkt. Der Abschied fällt schwer, doch so ist es besser für mich. Und zum ersten Mal in zehn Jahren muss ich mich selbst an die erste Stelle setzen.

10. KAPITEL

Ian

»Wie fühlen Sie sich heute, Ian?«, fragt mich Dr. Santiago mit ihrer typischen ruhigen Stimme, die mich schon seit der Adoption begleitet. Sie ist die Familientherapeutin der Millards. Meine Mutter hat uns zu ihr geschickt, nachdem sie die traurigen Kindheitsgeschichten von meinen Geschwistern und mir erfahren hat. Und damals hat sie uns auch helfen können, doch mit den Jahren ging ich immer seltener zu meinen Sitzungen, auch wenn ich sie bitter nötig gehabt hätte. Vielleicht wäre ich in der Vergangenheit nicht so oft ausgerastet, wenn ich die Therapie weiterhin wahrgenommen hätte. Die dunkelhaarige Frau mit der geraden Nase und der Hornbrille sieht mich abwartend an. Jetzt erst wird mir klar, dass sie mir ja eine Frage gestellt hat und auf eine Antwort wartet.

»Mir geht es gut.«

»Können Sie das vielleicht etwas vertiefen? Ihre Empfindungen in mehreren Worten ausdrücken?« Ich seufze, doch das lässt sie kalt, denn sie kann ziemlich verbissen sein, wenn sie etwas rausfinden will.

Im ersten Teil des Gesprächs geht es um meinen Umgang mit dem Alkohol. Ich berichte, dass ich auf einem guten Weg bin, die Sache in den Griff zu bekommen. Meine eigenen Vorräte habe ich weggeschmissen. Ich bemerke, dass der Alkohol nur eine Art Ventil für etwas ist. Und dieses Ventil habe ich in der letzten Zeit nicht gebraucht. Ich fühle mich so ausgeglichen wie schon seit Langem nicht mehr.

Während des Gesprächs fühle ich mich seltsam erleichtert. Es tut gut, sich einer unbeteiligten Person anzuvertrauen. »Es hilft mir sehr, mit Ihnen zu reden. Ich habe das Gefühl, als wäre die Last auf meinen Schultern gerade etwas leichter geworden.«

»Heißt das, Sie werden heute auch etwas mehr über den Vorfall im Februar erzählen?«

»Sie wissen doch schon, was passiert ist. Meine Freundin wurde von ihrem Ex verprügelt, und als ich ihn in die Finger bekommen habe, bekam er alles dreifach zurück. Ich wurde verhaftet und musste Sozialstunden ableisten.«

»Das weiß ich alles schon, doch da ist doch mehr, habe ich recht?«

»Nein«, antworte ich und ersticke weitere Fragen im Keim. Über meine Karriere, die Probleme und meine Gefühlswelt zu reden ist eine Sache, aber über Faith zu reden eine völlig andere.

»Das ist auch in Ordnung. Dann verraten Sie mir doch, wie es Ihrer Nachbarin und deren Tochter geht.« Über dieses Thema zu reden, fällt mir hingegen gar nicht schwer.

»Ich glaube, ganz gut. Brooke und Athina waren bei mir frühstücken und es war auch ein angenehmes und lustiges Treffen. Ich konnte die beiden etwas besser kennenlernen und habe eine besondere Verbindung zu Brooke gespürt.«

»Welche Art von Verbindung?«

»Ich habe das Gefühl, dass wir auf einer Wellenlänge sind.«

»Glauben Sie, dass es ihr da ähnlich geht wie Ihnen?« Erst will ich Ja sagen, doch dann erinnere ich mich wieder an die eher unterkühlte Verabschiedung. Die Tatsache, dass sie kein Interesse an einem weiteren Treffen hatte, nagt an mir.

Die Wahrheit ist, dass ich nicht aufhören kann, an Brooke zu denken. Den ganzen Sonntag habe ich auf der Terrasse in der Hängematte gelegen und an die Momente mit Brooke zurückgedacht. Jetzt ist mir natürlich klar, wieso mir ihr Gesicht in meinen Träumen erschienen ist. Schließlich kannte ich sie ja vom Restaurant. Wir haben kein Wort miteinander gewechselt, aber ihr schmerzverzerrtes Gesicht muss mich in meinem Unterbewusstsein so sehr beschäftigt haben, dass sie es bis in meine Träume geschafft hat.

Ich mag sie. Das ist eine Tatsache. Nicht nur weil sie mich bei sich hat übernachten lassen, was in dieser Situation wohl sonst kaum jemand getan hätte, oder weil sie eine so großartige Tochter großgezogen hat, sondern weil mich ihre Stärke und ihr Mut faszinieren. Sie hätte in all den Jahren psychischer Folter und Einsamkeit zusammenbrechen können, aber sie ist stark geblieben, auch wenn die Zeit Spuren auf ihrem Selbstbewusstsein hinterlassen haben muss. Aber sie ist bei Weitem stärker als ich. Dass sie mit ihren wilden dunkelbraunen Locken und braunen Augen unglaublich attraktiv ist, ist eine schöne Nebensache. Sie strahlt mit ihrem Lachen, ihrer Persönlichkeit und ihrer Art Natürlichkeit aus, und genau das ist es, was mir gefällt.

»Ich weiß es nicht«, antworte ich wahrheitsgemäß, denn ich habe keine Ahnung, wie sie über mich denkt oder wieso sie keinen Kontakt mehr mit mir will. Doch eines weiß ich mit Sicherheit: Sie ist eine Frau, die man nicht so schnell vergessen kann.

Nach der Therapie kreisen meine Gedanken noch immer um Brooke. Gestern haben wir uns gut unterhalten und etwas besser kennengelernt, doch nach dem Anruf von ihrer Großmutter war irgendwie alles anders. Heute hat Brooke dieses Blind

Date mit einem Unbekannten, und diese Tatsache stört mich. Klar, er ist der Enkel einer Bekannten, aber das muss nicht heißen, dass er auch ein anständiger Typ ist. Aber egal, wie ich es drehe oder wende, ich kann nichts tun. Wenn Brooke meine Hilfe wollen würde, wäre ich sofort zur Stelle, aber sie ist eine Frau, die selbst für sich einstehen kann.

Damit ich nicht versucht bin, länger an sie zu denken, gehe ich in eines meiner Stammrestaurants, das einen abgesperrten VIP-Bereich hat, sodass ich dort ungestört essen kann. Anschließend fühle ich mich viel besser und entspannter. Es kommt nicht so oft vor, dass ich auswärts essen gehen kann, ohne erkannt zu werden, aber heute scheint mein Glückstag zu sein. Vielleicht ist auch mein Outfit aus Jeans, Hoodie und Baseballcap einfach die beste Verkleidung. Ich entscheide mich gegen ein Taxi und mache stattdessen einen Spaziergang, wobei ich darauf bedacht bin, eher im Schatten zu gehen.

Ich gehe an einigen Schaufenstern vorbei, beachte sie aber kaum. Als ich an einem anderen Restaurant vorbeilaufe, halte ich jedoch inne, als ich aus den Augenwinkeln Brooke zu erkennen glaube. Zuerst halte ich es für ein Trugbild meiner Fantasie, doch als ich näher komme, bestätigt sich meine Annahme. Dort sitzt tatsächlich Brooke. Sie sieht verdammt gut aus. Ihre Lockenpracht sieht wie immer wunderschön aus, sie ist dezent geschminkt, und ihr Schmuck ist perfekt auf ihr Outfit abgestimmt. Heute trägt sie ein Strickkleid, das zwar züchtig ist, sich aber wie eine zweite Haut an ihren kurvigen Körper schmiegt und meiner Fantasie viel zu viel Spielraum lässt.

Doch als ich in ihr Gesicht schaue, sehe ich dort kein Lächeln. Sie wirkt eher verspannt und sieht aus, als würde sie sich unwohl fühlen. Sofort gleitet mein Blick zu dem Typen an ihrer Seite.

Und als hätte ich es geahnt, rückt ihr der Kerl bei jeder Gelegenheit auf die Pelle. Anstatt gegenüber von ihr zu sitzen, hat er sich auf die Bank neben sie gesetzt. Das Restaurant wirkt sauber, aber es ist kein Ort für ein Date. Ich würde das Ambiente durch die Glasfront eher als langweilig und plump beschreiben.

Ich bin nicht eifersüchtig, dafür kennen wir uns zu wenig, aber ich hasse es, wenn ein Mann zu wissen glaubt, was eine Frau will, ohne auf ihre Körpersprache einzugehen. Brookes ganzer Körper zeigt, dass sie gern überall anders wäre als hier neben ihm. Als er seine Hand auf ihre legt und sie ihre zurückzieht, sollte der Kerl es schnallen, doch als er den Arm hebt, um ihn ihr über die Schulter zu legen, platzt mir der Kragen.

Vielleicht liegt es daran, dass ich mein Temperament nicht zügeln kann oder mein Beschützerinstinkt auf Hochtouren läuft, aber alles, woran ich denken kann ist, dass ich ihr helfen muss. Ich setze mich in Bewegung, ohne überhaupt auf den Gedanken zu kommen, dass ich damit vielleicht in ihre Privatsphäre eindringen oder sie stören könnte. Ich sehe mich als Stier, und dieser Kerl ist mein rotes Tuch. Ich ignoriere die Platzanweiserin am Eingang und gehe direkt auf den Tisch der beiden zu.

»Da bist du ja, Baby«, sage ich aus einem Impuls heraus, als ich vor Brookes Sitzplatz zu stehen komme. Brooke sieht verblüfft in meine Richtung, und als sie mich erkennt, erscheint ein erleichtertes Lächeln auf ihren Lippen. Also hat mich mein Gefühl nicht getäuscht.

»Wo warst du so lange?«, antwortet sie schmollend und erhebt sich sofort, um an meine Seite zu treten. Ihre Körperwärme scheint etwas mit mir anzustellen, denn etwas in mir will sie fest an meine Brust drücken.

»Wer zum Teufel ist der Kerl?«, meint der Lackaffe mit dem schlecht sitzenden Anzug und dem Ketchupfleck auf der Krawatte. Die dichten schwarzen Locken hat er mit zu viel Gel zu bändigen versucht, was aus der Nähe betrachtet nicht wirklich gut aussieht. Außerdem scheint er wohl in Aftershave gebadet zu haben und es ist keines, das angenehm duftet.

»Ich bin ihr Freund.« Ich sehe ihr in die Augen, warte ab, ob ich vielleicht stummen Protest oder ein Kopfschütteln vernehme, doch nichts dergleichen passiert. Sie sieht mich einfach nur an, als wäre ich ihr Held, und das lässt mein Herz kurz stolpern. Dann wende ich mich wieder dem Kerl zu, der gerade zu einer Erwiderung ansetzt.

»Und wieso hat ihre Großmutter dann ein Date für sie ausgemacht, Klugscheißer?« Wie ich es hasse, wenn jemand frech wird, ohne mich zu kennen. Solche Menschen sind wie Trolle im Internet. Dieser Typ verzieht überheblich das Gesicht. Er lässt keinen Zweifel daran, dass ich mit meiner Menschenkenntnis richtig gelegen und ihn als den Arsch, der er ist, erkannt habe.

»Weil wir unsere Beziehung geheim halten. Nicht dass es dich überhaupt etwas angehen würde.«

»Warum sollte sie ihren Freund verstecken wollen? Was stimmt nicht mit dir, wobei, ein Blick sollte mir wohl genügen.« Er mustert mich, ohne zu verbergen, was er von mir hält. Ich mag es nicht, mit meinem Promistatus anzugeben, aber gerade heute bin ich verdammt stolz auf das, was ich geschafft habe, und will, dass er sieht, dass Brooke genau der Typ Frau ist, für den sich ein Rockstar interessiert und ihn sogar dazu bringt, an einem Montagabend ihr Blind Date zu crashen. Kurz blicke ich mich um und stelle fest, dass nur zwei ältere Paare und drei Einzelpersonen im Restaurant sitzen, mein Outing also nicht gleich in einer Fanmeute enden muss.

Ich ziehe die Baseballcap von meinem Kopf und werfe sie auf den Tisch. Es dauert vielleicht vier Sekunden, bis er mich erkennt. Dann werden seine Augen so groß wie Untertassen.

»Ian Millard von Everstorm?«, fragt er dümmlich und blickt zwischen Brooke und mir hin und her. Er weiß nun, dass er einen Weltstar beleidigt hat, und es scheint, als würde er seinen Fehler erkennen.

»Brooke, ist das wahr?«, fragt er sie, und wenn sie vorhin noch aus Höflichkeit nett gewesen ist, wird sie nun wieder zu der Brooke, die ich in der letzten Zeit kennenlernen durfte.

»Natürlich ist das wahr. Ich könnte niemals an einem Grapscher wie dir interessiert sein. Ich weiß selbst nicht, was mich geritten hat, zu diesem lächerlichen Date zu gehen. Es war mit Sicherheit keine Freude, dich kennenzulernen.« Sie greift nach meiner Hand und drückt sie, um zu demonstrieren, dass sie zu mir gehört. Ich weiß, dass das hier nur gespielt ist. Warum verspüre ich dann im ganzen Körper dieses herrliche Kribbeln, das Lust auf mehr macht? Ich spüre den Impuls, sie an meine Brust zu ziehen, um die Lüge glaubhaft zu machen. Das hier kann so was von schiefgehen, aber es ist mir egal. Sollte ein Foto von uns veröffentlicht werden, würde es ja doch keinen interessieren. Nicht nach all meinen Skandalen der letzten Zeit. Brooke ist überrascht, legt aber langsam und unfassbar zärtlich ihre kleinen Hände auf meine Brust. Sie sieht mich mit ihren großen Rehaugen an, als wolle sie meine Beweggründe an meinem Gesicht ablesen, aber ich weiß nicht mal selbst, was ich da tue. Ich weiß nur, dass es sich verdammt gut anfühlt, sie zu halten. *Das ist alles nur Show, um den Typen loszuwerden. Wieso also schlägt mein Herz so heftig in meiner Brust? Wieso atme ich tief ihren Zitronenduft ein wie ein Creep? Und wieso finde ich sie so faszinierend wie keine Frau jemals zuvor?*

War sie bei dem Typen vorhin steif und nervös, scheint sie

sich in meinen Armen wohlzufühlen. Etwas in mir will eine ihrer Locken um meinen Finger wickeln, um zu fühlen, ob sie wirklich so weich sind, wie sie aussehen. Brooke verblüfft mich erneut, als sie eine Hand auf meine Wange legt. Ich lehne mich gegen ihre Berührung und schließe die Augen. Das hier geht tiefer, viel zu tief. Denn plötzlich ist da wieder dieser Verlustschmerz, der sich an die Oberfläche kämpft. Ich öffne die Augen und versuche, mich zusammenzureißen. Brooke scheint meinen inneren Kampf zu spüren, aber sie lächelt einfach und scheint mir so diese Angst nehmen zu wollen.

»Herrgott, nehmt euch doch ein Zimmer«, meint der Typ und verschwindet endlich, doch ich bekomme es nur am Rande mit. Auch wenn wir nun das erreicht haben, was wir wollten, kann ich nicht anders, als sie weiterhin im Arm zu halten und tief in ihre Augen zu sehen. Nun ist sie es, die mich beschützt, denn meine Finger kribbeln und die Gedanken an Courtney drohen mich wieder zu übermannen. Meine Atmung geht schnell und kalter Schweiß will an die Oberfläche. Ich schiebe all den Ballast meiner Vergangenheit schnell von mir und konzentriere mich auf ihr Gesicht und ihren liebevollen Blick. Das Braun ihrer Augen ist weich wie Karamell, warm und beständig. Es ist ein Farbmix, der mich völlig einnimmt und gleichzeitig beruhigt. Der Sturm in mir ebbt ab und lässt nichts als Ruhe zurück. Es ist erstaunlich, was für einen Effekt sie auf mich hat. Ich spüre das Bedürfnis, meine Lippen auf ihre zu senken und sie zu küssen. Dass ich sie attraktiv finde, ist nichts Neues, aber diesmal will ich sie berühren, ihr nah sein und sie am besten gar nicht mehr loslassen. Dabei geht es hier nicht nur um Sex, sondern um so viel mehr. Wobei dieses *Mehr* mir Sorgen bereiten sollte. Doch das tut es nicht. Ich bin kurz davor, sie zu küssen, doch in dem Moment blinzelt sie und löst sich verlegen aus der Umarmung.

»Endlich ist er weg. Vielen Dank für deine Hilfe.« Sie löst ihre Hände von mir und macht einen Schritt zurück. Ich hoffe, dass sie mir meine Enttäuschung nicht ansieht.

»Kein Problem. Ich kann es nicht ausstehen, wenn Frauen bedrängt werden. Ich musste dir einfach beistehen.« Sie errötet, blickt auf den Tisch, wo der Typ zumindest Geld hinterlassen hat, um die Rechnung zu begleichen.

»Hast du etwas essen können?«, frage ich sie, da ihr Teller kaum angerührt worden ist.

»Na ja, in seiner Begleitung ist mir der Appetit schnell wieder vergangen.«

»Dann lass uns doch in ein anderes Restaurant gehen.«

»Okay, jetzt wo du vom Essen redest, bekomme ich plötzlich wieder Hunger.« Lachend greife ich nach ihrer Hand und gehe mit ihr nach draußen in die frische Frühlingsluft, wo wir uns auf die Suche nach einem guten Restaurant begeben. Dass wir uns immer noch an den Händen halten, registriere ich zwar, aber ich lasse mir nichts anmerken, um den Moment noch etwas zu genießen.

Ich führe sie in das Restaurant, in dem ich vorhin schon gegessen habe. Im VIP-Bereich des mexikanischen Restaurants setzen wir uns an einen anderen Tisch. Ich möchte, dass Brooke ordentlich isst, werde selbst jedoch nur noch einen Kaffee und etwas Kuchen bestellen.

»Sind alle diese Stars in den gerahmten Bildern tatsächlich hier gewesen?«, fragt sie und deutet mit dem Finger auf ein Bild, auf dem Sylvester Stallone mit seinen drei Töchtern abgebildet ist.

»Ja, dieser Ort ist ein Hot Spot, wenn man inkognito und in Ruhe essen möchte. Das Restaurant rühmt sich nicht mit der prominenten Kundschaft. Das ist sehr selten. Vermutlich ist die Location deshalb so beliebt.«

»Ist es wirklich so schwer, im Rampenlicht zu stehen?«

»Nicht immer, aber viele können Fiktion und Realität nicht voneinander unterscheiden und lechzen nach privaten Bildern, sodass die Presse uns verfolgt und uns das Leben teilweise schwer macht. Aber ich bin es schon gewohnt, fotografiert zu werden, wenn ich mich im Freien befinde.«

»Aber heute hat uns niemand entdeckt«, stellt sie fest und nippt an ihrer hausgemachten Limonade.

»Ja, weil das öffentliche Interesse an mir abgeflaut ist. Zu unserem Glück, würde ich sagen.«

»Glück, ja. Das trifft es wohl ziemlich gut. Ich wäre selbst mit Adonis zurechtgekommen, aber es war gut, dich an meiner Seite zu haben, als ich ihm die Stirn geboten habe. Das mag ich einfach an New York. Man weiß nie, wen man plötzlich treffen kann.« Ihr Lachen und die gute Laune sind ansteckend. Wenn man sie so strahlen sieht, würde man nicht glauben, dass sie gerade ein desaströses Date hinter sich hat. Doch plötzlich wird ihre Miene ernst.

»Ian, wie kam es eigentlich dazu, dass du mir zu Hilfe eilen konntest? Was hast du vor dem Restaurant gemacht?«

»Ich war tatsächlich schon vor einer Stunde hier essen und habe beschlossen, einen Spaziergang zu machen. Und als ich so durch die Straßen ging, sah ich dich plötzlich im Restaurant und habe schnell bemerkt, dass du dich überhaupt nicht wohlfühlst.«

»Da hast du richtig gesehen. Das Date war ein einziges Desaster, aber ich bin froh, dass wir beide nun hier sind.«

»Wirklich? Auch wenn du gesagt hast, dass du eigentlich zu beschäftigt bist, um dich mit mir zu treffen?«, erkundige ich mich, da unsere letzte Verabschiedung so viele Fragen offen gelassen hat.

»Vielleicht war ich etwas voreilig und habe angenommen,

dass ich keine Zeit haben würde, aber ich denke, das stimmt jetzt nicht so ganz.«

»Das ist gut«, sage ich und weiß, dass ihre Worte wohl mehr wiegen als mir bewusst ist, aber ich will das gar nicht näher ergründen. Ich bin einfach nur froh, erneut Zeit mit ihr zu verbringen. Insgeheim frage ich mich, wieso ich einfach nicht genug von ihrer Nähe bekommen kann.

11. KAPITEL

Brooke

»Costa! Ich schwöre, ich werde ihr den hübschen Hals umdrehen!«, warnt Giagiá ihren Mann vor, bevor sie mich wieder vorwurfsvoll anstarrt. Das Abendessen mit Ian ist zwei Wochen her, und seitdem liegt mir meine Großmutter ständig damit in den Ohren, wer der Sänger ist, mit dem ich zusammen bin. Egal wie oft ich sage, dass es nur eine Lüge war – sie glaubt mir nicht. Dabei fällt es mir selbst schwer, nicht an Ian zu denken. Die wenigen Momente, die wir miteinander verbracht haben, haben ausgereicht, um mich ein wenig in ihn zu verknallen. Klar, ich kenne ihn kaum, aber man kennt doch dieses Gefühl, wenn man jemanden trifft, der deine Welt mit seiner bloßen Präsenz auf den Kopf stellt. Genauso fühlt es sich an, wenn ich an ihn denke.

»Sag schon! Ist er Grieche? Lad ihn doch zum Grillen ein. Ich mach ein ganzes Lamm nur für ihn allein, ja?«

»Da ist niemand!«

»Wo ist niemand?«, fragt Athina, und meine Augen werden riesengroß. Bis jetzt hat sie unsere Diskussionen über den Fremden nicht erlebt, da sie selbst viel in der Schule lernen musste und es heute ihr erster Besuch seit Langem in *Little Greece* ist.

»Athina, Moró. Setz dich zu deiner Urgroßmutter und erzähl mir mehr über den geheimnisvollen Mann, mit dem deine Mutter zusammen ist.«

»Dieses Gespräch wird kurz, denn es gibt keinen«, antwortet sie zu meiner Erleichterung, und fast wäre ich vor Dankbarkeit vor ihr auf die Knie gegangen.

»Wirklich?«

»Sie ist so single, wie ich es bin.« Okay, das klang jetzt so, als könnte ich einfach keinen abbekommen. Meine Tochter sucht schnell das Weite, als griechische Verwünschungen folgen. Dieses Glück ist mir nicht vergönnt. Zuerst gelten ihre Schimpftiraden mir, weil ich es einfach nicht schaffe, jemanden Vernünftigen vorzuzeigen. Dann verflucht sie die ganze Familie Vlahos, bis auf ihre Ururenkel, begleitet von allen möglichen Gestikulationen. Anfangs hatte sie wirklich ein schlechtes Gewissen, mich auf ein Date mit einem solchen Arschloch geschickt zu haben, und hatte Angst um mich, aber ich konnte sie beruhigen, da nichts passiert ist. Wäre Ian nicht aufgetaucht, wäre ich einfach gegangen, aber es war schön, jemanden zu haben, der sich Sorgen um mich gemacht hat. Ich bin froh, dass er eingeschritten ist und mir geholfen hat. Das werde ich ihm nie vergessen.

»Ich kenne doch diesen Blick. Da ist jemand.«

»Argh!« Ich raufe mir verzweifelt meine Haare und stehe auf, um vor dieser Frau zu flüchten. Ich liebe meine Großmutter, auch wenn sie mir manchmal den letzten Nerv raubt. Wieder suche ich Asyl in der Küche, wo meine Mutter gerade meiner Tochter erklärt, wie man am besten Auberginen schneidet.

»Hast du dich endlich aus den Klauen des Drachen befreien können?«, meint mein Vater amüsiert und nimmt einen Schluck seines Schwarztees. Seine Augen kleben jedoch am Bildschirm, der an der gegenüberliegenden Seite des Esstisches angebracht ist. Meine Brüder Aris und Linus sind an seiner Seite und verfolgen ebenfalls das Fußballspiel. Natürlich empfangen wir alle griechischen Nationalsender, sodass meine Familie immer auf dem neuesten Stand ist.

»Viktor! Wie redest du denn über meine Mutter?«, fragt Mom mit einem halben Lächeln, da sie weiß, dass er sie nur scherzhalber so nennt.

»Stimmt doch! Seit ihre Dämonenfreundin ihr von diesem mysteriösen Mann erzählt hat, kriegt sie sich kaum noch ein. Du machst das wunderbar, meine Schöne. Behalte es für dich, bis du so weit bist, ja?«

»Da gibt es niem–«

»Tor!«, rufen alle drei Männer laut aus und erschrecken mich und Athina zu Tode. Mom hingegen bleibt völlig ruhig und gelassen. Ausbrüche dieser Art ist sie mittlerweile gewohnt.

»Au, mein Trommelfell«, beschwere ich mich und verziehe das Gesicht. Aber zugleich freue ich mich, dass mein mysteriöser neuer Mann mal nicht das Gesprächsthema ist.

»Wieso ist der Ton leise? Ihr hört doch gar nichts! Wie könnt ihr da sicher sein, ob es ein Tor, abseits oder ein Foul ist?«, will ich zusätzlich wissen. Ich kenne mich nicht mit Fußball aus, aber ich bin kein Fan davon, etwas am TV stumm zu verfolgen. Bei mir muss der Ton selbst bei fremdsprachigen Filmen mit Untertiteln immer laut sein.

»Weil ich dieses Getöse in den Stadien einfach nicht aushalte!«, meint Mama und legt die Auberginen beiseite.

»Den ganzen Tag bin ich vom Gebrüll anderer umgeben. Sei es der Fernseher meiner Mutter, das Radio meines Vaters, die Arbeitsmaschinen von deinem Vater, die Videospiele deines Bruders oder das Schlagzeug von Aris.«

»Du hast ein Schlagzeug?«, frage ich den Jüngsten meiner Geschwister, der sofort Feuer und Flamme für das Thema ist und den Fernseher ignoriert. Aris ist großgewachsen, spielt Fußball in der Highschool-Schulmannschaft, ist überall beliebt und ein geselliger Typ. Dass er musikalisch begabt ist, würde mich nicht überraschen. Er ist in allem gut, egal was er anpackt.

»Cobys Band hat sich aufgelöst und da er so sauer auf die anderen Bandmitglieder war und einfach alles loswerden wollte, hat er mir nagelneue Drums für zwanzig Dollar verkauft.«

»Du hast aber immer ein Glück.«

»Aris, du solltest einfach Lotto spielen«, meint Linus, worauf meine Mutter ihn mit dem Geschirrtuch bewirft.

»Keine Glücksspiele in meiner Familie! Hat das jeder von euch verstanden?« Sie deutet mit dem großen Küchenmesser auf uns, sodass wir eilig nicken. Zigaretten, übermäßiger Alkoholkonsum, Gewalt gegenüber anderen? Das haben wir niemals auch nur in Erwägung gezogen. Die Konsequenzen wären kaum auszuhalten. Dabei ist es vor allem Mom, mit der wir Ärger auf jeden Fall vermeiden wollen.

»Natürlich! Uns ist unser Leben lieb«, meint Linus und rückt seine Brille auf der Nase zurecht, ehe die drei wieder auf den Bildschirm starren.

»Dann ist ja gut.« Wenn Außenstehende in unser Haus kommen und erleben würden, wie wir griechisch miteinander reden, würden sie wohl glatt glauben, dass wir uns ständig anschreien und wütend aufeinander sind. Dass diese Tonart bei uns so üblich ist, fällt den meisten schwer zu glauben. Die griechische Mentalität würde ich als leidenschaftlich, lebensfroh und temperamentvoll bezeichnen.

»Hellas zusammen!«, höre ich die laute Stimme meiner Schwester Melina, die gerade mit voller Wucht die Eingangstür hinter sich zuschlägt.

»Da sind ja meine Zuckerschnecken!«, ruft meine Mutter laut aus und lässt alles stehen und liegen, was Athina ein Glucksen entlockt.

»Giagiá«, hören wir die Zwillinge Elaia und Nephele rufen, die sich schwungvoll in die Arme meiner Mutter werfen, die in die Hocke gegangen ist, um die dreijährigen Wirbelwinde zu umarmen.

»Langsam, ihr erwürgt sie noch«, meint mein Schwager Arius lachend.

»Ach was, das halte ich noch aus. Wie seid ihr gewachsen, ihr seid ja schon fast so groß wie meine Athina.« Kaum hat sie den Namen meiner Tochter ausgesprochen, wird die Großmutter zur Seite geschoben und die zwei gehen auf Athina zu, die die beiden ebenfalls umarmt. Die zwei lieben es, mit meiner Tochter zu spielen und herumzutollen. Dass Athina sich nicht daran stört, die zwei zu bespaßen, macht mich noch stolzer auf sie. Sie ist fast ein Teenager und könnte es auch nervig finden.

»Ich habe Hunger. Hast du etwas gezaubert?«, will meine Schwester wissen, nachdem sie alle umarmt hat.

»Du hast immer Hunger! Arius! Wie kommst du über die Runden, wenn du meine Tochter durchfüttern musst?«, fragt mein Vater, der mittlerweile aufgestanden ist, und gibt Melina einen Kuss auf die Stirn. Er reicht seinem Schwiegersohn die Hand und schüttelt sie. Das Fußballspiel scheint Dad plötzlich nicht mehr zu interessieren, da seine Prinzessinnen nun vollzählig sind.

»Sagen wir mal so, unser Erspartes neigt sich langsam dem Ende zu.«

»Ja, ja, macht euch nur über mich lustig. Aber wenn man Mutter von Zwillingen ist, kommt man kaum zum Duschen, geschweige denn zum ausgiebigen Kochen. Das Beste in der ganzen Woche sind die Besuche hier und das Essen von Mom.«

»Wir fangen gleich mit dem Grillen an. Das Fleisch ist schon gewürzt, das Lamm am Spieß ebenfalls, Beilagen und Salate sind geschnitten und stehen für später bereit.«

»Was! Grillen? Aber ich habe jetzt Hunger.«

»Hör auf zu jammern«, sage ich und verdrehe die Augen. Man könnte meinen, sie wäre die Jüngste von uns Geschwistern und nicht die Älteste.

»Okay, aber nur weil es etwas gibt, das mich noch mehr interessiert als Essen, und zwar dein neuer Mann.«

»Das kann doch nicht wahr sein! Von wem hast du denn den Schwachsinn?«

»Was meinst du, von wem ich das habe? Die ganze Familie weiß Bescheid. Mrs Vlahos wollte vertuschen, dass ihr Sohn ein Arschloch ist und hat jedem erzählt, dass du einen neuen Kerl hast, der Sänger ist. Also, wer ist es?« Ich senke den Kopf und wische über das Display meines Smartphones, das vor mir auf der Theke liegt. Es ist gerade mal Mittag. *Wie soll ich es bis heute Abend hier aushalten?*

»Es gibt keinen Mann. Wirklich nicht. Wenn du mir nicht glaubst, kannst du ja Athina und Savannah fragen. Du weißt, dass ich ihnen alles anvertraue.«

»Wieso glaube ich dir dann nicht?«

»Glaub, was du willst. Welcher Mann würde mich schon wollen?« Mir ist bewusst, dass ich gut aussehe und für manche würde es kein Problem darstellen, dass ich alleinerziehend bin. Aber ich bin auch eine Frau, die man in der Menge leicht übersehen kann. Außerdem hat sich Gary immer darüber ausgelassen, wie langweilig ich geworden bin, und auch wenn ich seinen Worten nicht glauben sollte, sind die Zweifel an meinem Körper und meiner Person geblieben.

Und genau deswegen habe ich mich nach dem Essen im Restaurant nicht mehr bei Ian gemeldet. Ich könnte einen Mann wie ihn einfach nicht glücklich machen. *Ist es nicht ein ungeschriebenes Gesetz, das sich Prominente nur mit Models oder Frauen aus der Branche abgeben? Was kann ich ihm schon bie-*

ten? Ich bin finanziell nicht gerade stabil, fühle mich teilweise wie ein Teenie, der im Körper einer Achtundzwanzigjährigen feststeckt, und mein Körperbau ist nicht gerade der, auf den ein Promi stehen würde. Ich habe in den letzten Jahren etwas abgenommen, habe aber Kurven, Schwangerschaftsstreifen am Bauch, und meine Haut ist übersät mit Sommersprossen.

Ich mag mich, wie ich bin, finde aber, dass unsere Welten nicht zusammenpassen würden. Nicht dass er überhaupt interessiert an mir wäre. Wir hatten zwei intime Momente, zumindest glaube ich das. In dem einen war er völlig betrunken, sodass er sich überhaupt nicht mehr daran erinnert. Beim zweiten waren seine Berührungen nur vorgespielt. Ich will mir nichts vormachen und dann enttäuscht werden. Denn verletzt wurde ich schon von meinem Ex genug.

»Erde an Brooke«, sagt meine Schwester und erschreckt mich etwas. Mir war gar nicht bewusst, wie tief ich in Gedanken versunken war. Aber das passiert des Öfteren, wenn ich an Ian denke. Die Küche ist mittlerweile leer, und nur ich und meine große Schwester sitzen an der Theke. Ich wende mich ihr zu und sehe, wie ihre Augen leuchten – fast so, als hätte sie im Lotto gewonnen.

»Was ist?«, frage ich genervt, da ich das Gefühl habe, ihr alles aus der Nase ziehen zu müssen.

»Ist es Ian Millard? Der Rockstar und Leadsänger von Everstorm?« Ich erstarre, blinzle und sehe sie fassungslos an. Entweder hat sie hellseherische Fähigkeiten oder Athina hat etwas ausgeplaudert.

»Was! Wie kommst du denn darauf?«, quietsche ich und natürlich verrät mich meine defensive Haltung sofort. Ein siegessicheres Lächeln breitet sich auf ihrem Gesicht aus, aber ich verstehe immer noch nicht, wie sie darauf kommen konnte.

»Na ja, weil er dich schon das zweite Mal anruft«, sagt sie

schulterzuckend und deutet mit dem Kinn auf mein Smartphone.

»Er tut was? Ian hat nicht einmal meine Telefonnummer«, antworte ich und verrate mich damit selbst. Ich blicke nach unten, wo mein Smartphone tatsächlich einen ankommenden Anruf von Ian anzeigt. Aber das kann unmöglich stimmen, denn ich habe seine Nummer nie eingespeichert.

»Heb schon ab. Wir sind allein. Die anderen sind in den Garten gegangen.« Meine Finger zittern, auch wenn ich nicht weiß, wieso. *Wieso bin ich so nervös?* Ist ja nicht so, als wären wir im Schlechten auseinandergegangen. Ich habe nur für mich selbst festgestellt, dass er und ich in verschiedenen Welten leben. Ich will den Kontakt nicht weiter intensivieren, weil ich mein Herz schützen muss. Ehe ich weiter darüber nachdenken kann, wischt meine Schwester über mein Smartphone und nimmt den Anruf an. Ich werfe ihr einen vernichtenden Blick zu, führe dann aber das Smartphone zum Ohr.

»Hallo?«

»Hey. Hier ist Ian.« Er ist es tatsächlich. *Aber wie ist das möglich?*

»Was gibts?«, frage ich mit piepsiger Stimme, was Melina die Augen verdrehen lässt. Ich wirke wohl wieder wie ein Teenie, dessen Schwarm zum ersten Mal anruft. Aber ich straffe die Schultern, denn ich habe mir nach der Scheidung geschworen, nie wieder eine graue Maus zu sein, sondern die selbstbewusste Frau, zu der mich meine Eltern erzogen haben.

»Ich bin gerade in der Straße deiner Eltern, mein Navigationsgerät findet das genaue Haus aber nicht.« *Warte, das muss sich um einen Irrtum handeln. Oder?*

»Wie bitte? Kannst du das wiederholen?« Ich muss mich wohl verhört haben, anders kann ich mir die ganze Situation nicht erklären.

»Habe ich mich bei der Adresse, die du gesimst hast, vertan? Kannst du vielleicht nachsehen?«

»Gesimst?«, frage ich dümmlich. Meine Schwester klatscht sich die flache Hand auf die Stirn. Für sie muss ich die Peinlichkeit des Jahrhunderts sein, aber ich verstehe nur Bahnhof.

»Warte bitte kurz.« Ich stelle den Anruf auf Halten und werfe einen Blick in meinen SMS-Postausgang. Und tatsächlich: Jemand, den ich gleich eigenhändig erwürgen werde, hat Ian heute zum Grillen eingeladen und ihm auch noch die falsche Hausnummer genannt.

»Was ist?«, fragt Melina und schielt auf das Display, doch ich schiebe sie mit dem Arm weg und nehme wieder das Gespräch an. Er ist schon hier, und es wäre unhöflich und vor allem peinlich, die Sache jetzt richtigzustellen.

»Ian?«

»Ja?«

»Die Hausnummer ist fünfzehn. Nicht fünf, entschuldige.«

»Kein Ding. Ich bin dann in ein paar Minuten da.«

»Okay. Dann bis gleich.« Als ich auflege, blicke ich meine Schwester an, die mich mit offenem Mund anstarrt. Ihre Aufregung spüre ich an meinem eigenen Leib, doch ich koche vor Wut, kann nicht glauben, dass meine Tochter mich so auflaufen lässt.

»Kein Wort! Hast du verstanden?« Sie merkt, dass ich wütend bin, und schließt ihn wieder, um zu nicken. Ich gehe von der Küche durch das Wohnzimmer zur Terrasse, wo ich Athina bei dem Kinderspielturm entdecke.

»Athina Ioanna Stephanidis! Komm sofort her!«, brülle ich so laut, dass alle Gespräche verstummen. Innerhalb von Sekunden ist sie an meiner Seite, doch ich deute mit einem Kopfnicken an, dass sie mir folgen soll. Ich gehe mit ihr in die Küche, die mittlerweile leer ist, und drehe mich energisch um.

»Wieso in Gottes Namen hast du Ian geschrieben und ihn für heute zum Essen eingeladen?«

»Weil du es nicht konntest, aber es insgeheim wolltest.«

»Ich wollte was?«

»Seit zwei Wochen bist du irgendwie abwesend und traurig. Ich sehe doch, dass du ihn magst. Und er dich auch.«

»Und das gibt dir das Recht, dich in mein Privatleben einzumischen?«

»Auch er wirkte ziemlich traurig.«

»Wann hast du ihn getroffen und seine Handynummer eingespeichert?« Was tut sie sonst noch hinter meinem Rücken?

»Als du letzte Woche unter der Dusche warst, habe ich den Müll rausgetragen und ihn im Fahrstuhl getroffen. Er hatte denselben Ausdruck im Gesicht wie du, als das Thema auf dich gefallen ist.«

»Du meine Güte! Und dann hast du ihm einfach so meine Nummer gegeben?«

»Nein, er meinte, dass er mir Klavierunterricht geben möchte, aber nur unter der Bedingung, dass du einverstanden bist. Damit ihr Termine ausmachen könnt, hat er mir seine Karte gegeben.«

»Und wieso hast du sie mir nicht einfach gegeben?«

»Weil ich wusste, dass du dagegen sein wirst. Also habe ich heimlich seine Nummer eingespeichert und ihn für heute eingeladen.«

»Und wieso? Warum in Gottes Namen glaubst du, ist es eine gute Idee, ihn der gesamten Familie vorzustellen?«

»Sie werden ihn mit Sicherheit mögen. Er ist anders als Dad und passt zu dir.«

»Athina! Wieso bringst du mich in diese schreckliche Situation?«

»Weil man manche Menschen zu ihrem Glück zwingen muss.« Meine Tochter war immer schon zu reif für ihr Alter, aber diesmal ist sie zu weit gegangen.

»Ich weiß, dass wir wie beste Freundinnen sind, aber ich bin deine Mutter und als deine Mom sage ich dir, dass dein Verhalten falsch war. Du hättest mich fragen müssen, ehe du auf eigene Faust Einladungen verteilst. Weißt du, wie es mir jetzt dabei geht?«

»Du siehst nervös aus.«

»Ich bin wütend auf dich.«

»Aber ich habe es nur gut gemeint. Du bist einsam und Ian wäre der perfekte Mann für dich.«

»Das entscheide ich immer noch selbst.«

»Aber ...«

»Du hast Hausarrest! Zwei Wochen. Besuche im Waisenhaus sind verboten. Du wirst bei deinen Großeltern warten, bis ich dich nach der Schicht hole. Hast du das verstanden?«

»Ja«, antwortet sie mit gesenktem Kopf und versucht nicht mal, mit mir zu diskutieren. Sie dachte wohl tatsächlich, dass ich mich freuen werde, wenn Ian heute zu uns kommt, aber ich sterbe innerlich tausend Tode vor Nervosität.

»Geh. Diese Sache bleibt unter uns. Ich werde so tun, als hätte ich ihn eingeladen, verstanden?«

»Ja, Ma'am.«

»Gut. Geh zu den Zwillingen.«

»Es tut mir wirklich leid, Mom«, meint sie traurig, ehe sie sich von mir abwendet und aus dem Raum läuft. Ich schließe die Augen und atme tief ein und aus. Jedes Mal, wenn ich mich von Ian fernhalten will, wird er mit voller Wucht wieder in mein Leben geschleudert. Und ich weiß nicht, ob mir das gefällt oder nicht.

12. KAPITEL

Ian

Kann es sein, dass Brooke die erste Frau ist, mit der Sie zusammen sein wollen? Die Frage meiner Therapeutin spukt mir seit Tagen durch den Kopf. An der Mutmaßung von Dr. Santiago könnte etwas Wahres dran sein. Seitdem ich Brooke in diesem Restaurant im Arm gehalten habe, kreisen all meine Gedanken nur noch um diese Frau und die Momente, die wir geteilt haben. Ich musste mit jemandem darüber reden. Dr. Santiago war sehr überrascht zu hören, dass ich nach all den Jahren eine Frau als Partnerin in Erwägung ziehe, da ich bis jetzt keine langfristige Beziehung eingegangen bin.

Nicht weil ich ein gefühlskalter Klotz wäre, sondern weil ich schlichtweg noch nie verliebt war. Verknallt war ich in meiner Jugend schon häufiger, aber eine langfristige Partnerschaft ist völliges Neuland für mich. Ich will Brooke in meinem Leben haben, das habe ich schon einen Tag nach ihrem schrecklichen Blind Date festgestellt. Ich wollte wissen, wie es ihr geht und ob sie sich von dieser schlimmen Erfahrung erholt hat, aber ich konnte mich einfach nicht dazu überwinden, an ihre Tür zu klopfen.

Aber ich wollte es, das steht außer Frage. Zuerst dachte ich, dass es nur meine Einsamkeit wäre, weshalb ich am Montag Hayden und Tori besucht habe, am Tag darauf Kyle und zuletzt Quinn in der Kanzlei. Ich habe sogar Seth einen Besuch abgestattet, obwohl unsere Beziehung derzeit unterkühlt ist. Wir haben uns trotz allem gut unterhalten und Spaß gehabt.

Aber egal wo ich war, es war nicht dasselbe. Trotzdem musste ich an die zwei Frauen denken, die mein Leben auf eine schöne Art und Weise bereichert haben. Ich vermisse die Lebensfreude, die sie ausstrahlen, und ich vermisse Brooke selbst. Ihr Lachen, ihren Humor, die Wortgewandtheit und den Zitronenduft, der sie umweht. Es war sogar so schlimm, dass ich über meinen Schatten gesprungen bin. Zwar habe ich seit Wochen kein Instrument mehr angerührt, doch wenn ich an Athinas Neugier denke, möchte ich ihr gerne etwas zurückgeben.

Direkt nachdem ich diese Entscheidung gefällt habe, habe ich im Aufzug, der zum Glück mittlerweile repariert wurde, Athina getroffen und ihr meinen Vorschlag unterbreitet. Ich will diesem intelligenten und fröhlichen Mädchen das Klavierspielen beibringen und Zeit mit ihrer Mutter verbringen. Dabei ist es ziemlich lange her, dass ich etwas *tun* wollte. Seitdem Courtney nach der Beerdigung von Faith verschwunden ist, wollte ich nur noch vergessen und in Selbstmitleid versinken. Sich zu betrinken wurde ein Hobby von mir und alles andere zu ignorieren, war selbstverständlich für mich geworden.

Aber all der Schmerz ist wie weggeblasen, wenn Brooke und Athina in meiner Nähe sind, das ist mir mittlerweile klar. Als Brooke mir eine SMS geschrieben hat und sich für die Telefonnummer bedankt hat, habe ich mich so belebt gefühlt, wie schon seit Ewigkeiten nicht mehr. Dass sie mich zu ihrer Familie eingeladen hat, überrascht mich etwas, aber ich bin sehr aufgeregt, als ich vor ihrem Elternhaus parke. Es ist dreistöckig, weiß gestrichen mit blauen Fensterläden. Das Blau harmoniert mit dem Weiß der Fassade und verleiht dem Anwesen einen griechischen Touch.

Meine Hände beginnen zu schwitzen, als ich den Geschenkkorb nehme und aus meinem Truck steige. Nach zwei Wochen werde ich wieder der Frau gegenüberstehen, die mich als Einzige in meinem Leben wirklich interessiert und die all meine Gedanken einnimmt.

Ich klingle und brauche nicht lange zu warten, bis sich die Tür öffnet. Brooke steht in einem weißen Sommerkleid vor mir, das mit schwarzen Punkten übersät ist. Es reicht ihr bis zu den Knöcheln und hat dünne Träger, die durch ihre Lockenpracht kaum zu sehen sind. Sie trägt ihr Haar offen, was mir besonders gut gefällt, da sich ihre Locken um ihren Körper schmiegen und es ihr einen sinnlichen Hauch verleiht. Sie lächelt mich etwas nervös an, und ich denke, dass auch ich etwas angespannt wirken muss. Ich habe noch nie die Eltern einer potenziellen Freundin kennengelernt und bin gespannt, was mich hier erwartet.

»Hey«, begrüßt sie mich schüchtern und errötet leicht. Ihre Wangen färben sich zartrosa, wie es seit unserem Aufeinandertreffen üblich ist. Jedes Mal, wenn sie es tut, möchte ich sie am liebsten in die Arme schließen und an mich drücken. Weil sie so süß dabei aussieht und ich will, dass sie sich in meiner Nähe wohlfühlt.

»Hallo. Danke für die Einladung. Ich habe mich sehr gefreut.« Ich reiche ihr den Präsentkorb, den sie annimmt und auf die Kommode im Flur stellt.

»Gern geschehen. Komm doch rein.«

»Danke.«

»Du kannst deine Schuhe hier ausziehen und mitnehmen, wir sind hauptsächlich im Garten.«

»Geht klar.« In den Staaten ist es üblich, die Schuhe anzulassen, selbst in geschlossenen Räumen, doch hier scheint das anders zu sein, womit ich selbstverständlich kein Problem habe. Mit jedem Schritt wirkt Brooke noch nervöser. Wir nähern uns der Terrassentür, doch bevor wir sie erreichen, dreht sich Brooke hastig um, sodass ich fast in sie reingelaufen wäre.

»Ich will mich im Voraus entschuldigen«, meint sie verlegen und reibt die Hände aneinander.

»Wieso das?«, frage ich verwirrt, da ich mir nicht im Geringsten vorstellen kann, weshalb sie meint sich entschuldigen zu müssen.

»Meine Familie ist laut.«

»Das wusste ich schon.«

»Nein, ich meine sehr laut. Und unverschämt. Sie sind schlimmer als das FBI, sie müssen alles wissen und mischen sich überall ein«, sagt sie so abgehackt, als wäre sie gerade einen Sprint gelaufen.

»Ach ja?«, frage ich, auch wenn mich diese Tatsachen nicht stören.

»Ja, sie wollen alles über dein Privatleben wissen, deinen Stammbaum bis hin zum Ersten Weltkrieg, ob du Fußball liebst, nicht Football, sondern die Version, wo elf Personen einem ledernen Ball nachlaufen, wer dein Lieblingsfußballer ist, ob du deine Eltern respektierst und wie du dir dein Leben in fünfzehn Jahren vorstellst. Was du gerne isst, wo du wohnst, was du beruflich machst, wie deine Zukunftspläne aussehen und …« Da sie nicht aufhören kann zu plappern, greife ich nach ihren Händen, die sich einfach nicht beruhigen wollen und drücke sie sanft. Augenblicklich weiten sich ihre Augen und ihre Atmung wird schneller. Ich liebe es, dass ich offensichtlich all die Gefühle in ihr auslöse, die sie auch in mir erweckt.

»Deine Familie ist sicher ganz wunderbar, da habe ich keine Zweifel. Ich kann mit einer Meute Paparazzi umgehen und einen Ansturm von Fans abwehren, da werde ich auch mit deiner Familie kein Problem haben.«

»Die Paparazzi sind nichts im Vergleich zu meiner Großmutter. Sie kann dich mit einer Frage in die Knie zwingen, wenn ihr danach ist.«

»Das wird auch okay sein.«

»Wirklich?«, fragt sie unsicher, doch ich streiche mit meinem Daumen sanft über ihre Haut. *Wieso fühlt sie sich so weich an und wieso gefällt es mir so, sie zu halten?*

»Da bin ich mir ganz sicher.« Sie blickt auf unsere Hände, beobachtet meine Finger, die die ihren halten und hoffentlich eine beruhigende Wirkung auf sie haben. Erst als sie ruhig und gleichmäßig atmet, blickt sie auf und mir direkt in die Augen.

»Danke«, haucht sie und nimmt ihre Hand aus meiner.

»Gern geschehen.« Sehnsüchtig blicke ich auf ihre zarten Finger, die jetzt so weit weg scheinen, und sehne mich nach ihrer Berührung.

»Gut, dann ab ins Getümmel und willkommen in Little Greece.«

Wir betreten eine große Terrasse. Und wenn ich groß sage, dann meine ich das auch. Eine riesige Steinbodenfläche trennt das Haus vom Grünbereich. Dort befinden sich zwei aneinandergereihte lange Gartentische aus Vollholz mit einer Glasplatte als Tischfläche, rundherum befinden sich sage und schreibe sechzehn Stühle. Zwei Kohlegrills sind befeuert worden, jedoch überwacht derzeit keiner das Feuer. Denn ein paar Schritte weiter befindet sich ihre Familie. Ich zähle auf den ersten Blick elf Personen. Alle wirken beschäftigt, die Männer umrunden etwas, das ich nicht erkennen kann, weil sich ein mit Tupperdosen und Schüsseln vollgestellter Gartentisch davor befindet. Ein älteres Ehepaar sitzt auf einer Hollywoodschaukel und unterhält sich, und eine andere Gruppe spielt mit zwei kleinen Kindern.

»Hallo. Hört mal alle her, das ist Ian.« Kaum hat Brooke den Satz beendet, drehen sich alle Augenpaare zu uns um und sehen mich direkt an. »Er ist unser Nachbar, und ich habe ihn heute als Gast zum Grillen eingeladen.« Für ein paar Sekunden ist es völlig still, und dann kommen gefühlt alle auf einmal auf mich zu. »Das ist ja eine Überraschung. Willkommen, ich bin Viktor Stephanidis, das ist meine Frau Eleni, wir sind die Eltern von Bryony.«

»Bryony?«, frage ich mit erhobener Braue, ernte aber nur ein verlegenes Kopfschütteln.

»Oh, ich meine Brooke. Meine Tochter hat mit dem Erhalt der amerikanischen Staatsbürgerschaft vor ein paar Jahren auch ihren Namen ändern lassen.« Mein Blick muss ihr verraten haben, dass ich nach dem Warum fragen will, aber sie schüttelt den Kopf.

»Ich bin Sofia Portodakis, und das ist mein Mann Costa. Wir sind ihre Großeltern.«

»Freut mich sehr, Ihre Bekanntschaft zu machen.«

»So höflich und attraktiv. Sagen Sie, was machen Sie beruflich?«

»Mach mal halblang, Giagiá. Nicht dass du ihn verschreckst«, wirft Brooke ein und stellt sich augenblicklich neben mich.

»Ian, mein Lieber. Ich bin Melina, Brookes älteste Schwester. Komm setz dich, du wirst alle im Laufe des Tages noch kennenlernen.« Ich höre meine Nachbarin erleichtert aufatmen, was mich schmunzeln lässt. Ihre Familie muss ihr peinlich sein, doch ich finde es erfrischend, neue Menschen zu treffen und ihre Verwandten besser kennenzulernen. »Vielen Dank.« Ich setze mich auf den mir zugewiesenen Stuhl, Brooke setzt sich rechts neben mich. Auf der linken Seite nimmt ihre Schwester Platz.

»Freut mich, dass du gekommen bist. Ich hoffe, du fühlst dich nicht überfallen?«, fragt mich Melina und lächelt mich freundlich an.

»Ach was, das bin ich gewohnt.« Ich will noch etwas anfügen, doch plötzlich stehen zwei junge Männer vor mir und sehen mich aus großen Augen an.

»Ähm. Hi«, stottert der eine. Ich tippe darauf, dass er der Jüngere der beiden ist. Seine Locken sind genauso kräftig wie die von Brooke, wenn auch kürzer.

»Ja. Hallo«, fügt der andere hinzu. Beide wirken etwas verloren und überaus aufgeregt. Offensichtlich haben sie mich sofort erkannt.

»Spuckt es schon aus«, sagt Brooke lachend und ich muss mich beherrschen, um nicht in ihr Kichern einzustimmen.

»Sie sind doch Ian Millard, oder?«

»Genau der bin ich.«

»Oh mein Gott! Ich fasse es nicht!«, beide springen wie kleine Kinder auf und ab und sind außer sich vor Freude.

»Ich bin Linus und das ist Aris. Wir sind große Fans von Everstorm, waren schon auf zwei Konzerten und haben alle Alben.«

»Danke, das freut mich. Ich kann euch die CDs signieren, und wir können später gern ein Foto zusammen machen, wenn ihr wollt.«

»Wirklich?«, fragt Aris begeistert, wobei sich seine Augen weiten.

»Natürlich«, antworte ich und meine das tatsächlich so. Auch wenn ich in den letzten Monaten etwas Abstand von den Fans gebraucht habe, merke ich jetzt, wie schön es ist, wenn sich Menschen allen Alters an unserer Musik erfreuen. Trotz meiner negativen Schlagzeilen hat sich ein Großteil meiner Fans nicht von mir abgewandt und das ist der Grund, wieso ich wieder auf die Beine kommen möchte.

»Ihr habt es gehört, also lasst ihm jetzt Raum zum Atmen, ja?«, meint Brooke und hört sich beinahe so an wie mein Bodyguard Mason.

»Und wehe euch, wenn ihr die Bilder postet«, fügt Melina an.

»Keine Sorge. Machen wir nicht.« Und dann sind die beiden auch schon wieder verschwunden.

»Wenn sie es posten würden, würden all unsere Verwandten wissen, dass du uns besucht hast, und dann könntest du das nächste Mal dreimal so viele Personen hier vorfinden, die dich umkreisen.«

»Verstehe. Danke für die Warnung, aber wir können ja auch einen neutralen Hintergrund wählen. Ich will ihnen die Freude nicht nehmen, wisst ihr.«

»Gott, ist er hinreißend«, flüstert Melina Brooke zu, natürlich laut genug, dass ich es mitbekomme. Ich verkneife mir ein Grinsen und blicke nach vorne, wo ich endlich erkennen kann, was die Männer vorhin bewacht haben. Ein Lamm wurde an einem Stahlrohr befestigt und wird über dem offenen Feuer gegrillt. Ich erhebe mich und gehe auf den kleinen, selbst gemachten Motor zu, der die Stange dreht, sodass das Fleisch von allen Seiten gegrillt wird.

»Haben Sie das gemacht, Costa?«, frage ich neugierig, da mich die Konstruktion fasziniert.

»Nein, das war mein Schwiegersohn, Brookes Vater ist der Handwerker unter uns.«

Brookes Großvater reicht mir eine Dose Cola, die ich dankbar annehme.

»Hast du schon mal Lamm am Spieß gegessen, Ian?«, fragt er mich, worauf ich den Kopf schüttle.

»Nein, noch nie. Aber es riecht herrlich.«

»Du wirst es lieben«, antwortet Brookes Großmutter, die sich plötzlich bei mir unterhakt, als hätte sie nur darauf gewartet, dass ich mich von Brooke entferne.

»Ian, mein Lieber. Es kommt nicht oft vor, dass meine Enkelin einen Mann einlädt. Du hast doch nichts dagegen, wenn wir uns kurz unterhalten, oder?« Ich blicke zufällig zu meiner Nachbarin, die heftig nickt, als solle ich ihrer Großmutter sagen, dass ich etwas dagegen habe, doch ich bin wirklich neugierig auf ihre Familie.

»Nein, nicht im Geringsten.«

»Gehts wieder?« Brooke und ich sind gerade alleine in der Küche, um weitere Salate zu holen, während ich mich noch immer von dem Fragenschwall ihrer Großmutter erhole.

»Ich habe das Gefühl, als hätte ich dreißig Interviews auf einmal gegeben.«

»Ja, meine Großmutter ist wirklich eine Wucht.«

»Sie wollte wirklich alles über meine Familie wissen.«

»Nur über die Familie?«

»Ja.«

»Oh, dann ist sie aber noch lange nicht fertig, denn sie will bestimmt auch mehr über deinen Beruf und das Familienleben erfahren.«

»Tatsächlich?«

»Ja, mit Sicherheit.«

»Okay, dann brauche ich vorher aber noch etwas zur Stärkung.«

»Das Essen ist fast fertig.« Trotz des Verhörs, das mich überhaupt nicht gestört hat, habe ich Brooke die ganze Zeit über heimlich beobachtet. Sie ausgiebig lachen zu sehen, mitzuerleben, wie fröhlich sie ist, macht alle Fragen der Welt wieder wett. Alles an ihr fasziniert mich, vor allem wenn sie so hübsch aussieht wie heute. Brooke streckt den Arm nach einer der Schüsseln aus, doch ich bin heute mutig und greife nach ihrer Hand. Sofort versteift sie sich, aber ich merke, dass es sie nicht stört, sondern sie einfach nervös ist. So etwas erkenne ich an ihrer Körpersprache.

»Bevor wir wieder zu deiner Familie rausgehen, möchte ich noch etwas loswerden.«

»Ja?«, flüstert sie und schluckt. Sie hat den Kopf in den Nacken gelegt und sieht mir in die Augen. Meine Hand ruht auf ihrem Puls, der sich wie mein eigener beschleunigt.

»Ich hatte bisher noch keine Gelegenheit, dir zu sagen, wie wunderschön du aussiehst«, flüstere ich und mache einen kleinen Schritt auf sie zu. Sie könnte mich abweisen, wenn sie meine Nähe nicht wollen würde, aber das tut sie nicht. Wie gebannt sieht sie in mein Gesicht, als wäre es ein Kunstwerk, das sie bestaunt.

»Danke«, haucht sie, doch die Röte bleibt diesmal aus. Auch sie mag mich, daran habe ich jetzt keinen Zweifel. Ihre Pupillen sind geweitet, ihr Atem geht flach, und sie kann nicht aufhören, zwischen meinen Lippen und meinen Augen hin und her zu blicken.

Ich würde sie so gerne küssen, ihren Mund erobern und ihr zeigen, dass sie es nicht bereuen würde, mit mir zusammen zu sein. Aber das werde ich nicht tun. Nicht, wenn jederzeit ihre Tochter oder ein anderes Familienmitglied reinkommen könnte.

»Geh mit mir aus«, flüstere ich, was sich aber eher wie ein Raunen anhört. Auch ich bin ziemlich nervös geworden, da ich zum ersten Mal in meinem Leben eine Frau um ein Date bitte.

»Ich weiß nicht.«

»Wieso?« Sie will den Kopf drehen, doch ich greife mit der freien Hand unter ihr Kinn und lasse es nicht zu. Ich muss wissen, ob es eine Zukunft für uns gibt, da ich sie nicht bedrängen möchte, wenn sie tatsächlich kein Interesse hätte.

»Gegenfrage. Was findest du an mir? Du kannst jedes Model auf der Welt daten. Was willst du mit einer alleinerziehenden Mutter, die ihren Babyspeck noch immer an den Hüften trägt?« Ihre Aussage lässt mich lächeln. Denn sie hat nur die Optik angesprochen, dabei will ich doch viel mehr als nur das.

»Du bist die faszinierendste Frau, die mir jemals begegnet ist. Du bist herzensgut, interessant, freundlich, wunderschön, intelligent, sexy. Ich könnte ewig so weitermachen. Die Liste wird länger, je öfter ich dich treffe. Du ziehst allein eine wunderbare Tochter groß, die schon bald ein Teenie ist, und das, ohne die Nerven zu verlieren. Ich finde dich unglaublich stark und will mehr Zeit mit dir verbringen. Mit dir. Nicht mit einer anderen, die vielleicht wie ich im Showbiz tätig ist, denn du bist die, mit der ich ausgehen will.«

»Wirklich?«, fragt sie überwältigt, und ich meine zu sehen, dass ihre Augen feucht geworden sind, als würde sie solche Worte zum ersten Mal in ihrem Leben hören.

»Ja. Wirklich.« Meine Hand wandert von ihrem Kinn zu ihrer Wange, über die ich sanft streichle, ehe ich mich zurückziehe und ihre Hand loslasse.

»Der einzige Grund, wieso ich dich jetzt nicht sofort küsse, ist, weil deine Familie und deine Tochter anwesend sind. Ich will das hier richtig machen, gerade weil du Mutter bist.«

»Danke«, haucht sie ergriffen und nickt mir dankbar zu. Manche würden mich jetzt für einen Waschlappen halten, weil ich sie nicht geküsst habe, aber ich will unseren ersten Kuss auskosten. Er soll nicht zwischen Tür und Angel stattfinden.

»Lass uns wieder nach draußen gehen. Deine Großmutter hat mit Sicherheit noch ein paar Fragen in petto.« Ich greife mir zwei Schüsseln mit lecker aussehenden Salaten, zwinkere ihr zu und gehe wieder nach draußen. Als Brooke neben mir entlanggeht, lasse ich ihr wie immer den Vortritt. Wir stellen die Salate auf den vorgesehenen Tisch. Ich stelle mich neben Brookes Vater, als ich Brooke etwas in Athinas Richtung flüstern höre.

»Vergiss das mit dem Hausarrest.« Daraufhin beginnen beide zu kichern.

13. KAPITEL

Brooke

»Komm schon! Wir müssen los!«, ruft Savannah vom Wohnzimmer aus, dabei bin ich gerade erst aus der Dusche getreten. Geduld war noch nie ihre Stärke, aber das ist nichts Neues.

»Ich brauche noch ein paar Minuten!«, brülle ich zurück und trockne meinen Körper ab. Ich bin gerade dabei, mir Unterwäsche anzuziehen, als es an der Tür läutet.

»Kannst du bitte mal nachsehen, wer da ist?« Meine beste Freundin grummelt etwas vor sich hin, dann ist es still. Ich ziehe mich weiter an, als Savannah plötzlich die Tür aufreißt und mich damit zu Tode erschreckt.

»Es ist das Arschloch«, meint sie außer Atem und hält sich mit einer Hand an der Wand fest, als wäre sie gerade einen Marathon gelaufen und wurde nun keine Luft mehr bekommen.

»Wer?«

»Na der Kerl, der dich wie den letzten Dreck behandelt hat. Er steht schon vor der Tür, jemand muss ihn wohl reingelassen haben.«

»Gary?«, frage ich perplex, da er der Letzte ist, den ich erwartet hätte.

»Ja. Soll ich ihn zum Teufel jagen? Bitte sag mir, dass ich es tun soll. Ich habe so viel angestaute Wut in mir.« Sie macht eine betende Geste, doch so gerne ich sie in Action erleben möchte, Gary ist immer noch Athinas Vater.

»Beschäftige ihn ein wenig, ich bin gleich da.« Als Savannah den Raum verlassen hat, blicke ich auf mein geblümtes Kleid, das mir bis zu den Oberschenkeln reicht. Gary würde es nicht gutheißen, weil es zu viel Haut zeigt. Das wären früher mit Sicherheit seine genauen Worte gewesen. Kurz überlege ich, ein anderes Outfit auszusuchen, besinne mich aber wieder. Unsere Beziehung ist beendet, und ich bin jetzt eine freie Frau. Ich kann selbst entscheiden, was ich anziehe und wie ich lebe. Ich blicke ein letztes Mal in den Spiegel und bin zufrieden mit dem, was ich sehe. »Du hast keine Macht mehr über mich«, flüstere ich mir selbst zu, bevor ich mich ihm stelle. Mein Haar trage ich offen, da ich weiß, dass er es hasst und ich es somit mit Stolz trage. Laut ihm lässt es mich wie ein wildes Tier aussehen. Das Lächeln in meinem Gesicht ist selbstbewusst und genau so muss es sein.

Als ich ins Wohnzimmer komme, erwartet mich vollkommene Stille. Gary und Savannah stehen mit einigen Metern Abstand voneinander im Raum. Meine beste Freundin lässt meinen Ex keine Sekunde aus den Augen. Ihr Blick ist so hasserfüllt und kalt, dass es mich unweigerlich fröstelt. Wie muss sich dann erst Gary fühlen? Ich horche in mich hinein, doch da ist nicht das kleinste bisschen Mitleid für diesen Arsch, der mir das Leben zur Hölle gemacht hat.

»Hallo«, sage ich und lenke die Aufmerksamkeit so auf mich. Gary hat nur ein teilnahmsloses Nicken für mich übrig, während ich Savannah die Erleichterung ansehen kann. Dankbar lege ich ihr die Hand auf die Schulter.

»Würdest du im Schlafzimmer auf mich warten? Ich bringe dann den Müll hier raus.« Ich deute nickend auf meinen Ex-Mann, den ich aus tiefstem Herzen hasse.

»Okay, melde dich, wenn du Hilfe benötigen solltest, ja?«

»Mach ich«, sage ich grinsend und atme tief durch, ehe ich mich zu der größten Enttäuschung meines Lebens umdrehe.

»Was willst du hier?« Ich verschränke die Arme vor der Brust und hebe das Kinn an. Das letzte Mal haben wir uns damals in dem Restaurant gesehen, als Ian ihm eine verpasst hat. Danach hat er sich nie wieder gemeldet, die Alimente jedoch pünktlich überwiesen.

»Ich möchte mit dir reden.«

»Du kannst hier nicht einfach reinschneien, wenn es dir passt, nur weil dir plötzlich nach Reden zumute ist. Du hast mich anzurufen, dann werde ich dir einen Termin nennen und dann wird geredet.«

»Termin? An diesem Punkt sind wir also schon angekommen.«

»Wir sind noch viel weiter, nach dem, was passiert ist. Du brauchst nicht zu glauben, dass du in dieser Wohnung und in unserer Familie willkommen bist.«

»Wieso so hart? Wir waren ein Jahrzehnt zusammen.«

»Was willst du hier, Gary? Solltest du es nicht in einer Minute ausspucken, werde ich die Cops rufen.« Er hebt überrascht die Brauen, da er wohl nicht damit gerechnet hat, dass ich ihm Kontra geben werde. Ich bin nicht mehr das Mäuschen, das um jeden Preis seine Ehe retten will.

»Ich weiß nicht, ob du die Lokalnachrichten verfolgst, aber ich habe mich als Kandidat fürs Bürgermeisteramt aufstellen lassen.«

»Aha«, antworte ich desinteressiert, was ihn mit dem Kiefer mahlen lässt. *Glaubt er wirklich, dass ich ihn unterstützen oder beglückwünschen werde?*

»Der Wahlkampf beginnt bald, und ich werde Athina für ein paar Veranstaltung brauchen.«

»Wie bitte?«

»Da ich ja keine Frau mehr habe, möchte ich der Wählerschaft zeigen, dass ich ein guter Vater bin.«

»Das ist ein Scherz, oder?«

»Sei nicht so begriffsstutzig. Du weißt, wie das läuft.«

»Ich weiß nicht, wie das läuft, und eigentlich will ich es auch gar nicht wissen. Meine Tochter ist kein Püppchen, das du den Kameras vorsetzt. Du willst den guten Dad spielen? Dann sei einer! Du hast deine Tochter seit Monaten nicht gesehen und tauchst hier einfach so auf, um sie als Schauspielerin für deinen Wahlkampf zu rekrutieren? Niemals, Gary.«

»Ich habe auch meine Rechte.«

»Die hattest du. Jedes zweite Wochenende hast du das Recht, sie zu sehen. Aber du hast dich niemals gemeldet oder bist aufgetaucht. Also wage es nicht, sie jemals ohne mein Wissen auf eine dieser Veranstaltungen mitzunehmen.«

»Was, wenn doch?«, fragt er kalt, doch ich lasse seine Worte an mir abprallen. Für meine Tochter habe ich all die Jahre durchgehalten, und ich werde alles für ihr Wohl tun.

»Dann sehen wir uns vor Gericht wieder.«

»So willst du es also?«, fragt er und durchbohrt mich mit seinen eisblauen Augen, die mir sofort ein Zeichen hätten sein sollen, dass sein Herz aus reinem Eis besteht.

»Genau so. Du hast keine Macht mehr über uns.«

»Das werden wir noch sehen«, sagt er arrogant, öffnet die Tür und verschwindet endlich. Ich nehme einen tiefen Atemzug, habe aber das Gefühl, nicht genug Luft in meine Lungen zu bekommen. Bewegungsunfähig blicke ich auf meine zitternden Hände und lasse den Wuttränen endlich freien Lauf. Savannah ist sofort da und umarmt mich von hinten.

»Du warst großartig, Süße«, flüstert sie mir ins Ohr, und ich erkenne Stolz in ihrer Stimme.

»Ja, das war ich, doch ich habe Angst, dass er etwas planen könnte.«

»Wegen des Wahlkampfes und Athina?« Ich nicke. Bei der Vorstellung, dass meine Tochter für seine Machenschaften benutzt wird, läuft mir ein Schauer den Rücken herunter.

»Mach dir keine Sorgen. Du hast das Recht auf deiner Seite. Ihr könnt beweisen, dass er an seinen Wochenenden nicht aufgetaucht ist.«

»Hmm«, murmle ich, denn sie hat recht. Ich sollte mir keine Sorgen machen, denn ich habe das alleinige Sorgerecht erhalten und weiß, dass er es mir nicht wegnehmen kann. Ich atme tief durch und löse mich aus der Umarmung.

»Wollen wir los?«, frage ich, denn wir haben ja eine Mission zu erfüllen. Ich schlucke den Ärger herunter, weil ich es nicht zulassen werde, dass Gary uns den Tag versaut. Diese Zeiten gehören der Vergangenheit an.

»Klar.«

Eine Stunde später finden wir uns in Manhattan wieder, wo wir eine Boutique nach der anderen abklappern, um das perfekte Outfit für mein erstes Date mit Ian zu finden. Meine Kleider zu Hause fand ich nicht passend genug. Zum Glück berät Savannah für ihr Leben gern in Mode- und Stylingfragen.

»Das sieht gut aus.« Sie zeigt mir eine Kombination aus Rock und Tanktop mit Fransen am Saum, das eher zu einem Rockkonzert passen würde.

»Ich finde es zu wild.«

»Das bist du doch. Ein heißer Wildfang.«

»Ich bin eine fast dreißigjährige alleinerziehende Mutter. Da passt das Wort wild nicht ganz.«

»Ach was, du kannst sein, wer du willst, egal ob Mom oder

nicht. Niemand hat das Recht, dir vorzuschreiben, was du anziehen sollst.«

»Ich weiß. Na ja, wir können ja zum Spaß auch sexy Outfits zum Probieren mitnehmen.«

»Das wollte ich hören. Wir suchen uns ein paar Klamotten aus und dann führst du sie mir vor, ja?«

»Aber bitte nicht wieder so eine ausführliche Rede wie bei Americas Next Topmodel, ja? Oh, und kein Genörgel über meinen Modelgang.«

»Ich gebe mir Mühe«, sagt sie und grinst verschwörerisch in meine Richtung.

Überraschend schnell haben wir einiges gefunden, das ich gut gelaunt mit in die Umkleide nehme. Das erste Outfit, bestehend aus Jeans und weißer Bluse, ist gemütlich, aber eher langweilig. Das zweite ist ein Maxikleid aus einem leichten, fallenden Stoff. Es ist hellblau, hat dünne Träger und einen runden Wasserfallausschnitt. Was mir besonders gefällt, ist der Schlitz an der Seite, der dem Kleid einen sexy Hauch verleiht. Als ich aus der Kabine komme, leuchten Savannahs Augen auf.

»Das ist wirklich schön. Sexy und doch züchtig. Ich mag es. Das können wir auf jeden Fall mit in die engere Auswahl nehmen.«

»Okay.« Ich sehe eine blonde Frau, die aus der benachbarten Umkleidekabine kommt und sich im Spiegel betrachtet. Sie hat ein sexy Cocktailkleid an, das ihren schlanken Körper zur Geltung bringt. Auch Savannah blickt sie an und dreht sich dann wieder zu mir um.

»Zieh du jetzt auch eines der sexy Teile an. Die werden dir genauso gut stehen.« Normalerweise hätte ich abgelehnt, aber ich bin eine selbstbewusste und wunderschöne Frau, die sich aus den Fängen ihres toxischen Ex befreit hat. Ich bin eine Göttin, wenn ich eine sein will, es liegt in meiner Hand. Motiviert und aufgeregt gehe ich wieder in die Umkleide und greife nach der Kombi, die mir auf den ersten Blick gefallen hat. Weite Shorts aus einem schwarzen Seidenstoff, mit dazu passendem Blazer, der halblange Ärmel hat, dafür aber länger ist, sodass er beinahe die Shorts bedeckt. Das, was das Outfit aber so sexy macht, ist das Top, das darunter hervorblitzen wird.

Es ist türkisfarben, besteht komplett aus Spitze und sieht eigentlich wie Unterwäsche und nicht wie ein Top aus. Savannah unterhält sich draußen mit jemandem, aber ich kann mich nur auf mein Spiegelbild konzentrieren. Ich sehe wirklich unglaublich gut aus. Auch wenn das Outfit mir auf den ersten Blick zu gewagt erschien, finde ich es jetzt makellos. Savannah ruft meinen Namen und noch etwas, was ich nicht verstehe, also löse ich meinen Blick vom Spiegel. Ich ziehe mir die High Heels an, die mir Savannah ausgesucht hat, ziehe den Vorhang zur Seite und trete lächelnd hinaus.

Meine beste Freundin sitzt noch immer an ihrem Platz und lächelt mich stolz an, als sie mich erblickt. Ich drehe mich im Kreis und genieße ihr Staunen, als ich plötzlich etwas zu Boden fallen höre. Ich löse den Blick von meiner Freundin und erblicke zu ihrer Rechten Ian, der gerade mit offenem Mund dasteht und mich ansieht. Ihm muss seine Wasserflasche aus der Hand gefallen sein, denn sie liegt nun am Boden.

»Ian?«, frage ich, da ich überrascht bin, ihm in einer Damenboutique zu begegnen.

»Wow«, antwortet er und blinzelt. Seine Augen gleiten meinen Körper andächtig, fast ehrfürchtig auf und ab. Sein intensiver Blick reicht aus, um meinen Puls zum Rasen zu bringen. Ich spüre, wie mir die Hitze in die Wangen steigt.

»Du musst Brooke sein. Hey, ich bin Quinn. Die Schwester dieses Höhlenmenschen«, meint die Frau aus der Nebenkabine lachend und reicht mir die Hand.

»Hallo. Freut mich.«

»Mich ebenfalls. Ich habe schon viel von dir gehört.«

»Ach ja?«, frage ich und blicke zu Ian, der gerade meine Beine anstarrt und dann den Kopf schüttelt, als wolle er sich zusammenreißen.

»Ja, mein Bruder erzählt sonst nicht viel über Frauen, aber bei dir konnte er gar nicht aufhören zu reden.«

»Natürlich musst du ihr das gleich brühwarm erzählen«, beschwert sich Ian mit seinem umwerfenden halben Lächeln und stupst seine Schwester kumpelhaft an, bevor er auf mich zukommt.

»Hey«, begrüßt er mich und reicht mir seine Hand, die ich ergreife. Kaum haben wir einander berührt, scheint sich die Luft um uns herum aufzuladen. Das Knistern verstärkt sich, je länger wir einander ansehen. Es ist wie in diesen Momenten in Filmen, in denen sich das Paar in der Mitte befindet und die Kamera sich im Kreis um sie dreht. Es fühlt sich an, als wären wir die Hauptfiguren in dieser Liebesgeschichte, und ich will unbedingt wissen, wie es weitergeht.

»Hallo. Mit dir habe ich nicht gerechnet.« Seine Hand umschließt immer noch meine, und es fühlt sich einfach wunderbar an. Noch mehr liebe ich die Gefühle, die er mit einer einfachen Berührung in mir auslöst. »Meine Schwester und ich waren Mittagessen, und dann hat sie mich hierher geschleift, da ihr Freund in Hawaii ist und sie Unterstützung beim Shoppen brauchte.«

»Aber nützlich ist er nicht. Ständig guckt er auf sein Handy, als würde er hoffen, dass eine Nachricht ankommt«, sagt Quinn mit einem vielsagenden Blick in meine Richtung.

»Savannah ist die beste Beraterin, wenn es um Klamotten geht, ich kann sie dir gern mal ausleihen. Dann wäre Ian etwas entlastet.«

»Das klingt ja wunderbar. Haben Sie jetzt Zeit?«, fragt Quinn meine beste Freundin augenblicklich, als wolle sie keine Zeit verlieren.

»Klar, du kannst gerne Du sagen. Immerhin bin ich jetzt deine Beraterin.« Ich blicke nervös zu meiner besten Freundin, die das sicherlich zum Spaß gesagt hat. Doch sie grinst nur von einem Ohr zum anderen. Ich reiße meine Augen auf und teile ihr mit Blicken mit, dass sie mich nicht allein lassen kann. Nun ist der Moment gekommen, in dem ich meine Hand aus seiner nehme und meine Freundin stumm anflehe, mich nicht mit ihm allein zu lassen.

Es ist ja nicht so, dass ich es nicht genießen würde, Zeit mit ihm zu verbringen, aber ich stehe hier in einem wirklich sexy Outfit und bin ziemlich nervös. Nicht weil ich mich unwohl fühle, sondern weil ich für nichts garantieren kann, wenn er mir diese feurigen Blicke zuwirft.

»Du bringst Brooke nach Hause, oder, Brüderchen?«, fragt Quinn, und ich könnte schwören, dass Quinn und Savannah unter einer Decke stecken und uns um jeden Preis allein lassen wollen.

»Klar. Sehr gerne.« Wie kann er nur so cool und gelassen wirken, wenn ich das Gefühl habe, vor Nervosität durchzudrehen? Und dann sind die beiden weg. Sie haben uns nur noch kurz zugenickt, und das war's.

»Na, die hatten es plötzlich eilig. War gar nicht auffällig, oder?«, fragt Ian und sieht dann wieder zu mir. In seinen Augen sehe ich so viele Empfindungen, die ich kaum deuten kann, da sie sich ständig abwechseln. Ich spiele mit dem Saum meines Blazers und bereue es, ihn angezogen zu haben, weil die Unsicherheit mich plötzlich packt. Ich stehe hier vor einem Rockstar. Ich habe den Fehler gemacht, ihn zu googeln, und Alkoholprobleme sowie die Frauengeschichten, die die Titelseiten geziert haben, zeigen mir mal wieder auf, wie sehr ich von seinem ursprünglichen Typ abweiche.

»Du siehst wirklich umwerfend aus«, flüstert er, als wüsste er, dass mich meine Unsicherheit zu überwältigen droht. Auch wenn ich am liebsten in die Kabine flüchten und mich umziehen will, blicke ich auf und direkt in seine grünen Augen.

»Danke. Eigentlich habe ich es nur zum Spaß angezogen. Es entspricht nicht ganz meinem Stil.« Meine Stimme ist gelassener, als ich mich wirklich fühle, was mich ein wenig erleichtert. Ich blicke an mir herunter und werde plötzlich verlegen. Dieses Outfit hätte ich nie für unser Date ausgewählt, aber Ian scheint es sehr zu gefallen.

»Auch wenn es nicht das ist, was du vielleicht oft anziehst, siehst du wirklich gut aus darin. Natürlich sinnlich würde ich sagen, und als jahrelanger Begleiter auf Shoppingtrips mit meiner Schwester weiß ich, wovon ich rede.« Er schafft es mit wenigen Worten, mich wieder zu beruhigen. Trotzdem beginnen meine Wangen zu brennen, und ich bemerke, wie ich erneut erröte. Ich weiß nicht, wieso ich anders reagiere, wenn mich Männer in knappen Outfits sehen. *Ist es vielleicht wegen Gary?* Oder war ich immer schon verklemmt, denn eigentlich hat er recht. Ich sehe gut aus und muss mich nicht schämen oder unsicher sein.

»Danke«, hauche ich, froh darüber, dass wir allein sind und niemand unseren Moment stört.

»Da deine Freundin ja abgesprungen ist: Was hältst du davon, wenn ich dir Gesellschaft leiste? Danach können wir einen Kaffee trinken.«

»Ich bin fertig mit dem Shoppen, aber Kaffee klingt gut.« Ich gehe wieder zur Umkleide und drehe mich um. Lasse meinen Blick an Ian auf und ab gleiten, genau wie er es vorhin bei mir getan hat. Heute trägt er erneut Jeans und T-Shirt, seine halblangen Haare hat er zusammengebunden. Ohne sich Mühe zu geben, sieht er einfach umwerfend aus, wie eine Sünde auf zwei Beinen. Ich mag vielleicht eine normale Frau sein und kein Topmodel, aber seine Augen kleben an mir. Nur an mir, und das verschafft mir ein wunderbares Gefühl. Unser intensiver Blickkontakt wird erst unterbrochen, als ich den Vorhang der Kabine zuziehe. Ich schaue erneut in den Spiegel und zwinkere meinem Spiegelbild zu. »Dich nehme ich mit«, flüstere ich zu dem Outfit, auch wenn ich es am liebsten zu Ian sagen will, da ich mich endlich bereit dazu fühle, ihn in mein Leben zu lassen.

14. KAPITEL

Ian

»Wie kommt es, dass dich in der Boutique niemand erkannt hat? Oder dass du generell ohne Bodyguard herumläufst?«, fragt mich Brooke, als ich auf der Straße die Sonnenbrille aufsetze und die Baseballcap zurechtrücke. »In der Boutique kennt man Quinn und mich. Ich würde sogar sagen, dass Quinn dort Stammkundin ist. Und die Angestellten sorgen dafür, dass es zu keinen Fanhysterien kommt. Notfalls werden wir in einen separaten Raum mit Hinterausgang gebracht.«

»Das klingt so, als wäre es dir schon einmal passiert.«

»Bei mir nicht, aber ein guter Freund von mir ist Schauspieler und wollte mit seiner Freundin in Ruhe shoppen, doch eine Schar Fans hat sie umzingelt und sie mussten ins andere Zimmer eskortiert werden.«

»Verstehe.«

»Mason, also mein Bodyguard, begleitet mich nur zu offiziellen Anlässen wie Awardshows und wenn wir einen neuen Song oder ein Album promoten. Da scheinen die Fans auf der Lauer zu liegen.«

»Und das ist jetzt nicht der Fall?«

»Na ja …« Wie soll ich es am besten erklären, ohne zu viel von meinen dunklen Abgründen preiszugeben.

»Wir müssen nicht darüber reden«, meint sie sofort, doch ich schüttle den Kopf. Ich möchte alles von ihr wissen, und da ist es nur fair, wenn auch sie alles über mich weiß.

»Ich habe mich in der Öffentlichkeit in der letzten Zeit nicht gerade mit Ruhm bekleckert.«

»So schlimm?« Als ich Ian gegoogelt habe, bin ich auf die Bildersuche gegangen und habe Ausschau nach Frauen an seiner Seite gehalten. Die Artikel selbst habe ich nicht gelesen, habe aber mitbekommen, dass er es wohl ganz schön hat krachen lassen.

»Du liest wirklich nie Klatschzeitungen, oder? Meine Skandale sollten eigentlich selbst dich erreicht haben.«

»Sollten sie das? Social Media überfordert mich. Und ich habe die Musik schon immer gefühlt, ohne dass ich dazu ein Musikvideo brauche.«

»Interessante Einstellung.«

»Viele halten mich für seltsam«, sagt sie mit einem traurigen Lächeln.

»Ich gebe nicht viel darauf, was andere von mir denken, und das solltest du auch nicht tun.«

»Wenn das nur so einfach wäre. Oh, wir sind da«, meint sie und deutet auf einen Coffeeshop etwa hundert Meter vor uns. Ich folge ihr ins Innere und stelle erleichtert fest, dass sich nicht viele Menschen im Lokal befinden. Heute möchte ich einfach die Zeit mit Brooke genießen und mich in Ruhe mit ihr unterhalten.

»Der Laden gehört meiner Cousine. Der Coffeeshop lebt quasi von der Stammkundschaft, die auf die eine oder andere Weise zur Familie gehört.« Wir setzen uns in den abgesperrten Bereich, der wohl für die Mitarbeitenden gedacht ist.

»Hast du uns einen Tisch reserviert?«, frage ich neugierig, da ich sie nicht telefonieren oder eine Nachricht tippen gesehen habe.

»Nein, das ist der Bereich für Familienmitglieder.«

»Bryony! Schön, dich zu sehen!« Eine Frau, die ich auf Mitte dreißig schätze, kommt mit einem strahlenden Lächeln auf uns zu und nimmt Brooke fest in den Arm.

»Maria, du siehst fantastisch aus.«

»Und du erst. Du strahlst richtig, nichts im Vergleich zu letztem Jahr.«

»Danke. Es ist einiges passiert, wie du weißt, aber am Ende wendet sich alles zum Guten.«

»Im Idealfall ja. Oh, wen haben wir da? Er kommt mir bekannt vor.« Sie legt den Zeigefinger auf ihre Unterlippe und denkt scharf nach.

»Das ist Ian Millard.« Ich nehme nun endlich die Sonnenbrille und das Cap ab und sehe zu, wie sich nach und nach die Erkenntnis in den Augen von Brookes Cousine widerspiegelt.

»Oh mein Gott. Sind Sie der Ian, den ich glaube zu erkennen?«

»Genau der bin ich. Der Sänger von Everstorm.«

»Ich fasse es nicht«, haucht sie und reicht mir ihre Hand, die ich sehr gerne ergreife.

»Sie können es ruhig glauben. Ich bin ein Freund von Brooke.«

»Was? Du kennst einen Rockstar? Ich wusste ja immer schon, dass du meine Lieblingscousine bist.«

»Das sagst du jetzt.« Brooke kichert, setzt sich wieder und greift nach der Getränkekarte.

»Bitte sucht euch etwas aus. Das geht selbstverständlich aufs Haus«, sagt Maria und kann die Augen nicht von mir abwenden, als ich ebenfalls Platz nehme.

»Das ist wirklich nicht nö-« Brooke greift nach meinem Unterarm und schüttelt den Kopf.

»Es ist zwecklos. Du bist so etwas wie ein Ehrengast, und sie wäre beleidigt, wenn du bezahlen würdest.«

»Oh, verstehe.« Oder auch nicht, aber es freut mich immer, wenn ich Fans eine Freude machen kann.

»Ich lasse euch mal allein. Macht euch keine Sorgen, euer Bereich wird natürlich vor neugierigen Blicken abgeschirmt werden, damit ihr euch in Ruhe unterhalten könnt. Ich werde die Trennwand aus dem Abstellraum holen und aufstellen.« Ich bedanke mich, was sie erröten lässt, ehe sie kichernd hinter den Tresen eilt. Ich blicke ihr amüsiert nach, ehe ich wieder zu Brooke blicke.

»Du siehst gut aus«, sagt sie beiläufig, ehe sie plötzlich erstarrt und schnell weiterspricht.

»Ich meinte, du siehst gut aus, wenn du lächelst.«

»Danke. Ich habe schon verstanden, was du gemeint hast. Tatsächlich ist es schon länger her, dass ich viele Gründe zum Lächeln hatte.«

»Ach ja?«

»Weißt du, der Ruhm hat auch seine Schattenseiten.«

»Das kann ich mir vorstellen. Es ist nicht alles Gold, was glänzt.«

»Genau. Es ist ein unglaublich erfüllendes Gefühl, vor ausverkauften Konzerthallen zu spielen. In den zwei Stunden fühle ich mich unbesiegbar und überglücklich. Doch nach dem Konzert kommt die Stille. Und diese drohte mich zu erdrücken.«

»Wolltest du deswegen ausbrechen? Und hast gefeiert bis zum Umfallen?« Sie hat es milde ausgedrückt, denn tatsächlich habe ich nur um mich geschlagen und Ärger gemacht. Habe meine Bandkollegen vernachlässigt, Hotelzimmer zertrümmert, weil ich einfach etwas fühlen wollte. Diese Leere in mir loswerden wollte.

»So in der Art. Jeder liebte mich, aber niemand kannte mich wirklich. Nicht einmal die Jungs, und das, obwohl wir seit über zehn Jahren jeden Tag zusammen verbracht haben. Ich fühlte mich einsam und allein. Und nichts konnte die Einsamkeit stillen.«

»Das klingt, als hättest du einiges durchgemacht«, flüstert sie und legt ihre Hand mitfühlend auf meine. In ihren Augen sehe ich kein Mitleid, sondern Verständnis, als wüsste sie, wie ich empfinde. Da ist wieder dieses Gefühl der Verbundenheit, das ich schon gespürt habe, bevor ich wusste, wer sie überhaupt ist.

»Viel zu viel«, sage ich seufzend und blicke erneut auf die Karte, ehe wir unsere Bestellung aufgeben.

Auch wenn unser Gespräch mit mehr Tiefgang als erwartet gestartet hat, werden die Themen mit der Zeit immer lockerer. Ich erfahre, dass sie in Amerika geboren wurde, aber erst im Kindergarten angefangen hat, englisch zu sprechen. Ihren Eltern war es wichtig, dass sie ihre Muttersprache kennt, bevor sie andere Sprachen lernt. Sie liebt historische Filme und Serien mehr als die neumodernen Shows, die gerade gestreamt werden. Auch wenn sie es in Sachen Film eher altmodisch mag, liebt sie derzeit K-Pop in allen Facetten.

Ich bin mit der koreanischen Musik noch nicht vertraut, aber das macht auch nichts, denn Brooke kennt sich wirklich gut aus und weist mich in ihre Lieblingskünstler ein. Quinn fährt eher auf die K-Dramen ab, sodass ich zumindest schon weiß, wie der Export aus Südkorea die Welt erobert. Es ist interessant, Brooke zu beobachten, wenn sie ausgelassen ist. Bei unseren ersten Begegnungen hatte ich stets das Gefühl, als wäre sie in meiner Gegenwart etwas gehemmt. Nun ist davon nichts zu erkennen. Sie lacht, macht Scherze und lässt mich die wahre Brooke sehen. Die Mutter, das Fangirl, die unglaublich schöne Frau, innen wie außen.

Ich bin seit Jahren von attraktiven Frauen umgeben. Egal wo ich hingesehen habe, waren sie in meiner Nähe und buhlten um Aufmerksamkeit. Seien es Reporterinnen, Stylistinnen oder andere Musikerinnen. Alle wollten mich und ich wollte sie auch. Für eine Nacht, um der Einsamkeit zu entfliehen, nur, um sie am nächsten Morgen wieder von mir zu weisen. Ich war der Meinung, dass ich nicht fähig dazu bin, jemanden zu lieben. Denn das hätte bedeutet, dass ich derjenigen von meiner Vergangenheit erzählen müsste, für die ich mich noch immer schämte.

Und jetzt sitze ich hier und lausche gespannt meiner Nachbarin, die gerade von jemandem namens Jimin schwärmt, den sie als BIAS bezeichnet. Alles an ihr strotzt vor Leidenschaft und Lebensfreude, sodass ich nicht anders kann, als mich von ihrer guten Laune anstecken zu lassen.

»Ich plappere schon wieder, oder?«

»Nein gar nicht. Ich höre dir gerne zu.«

»Entschuldige. Wenn mich etwas begeistert, kann ich nicht aufhören, darüber zu reden.«

»Das ist doch eine tolle Eigenschaft. Ich wünschte, mich könnte etwas so sehr begeistern.«

»Gibt es da gar nichts?«

»Na ja, nicht wirklich. Seit ich denken kann, war Musik das Wichtigste für mich. Ich habe jahrelang hart dafür gekämpft, um jetzt da zu stehen, wo ich bin. Oder besser gesagt: Wo ich vor einem Jahr war.«

»War? Machst du nun keine Musik mehr?« Das ist die Frage, die ich hasse, weil ich selbst keine Antwort darauf habe.

»Ich mache gerade eine Pause.« Ich will ihr nichts von dem Ultimatum erzählen. Will ihr nicht sagen, wieso ich zu dem

Versager wurde, dem erst seine Bandmitglieder durch Druck langsam zur Besinnung verhelfen.

»Das klingt nach einer langen Geschichte, die wir uns am besten für einen anderen Augenblick aufheben, oder?«, fragt sie mit einem aufmunternden Lächeln. Sie weiß, dass es ein heikles Thema für mich ist, ohne dass ich etwas sagen muss. Ihre Herzensgüte und ihr Mitgefühl berühren mich tief, wie ich es sonst nur von der Musik kenne. Mein Herzschlag beschleunigt sich bei der Vorstellung, wie es wohl sein würde, wenn sie die meine wäre. Wenn wir jeden Morgen gemeinsam aufwachen, den Tag zusammen mit Athina einläuten, gemeinsam essen gehen, einander lieben, bis wir am Abend wieder gemeinsam einschlafen.

»Ian?«, fragt sie verlegen und streicht sich eine lockere Strähne hinters Ohr.

»Entschuldige. Ich war etwas in Gedanken versunken.«

»Ist schon gut. Es hat beinahe so ausgesehen, als wäre etwas mit dir passiert.« Ich lächle sie an und sage nichts weiter dazu, auch wenn sich tatsächlich alles verändert hat. Langsam, aber sicher verliebe ich mich in diese Frau. Und jetzt, wo ich diese Gefühle zum ersten Mal spüre, frage ich mich, wie ich die ganze Zeit ohne sie leben konnte.

»Nun erzähl mal, wieso hast du deinen Geburtsnamen ändern lassen?« Das ist eine Frage, die mich schon länger beschäftigt.

»Ich wurde früher oft wegen meines Namens gehänselt. Es fing im Kindergarten an und zog sich hin bis zur Highschool, sodass ich angefangen habe, diesen Namen zu hassen. Ich war schon immer sensibel und unsicher, sodass mich die Sprüche sehr verletzt haben. Als ich nach dem Erhalt der amerikanischen Staatsbürgerschaft die Möglichkeit hatte, meinen Vornamen zu ändern, habe ich es als ein Zeichen gesehen und nach Absprache mit meiner Familie habe ich ihn in Brooke ändern lassen.«

»Hat deine Familie es gut aufgenommen?«

»Ja, ausnahmslos. Sie wussten, wie sehr ich unter dem Mobbing gelitten habe, und waren froh, als ich die Entscheidung getroffen habe.«

»Der Zusammenhalt deiner Familie ist außergewöhnlich.«

»Das höre ich öfter.«

»Ich mag es, dass ihr alles zusammen besprecht und entscheidet und dass ihr euch mehrmals die Woche seht.«

»Es kann auch nervig sein.«

»Inwiefern?«

»Na ja, ich habe fünfundzwanzig Cousins und Cousinen, viele Tanten, Onkel und so weiter. Alle mischen sich in das Leben der anderen ein und wollen einem Ratschläge aufs Auge drücken. Die Älteren wollen ledige Familienmitglieder verheiraten, jedes neue Kind in der Familie wird mit Liebe nur so überschüttet, und es wird aus Prinzip für die dreifache Personenanzahl gekocht, bis alle kugelrund und glücklich sind.«

»Das klingt nach viel Trubel.«

»Das ist noch untertrieben. Du hast nur einen Teil meiner Familie kennengelernt. Unsere Welt ist anders als deine.«

»Aber ich mag sie.«

»Sag das erst, nachdem du auf einer griechischen Hochzeit warst.«

»Da hat sie recht, Ian«, wirft Maria ein und stellt den Latte Macchiato vor Brooke ab, ehe sie mir meinen Cappuccino reicht.

»Unsere Hochzeiten sind wie eine eigene Art von Awardshow. Eigentlich sollte das Brautpaar im Mittelpunkt stehen, doch alle anderen brezeln sich so auf, als wäre es ihr großer Tag.«

»Ihr beide macht mich echt neugierig darauf«, sage ich amüsiert, denn ich weiß nicht, was daran so schlimm sein soll.

»Der Sommer naht, und wenn du artig bist, nehme ich dich mal mit auf eine Hochzeit«, meint Brooke lachend und entblößt zwei Reihen strahlend weißer Zähne. Ich nicke nur, doch eigentlich bin ich einfach verzaubert von dieser Frau, die innerhalb kürzester Zeit meine ganze Welt auf den Kopf gestellt hat.

»Ich würde dich gerne überall hin begleiten.«

»Wenn du das überlebst, dann bist du fast ein Grieche.«

»Das würde ich gerne sehen.« Die Stimme gehört zu Seth, und ich staune nicht schlecht, als ich auch Kian, Lewis und Sly entdecke, die nun alle vor der Absperrung stehen.

»Was macht ihr denn hier?«, frage ich überrascht und seufze innerlich auf. Meine Hoffnung auf ein entspanntes Zusammensitzen verpufft augenblicklich, als meine Bandkollegen Brooke beäugen.

»Wir waren essen und sind zufällig hier vorbeigefahren und hatten Lust auf einen Kaffee.« War klar, dass sie ausgerechnet dort auftauchen, wo ich ein Date habe.

»Willst du uns nicht miteinander bekannt machen?«, fragt Kian neugierig und nickt Brooke freundlich zu.

»Leute, das ist Brooke. Brooke, das sind meine Bandmitglieder und unser Manager Sylvester.«

»Sly!«, korrigiert er mich und reicht meiner Begleitung die Hand.

»Freut mich sehr, euch kennenzulernen. Ich liebe eure Musik. Sie hat mir durch manch harte Zeiten geholfen«, meint sie aufrichtig und winkt sie hinter die Absperrung.

»Sie meint es ernst, Leute, auch wenn sie uns auf der Straße nie erkennen würde«, sage ich belustigt.

»Wie meinst du das?«, fragt Lewis nun neugierig und betritt den abgetrennten Bereich.

»Sie ist eine der wenigen, die unsere Gesichter nicht kennt«, stelle ich klar.

»Das musst du uns genauer erklären.« Seth lacht und nimmt wie die anderen an unserem Tisch Platz. Während sie ihnen alles erzählt, lasse ich die Situation auf mich wirken. So wie ich ihre Familie kennenlernen durfte, ist nun der Moment gekommen, in dem sie einen Teil von meiner trifft. Es überrascht mich nicht, dass sie sich auf Anhieb mit allen versteht, denn sie ist in vielerlei Hinsicht perfekt. Auch wenn gefühlt alle Augenpaare auf Brooke liegen, ertappe ich Sly dabei, wie er mich mit einem breiten Grinsen anschaut, so als wüsste er ganz genau, wie ich empfinde.

15. KAPITEL

Brooke

Hätte mir jemand vor einem Monat erzählt, dass ich alle Mitglieder von Everstorm kennenlernen würde, hätte ich ihn so lange ausgelacht, bis mir die Lachtränen über die Wangen gelaufen wären. Umso mehr freut es mich festzustellen, dass diese weltweit bekannten Rockstars so herrlich normal sind wie Savannah und ich. Seth Keating, der Bassist der Band, sieht aus wie eine moderne Version von James Dean. Auf den ersten Blick wirkt er wie ein Bad Boy, aber je mehr man sich mit ihm unterhält, desto stärker bemerkt man seine liebenswürdige und einfühlsame Art. Außerdem war ich überrascht zu hören, dass Seth einen Putzfimmel hat. Für mich schwer vorzustellen, da ich Putzen hasse. Und zwar wirklich hasse.

Lewis Madison, der Drummer der Band, ist ein wandelndes Kunstwerk. Sein Körper ist über und über mit Tattoos bedeckt. Dass er der Jüngste der Band ist, merkt man deshalb, weil er nie still sitzen kann. Er trommelt auf allem herum, und man hat das Gefühl, dass er ständig auf Achse sein muss. Er sagt, es habe ihn zum Frauenexperten gemacht, mit drei Schwestern aufgewachsen zu sein. Allerdings glaubt ihm das niemand so wirklich. Lewis ist definitiv der Witzigste unter den Jungs, und da wir beide eine Vorliebe für Süßigkeiten haben, wird er schnell mein Liebling.

Kian ist Ians bester Freund und Leader der Band. Er ist eher still und beobachtet gerne. Im Laufe des Gesprächs erfahre ich, dass er ein großartiger Gamer und süchtig nach Energydrinks ist. Sonst bringe ich kaum etwas über ihn in Erfahrung, da die anderen mehr reden als er. Sly ist eigentlich die meiste Zeit am Telefon und beteiligt sich kaum am Gespräch.

Hauptsächlich geht es um das neue Album der Band, dessen Release wegen Ians Problemen noch nicht bekannt gegeben werden kann. Er spricht zwar leise, doch Ian muss alles gehört haben, da er schuldbewusst den Kopf senkt, ehe er ein Lächeln aufsetzt, das seine Augen nicht erreicht.

Jetzt, wo ich seine engsten Freunde kenne, sehe ich auch Ian in einem anderen Licht. Bis jetzt habe ich ihn nur allein oder kurz mit seiner Schwester angetroffen, doch jetzt merke ich erst, wie losgelöst er in Gegenwart der Jungs ist. Man merkt durch seinen Umgang mit ihnen, wie viel sie ihm bedeuten. Was ich allerdings auch gemerkt habe, war die angespannte Stimmung, wenn über den Ruhm oder die Musik erzählt wurde. Ian wurde immer wieder vorwurfsvoll angeguckt.

Ich habe es vermieden, Ians Skandalartikel zu lesen, aber anscheinend muss etwas Heftiges passiert sein. Etwas, das ihn total aus der Bahn geworfen hat, denn es hat sich wohl auch auf die Band ausgewirkt. Unser Kaffeedate mag kurz ausgefallen sein und sich zu einem Treffen mit seinen Freunden entwickelt haben, aber ich hatte großen Spaß mit den Jungs. Und meine Cousine hat mir bis an mein Lebensende gratis Kaffee versprochen, weil sie ihre Lieblingsmusiker treffen konnte. Für sie bin ich nun für immer eine Heldin. Auf die Idee, dass ich Ian daten könnte, wäre sie niemals gekommen, sonst hätte sie mich sicherlich stundenlang ausgefragt. Aber das ist auch gut so, denn wenn man mich fragen würde, was ich für Ian empfinde, könnte ich keine Antwort geben.

Jetzt, ein paar Tage später, sitze ich an meinem Schminktisch und blicke mein Gesicht an. Da ich sehr reine Haut habe, trage ich für gewöhnlich nur ein wenig Mascara, doch heute habe ich mir Smokey Eyes geschminkt und einen Lippenstift in einem zarten Lilaton aufgetragen. Meine wilde Lockenpracht habe ich offen gelassen und mich für das sexy Kleid mit dem Schlitz entschieden. Und auch wenn ich wirklich gut aussehe, sind da wieder so viele Fragen in meinem Kopf, die einfach nicht verstummen wollen.

Sollte ich etwas anderes anziehen? Wohin wird er mich wohl ausführen? Wieso mag er gerade so eine gewöhnliche Person wie mich?

»Mom, bist du so weit?«, fragt Athina, ehe sie und Savannah mein Schlafzimmer betreten. Sie wird heute auf meine Tochter aufpassen und hat schon viele Brettspiele und Snacks vorbereitet. Später werden die beiden sicher Mario Kart auf der Wii spielen.

»Ja, beeil dich, Mr Rockstar ist gleich da.« Savannah ist noch immer aus dem Häuschen, dass ich Ian Millard kennengelernt habe. Dass ich mit ihm ausgehe, ist für sie der absolute Hammer.

»Er hat einen Namen«, wirft Athina ein, was mich zum Lächeln bringt. Ich weiß nicht wieso, aber sie hat ihn lieb gewonnen, seit er vor Kurzem in unserem Leben aufgetaucht ist. Seitdem er so lieb war und ihr Klavierunterricht angeboten hat, kann sie nicht aufhören, darüber zu reden, wie nett und cool er ist. Es macht mich traurig, dass sie mit solcher Wärme nie über ihren Vater gesprochen hat. Nicht dass es mich wundern würde, schließlich hat er sich schon immer rar gemacht, aber da stimmt doch etwas nicht. *Sollte ein Vater seine Tochter nicht über alles lieben?* So wie mein Dad alle seine Kinder ohne Unterschied liebt. Athina hat den besten Dad der Welt verdient, doch bekommen hat sie nur mich. Aber ich hoffe, sie wird in ein paar Jahren sehen, dass ich alles gegeben habe, um sie die Abwesenheit ihres Vaters nicht spüren zu lassen.

Ich erhebe mich und lasse sie einen Blick auf das Kleid werfen. Savannah kennt es schon von der Shoppingtour, doch Athina sieht es zum ersten Mal.

»Du siehst toll aus, Mom. Grandma wäre stolz auf dich.«

»Wie meinst du das?«, frage ich schmunzelnd.

»Weil du heute wie eine echte griechische Göttin aussiehst.«

»Danke, mein Schatz. Ich fühle mich heute auch besonders schön«, antworte ich und drücke sie kurz an meine Brust. Wir gehen gemeinsam ins Wohnzimmer, wo der Couchtisch schon von Süßigkeiten sowie salzigen Snacks überquillt. Da ich langsam Hunger bekomme, läuft mir bei dem Anblick das Wasser im Mund zusammen. Ich schnappe mir ein Toffifee, das ich mir in den Mund stecke, ehe ich mich auf die Couch setze. Das Karamell zergeht gerade auf meiner Zunge, als ich auch schon mit einem Geschirrtuch beworfen werde.

»Bekleckere nicht dein neues Kleid. Umziehen ist nicht mehr drin.«

»Hey! Also wenn du anfängst, mir Süßigkeiten zu verbieten, weil ich mich bekleckern könnte, dann haben wir ein echtes Problem.«

»Hey, ich beschütze nur das Kleid. Damit du bei deinem ersten Date mit einem Rockstar nicht mit einem riesigen Fleck rumläufst.«

»Deine Absichten mögen nobel sein, aber stell dich nie zwischen eine Frau und ihre Schokolade. Außerdem sehe ich das anders.«

»Du willst damit sagen, er ist für dich kein Rockstar?«

»Für mich ist er einfach Ian. Nicht der Celebrity, den die ganze Welt anhimmelt. Er hat einen interessanten Beruf, aber ich mag das, was ihn wirklich ausmacht.«

»Und was ist das?«

»Seine Loyalität gegenüber den Menschen, die er liebt. Dass er respektvoll mit Athina und mir umgeht. Seine Kochkünste und dass er nachdenkt, bevor er spricht. Ich mag den Mann hinter den gefühlvollen Songs und möchte wissen, was ihn dazu bewegt hat, sie zu schreiben.«

»Nicht zu vergessen, dass er mir Klavierstunden geben will«, meint Athina und setzt sich auf den freien Platz zu meiner Rechten, um weiter in ihrem Buch zu lesen.

»Egal ob Rockstar oder Bettler, du würdest keinen Unterschied machen, Brooke. Weil du jemand bist, der mit dem Herzen sieht«, sagt Savannah mit einem warmen Lächeln, setzt sich zu meiner Linken und umarmt mich.

»Wieso fühle ich mich so unsicher und nervös, jetzt wo er jeden Moment hier auftauchen könnte?«

»Fühlst du dich auch so, wenn er tatsächlich bei dir ist?«

»Nein. Dann fühle ich mich schwerelos und begehrenswert.« Ich habe vor meiner Tochter nichts zu verbergen und mit ihr schon darüber gesprochen, mit Ian ausgehen zu wollen. Sie war begeistert darüber, was mich sehr froh gemacht hat. Eine Beziehung mit jemandem aufzubauen, den Athina nicht leiden kann, könnte ich mir gar nicht vorstellen. Also berichte ich auch in ihrer Anwesenheit über meine Gefühle für meinen Nachbarn.

»Dann ist es einfach nur das, was alle fühlen, wenn sie jemanden daten. Jeder fragt sich, wie die Zukunft mit der anderen Person aussehen könnte. Es kann die wahre Liebe oder ein Flop sein, aber wichtig ist, dass man sich nach einer gescheiterten Beziehung traut, sich auf etwas Neues einzulassen.«

»Ich bin bereit, diese Sache mit Gary hinter mir zu lassen.« Das bin ich tatsächlich, auch wenn es Monate gedauert hat, wieder zu mir selbst zurückzufinden.

»Dann schalte den Kopf aus und fühle einfach nur, okay?« Ich nicke, mit den Gedanken immer noch bei dem Moment im Restaurant, in dem mein Herz mir bis zum Hals geschlagen hat, oder in der Boutique, als die Luft um uns herum wie ein Feuerwerk geknistert hat. In dem Moment klingelt es. Athina springt von der Couch auf und läuft zur Tür, um sie fröhlich aufzureißen. Dort steht Ian und trägt zum ersten Mal etwas anderes als Jeans und T-Shirt. Diesmal ist es eine schwarze Anzughose und ein weißes Hemd, das durch seine gebräunte Haut noch heller wirkt. Er sieht aus wie einem Film entsprungen.

»Atmen nicht vergessen«, flüstert mir Savannah zu, woraufhin ich tief Luft hole. Dann bemerke ich die drei Blumensträuße in seiner Hand, die Athina nun auch erblickt.

»Ian! Wie schön, dass du da bist. Oh, sind die schön.« Ian geht vor Athina in die Hocke und reicht ihr den größten der Sträuße.

»Hey Große. Der hier ist für dich.«

»Danke. Komm doch rein«, sagt sie begeistert und nimmt den Strauß entgegen. Ian erhebt sich und blickt nun endlich zu mir, dann zu Savannah.

»Hallo, die Damen. Hier auch eine Kleinigkeit für euch.«

»Oh, wie aufmerksam. Danke dir«, sagt meine Freundin verlegen und nimmt ihm einen Strauß ab.

»Schön, dich wiederzusehen, und sehr gerne.« Sie reichen einander die Hand, ehe Savannah sich zum mir umdreht und mir verschwörerisch zuzwinkert.

»Dieser hier ist für dich«, sagt Ian und reicht ihn mir. Es ist ein Bouquet aus pastellrosa Blumen, deren Namen ich nicht kenne. Ich konnte Blumen noch nie auseinanderhalten, aber sie sehen einfach wunderschön aus.

»Vielen Dank. Sie sind wunderschön.«

»Auch wenn ich Gefahr laufe, als kitschig abgestempelt zu werden, muss ich sagen, dass sie nicht mal halb so schön sind wie du.«

»Ich mag Kitsch und bedanke mich für das Kompliment, auch wenn ich nicht damit umgehen kann.«

»Dann lerne, damit umzugehen, denn ich werde immer sagen, was ich mir denke. Und glaub mir, das wird meist positiver Natur sein.«

Savannah schnappt Athina und die Blumen, um damit in die Küche und aus dem Sichtfeld zu gehen. Als sie an mir vorbeigeht, flüstert sie mir kurz etwas ins Ohr.

»Ich bleibe bei Athina, also kannst du ruhig auswärts schlafen, wenn du willst.« Ich erröte, ehe ich nicke und wieder zu Ian blicke, der heute mal wieder umwerfend aussieht. Sein halblanges Haar, das ihm bis zum Kiefer reicht, trägt er heute offen, und der Anblick lässt meine Finger kribbeln, da sie gerne durch die Strähnen fahren würden.

»Wir gehen mal in Athinas Zimmer Wii spielen. Euch beiden viel Spaß«, ruft Savannah, als wolle sie uns Privatsphäre geben. Ian winkt den beiden zum Abschied zu, doch ich bin immer noch wie gebannt durch seinen Anblick. Als die Tür zugezogen wird, sind nur noch wir beide da. Erst jetzt lässt Ian seinen Blick langsam an mir auf und ab gleiten. Erneut schnappe ich hastig nach Luft, da mich die Intensität des Moments überwältigt.

»Du«, er kommt einen Schritt auf mich zu.

»Siehst«, ein weiterer Schritt in meine Richtung. Auch wenn ich es kaum erwarten kann, ihn in meiner Nähe zu wissen, weiche ich einen Schritt zurück.

»Wow«, flüstert er und steht plötzlich dicht vor mir. Er duftet nach Erde und Wald. Sein Geruch vermittelt mir Beständigkeit und Wärme, die sich tief in meinem Innersten verankern. Ich lege den Kopf in den Nacken, um in seine grünen Augen sehen zu können, und unterdrücke den Impuls, meine Finger auf seine breite Brust zu legen.

»Was wolltest du sagen?«, flüstere ich, gefangen in dem Bann, den wir beide geschaffen haben.

»Glaub mir, wenn ich dir sage, was ich gerade denke, würdest du mich entweder zum Teufel schicken oder in dein Schlafzimmer zerren.«

»Mir gefällt die zweite Option«, flüstere ich, ohne groß nachzudenken, was ihm ein anzügliches Grinsen entlockt.

»Nein.« Sofort ist meine Unsicherheit wieder da, sodass ich erneut einen Schritt zurückweiche. Ian greift augenblicklich nach meiner Hand und zieht mich wieder zu sich, sodass ich gegen seine Brust pralle. Überrascht blicke ich zu ihm auf und kann erkennen, wie seine Augen dunkler werden.

»Der einzige Grund, wieso ich Nein sage ist, weil deine Tochter in der Nähe ist. Wäre das nicht der Fall, würde ich so gerne Dinge mit dir anstellen, von denen du noch nicht einmal gehört hast«, raunt er mit seiner tiefen und wohlklingenden Stimme und bringt die negativen Gefühle, die vorhin noch an die Oberfläche wollten, zum Schweigen.

»Oh«, antworte ich und japse nach Luft, als er seine Hand sanft auf meine Wange legt.

»Unser Kaffeedate wurde durch die Jungs unterbrochen, weshalb ich es wiedergutmachen will.«

»Du musst nichts wiedergutmachen. Ich möchte einfach nur Zeit mit dir verbringen.«

»Und genau wegen solcher Aussagen habe ich mich in dich verliebt. Weil du mich willst, und nicht die Glitzerwelt, in der ich gefangen bin.« Sein Liebesgeständnis überrascht und berührt mich tief. Es ist viele Jahre her, seitdem mir Gary gesagt hat, dass er mich liebt, und da er der erste und einzige Mann in meinem Leben gewesen ist, bedeuteten mir seine Worte umso mehr.

»Ich habe mich auch heftig in dich verknallt und das, noch bevor ich dich gekannt habe«, erwidere ich flüsternd.

»Du meinst an dem Abend, als ich dich vor deinem Ex verteidigt habe?« Ich schüttle den Kopf, denn wenn ich ehrlich bin, habe ich ihn viel früher in mein Herz gelassen.

»Seit ich dich das erste Mal singen gehört habe.«

»Ja?«, fragt er und schenkt mir dieses halbe Lächeln, das mich um den Verstand bringt.

»Hmm«, bejahe ich und öffne ihm mein Herz.

16. KAPITEL

Ian

Wieso hämmert mein Herz so wild, wenn ich sie in meinen Armen halte? Ich bin nervös wie noch nie, und dabei ist es für mich kein Problem, vor Tausenden von Menschen aufzutreten. Seit auch sie mir ihre Gefühle gestanden hat, fühle ich mich, als würde ich auf Wolken schweben. Nicht zu fassen, dass ich all die Jahre noch nie so intensiv gefühlt habe. Brooke ist mein erster Gedanke, wenn ich aufstehe und der letzte, bevor ich einschlafe. Selbst die Dämonen in meinem Inneren schweigen, wenn sie in meiner Nähe ist. All das fühle ich, noch bevor ich sie geküsst habe, sodass ich sehr neugierig bin, wie tief meine Gefühle gehen werden, sobald wir einander näherkommen.

»Wow, hier ist es wunderschön«, sagt sie begeistert, als wir das Restaurant betreten. Ich habe uns in einem italienischen Restaurant in Queens einen Tisch reserviert, oder um genau zu sein, die gesamte Dachterrasse. Nicht weil ich mit meinem Ansehen oder Geld prahlen will, sondern weil ich nicht von anderen gestört werden will, wenn ich mich mit Brooke treffe. Ich habe bewusst dieses Restaurant gewählt, weil das Essen köstlich und das Ambiente heimisch und gemütlich ist. Klar könnte ich sie auch in eines der Top-Restaurants in New York ausführen, doch das wäre heute die falsche Wahl gewesen. Heute will ich einfach in Ruhe Zeit mit ihr verbringen.

»Nach Ihnen«, meint die Platzanweiserin und öffnet uns die Tür für die Dachterrasse. Da ich öfter hier esse, kennt mich das Personal bereits und bewahrt Stillschweigen, sodass ich nie erkannt werde.

»Unglaublich«, haucht Brooke staunend und sieht sich um. Die Wände beziehungsweise die Balustrade kann man nicht erkennen, da Pflanzen eine Wand um die Dachterrasse bilden. In der einen Ecke befindet sich eine Bar, daneben ein Fahrstuhl, der wohl für das Servicepersonal gedacht ist. Und von den vielen Tischen ist nur einer gedeckt. Kerzen zieren den mit cremefarbener Deko geschmückten Tisch und bilden neben den Lampions die einzige Lichtquelle. Aus den Boxen, die an der Wand befestigt sind, ertönt klassische Musik und alles in allem hat sich der Restaurantleiter wirklich Mühe gegeben, überall Romantik walten zu lassen.

Ich stelle mich hinter ihren Stuhl und ziehe ihn nach hinten, damit Brooke darauf Platz nehmen kann. Sobald sie sich gesetzt hat, schiebe ich sie sanft zum Tisch, ehe ich mich selbst ihr gegenüber setze. Ihre Augen leuchten bei dem Anblick und genauso habe ich mir unser erstes richtiges Date vorgestellt.

»Das hast du alles vorbereitet?«, fragt sie erstaunt und wendet sich mir zu.

»Nun ja, ich habe es in Auftrag gegeben. Bekomme ich dafür auch Pluspunkte?«, frage ich und zwinkere ihr zu.

»Das ließe sich einrichten.« Ihr Kichern erhellt die Dunkelheit um uns herum, sodass ich nur sie sehe. Seitdem ich sie abgeholt habe, strahlt sie regelrecht, und ich weiß mittlerweile, dass ich der Grund dafür bin. Der Kellner erscheint und bittet um die Getränkebestellung. Brooke greift nach der Karte, kann sich aber nicht sofort entscheiden. Schließlich bestelle ich ein alkoholfreies Bier und Brooke ein Glas Rotwein. Als der

Kellner wieder geht, ist sie noch immer aufgekratzt und scheint kaum runterzukommen.

»Du erinnerst mich an Lewis.«

»Ach ja? Inwiefern?«

»Heute Abend wirkst du ziemlich aufgeregt und zappelig.«

»Oh, das liegt vielleicht daran, dass dies mein zweites Date ist und alles noch neu für mich ist. Dieser Grapscher war eher ein Blind Date, das ich aus reinem Pflichtgefühl über mich ergehenlassen habe, aber das hier zähle ich offiziell als mein zweites Date.«

»Damit meinst du …?«

»Dass du der zweite Mann bist, mit dem ich auf einem Date gewesen bin, bei dem Gefühle im Spiel waren.«

»Was? Du machst wohl Witze?«

»Nein, gar nicht. Ich habe Gary mit sechzehn kennengelernt, und er war mein erster Freund. Wir haben jung geheiratet, und ich wurde sehr schnell schwanger und na ja, wie es ausging, weißt du, oder?«

»Eigentlich nicht. Ich weiß nur, dass du geschieden bist, sonst nichts. Wir müssen aber nicht darüber reden, wenn du es nicht willst.«

»Ich möchte darüber reden. Ich glaube, je mehr ich mir von der Seele rede, desto eher kann ich heilen.«

Ich strecke meine Hand aus und ergreife ihre zarten Finger.

»Ich möchte alles von dir wissen. Du kannst mir vertrauen.«

»Das weiß ich. Das wusste ich von Anfang an.« Sie atmet tief ein und aus, ehe sie anfängt zu erzählen.

»Als wir zusammen waren, waren wir wirklich glücklich. Ich war sein Ein und Alles, und auch er war meine Welt geworden. Wir wollten nach der Hochzeit eine Weltreise machen und hatten schon einiges dafür gespart. Doch lange waren wir nicht unterwegs, denn ich erfuhr, dass ich schwanger bin, und wir reisten somit zurück in die Staaten.«

»Wieso? Du hättest doch weiterreisen können?«, frage ich neugierig.

»Das hätte ich, doch seitdem Gary von der Schwangerschaft wusste, war er ein komplett anderer Mensch. Er war nicht mehr so liebevoll mir gegenüber und ließ mich oft allein. Plötzlich schien alles andere wichtiger zu sein. Wir zogen in eine Wohnung, die seine Eltern für uns gekauft hatten. Während der Schwangerschaft war er zwar körperlich anwesend, zeigte aber keinerlei Interesse an dem Baby. Er wollte nie meinen Bauch fühlen oder mit mir Babysachen einkaufen fahren, dafür haben meine Familienmitglieder mir umso eifriger Gesellschaft geleistet. Aber bei Gary war es, als würde er unser Kind hassen.«

»Großer Gott. Wie konntest du das nur aushalten?«

»Ich hatte meine Familie und Savannah. Die Gary übrigens nie leiden konnten. Sie hatten immer das Gefühl, als wäre er nicht der, der er vorgibt zu sein, und auf die eine oder andere Weise hat das auch gestimmt. Athina habe ich mit meiner Mutter an meiner Seite im Kreißsaal zur Welt gebracht. Gary hat mich in dieser Nacht zum ersten Mal betrogen.«

»Was?« Völlig in Rage erhebe ich mich, weil mich ihre Geschichte so wütend macht. Brooke ist sofort zur Stelle und legt ihre Hände auf meine Brust, um mich zu beruhigen.

»Setz dich. Das ist unser erstes Date, und ich möchte dir von meiner Vergangenheit erzählen, also tu mir bitte den Gefallen, und hör einfach zu.« Schwer atmend blicke ich ihr in die Augen. Die Wut brodelt immer noch in mir, aber wenn ich will, dass diese Sache mit uns funktioniert, muss ich lernen, mein Temperament im Zaum zu halten.

»Ich will dir all das Leid nehmen, das du durchmachen musstest. Du hast das alles nicht verdient, und es ärgert mich so sehr, dass ich dir damals nicht helfen konnte. Ich weiß, das ergibt keinen Sinn. Ich weiß, dass du eine starke Frau bist und für dich einstehen kannst, aber der Drang, dich zu beschützen, ist immens.«

»Mittlerweile kann ich von mir behaupten, dass ich stark genug bin, um mich Gary und anderen zu stellen. Aber dass du mein Fels in der Brandung sein möchtest, freut mich natürlich sehr.«

»Immer. Ich würde dir niemals wehtun, Brooke. Wäre ich dir nicht begegnet, würde ich heute Nacht vermutlich wieder betrunken in einer Bar, einem Treppenhaus oder einer Wohnung landen, doch du hast mir geholfen und mich unbewusst vor dem Verfall gerettet.«

Eine Hand wandert von meiner Brust zu meiner Wange, umschließt sie leicht. Süchtig nach ihrer Berührung lehne ich mich gegen ihre Handfläche, was sie schmunzeln lässt. Ich liebe diese Frau so sehr, dass es mich um den Verstand bringt.

»Ich würde dich immer wieder retten«, flüstere ich. Dabei fühle ich, wie schwer die Worte wiegen, wie tief sie unter die Haut gehen, aber es ist die Wahrheit.

»Und ich dich.« Der Drang, sie an mich zu ziehen und zu küssen ist überwältigend, aber ich halte mich zurück, da das Thema gerade ernst ist und ich es nicht mit einem Kuss in den Hintergrund rücken will. Als wir wieder Platz genommen haben, lächelt sie mich an und erzählt weiter.

»Am Anfang war ich so sehr mit Athina beschäftigt, dass ich kaum merkte, wie Gary mir entglitt. Zuerst dachte ich, dass er einfach Angst vor der Veränderung hatte, die ein Baby mit sich bringt. Aber man merkte einfach, dass er keinerlei Interesse mehr an uns beiden hatte. Es war teilweise so schlimm, dass sie in der Schule behauptete, keinen Vater zu haben, wenn sie danach gefragt wurde.«

»Unfassbar.«

»Als ich endlich die Kraft für eine Scheidung aufgebracht hatte, dachte ich, er würde uns aus Respekt die Wohnung überlassen oder mich finanziell unterstützen, aber schlussendlich stand ich ohne einen Penny da. Er muss zwar Alimente zahlen, doch ein Teil fließt direkt in Athinas Collegefond und der Rest reicht für ein solides Leben. Aber ich habe alles gerne hinter mir gelassen, denn jetzt bin ich frei und kann so leben, wie ich es möchte.« Ihr Lächeln ist fröhlich, als hätte sie einen Witz und nicht von einem Jahrzehnt Vernachlässigung erzählt.

»Ist dir eigentlich bewusst, wie stark du bist?«

»Manchmal, aber an manchen Tagen will ich mich einfach unter der Bettdecke verkriechen, weil alles zu viel wird. Aber diese Momente sind irgendwie wie weggefegt, seitdem ich dich kenne.«

»Auch mein Leben ist heller, seit du ein Teil davon bist.«

»Wow, ganz schön düsteres Thema für ein erstes Date, oder?«

»Mag sein, aber wir müssen keinem Protokoll folgen, sondern reden einfach über das, was wir wollen.«

»Nun, wenn wir schon tief in die Vergangenheitskiste greifen, wie sieht es bei dir aus? Gibt es eine Ex-Freundin, auf die ich eifersüchtig sein sollte?« Ihre Aussage bringt mich zum Lachen. Uns werden die Drinks gereicht und wir bestellen uns beide das Hühnersteak mit Grillgemüse. Ich habe die Gesprächspause genutzt und bin tief in mich gegangen, um ihre Frage beantworten zu können. Aber mir fällt keine Frau ein, die in mir dieselben Gefühle ausgelöst hat wie Brooke selbst.

»Es gibt keine Ex-Freundin.«

»Jetzt machst du wohl Witze, oder?«

»Nein, wirklich nicht. Seit ich denken kann, waren die Band und die Musik das, was ich in meinem Leben brauchte. Es gab immer mal wieder One-Night-Stands, doch mit der Zeit wuchs eine Einsamkeit und Sehnsucht in mir, die nicht mal Gelegenheitssex stillen konnte. Was ich suchte, wusste ich nicht, und das machte mich sehr wütend. Meine Seele schrie nach etwas, was ich ihr nicht geben konnte. Am Ende führte es dazu, dass ich mich von den Jungs entfremdete, Hotelzimmer verwüstete und allen nur Ärger machte. Man konnte dabei zusehen. Es war wie bei einem Kleinkind, das um sich schlägt, weil es frustriert ist, sich nicht mitteilen zu können.«

»War das der Grund, wieso die Stimmung zwischen dir und den Jungs so gedrückt war?«

»Vor zwei Monaten war es so schlimm, dass ich keine Musik mehr machen konnte. Sobald ich zu singen anfing, kamen keine Töne raus, und wenn ich Instrumente in die Hand nahm, zitterten meine Finger so sehr, dass ich schließlich aufgeben musste.«

»Und doch willst du meiner Tochter Klavierunterricht geben.«

»Weil sie es sein wird, die spielt. Es jemandem beizubringen wird kein Problem sein, doch selbst zu spielen, scheint gerade unmöglich. Und weil ich meine Sorgen darüber im Alkohol ertränkt hatte, haben die Jungs mir ein Ultimatum gestellt. Entweder ich reiße mich zusammen und löse meine Probleme oder sie kicken mich aus der Band.«

»Wirklich? So weit würden sie gehen?«

»Ich kann sie verstehen. Alle Welt wartet auf unser neues Album, aber ich bekomme nichts auf die Reihe, obwohl die Jungs mehr als bereit sind, ins Studio zu gehen.«

»Trotzdem finde ich ein Ultimatum extrem.«

»Es war bitter nötig. Denn seit sie mir die Pistole sozusagen auf die Brust gesetzt haben, habe ich mich zusammengerissen. Gehe wieder zu meiner Therapeutin, esse genug und vermeide

Alkohol als Lösung meiner Probleme. Aber um ehrlich zu sein, scheint meine Heilung auch mit dir zusammenzuhängen.«

»Tatsächlich? Wieso gerade ich?«

»Du und Athina seid in mein Leben getreten, und seitdem hatte ich keinen einzigen Rückfall. Ihr habt eine positive Wirkung auf mich.« Meine Worte bringen sie zum Strahlen.

»Für eine seelische Stabilität sind so viele Faktoren wichtig, und dass meine Tochter und ich dir dabei helfen, wieder zu dir zu finden, freut mich sehr zu hören. Auch unser Leben hat sich zum Guten verändert, seitdem wir dich kennengelernt haben. Athina mag dich sehr und erzählt ständig von dir.«

»Ich mag sie auch sehr. Ihren Wortwitz und ihr fröhliches Wesen. Mit zehn Jahren weiß sie so viel mehr als ich damals. Außerdem habe ich sonst noch von keinem Kind gehört, das Astronomie studieren will.«

»Als sie noch klein war, haben wir sehr viel Zeit im Freien verbracht, da mich Garys Abwesenheit traurig machte und mich die Wohnung einengte. Also haben wir uns draußen mit einer dicken Decke auf eine Liege gekuschelt und einfach den Nachthimmel beobachtet.«

»Das ist eine schöne Erinnerung. Und auch das zeigt mir, was für eine großartige Mutter du bist.«

»Danke für die Blumen, aber sie ist von sich aus so klug und selbstständig geworden. Manchmal frage ich mich, wie sie so erwachsen werden konnte. Ich war sicher nicht ihr Vorbild, so kindisch wie ich mich manchmal verhalte.«

»Mit dir als Mom konnte sie nur ein wunderbarer Mensch werden.« Sie errötet und senkt den Blick, doch nicht aus Verlegenheit – ich denke, diesmal ist es aus Stolz.

Nach dem Essen führe ich Brooke zu meinem Pick-up-Truck, um zur zweiten Location zu fahren. Sie war erst überrascht, dass ich noch mehr für unser Date geplant habe, sodass sie nun aufgeregt auf dem Sitz hin und her rutscht. Im Auto schaltet sie ihre liebste K-Pop-Playlist ein, und auch wenn ich nichts verstehe, fühle ich den Beat und wippe mit dem Kopf mit. Als wir unser Ziel erreichen, dreht sie sich begeistert zu mir um.

»Autokino? Da war ich noch nie«, meint sie erfreut und klatscht aufgeregt in die Hände.

»Ich auch nicht. Heute zeigen sie einen Actionfilm, wenn das in Ordnung ist.«

»Sie können auch einen Horrorstreifen spielen, das wäre egal, weil es ein Autokino ist.«

»Ich würde gerne in ein richtiges Kino mit dir gehen, aber weil man mich dort erkennen könnte, kommt das leider nicht infrage.«

»Das ist doch egal. Wohin wir gehen, ist nicht so wichtig. Hauptsache wir sind zusammen.« Ich fahre rückwärts in den markierten Parkbereich, was sie die Stirn runzeln lässt.

»Wieso parkst du verkehrt rum?«, fragt sie und dreht ihren Kopf, um zur Leinwand sehen zu können.

»Komm raus und schau es dir selbst an.« Als wir aussteigen, werden die Lichter gedimmt und der Vorspann wird gestartet. Brooke folgt mir und als ich die Plane der Ladefläche löse, erkennt sie den Grund.

»Wow. Hast du das vorbereitet?« Ich blicke auf die neue Matratze, die ich aufgeladen habe, gemeinsam mit Decken und Kissen, die das Ganze noch gemütlicher machen.

»Ja. Oh, danke schön«, sage ich zu der Bedienung, die gerade unsere Snacks auf der Ladefläche ablegt und wieder geht.

»Und um Snacks hast du dich auch gekümmert.«

»Auch wenn es dich erstaunen wird, aber das hier ist mein erstes richtiges Date, und da wollte ich alles richtig machen.« Sie wirft sich in meine Arme und drückt mich ganz fest an sich. Ich bin überrascht, fange mich jedoch schnell wieder und schlinge meine Arme um sie, atme dabei tief ihren Zitronenduft ein. Manchmal ist in meinem Leben alles kompliziert und verworren, sodass mir das Atmen schwerfällt, doch wenn Brooke bei mir ist, verflüchtigt sich alles, was mich runterziehen könnte. Die Probleme sind dann zwar nicht weg, doch ich finde die Stärke, mich ihnen zu stellen. Ich liebe es, ihre Wärme zu spüren, ihren Duft wahrzunehmen und sie festzuhalten. In diesem Augenblick bin ich völlig glücklich und zufrieden. Wir umarmen uns, halten einander und stehen einfach da, bis plötzlich eine Explosion ertönt und uns beide erschreckt.

»Ach ja, der Film hat schon längst begonnen«, sagt sie mit einem schüchternen Lächeln und kriecht auf die Matratze. Ich tue es ihr gleich und lege mich neben sie. Wir platzieren die Kissen so, dass wir etwas aufrecht sitzen und nicht liegen, da die Kinoleinwand ziemlich hoch ist. Immer wieder naschen wir etwas, wobei Brooke den Süßkram besonders genießt. Als sie von dem schokoladenüberzogenen Popcorn isst, schmilzt es an ihren Fingern und irgendwie schafft sie es, sich zu bekleckern.

»Warte, du hast da was«, murmle ich und wische es mit dem Finger von ihrer Wange. Brooke sieht mich daraufhin mit großen Augen an und schluckt. Ich halte inne und sehe in ihr wunderschönes Gesicht, präge mir jede Sommersprosse ein, um diesen Moment für immer festzuhalten.

Ihre Atmung beschleunigt sich, als ich den Finger mit der Schokolade an meine Lippen lege und ihn ablecke. Brookes Augen kleben an meinen Lippen, sodass ich meine Zunge über meine Unterlippe gleiten lasse.

Unbewusst sind wir uns näher gekommen, sodass es ein Leichtes für mich ist, meine Hand erneut auf ihre Wange zu legen, um sie zu mir zu ziehen. Ich spüre ihren Atem auf meinen Lippen, bevor ich meinen Mund langsam auf ihren senke und das tue, was ich schon so lange tun wollte. Mit geschlossenen Augen fühle ich einfach und lasse all die Empfindungen zu, die mich gerade überschwemmen. Ihre Wärme, ihren Duft und ihr schnelles Atmen. All das überwältigt mich, sodass ich anfangs nur mit den Lippen über ihren Mund gleite.

Ich will jede Wölbung, jede Erhebung erkunden, ehe ich sie richtig küsse. Meine Hand wandert in ihren Nacken, was ihr ein Keuchen entweichen lässt. Unser Kuss ist anfangs sanft, aber es dauert nicht lange, bis wir ihn vertiefen und ich mich unaufhörlich in sie verliebe.

17. KAPITEL

Brooke

Ians Zunge tastet sich vor, und ich teile meine Lippen bereitwillig, da ich nicht genug von seinem Geschmack bekomme. Er schmeckt nach Popcorn, süßer Versuchung und mehr. So viel mehr. Ich rutsche weiter zu ihm und lege meine Hand auf seine Taille, während ich die Finger der anderen in seinem T-Shirt vergrabe. Eine wohlige Wärme breitet sich in meinem gesamten Körper aus, und mein Verstand versagt seinen Dienst. Ian verstärkt den Griff um meinen Nacken, küsst mich drängender, und entlockt mir ein Stöhnen. Noch nie in meinem Leben bin ich so intensiv geküsst worden, so weltenerschütternd.

Es durchläuft mich heiß, und ich schnappe gierig nach Luft. Doch Ian ist noch nicht fertig, küsst meinen Mundwinkel, meine Wange, meine Stirn und zieht eine lange Spur an Küssen meinen Hals entlang. Sein Mund fühlt sich heiß auf meiner ohnehin schon erhitzten Haut an, und sein Dreitagebart kratzt auf meiner empfindlichen Haut. Seine Küsse sind feurig, sinnlich und selbstbewusst, als wüsste er ganz genau, was er tut. Ich bin völlig hin und weg und überrasche mich selbst, als ich mein Kleid hochraffe und mich breitbeinig auf seinen Schoß setze.

Ians Mund verzieht sich zu einem wissenden Lächeln, doch er denkt nicht daran aufzuhören, seine Lippen von meinem Hals zu lösen. Er umschließt mit seinen Händen meine Taille und zieht mich fest an sich. Ich löste seinen Zopf und vergrabe meine Finger in seinem Haar, wie ich es schon immer tun wollte. Zum ersten Mal in meinem Leben bin ich selbstbewusst und mutig. Durch seine Anzughose spüre ich, wie sehr er mich will, und auch ich scheine vor Lust zu vergehen. Wir küssen uns eine Weile, bis erneut eine Explosion erklingt und mir wieder bewusst wird, dass wir mitten im Autokino rummachen, wo jeder uns beobachten kann. Ian küsst meine Oberlippe, bevor er die untere in seinen Mund zieht. Als ich erneut aufstöhne, zieht er leicht daran, bevor er meinen Mund freigibt.

Schwer atmend sehen wir einander in die Augen, als könnten wir selbst nicht glauben, was gerade passiert ist. Dann müssen wir lächeln. Ich fühle mich wie ein verliebter Teenie und würde mich am liebsten erneut auf ihn stürzen, aber es sind andere Menschen anwesend und Ian ist eine Person des öffentlichen Lebens. Ich bin nicht interessiert daran, uns morgen in der Zeitung zu sehen. Um ihn zu necken, lecke ich mir über meine Unterlippe, doch bevor er erneut meinen Mund erobern kann, erhebe ich mich von seinem Schoß, um mich wieder hinzusetzen. Ich fahre mir durch mein lockiges Haar, das vermutlich wie ein wirres Vogelnest aussieht, und betreibe Schadensbegrenzung.

Erst als ich das Gefühl habe, dass sich mein Pulsschlag einigermaßen normalisiert hat, drehe ich mich zu Ian um, der mit angewinkelten Ellenbogen neben mir sitzt und den Kopf auf den Händen abgestützt hat. Durch sein langes Haar und den verwegenen Blick sieht er fast aus wie ein unwiderstehlicher Highlander. Seine Lippen sind noch geschwollen vom Küssen, und ich schwöre, dass er nie heißer ausgesehen hat als in diesem Augenblick.

»Alles gut bei dir?«

»Und wie. Ich fühle mich einfach großartig«, antworte ich wahrheitsgemäß und kopiere seine Haltung, um ihn einfach anzusehen. Uns trennen nur ein paar Zentimeter, aber wir bleiben beide standhaft.

»Das heißt, das Date gefällt dir bisher?«, meint er grinsend, was mir ein Kichern entlockt.

»Gefallen ist gar kein Ausdruck. Ich liebe es.«

»Dabei ist es noch nicht zu Ende.«

»Gibt es noch mehr?«, frage ich verblüfft, denn ich kann mir kaum vorstellen, wie er die ersten zwei Etappen des Dates toppen könnte.

»Eine Station wartet noch auf dich.«

»Wow. Du hast dir wirklich Mühe gegeben für unser erstes Date.«

»Weil ich es für uns beide unvergesslich machen möchte. Jedes Mal, wenn du einen Truck siehst, sollst du an unseren ersten Kuss denken.«

»Das wird kein Problem sein.« Denn ich denke, dass ich diesen Abend und die Gefühle, die er in mir ausgelöst hat, niemals vergessen werde.

»Die dritte Station ist wohl Hausfriedensbruch, was?«, frage ich amüsiert, als er im Fahrstuhl wiederholt einen falschen Code für das Penthouse eingibt. Laut Ian sind wir in einem Wohnhaus, das seiner Familie gehört. Dort befinden sich eine seiner Wohnungen und die seiner Geschwister. Vorhin hat Ian mich seinem Portier Lawrence als seine Freundin vorgestellt. Nicht dass es mich stören würde, da ich mit ihm zusammen sein will, doch wir haben noch nicht über unseren Beziehungsstatus gesprochen. Er meinte allen Ernstes, dass Athina und ich jederzeit hier ein und aus gehen könnten, was Lawrence mit solch einem stolzen Lächeln notiert hat, als wäre er sein Großvater, der sich ehrlich für Ians Glück freut. Ian kommuniziert unsere Beziehung so selbstverständlich, als wäre er sich sicher, dass wir einander für immer lieben werden. Mein Ex-Mann hatte noch nie so viel Vertrauen in unserer Ehe, und das Schlimmste war, dass ich mich längst damit abgefunden hatte.

Wieder ertönt der Piepton, der mitteilt, dass der Code fehlerhaft eingegeben wurde.

»Es ist keine Straftat, wenn es die Wohnung deines Bruders ist.«

»Sag das dann der Polizei auf dem Revier, wenn wir verhaftet werden«, sage ich amüsiert, verschränke die Arme vor der Brust und betrachte Ian im Profil. Auf den ersten Blick wirkt Ians Statur einschüchternd und imposant. Er ist groß, hat breite und starke Schultern und große Hände und würde einen wunderbaren Footballspieler abgeben. Neben ihm sehe ich winzig aus, obwohl ich nur einen Kopf kleiner bin, doch ich bin um einiges schmaler als er. So oder so mag ich seinen Körper, einfach alles an ihm. Nichts würde ich ändern wollen.

»Ah endlich!«, meint er triumphierend und bemerkt gar nicht, dass ich ihn angestarrt habe. Der Fahrstuhl setzt sich in Bewegung und Ian lehnt sich neben mich an die Aufzugwand. Unsere Köpfe wenden sich augenblicklich einander zu und wir lächeln uns an. Vermutlich ist uns anzumerken, dass wir einfach nur rumknutschen wollen, aber ich will ihm die Planung nicht zerstören. Immerhin hat er sich mit heute sehr viel Mühe gegeben.

Einige Augenblicke später betreten wir das Penthouse und durchqueren den Wohnbereich, der – anders als die Terrasse der Wohnung – im Dunkeln liegt. Wir gehen auf das Licht zu und ins Freie, wo wir eine riesige Dachterrasse betreten. Staunend entdecke ich einen Pool, einige Liegen und Sitzgelegenheiten, die modern, aber gemütlich aussehen. Eine Feuerschale befindet sich in der einen Ecke, weitere Sitzgelegenheiten und viele Pflanzen in der anderen. Das Licht der Außenbeleuchtung ist gedimmt, doch dafür strahlt der gedeckte Tisch neben dem Pool umso mehr.

»Wow, was ist das alles?«, frage ich und gehe auf den Tisch zu. Ian folgt mir und scheint meinen Anblick süß zu finden. Das verrät mir sein Gesichtsausdruck.

»Wir werden ein leichtes Picknick machen. Ich habe auch nicht viel Essen vorbereitet, nur Käse, Trauben und Olivenbrot, da wir ja schon gegessen haben. Und ich habe eine große Auswahl an Säften und Weinen vorbereitet.«

»Um Mitternacht?«

»Klar, wieso nicht. Niemand kann uns vorschreiben, was richtig und was falsch ist, das entscheiden immer noch wir selbst.«

»Das hast du schön gesagt«, flüstere ich und mache einen Schritt auf ihn zu, um ihn zu umarmen. Ihm jetzt nahe zu sein, ist so viel wichtiger als das Materielle um uns herum. Wir beide, das ist es, was zählt. Unsere innige Umarmung hat nichts mit Lust zu tun, sondern ist voller Dankbarkeit und Liebe. Ian hat mich an diesem Abend so viel zum Lächeln, zum Schmunzeln und zum Stöhnen gebracht, wie mein Ex-Mann in den zehn Jahren seit Athinas Geburt nicht. Mir war gar nicht bewusst, wie sehr ich mich nach einem Mann wie ihm gesehnt habe, bis Ian in mein Leben getreten ist.

Es ist drei Uhr morgens, als wir schließlich vor meiner Wohnungstür stehen. Meine Hand ruht in seiner, und er streichelt mit seinem Daumen meinen Handrücken, sodass es mir noch schwerer fällt, meine Hand aus seiner zu lösen. Diese Nacht war auf so vielen Ebenen aufregend und wunderschön, dass ich nicht will, dass sie endet. Wir blicken einander an, machen aber keine Anstalten, uns vom Fleck zu bewegen.

»Wir könnten noch stundenlang hier stehen, wenn nicht

einer den ersten Schritt macht, oder?«, frage ich und blicke auf unsere ineinandergeschlungenen Hände. Savannah meinte, ich könnte bei Ian übernachten, doch ich fühle mich nicht bereit, mit ihm zu schlafen, zumindest noch nicht. Derzeit genieße ich es einfach, von ihm gehalten und geküsst zu werden. Ian hinterfragt nicht, wieso ich nicht bei ihm schlafen will, was typisch für seinen Charakter ist. Er respektiert Frauen, wahrt immer die angemessene Distanz, außerdem ist er aufmerksam und lieb. Immerhin hat er einen Blumenstrauß für mich, Savannah und Athina besorgt. Von Anfang an hat ihn der Umstand, dass ich eine Tochter habe, nicht gestört, und das empfinde ich als wahren Segen.

»Ist dir kalt? Du bekommst eine Gänsehaut«, erkundigt er sich alarmiert und streichelt mit seinen Händen über meine Arme.

»Nein, mir ist nicht kalt, aber die Tatsache, dass du live und in Farbe hier vor mir stehst und kein Traum bist, ist etwas, was nur schwer in meinen Kopf geht.« Schmunzelnd nimmt er mein Gesicht in beide Hände und sieht mich mit solcher Intensität an, dass mir die Luft wegbleibt.

»Ich bin hier und ich werde nicht weggehen. Hörst du?« Ich nicke leicht, woraufhin er seinen Mund sanft auf meine Stirn legt und mir einen Kuss gibt.

»Das mit uns wird nicht einfach werden. Ich muss viel reisen, Promotion machen und touren, aber egal wo ich auf der Welt spiele, singe ich nur für dich.«

»Ich brauche es nicht einfach, Ian. Ich möchte, dass unsere Beziehung es wert ist, dass ich mein Herz erneut öffne. Auch wenn ich panische Angst habe, dass es gebrochen wird.«

»Dir wehzutun wäre das Letzte, was ich tun würde. Du bist die erste Frau, die ich wirklich in meinem Leben will. Und du sollst auch die letzte sein.«

»Was macht dich so sicher, dass das mit uns halten wird?«

»Ich werde alles in meiner Macht Stehende tun, damit wir einander nicht verlieren.« *Ist das Liebe?* Nicht verknallt sein, sondern diese tiefe Liebe, über die Songs und Gedichte geschrieben werden? Meine Gedanken werden im Keim erstickt, als Ian seinen Mund auf meinen presst und mir einen Kuss stiehlt, den ich ihm unbedingt geben will. Ich schlinge meine Arme um seinen Hals, während Ians Hände auf meinen Hüften ruhen. Unsere Zungen verführen und umspielen einander, sodass ich Lust auf mehr bekomme. Ich presse mich gegen seine Brust und keuche nach Luft, als Ian mich plötzlich gegen die Wand neben meiner Tür drückt und den Kuss vertieft.

Mein Körper beginnt zu beben – bei jedem Aufeinandertreffen unserer Münder, bei jeder fahrigen Bewegung unserer Hände, sodass ich mich kaum auf den Beinen halten kann. Als meine Hand an Ians Po gleitet, ist es an ihm, den Kuss zu beenden und mich schwer atmend anzusehen.

»Wir sollten aufhören, bevor wir noch aus unseren Wohnungen fliegen – wegen unzüchtigen Verhaltens im Treppenhaus.«

»Du hast recht«, keuche ich und lasse zu, dass er sich von mir löst, obwohl mein ganzer Körper schreit und mich dazu bringen will, mich wieder in seine Arme zu werfen.

»Sehen wir uns bald wieder?«, fragt er mich, als könnte ich jemals lange warten, ihn wiederzusehen.

»Ich hoffe es«, antworte ich und greife nach meinem Schlüsselbund. Bevor ich jedoch reingehe, drehe ich mich ein letztes Mal zu ihm um.

»Danke für diesen wunderschönen Abend. Deine Mühen haben sich ausgezahlt. Ich werde unser Date nie vergessen.«

»Gern geschehen. Ich habe vor, dich noch auf viele Abende dieser Art auszuführen.«

»Ich freue mich darauf«, sage ich mit einem fröhlichen Lächeln und schließe die Tür.

»Na, da hat es jemanden wohl heftig erwischt«, höre ich die Stimme meiner besten Freundin in der Dunkelheit, ehe sie die Lampe neben der Couch anmacht.

»So sehr, dass es mir Angst macht«, gebe ich zu, gehe auf sie zu und bemerke auch im schwachen Licht das Chaos, das die beiden hinterlassen haben.

»Bist du wegen mir noch aufgeblieben?«

»Ich habe schon geschlafen, eure gedämpften Stimmen haben mich aufgeweckt.«

»Ach ja, wie konnte ich vergessen, dass dich sogar der Fall einer Stecknadel aus dem tiefsten Schlaf aufwecken kann.«

»Aber ich bin froh, dass es so gekommen ist, denn jetzt ist deine Erinnerung noch frisch und du kannst mir alles von deinem ersten Date mit einem Rockstar erzählen.«

»Hast du noch Süßigkeiten übrig?«, frage ich und blicke mich um. »Die Geschichte wird lang und unglaublich romantisch.« Dann erzähle ich meiner besten Freundin vom schönsten Date meines Lebens.

18. KAPITEL

Ian

»Gut gemacht, Athina. Jetzt versuche, dem Farbverlauf weiter zu folgen, okay?« Sie nickt erfreut und spielt weiter am Klavier. Die einzelnen Tasten habe ich ihr am Anfang farblich markiert, sodass sie in der ersten Stunde bereits ein kleines Lied spielen kann. Nichts ist demotivierender, als in der ersten Stunde keine Melodie zustande zu bringen. Brooke hat sich hinter uns auf die Bar an der Küchentheke gesetzt und ist stille Beobachterin. Und auch, wenn ich mich auf die Erklärungen konzentriere, spüre ich die ganze Zeit Brookes Blicke auf mir.

Seit unserem Date sind vier Tage vergangen, und da sie im Waisenhaus völlig eingespannt ist, haben wir es seitdem noch nicht geschafft, einander wiederzusehen. Wir haben lediglich einige Chatnachrichten ausgetauscht. Jetzt stehe ich hinter ihrer Tochter, die wirklich Talent für das Klavier hat, und blicke sie über die Schulter hinweg an. Sie sitzt auf dem Hocker, hat Earpods in den Ohren und wippt zu einem Song mit, während sie etwas auf dem Firmen-iPad des Waisenhauses notiert. Wenn ich sie mit einem Wort beschreiben müsste, wäre das lebensfroh.

Auch heute trägt sie ein Sommerkleid, das völlig aus Blumenmustern besteht. Es ist bunt und reicht ihr bis zum Knie, doch was mich umbringt, ist die Tatsache, dass es schulterfrei ist und viel von ihrer gebräunten Haut freigibt, die ich nur zu gern berühren würde. Ohne es richtig zu bemerken, gehe ich auf sie zu. Als ich einen Schritt von ihr entfernt bin, treffen sich unsere Blicke, und ich schwöre, es ist jedes Mal dasselbe. Mein Herz setzt kurz aus, nur um dann viel schneller weiterzuschlagen. Sie hat meine Welt bis in ihre Grundfesten erschüttert und mir die Lebensfreude wieder zurückgegeben. Weil Athina im Raum ist, halte ich etwas Abstand zu ihr, doch meine Augen müssen wohl verraten, wie sehr ich dieser Frau verfallen bin. Sie nimmt die Earpods aus den Ohren, legt das Tablet weg und schlägt die Beine übereinander, ehe sie sich mit dem Hocker quälend langsam zu mir umdreht. Nichts würde ich jetzt lieber tun, als sie zu küssen und sie hier und jetzt auf die Küchentheke zu legen, um mich voll und ganz ihrem anbetungswürdigen Körper zu widmen.

»Sieh mich nicht so an«, flüstert sie, während Athina im Hintergrund auf den Tasten klimpert.

»Wie sehe ich dich denn an?«, frage ich sie und bin erstaunt, wie tief sich meine Stimme anhört. Als wäre ich am Verdursten.

»Als wäre ich ein Dinner, das du verschlingen willst.« Ich greife nach ihrer Hand und hauche einen Kuss auf ihren Handrücken, was sie aufkeuchen lässt. Athina sitzt mit dem Rücken zu uns, aber auch mein Rücken verdeckt, was ich mit ihrer Mutter tue.

»Vielleicht habe ich tatsächlich Hunger«, flüstere ich, was sie zum Erröten bringt. Wie habe ich ihre rosa Wangen vermisst, ihren Zitronenduft und ihre Stimme.

»Den musst du dir bis zu unserem nächsten Date aufsparen.«

»Wann wird das sein?«

»Ich habe dieses Wochenende frei, also können wir gerne etwas planen.«

»Das sind ja wunderbare Nachrichten. Ich lasse mir wieder etwas einfallen.«

»Das kann nur groß werden.«

»Oh, es ist groß, wenn du verstehst«, sage ich und zwinkere ihr zu, was sie nach Luft schnappen und zu ihrer Tochter schielen lässt.

»So war das nicht gemeint, ich wollte damit ausdrücken, dass du dir immer Mühe gibst, ein tolles Date auf die Beine zu stellen«, redet sie sich zuckersüß raus.

»Genau das habe auch ich gemeint«, lüge ich, weil ich es sehr wohl anzüglich gemeint habe.

»Du genießt es wohl, mich verlegen zu machen?«

»Und wie. Ich möchte es zu einer olympischen Disziplin machen.«

»Ja!«, jubelt Athina, als sie zum ersten Mal fehlerfrei gespielt hat, und reißt die Arme in die Höhe. Ich zwinkere Brooke zu und wende mich widerwillig von ihr ab, um Athina ein High Five zu geben.

»Du bist ein Naturtalent.«

»Nicht wirklich. Ich habe in der Schule ab und zu üben können.«

»Wie dem auch sei, du machst das ganz großartig!«

»Würdest du uns etwas vorspielen?«, fragt mich Athina plötzlich und reißt mir damit den Boden unter den Füßen weg.

»Ich?«, frage ich und versteife mich augenblicklich. Das letzte Mal, dass ich Musik gemacht habe, ist Wochen her und jedes Mal, wenn ich es versucht habe, ist es in eine Katastrophe ausgeartet.

»Beim nächsten Mal, okay?«, sagt Brooke an meiner Stelle, da sie ja weiß, dass ich gerade nicht spielen kann. Ich lächle sie dankbar an, ehe ich mich wieder Athina zuwende.

»Oh. Klar«, meint sie. Ich möchte mir am liebsten in den Hintern treten, als ich die Enttäuschung in ihrer Stimme höre.

»Na gut, ich probiere es«, sage ich eher zu mir selbst als zu meinen Gästinnen.

»Das musst du aber wirklich nicht, Ian«, sagt Brooke, doch ich schüttle den Kopf.

»Ich will einfach wissen, wie weit ich komme«, antworte ich und gehe auf den Flügel zu. Ich habe mir vorgenommen, dass ich wieder der Alte werde, und die Musik war schon immer mein Leben. Ich spüre Brookes Wärme hinter mir, doch sie bleibt still, als wolle sie sich nicht aufdrängen. Mein Puls rast, und das Rauschen in meinem Ohr nimmt zu, als ich mich an den Flügel setze. Ich breite die Finger aus, um sie auf die Klaviertasten zu legen, doch sie zittern nur, und ich wage es nicht, die Tasten zu berühren. Mein Kopf ist wie leer gefegt, bis mir nach ein paar qualvollen Augenblicken wieder der letzte Song einfällt, den ich komponiert und geschrieben habe. Ein Lied, das noch nie jemand gehört hat. Es war für Faith und sollte nur ihr gehören.

Mein Atem geht abgehackt, und ich drohe den Hocker und alle Anwesenden wegzustoßen, um irgendeinen Weg zu finden, den Schmerz zu betäuben, der mich plötzlich überwältigt. Alles scheint über mir zusammenzubrechen, und ich bin Sekunden davon entfernt, fluchtartig den Raum zu verlassen. Die Panikattacke, die mir so bekannt und auch so verhasst war, ist wieder da, auch wenn ich gehofft hatte, dieses Gefühl nie wieder empfinden zu müssen. Als ich kurz davor bin, zu hyperventilieren, spüre ich Hände auf meiner Schulter, die mich an Ort und Stelle halten und dafür sorgen, dass ich nicht durchdrehe. Zunächst habe ich den Impuls, sie abzuschütteln, doch dann verstärkt sich Brookes Druck auf meine angespannten

Muskeln und holt mich wieder aus meiner Trance, in der ich nur Blut und Leid gesehen habe.

»Atme, Ian. Du musst tief ein- und ausatmen.« Ich folge ihrer Anweisung und sauge gierig die Luft in meine Lungen, um sie dann laut hinauszupressen. Auch wenn ich das früher schon getan habe, um wieder zu mir zu kommen, hilft es heute zum ersten Mal.

»Gut so. Und jetzt leg deine Hände auf deinen Schoß. Weg vom Klavier, okay?« Ich tue, was sie sagt, und spüre, wie sie mit ihren weichen Händen über meine Arme streicht. Sofort beruhigt sich mein Puls, und was von der Panikattacke übrig ist, ist nur der Schweiß, der meinen Körper bedeckt.

»Geht es wieder?«, flüstert sie und legt wieder eine Hand auf meine Schulter. Ich lege meine über ihre und nicke dankbar. Plötzlich spüre ich noch eine viel kleinere Hand auf meiner anderen Schulter und wende mich Athina zu, die mich aufmunternd anlächelt. Ich erwidere es und fühle mich zum ersten Mal nicht so, als müsste ich fliehen – weit weg von allen Menschen und Erinnerungen. Die zwei sind genau das, was ich in dieser Situation gebraucht habe. Sie waren meine Stütze und sind nicht geflohen, als es begann schwierig zu werden. Selbst Athina, eine Zehnjährige, hat keine Angst vor mir bekommen, sondern hat mir wie ihre Mutter Halt geschenkt und mich davor gerettet, in alte Muster zu verfallen.

»Danke, ihr zwei.«

»Möchtest du darüber reden?«, fragt mich Brooke leise, und ich drehe mich zu den beiden um. Ich schüttle den Kopf, da ich jetzt nicht über Courtney reden möchte. Ich kann einfach nicht.

»Okay, falls doch, weißt du ja, wo wir wohnen, ja?« Wie gern würde ich diese wunderbare Frau jetzt küssen. Weil sie die richtigen Worte findet, weil sie an meiner Seite ist und weil sie die schönste Frau ist, der ich jemals begegnet bin.

»Das weiß ich und ich danke dir.«

»Gern geschehen.« Zu meiner Überraschung fährt sie liebevoll durch mein Haar. Sofort blicke ich panisch zu Athina, die daraufhin loslacht.

»Ian, ich bin zehn Jahre alt, nicht fünf, und weiß, dass ihr zusammen seid.«

»Oh, ich habe nicht gewusst, dass du es ihr erzählt hast«, sage ich erleichtert zu Brooke, die mich verliebt anlächelt.

»Man muss kein Genie sein, um zu sehen, dass ihr beide eklig verknallt seid«, meint Athina und setzt sich an die Küchentheke. Brooke und ich wechseln erneut einen sehnsüchtigen Blick und zucken mit den Schultern, ehe wir ihr zum Küchenbereich folgen.

»Was haltet ihr von Pizza?«, frage ich und blicke zwischen den beiden hin und her.

»Musst du noch Hausaufgaben machen?«, fragt Brooke ihre Tochter, doch die grinst breit und schüttelt den Kopf.

»Dann sind wir dabei«, sagt sie und macht mich allein mit ihrer Anwesenheit überglücklich.

Am Nachmittag treffe ich mich mit Dad im Central Park. Er kommt gerade von seinem alljährlichen Treffen mit seinen alten Collegefreunden in Manhattan. Wir setzen es uns als Ziel, uns einmal im Monat zu treffen. Sei es in meiner Wohnung oder einfach in einem Coffeeshop. Griffin Millard war neben Hayden mein erster Freund, der dann plötzlich mein Dad geworden ist. Manche würden vielleicht sagen, dass es schwer ist, mit jemandem zusammenzuwachsen, den man eigentlich kaum kennt, doch da war diese Verbindung, die wir von Anfang an hatten.

»Hey Dad. Du siehst gut aus«, sage ich, als ich bei der Parkbank ankomme, auf der er wartet. Heute begleitet Mason mich, weil sich in den letzten Tagen immer wieder Fans um mich geschart haben, als ich unterwegs war. Er winkt meinem Vater zu, hält sich aber im Hintergrund.

»Ach was, ich habe mehr Falten als der neue Faltenrock deiner Mom«, sagt er mit einem breiten Grinsen und nimmt mich fest in den Arm. Innerlich bin ich immer noch der Teenie, der die Umarmung seines Vaters so dringend braucht. Ich drücke ihn fest an mich.

»Quatsch, du bist immer noch jung und knackig!«

»Ja genau. Hier knackt es schon in der Hüfte. Und im Knie auch«, sagt er sarkastisch, ehe wir uns in Bewegung setzen. Heute werden wir das Frühlingswetter genießen und einfach nur spazieren gehen. Und da ich in den letzten Tagen viel zu Hause oder bei Hayden im Label verbracht habe, tut es gut, wieder mal an der frischen Luft zu sein.

»Wie ich schon sagte, du sieht wirklich ausgeglichen und entspannt aus. Die Hamptons tun euch sehr gut.«

»Ja, der Umzug war die richtige Entscheidung. Wir genießen die Ruhe und die Meerluft, auch wenn ihr uns sehr fehlt.«

»Wir besuchen euch doch oft.«

»Ja schon, aber am liebsten hätten wir euch immer um uns herum, so wie damals, als ihr zu uns gekommen seid. Aber jetzt genug von deinem alten Herrn, der seinen Ruhestand genießt. Wie geht es dir? Du machst einen erholten Eindruck.«

»Ich bin glücklich.«

»Das habe ich dich schon lange nicht mehr sagen hören. Darf ich auch den Grund erfahren?«

»Da gibt es eine Frau, die in mein Leben getreten ist.«

»Eine Frau?«

»Ja, sie heißt Brooke, ist alleinerziehende Mutter und kam in mein Leben, als alles verloren schien. Nach einer Weile haben wir zueinander gefunden und sind nun ein Paar.« Ich lächle, als ich die Worte ausspreche, und auch mein Vater bleibt plötzlich stehen und sieht mich aus großen Augen an.

»Wirklich? Du hast eine Freundin? Ich weiß gar nicht, was ich sagen soll, außer dass ich es wunderbar finde.«

»Alle reagieren zuerst etwas überrascht. Aber es ist ein schönes Gefühl zu sagen, dass Brooke meine erste und hoffentlich auch letzte Freundin sein wird.«

»Das würde ich dir so sehr wünschen. Weißt du, ich habe mich immer schon gefragt, wann du dich wohl verlieben würdest.«

»Spät ist es passiert, aber dafür umso heftiger, und dafür bin ich sehr dankbar.«

»Heißt das, du findest langsam wieder einen Weg zurück? Also zu deinem alten Ich, wobei ich ja finde, dass man das so nicht wirklich sagen kann. Du wirst eine bessere und glücklichere Person, als du sie schon bist.«

»Die Therapie tut mir gut. Der Drang, Alkohol zu trinken, ist völlig weg.«

»Sind auch deine Panikattacken verschwunden?« Als er die Frage stellt, erinnere ich mich an das Desaster am Flügel. Und damit auch daran, wie Brooke mich wieder zusammengesetzt hat, als ich auseinanderzubrechen drohte.

»Nein, aber ich kann nun besser mit ihnen umgehen. Ich habe das Gefühl, als würde ich einen Anker haben, der mich an Ort und Stelle hält, sollte ich Gefahr laufen abzudriften.«

»Das sind einige Fortschritte seit unserem letzten Treffen. Heißt das, dass du wieder Musik machen kannst?«

»Ich weiß es nicht. Ich will es unbedingt. Der Drang, wieder ein Instrument zu spielen, ist sehr stark, aber ich weiß nicht, ob ich mich traue.«

»Du kannst es ja versuchen. Vielleicht wäre es eine gute Idee, zunächst ein wenig mit den Jungs zu jammen? Keiner verlangt, dass du ein ganzes Set spielst. Solltest du es schaffen, ein wenig zu klimpern, wäre das auch völlig in Ordnung.« Da ist was Wahres dran. Vielleicht habe ich den Druck in mir gespürt, an alte Gewohnheiten anzuknüpfen, doch wenn ich es mal so betrachte: Ich könnte zunächst mal wieder ein Instrument in die Hand nehmen, und das andere kommt dann von selbst. Das hoffe ich zumindest.

Nach dem Spaziergang betrete ich meine Wohnung und genieße den Blick auf die untergehende Sonne. Schließlich blicke ich seufzend zum Flügel, weigere mich aber, erneut in das Loch zu fallen, das mich schon viel zu lange in seine Tiefen gerissen hat. So kann es nicht weitergehen. Ich bin ein Musiker, jemand, der für die Melodien und Beats lebt, und wenn ich Teil von Everstorm bleiben möchte, muss ich mich endlich zusammenreißen. Ich greife nach meinem Smartphone und wähle Kians Nummer. Es ist Wochen her, dass ich ihn angerufen habe, der Anruf ist also längst überfällig. Immerhin ist er mein bester Freund.

»Warte mal, träume ich oder habe ich tatsächlich die Ehre, Ian Millard höchstpersönlich am Telefon zu haben?«, fragt er, bevor er eine Begrüßung verlauten lässt.

»Tu nicht so, als wäre es noch nie vorgekommen.«

»Na ja, es ist einige Lichtjahr her.«

»Ich lege gleich wieder auf!«

»Nein! Warte, ich höre schon auf. Was gibts?«

»Ich wollte dich fragen, ob du die Jungs zusammentrommeln kannst? Ich möchte im Studio etwas jammen.«

»Wirklich?«

»Ja?«

»Ich frage noch mal Möchtest du wirklich von dir aus ins Studio?«

»Ja, jetzt mach schon. Wir treffen uns dann dort.«

»Okay, Mann. Danke«, sagt er, bevor er auflegt. Er bedankt sich bei mir – vermutlich dafür, dass ich es versuchen will. Und genau das ist der Grund, wieso ich es schaffen muss. Ich lasse mein Smartphone von einer Hand in die andere gleiten und bin stolz darauf, den ersten Schritt getan zu haben. Ich schnappe mir meine Schlüssel, Cap und Sonnenbrille und mache mich auf den Weg in die Tiefgarage. Als ich in meinem Truck sitze, will ich schon den Motor starten, doch ich halte inne und greife erneut nach meinem Smartphone, um die Playlist einzuschalten, die mir Brooke geschickt hat. Es handelt sich um eine K-Pop-Liste, eine Liste voller Gute-Laune-Songs. Und da ich mich gerade unglaublich erleichtert und glücklich fühle, ist es genau die richtige Wahl.

Der erste Song ist von einem gewissen *Shaun* und heißt *Way back Home*. Und auch wenn ich es anfangs nicht geglaubt habe, beginnt die Melodie meine Stimmung zu heben. Derjenige, der es komponiert hat, ist ein Genie. Ich verstehe den Text nicht, aber ich fühle mich augenblicklich besser. Die letzten Male konnte ich mich wegen Brooke nicht voll und ganz auf die Songs konzentrieren, da all meine Sinne auf sie ausgerichtet waren, doch heute lasse ich mich richtig inspirieren.

Als ich das Gebäude betrete, sehe ich schon Seth und Lewis, die wohl gleichzeitig angekommen sind.

»Da ist ja unser Großer. Wo brennt denn der Hut, dass du uns hierher zitiert hast?«, fragt Seth belustigt und begrüßt mich mit einem Handschlag.

»Ist ein gewöhnliches Hallo bei uns ausgestorben? Immer werde ich mit Fragen oder Aussagen begrüßt.«

»Du weißt ja, dass wir anders sind als die anderen, oder?«, meint Lewis und klopft mir auf die Schulter, ehe er sich neben Seth stellt und beide mir wie kleine Kinder zuwinken.

»Lasst den Unsinn. Ich habe euch zusammentrommeln lassen, damit wir ein wenig proben können.«

»Echt jetzt? Du willst Musik machen?«, fragt Lewis hoffnungsvoll.

»Ja. Es ist zu lange her.«

»Das ist es wirklich«, antwortet Kian hinter mir. Ich drehe mich um und sehe meinen besten Freund neben der Eingangstür zu unserem Aufnahmeraum stehen. *Wieso habe ich das Gefühl, sie alle heute das erste Mal seit Ewigkeiten wiederzusehen?* Liegt es daran, dass ich mich unbesiegbar fühle, nachdem ich heute mit Brookes Hilfe eine Panikattacke überwunden habe? Was es auch ist, es verschafft mir ein unglaubliches Hochgefühl. Ich gehe auf meinen besten Freund zu, der in den letzten Monaten meinetwegen viel durchmachen musste.

»Schön dich wiederzusehen«, meint er, bevor wir uns freundschaftlich umarmen. Eine Geste, die für uns eher untypisch ist – das letzte Mal haben wir einander gehalten, als seine Großmutter gestorben ist. Aber ob früher oder jetzt, es tut unheimlich gut, meinen besten Freund um mich zu haben.

»Auseinander, ihr Turteltäubchen. Lasst uns reingehen, ich brauche unbedingt was Süßes«, sagt Lewis lachend, ehe er die Tür zum Studio aufmacht. In den nächsten zwei Stunden schreiben wir an einem neuen Song, den Lewis eingespielt hat. Es ist eher eine ruhigere Melodie und erinnert ganz leicht an den Song *She will be loved* von *Maroon 5*. Inspiriert von Brooke schreibe ich über einen Mann, der im Dunkeln umherwandert, der niemals das Licht sehen durfte, ehe er sie traf: die Frau, die seine Rettung oder sein Verderben bedeuten könnte. Nach fünf Stunden im Proberaum stehen unzählige Kaffeebecher sowie einiges an Süßkram auf dem Tisch. Wir haben gelacht und gearbeitet – ich für meinen Teil habe es genossen.

»Lasst es uns mal einspielen und aufnehmen«, meint Kian

begeistert, und alle außer mir sind sofort Feuer und Flamme dafür. Den Song zu schreiben, also nur am Text zu feilen, war noch okay, doch jetzt blicke ich auf den Aufnahmeraum und fühle mich plötzlich unbehaglich. Die Jungs bekommen nichts davon mit, denn jeder geht an sein Instrument und möchte das tun, was wir über ein Jahrzehnt lang getan haben. In mir krampft sich alles zusammen, als ich mich erhebe und langsam auf das Mikrofon zugehe, das mich magnetisch anzieht und gleichzeitig abstößt.

»Alles klar?«, fragt Kian an mich gewandt, doch ich antworte nicht, sondern stelle mich hinter das Mikro und lege den Zettel mit dem Text vor mich hin. Kian beginnt mit dem Gitarrenpart, und ich zähle die Sekunden, bis der Gesang einsetzen soll. Die Buchstaben vor mir beginnen zu verschwimmen und dann erkenne ich verschwommen ein Gesicht, doch es ist nicht das von Brooke, das mir Heilung und Ruhe verspricht, es ist das von Faith. Ihre kleinen Augen sind für immer geschlossen. Als ich sie gehalten habe, war sie kaum größer als meine Hand. Das qualvolle Gefühl des Verlustes, das wellenartig über mich hereinbricht, ist beinahe greifbar.

»Ian, was ist los?«, höre ich jemanden fragen, doch die Worte dringen nur schwach zu mir durch. Alles, an das ich jetzt denken kann, ist der Schmerz, den ich betäuben muss. Am besten mit Hochprozentigem – der Alkohol hat mich bis jetzt noch nie im Stich gelassen.

19. KAPITEL

Brooke

Eine heiße Dusche bedeutet für mich vollkommene Entspannung. Niemals werde ich es bereuen, mir eine Regendusche gekauft zu haben, denn wenn das warme Wasser an mir hinabperlt, kann ich all den Alltagsstress hinter mir lassen und fühle mich leicht und frei. Unter dem Wasserstrahl kann ich auch unglaublich gut nachdenken und mache Pläne für die nächsten Tage. Im Kopf gehe ich noch mal den Essensplan durch, den ich jede Woche erstelle, sodass das Personal und die älteren Kinder sofort sehen, was an welchem Tag gekocht wird. Danach will ich noch weiterplanen, doch ein unverschämt gut aussehender Rockstar beherrscht plötzlich all meine Gedanken.

Heute war die erste Klavierstunde, und ich fand sie wunderbar, doch auf Ians Panikattacke war ich nicht vorbereitet, auch wenn ich so etwas schon häufiger mitbekommen habe. Die Kinder im Waisenhaus haben häufiger solche Flashbacks, die sie zu überwältigen drohen, weshalb ich wusste, was heute zu tun war. Es hat mir wehgetan, ihn so verloren zu sehen, aber ich war froh, für ihn da sein zu können. Dass auch Athina mir zur Seite gestanden hat und ihn trösten wollte, zeigt mir, wie sehr sie ihn ins Herz geschlossen hat.

Ich höre die Türklingel. Das wird wohl der Lieferservice sein, bei dem ich mir einen Mitternachtssnack bestellt habe. Hastig stelle ich das Wasser ab, wickle mir ein Handtuch um meinen Körper und laufe zur Tür, doch es ist nicht der Lieferant, sondern Ian, der mich draußen erwartet. Er hält mein bestelltes Essen in der Hand.

»Hey. Ich hoffe es macht dir nichts aus, dass ich dein Essen für dich angenommen habe.« Seine Stimme klingt gar nicht nach ihm. Sie hört sich matt und kraftlos an.

»Natürlich ist das kein Problem. Danke für das Essen und komm mal rein. Ich gehe mir nur schnell was anziehen. Mach es dir mal gemütlich.«

In aller Eile ziehe ich mir Schlafshorts und Tanktop an, ehe ich wieder ins Wohnzimmer gehe, wo Ian noch mit Jacke auf der Couch sitzt und ins Nichts starrt. Etwas muss passiert sein, denn er wirkt völlig verloren.

»Ist bei dir alles in Ordnung?« Ich setze mich neben ihn und streichle ihm beruhigend über die Schulter.

»Ich habe heute versucht zu singen«, flüstert er leise und blickt nach wie vor starr nach vorne.

»Und? Ist es nicht gut gelaufen?«, frage ich besorgt, da ich ahne, dass da wohl etwas nicht stimmt.

»Nein. Ich konnte keinen einzigen Laut von mir geben, denn ich habe nur sie gesehen. Sie war alles, an was ich denken konnte.« *Sie? Redet er etwa von seiner Ex-Freundin? Ich dachte, er war noch nie in einer Beziehung?*

»Wer ist sie?«

»Meine Tochter«, flüstert er mit tränenerstickter Stimme, und meine Brust wird eng. Meine Finger verkrampfen sich aufgrund seiner Worte. *Wie kann das sein?* Ich habe das Gefühl, keine Luft mehr zu bekommen, da ich wohl einsehen muss, dass ich erneut von einem Mann belogen wurde.

»Du hast ein Kind?«

»Ich hatte eine Tochter. Sie ist aber gestorben, bevor sie das Licht der Welt erblicken durfte, und seitdem habe ich das

Gefühl, innerlich zu sterben. Vor allem, wenn ich Musik mache.«

»Mein aufrichtiges Beileid, Ian. Ein Kind zu verlieren ist das Schrecklichste, was ich mir vorstellen kann.«

»Danke. Es ist hart weiterzumachen, wenn Faith einfach nicht da ist.«

»Darf ich fragen, wieso es dir besonders dann schwerfällt, wenn du musizierst?«, frage ich und greife vorsichtig nach seiner Hand.

»Vor der Hochzeit meiner Schwester habe ich noch einen Song für sie geschrieben. Ein paar Stunden später erhielt ich einen Anruf und erfuhr im Krankenhaus, dass meine Freundin Courtney das Baby verloren hat.«

»Das tut mir so schrecklich leid, Ian«, flüstere ich und spüre plötzlich die Nässe auf meiner Wange. Seine Geschichte hat mich unendlich gerührt und getroffen, sodass ich mit ihm und um seine Tochter weine. Er hebt unsere ineinander verschränkten Hände und haucht einen Kuss auf meinen Handrücken.

»Danke. Ich habe noch niemandem von ihr erzählt. Es ging einfach nicht.«

»Was hat sich geändert?«

»Ich selbst ändere mich. Durch meine Familie und euch, Athina und dich, fange ich an zu heilen, sodass ich mich unweigerlich mit diesem Teil meiner Vergangenheit befassen muss, so schmerzlich es auch ist.«

»Ich bin immer für dich da, wenn du reden möchtest. Egal über was. Wir können uns auch einfach nur anschweigen. Alles ist mir recht.« Er streicht mir liebevoll über die Wange, ehe er mich küsst.

»Die Performances mit dem Basketball sind unglaublich«, meint Ian einen Tag später, als wir gemeinsam Teeniefilme gucken. Wir gucken gerade High School Musical 2. Gerade läuft der Song *What time is it*, zu dem die Teenies das Ende der Schule feiern. Troy Bolton und einige andere Jugendliche tanzen gerade synchron mit Basketbällen, was wirklich cool aussieht, mit Sicherheit aber sehr schwer zu erlernen ist.

»Ich möchte gar nicht wissen, wie lange sie dafür trainiert haben«, sage ich anerkennend.

»Das müssen unzählige Stunden gewesen sein«, antwortet Ian, woraufhin ich mich ihm zuwende. Er sitzt zu meiner Linken und Athina zu meiner Rechten. Ich bette meinen Ellbogen auf die Sofarückenlehne und stütze mein Kinn auf meiner Handfläche ab.

»Hast du eigentlich je eine Performance auf der Bühne hingelegt?«, frage ich neugierig. Viele seiner Texte sind poetisch, doch manche sind richtige Ohrwürmer, die auch in Clubs gespielt werden.

»Um Himmels willen, ich kann nicht tanzen, und Tänze einstudieren schon gar nicht. Aber wir haben bei einer Awardshow *I am enough* mit einem Streichquartett performt. Dafür haben wir Ausdruckstänzer engagiert, die wirklich eine Meisterleistung vollbracht haben.«

»Das ist mein Lieblingssong«, wirft Athina ein, und ich nicke zustimmend.

»Meiner auch«, gebe ich zu und kann es noch immer nicht fassen, dass der Sänger, der mir mit seinen Songs durch manche schlimmen Stunden geholfen hat, nun neben mir sitzt.

»Wer hat den Song eigentlich geschrieben?«

»Kian, Seth, mein Bruder Hayden und ich.«

»Keine anderen Songwriter oder Producer?«, frage ich erstaunt, denn ich habe einmal gelesen, dass viele Künstler eng mit Songschreibern zusammenarbeiten und es selten vorkommt, dass nur die Band selbst einen Song schreibt.

»Nein, früher wollten wir es aus eigener Kraft schaffen. Ich weiß, es klingt komisch, weil die meisten Newcomer froh wären, einen erfahrenen Songschreiber an ihrer Seite zu haben, doch wir hatten Angst, dass Fremde unseren Sound verändern würden. Heute ist das natürlich anders. Viele berühmte Menschen aus der Musikbranche schreiben Lieder, die sie selbst nie singen wollen und bieten sie dann anderen an.«

»Da steckt ganz schön viel dahinter. Hinter einer erfolgreichen Band, meine ich.«

»Und wie. Songs zu schreiben und ein Album aufzunehmen sind die Bereiche meiner Arbeit, die mir am meisten Spaß machen. Keine Promotions, keine Interviews und kein Hetzen von einem Radiosender zum nächsten Frühstücksfernsehen. Im Studio stellen wir unsere Smartphones auf stumm und konzentrieren uns ganz auf die Musik.« Je mehr er uns über das Leben als Musiker erzählt, desto mehr erhellt sich sein Gesicht. Trotz seiner derzeitigen psychischen Schwierigkeiten liebt er das, was er tut. Und ich als langjähriger Fan der Band kann nur bestätigen, dass man seine Leidenschaft für die Musik auch aus den Liedern heraushört.

Ian bemerkt meinen Blick und erwidert ihn mit der gleichen Wärme, die ich wohl ausstrahle. Ich kann fühlen, dass es ihn innerlich schmerzt, nicht mehr performen zu können. Mir liegen viele Fragen dazu auf der Zunge, aber ich stelle sie nicht, da ich ihn nicht noch mehr leiden lassen möchte. Wir haben zwei Filme geschafft, als Athina schließlich einige Male gähnt, ehe sie uns schließlich eine gute Nacht wünscht und in ihr Zimmer geht. Die Tatsache, dass sie sich vorher erkundigt hat, ob Ian auch morgen noch da sein wird, rührt mich.

»Möchtest du etwas trinken?«, frage ich ihn und erhebe mich.

»Ein Wasser wäre toll. Danke.«

Ich hole zwei Flaschen aus dem Kühlschrank und setze mich erneut neben ihn. Fragen in Bezug auf seine Tochter und Courtney liegen mir auf der Zunge, aber ich habe Angst, sie zu stellen.

Dieses Thema ist heikel und schwierig, sodass ich mich nicht traue, nach seiner Tochter zu fragen. Andererseits möchte ich mehr erfahren, also gebe ich mir einen Ruck.

»Darf ich fragen, was genau mit Courtney passiert ist?«

»Natürlich darfst du. Vor ein paar Wochen hätte ich noch abgeblockt, aber mittlerweile fühlt es sich richtig an, darüber zu sprechen.« Wir nippen beide an unserem Wasser, ehe er tief ein- und ausatmet. Dann fängt er an zu erzählen.

»Courtney gehörte zu unseren Roadies, sie war also eine der Mitarbeitenden, die beim Bühnenaufbau und anderen Dingen geholfen haben. Wir haben uns angefreundet, weil sie ein Freigeist war und immer gute Laune versprühte. Nach einiger Zeit sind wir uns in New York wieder begegnet, haben beide in einer Bar zu tief ins Glas geschaut und sind miteinander im Bett gelandet. Es war eine einmalige Sache, da uns beiden mehr an unserer Freundschaft als an einer Beziehung lag. Leider ist das Kondom gerissen, doch wir machten uns keine Sorgen, da sie schon seit Jahren die Pille nahm. Zwei Monate später rief sie mich an, und meinte, sie sei schwanger. Zuerst hielt ich es für einen Scherz, aber als wir uns am selben Tag in meinem Coffeeshop trafen, legte sie einfach so fünf positive Schwangerschaftstests auf den Tisch. Auch wenn ich anfangs schockiert war, freute ich mich auf das Baby.«

»Tatsächlich? Hattest du keine Angst, dass es deine Lebensplanung über den Haufen werfen würde?«, frage ich neugierig und hänge geradezu an seinen schön geschwungenen Lippen.

»Ich bin Rockmusiker und von einer geordneten Lebensplanung war noch nie die Rede. Wir lebten von einem Album zum nächsten. Das Showbiz ist hart, wenn ein Album floppt, kann das der Anfang vom Ende für meine Karriere sein. Aber um ehrlich zu sein hatte ich vor allem Angst davor, als Vater zu versagen.«

»Sag so etwas nicht. Ich sehe doch, wie du mit Athina umgehst, du wärst ein wunderbarer Vater.« Nun sehe ich ihn zum ersten Mal, seit wir uns kennen, erröten. Ian senkt kurz den Blick und kratzt sich am Hinterkopf.

»Damals habe ich alle Bücher, die mit Babys zu tun haben, auf mein Kindle geladen, da ich kein Versager werden wollte wie mein eigener Erzeuger. Courtney und ich begannen, unser gemeinsam verflochtenes Leben zu planen und freuten uns auf sie.« Er hält einen Moment inne, ehe er leise weiterspricht.

»Sie war im sechsten Monat schwanger, als ihr gewalttätiger Ex-Freund sie aufgespürt hat. Auch wenn sie schon seit einem Jahr getrennt waren, hat er Besitzansprüche erhoben. Courtney konnte sich ein paar Wochen erfolgreich verstecken, doch am Tag, an dem die Hochzeit meiner Schwester geplatzt ist, rief sie mich an und schrie ununterbrochen.« An dieser Stelle bricht er ab, um sich über die Augen zu reiben. Er möchte wohl die sich anbahnenden Tränen vertreiben, doch ich greife nach seinen Armen und ziehe ihm sanft die Hände von seinem Gesicht.

»Es ist okay zu weinen, Ian. Ich bin an deiner Seite und passe auf, dass du dich nicht selbst verlierst, okay?« Eine geschlagene Minute sieht Ian mich einfach an, als würden meine Worte nur langsam zu ihm vordringen. Danach greift nun er nach meinen Armen und zieht mich erneut an sich, um mich fest zu umarmen. So fest, als hätte er tatsächlich Angst, vor lauter Schmerz auseinanderzubrechen.

20. KAPITEL

Ian

»Courtney hat ihr den Namen Faith gegeben«, flüstere ich, während ich Brooke im Arm halte und all die Emotionen zulasse, die ich so lange unterdrückt habe. Es fühlt sich an, als würde mein Herz zerspringen, so sehr schmerzt es, an meine Tochter zu denken, die ich nie kennenlernen oder aufwachsen sehen kann.

»Was für ein schöner Name«, sagt sie leise und streicht mir beruhigend über den Rücken. Ich war Zeit meines Lebens allein. Ab dem Teenageralter hatte ich Quinn und Hayden und dann die Jungs, dann Mom und Dad. Doch ich hatte nie jemanden, dem ich meine tiefsten Geheimnisse anvertrauen konnte. Diesen Status konnte ich meiner Familie nie wirklich geben. Bei Brooke ist das anders. Seit unserer ersten Begegnung hatte ich keine Scheu, sie in mein Herz zu lassen, da ich diese Verbindung zwischen uns von Anfang an gespürt habe. Dass es sich um Liebe handeln würde, war mir nicht bewusst.

»Hmm«, murmle ich. Obwohl ich nun intensiv über meine Tochter spreche, bin ich doch gefasster, als ich es für möglich gehalten hätte. Brookes Anwesenheit scheint die Scherben, die ich so viele Wochen mühsam jede Nacht aufsammeln musste, wie Kleber zusammenzuhalten.

»Du hast dich wohl sehr darauf gefreut, Vater zu werden«, schlussfolgert sie, und ich nicke an ihrer Schulter. Um ihr meine ganze Geschichte erzählen zu können, löse ich mich von ihr und lehne mich zurück, damit wir uns in Ruhe unterhalten können. Dabei halte ich ihre Hand und streichle sanft über ihren Handrücken.

»Am Anfang war ich schockiert, ebenso wie Courtney. Sie zitterte wie Espenlaub, weil sie sich einfach nicht vorstellen konnte, Mutter zu werden. Sie war gerade erst vor ihrem gewalttätigen Ex geflohen und fühlte sich nicht bereit, ein Kind zur Welt zu bringen. Aber nachdem wir stundenlang miteinander gesprochen hatten, haben wir uns beide für das Baby entschieden, uns aber darauf geeinigt, es geheim zu halten, um sie für ihren Ex-Freund unsichtbar zu machen.«

»Die Arme musste viel durchmachen.«

»Ich habe ihr geholfen, so viel ich konnte. Habe auf Tour viel mit ihr telefoniert und ihr gezeigt, dass sie nicht allein ist. Auch wenn das Kind nicht geplant war und mein Leben auf den Kopf stellen würde, freute ich mich auf diese neue Aufgabe in meinem eintönig gewordenen Leben. Ich bin um die Welt gereist, habe auf vielen Bühnen gespielt, war ständig unterwegs. Irgendwann haben die Menschen und Locations begonnen, gleich auszusehen.«

»Was ist aus Courtney geworden, nachdem sie Faith verloren hat?«

»Das weiß ich nicht. Nach dem Begräbnis wollte ich sie in ihrer Wohnung besuchen, doch die war leer und Court verschwunden.«

»Sie ist weggegangen?«

»Leider ja. Ich denke, alles wäre leichter zu ertragen gewesen, wenn sie hier gewesen wäre. Selbst nach dem Tod von Faith habe ich niemandem von ihr erzählen können. Es hätte mich umgebracht.« Die Last auf meinen Schultern, die mich in schwachen Momenten runtergezogen hat, wird mit jedem

Atemzug leichter. Denn hier und jetzt öffne ich mich und mache mich verwundbarer, als ich es je gewesen bin.

»Nicht einmal mit deiner Therapeutin?«

»Nein, du bist die erste Person, der ich es erzählt habe.«

»Dass du mir auf diese Weise vertraust, bedeutet mir viel. Sei dir sicher, dass dein Geheimnis bei mir sicher ist.« Ich nehme einen tiefen Atemzug und blicke an die Decke.

»Ich muss es auch den Jungs sagen. Ich bin beim letzten Treffen während meiner Panikattacke einfach abgehauen und habe mein Smartphone ausgeschaltet.«

»Soll ich bei dem Gespräch dabei sein?« Ihre Frage lässt mich lächeln. Es ist klar, dass Brooke das anbietet, denn sie ist jemand, der seinen Liebsten in jeder Lage helfen möchte.

»Das ist lieb von dir, aber ich werde wohl auch meine Familie einladen und ihnen alles erzählen. Meine Therapeutin wird mir dann dabei helfen, diese Dinge weiter zu verarbeiten.«

»Aber du kannst jetzt durchatmen, bevor es so weit ist. Dich emotional darauf vorbereiten. Ich bin währenddessen an deiner Seite.« Plötzlich ist mir der Abstand zwischen uns zu viel, sodass ich mich gegen die Seitenlehne der Couch kuschle und Brooke zwischen meine Beine ziehe. Sie lehnt den Rücken an meine Brust, während ich meine Arme um sie schlinge, um erneut ihre Hand halten zu können. So bleiben wir eine Weile ruhig und entspannt liegen.

Menschen, mit denen man reden kann, findet man immer wieder, vor allem im Showbiz. Doch mit jemandem zu schweigen, ist etwas, was ich noch nie gut konnte. Doch bei Brooke weiß ich nicht einmal, wie viel Zeit vergeht, während wir einfach nur daliegen.

»Hast du etwas von Gary gehört?«, frage ich in die Stille hinein.

»Noch nicht, aber es fühlt sich an wie die Ruhe vor dem Sturm. Er hat seine Kandidatur bekannt gegeben und als jüngster Bürgermeisterkandidat ist er in den Medien immer präsent. Bald wird er erneut mit seinem lächerlichen Vorschlag ankommen, Athina in diesen Presserummel mit hineinzuziehen.«

»Auch wenn es negativ klingt, sind die Paparazzi in fast allen Fällen Aasgeier und würden alles für ein gutes Foto tun. Ich weiß gar nicht, wie oft ich belagert wurde, nur weil sie erneut meinen Standort geleakt haben. Das sind die weniger schönen Seiten daran, wenn man berühmt ist.«

»Ich dachte, du liebst es?«

»Aber nicht alles daran. Wir streben nicht nach den obsessiven Fans, die jeden unserer Schritte verfolgen. Und es ist kein schönes Gefühl, nicht mal auf die Toilette gehen zu können, ohne dass mir eine Affäre nachgesagt wird.«

»Warte mal. Das musst du jetzt genauer ausführen«, meint dieses wundervolle Geschöpf in meinen Armen kichernd. Ihr Lachen vibriert an meiner Brust und hinterlässt dort ein unglaublich warmes Gefühl.

»Einmal war ich essen und bin dann auf die Toilette gegangen. Direkt nach mir ist eine blonde junge Frau aufgestanden, um sich ebenfalls zu den WCs zu begeben. Diese Frau, die ich nicht einmal kannte, wurde dann als die erste Frau an meiner Seite gehandelt. Selbst die Tatsache, dass sie verheiratet war und ein Kind hatte, war den Leuten von der Presse egal. Es hat sie fast ihre Ehe gekostet.«

»Unglaublich.«

»Ich habe dann Kontakt mit ihrem Ehemann und ihr aufgenommen, um die Sache richtigzustellen. Zum Glück konnte ich Schlimmeres verhindern. Ich möchte nicht der Grund dafür sein, dass eine junge Familie auseinandergerissen wird.«

»Zum Glück ist alles gut ausgegangen«, sagt sie beruhigend, auch wenn sie die Welt, in der ich mich bewege, noch nicht in allen Facetten kennt.

»Das ist aber nicht ausgeschlossen. Dass mein Ruhm etwas zerstören könnte, das mir wichtig ist.«

»Was zum Beispiel?«, fragt sie und neigt den Kopf zur Seite, sodass ich in ihr Gesicht sehen kann.

»Dich und Athina.«

»Uns?«

»Ja. Ich möchte mit dir zusammen sein und Teil von eurer Familie werden, wenn ihr mich lasst. Euch zu kennen und Zeit mit euch zu verbringen ist das, was mich am glücklichsten macht, aber es wird nicht immer harmonisch zugehen. Wenn unsere Beziehung der Öffentlichkeit bekannt wird, kann es passieren, dass du von Paparazzi belagert wirst, dass die Presse dein gesamtes Leben durchleuchtet und Falschnachrichten in die Welt setzt. Mit mir zusammen zu sein wird nicht einfach.«

»Ich möchte es dennoch.«

»Ja, aber ich werde viel herumreisen und nicht so oft Zeit haben wie jetzt.«

»Dann haben wir das Handy.«

»Mir werden viele Affären angedichtet werden.«

»Ich vertraue dir und nicht den Aasgeiern, wie du sie nennst.«

»Und Athina? Sie könnte in der Schule Schaden davontragen.«

»Sie ist ein selbstbewusstes Mädchen und hat bis jetzt jeden Mobber das Weite suchen lassen.«

»Aber …«

»Wieso klingt es danach, als würdest du nach Argumenten Ausschau halten, die mich vertreiben könnten?«

»Ich möchte einfach nur, dass du auf alles gefasst bist.«

»Das bin ich. Zumindest in diesem Moment. Du hast einen kleinen Teil meiner Familie kennengelernt, die sind teilweise auch wie die Klatschpresse und wollen alles wissen, was du ihnen nicht anvertrauen willst. Mit den Jahren lernt man, diese Fragen zu umgehen.«

»Das heißt, das Training mit deiner Großmutter hat dich auf ein Leben mit mir vorbereitet?«, frage ich schmunzelnd.

»Auf jeden Fall«, sagt sie lachend und dreht sich in meinem Schoß um, sodass sie nun auf meinem Oberschenkel sitzt und ihre schlanken Arme um meinen Nacken legt.

»Egal was kommen mag, ich möchte Teil deiner Welt sein. Will Zeit mit dir verbringen und die Liebe erleben, die mir so lange verwehrt geblieben ist.« Die drei berühmten Worte, die ich noch nie zu einer Frau gesagt habe, liegen mir gerade auf der Zunge und auch das Gefühl selbst durchströmt mich bei ihrem Anblick. Ihre Locken sind wunderschön. Eine Strähne verirrt sich immer in ihrem Gesicht, sodass sie sie wegstreichen muss. Ihre Augen sind so klar und warm wie ein knisterndes Feuer nach einem langen Winterspaziergang, und ich schwöre, sie hat genau einunddreißig Sommersprossen in ihrem wunderschönen Gesicht. Ich habe sie mir bereits bei unserer ersten Begegnung eingeprägt. Sie ist die Frau meines Lebens, daran gibt es keinen Zweifel.

Dieses Mal sage ich nicht die Worte, die aus meinem Herzen stammen, sondern offenbare sie ihr mit einem zarten und doch leidenschaftlichen Kuss. Denn das ist es, was unsere Verbindung ausmacht. Wir sind eine Mischung aus Zärtlichkeit und feuriger Leidenschaft. Und ich will, dass das für immer so bleibt.

Ich habe es stets gehasst, nach dem Aufwachen vom Sonnenlicht geblendet zu werden. In meinem meist verkaterten

Zustand hat es mir oft Kopfschmerzen bereitet. Doch heute könnte ich mir nichts Schöneres vorstellen, als die Sonne auf Brookes Gesicht aufgehen zu sehen. Ich bin so begeistert von dem Farbenspiel, dass ich sofort einen neuen Songtitel im Kopf habe. *Sunrise on your face* wird wohl der erste Song sein, den ich nach meiner Krise wieder aufnehmen werde. Doch vorher heißt es für mich, mich meiner Vergangenheit zu stellen und endlich ehrlich zu meinen Mitmenschen zu sein.

Sie haben alle schon genug wegen mir gelitten, jetzt ist es an der Zeit, ihnen für ihre Geduld und die stetigen Bemühungen zu danken. Brooke murmelt erneut etwas im Schlaf, das ich nicht genau verstehe. Bis jetzt hat sie schon einiges vor sich hin erzählt, wovon ich nur ein paar Dinge verstehen konnte. Ihr beim Schlafen zuzusehen ist besser als Meditation. Es erdet mich und macht mich überglücklich. Blinzelnd öffnet sie die Augen und sieht mich direkt an, erschrickt dann aber. Sie schnappt keuchend nach Luft und versteckt sich unter der Decke. Langsam reckt sie wieder den Kopf hervor und lächelt mich entschuldigend an.

»Du hast mich erschreckt.«

»Entschuldige, das wollte ich nicht.«

»Was machst du da eigentlich.«

»Ich sehe dir beim Schlafen zu.«

»Das ist unheimlich.«

»Findest du? Ich bin der Meinung es ist süß und ich mag es, dich zu beobachten.«

»Wie ein Stalker?«

»Ja, aber ein lieber Stalker.«

»Das macht die Sache nicht besser, aber weil du es bist, drücke ich ein Auge zu. Wie spät ist es?«

»Keine Ahnung. Mein Smartphone ist ausgeschaltet, und ich trage keine Uhren.«

»Wieso nicht?«

»Weil mich das Ticken der Zeiger stört – nicht das Geräusch selbst, sondern das unaufhörliche Umkreisen des Ziffernblatts. Es zeigt mir, dass die Zeit vergeht.«

Vor allem im Studio möchte ich mir das Gefühl beibehalten, mit meiner Musik für einen Moment die Zeit stehen bleiben zu lassen. »Ich weiß, es klingt albern, aber das ist eine meiner Macken.«

»Ich spucke oft auf den Kopf meiner Tochter. Vor einer Prüfung, wichtigen Ereignissen und wenn sie auswärts schläft. Es mag für andere grotesk aussehen, doch bei uns Griechen schützt es vor dem Teufel und bringt Glück.«

»Wir sind auf so viele Arten verschieden. Deine Macken stören dich vielleicht, aber mir werden sie nichts ausmachen und umgekehrt. Gleichzeitig kann ich es kaum erwarten, sie alle zu erforschen.« Nichts in meinem Leben ergibt gerade mehr Sinn als die Beziehung, die ich mit Brooke aufbaue. Nicht mal die Musik, die mir im Leben immer das Wichtigste war. Und so kann ich das erste Mal nach all den qualvollen Momenten endlich sagen, dass ich in jeglicher Form glücklich bin. Und das ist etwas, wofür ich Brooke für immer dankbar sein werde.

21. KAPITEL

Brooke

»Ein ganzes Wochenende?«, frage ich Ian, als er nach einer Stunde Fahrt endlich mit der Wahrheit rausrückt.

»Ich dachte, du kannst nach deiner Fünfzig-Stunden-Woche etwas Entspannung gebrauchen«, antwortet er mit diesem lässigen Lächeln, das mein Herz zum Stolpern bringt.

»Was ist mit Athina?«

»Sie wird später von Costa abgeholt und wird bei deiner Familie bleiben. Savannah weiß auch schon Bescheid.« Kein Wunder, dass die beiden mich vorhin so merkwürdig angegrinst haben, als ich von Ian abgeholt wurde. Sie hatten das alles hinter meinem Rücken geplant.

»Ihr seid mir ja eine Bande.«

»Wir stecken eben voller Überraschungen.«

»Und wo fahren wir hin?«, frage ich jetzt neugierig. Da ich nun weiß, dass meine Tochter gut versorgt ist, kann ich es kaum erwarten, ein paar Tage am Stück mit Ian zu verbringen.

»Zu meinem Haus in New Jersey. Es ist eine Weile her, seit ich das letzte Mal dort war, und nun wird es Zeit.« Ich nicke und blicke aus dem Fenster. Die Stadt hinter uns wird immer kleiner. Ein ganzes Wochenende mit Ian. Ich könnte mir jetzt gerade nichts Schöneres vorstellen, abgesehen vielleicht davon, ihm die Kleider vom Leib zu reißen. Heute trägt er zerschlissene Jeans, ein weißes T-Shirt und diese Lederbänder um sein

Handgelenk. Wenn wir uns begegnen, ist die Luft wie elektrisch geladen, und diese Hitze in mir will einfach nicht abflauen. Die Zeit mit ihm war immer knapp bemessen, entweder war Athina dabei oder wir waren von anderen Menschen umgeben. Ihn jetzt für mich ganz allein zu haben, macht mich überglücklich, aber auch etwas nervös.

»Wie läuft es im Waisenhaus? Du hast schon eine Weile nichts mehr erzählt.«

»Es ist stressig wie immer, die Rasselbande in Schach zu halten. Malcom, der vor einem Monat zu uns gekommen ist, wird jede Nacht von Albträumen geplagt. Letztens in der Nachtschicht hat er mich zu Tode erschreckt. Er hat immer wieder Nein geschrien und nach seiner Mom gerufen. Es bricht mir das Herz.« Nach über zehn Jahren Dienst sollten mich die Albträume der Kinder nicht mehr emotional mitnehmen, doch sie tun es immer wieder.

»Wie alt ist er?«, fragt er und wirft mir einen kurzen Seitenblick zu.

»Er ist neun Jahre alt und hat in jungen Jahren Schreckliches erleben müssen. Malcom war völlig traumatisiert, als er zu uns gekommen ist. Sein Dad hat vor seinen Augen seine Mom mit dem Auto überfahren. Er wollte auch ihn umbringen, doch ein Passant hat ihm das Leben gerettet und die Polizei gerufen, die den Typen festnehmen konnte.« Malcoms Leidensgeschichte muss Ian mitnehmen, denn er verkrampft seinen Griff um das Lenkrad, sodass ich das Knarzen des Leders hören kann.

»Auch ich bin voller Wut, wenn ich an die Vergangenheit meiner Schützlinge denke. Ich stelle mir vor, wie es meiner Athina gehen würde, sollte mir etwas passieren. Jeder in meiner Familie würde sich sofort um sie kümmern wollen und sie hätte einen Platz zum Leben. Das ist bei den anderen Kindern nicht der Fall. Sie haben niemanden oder bloß beschissene Verwandte, die sich einen Dreck um meine Kids scheren.« Ian schweigt einen Moment, als würde er mit mir mitleiden.

»Meine Kids?«, flüstert er nach einer Weile und greift über die Mittelkonsole, um meine Hand zu nehmen und sie mit seinen Fingern zu verschränken. Er legt unsere Hände in seinen Schoß, und ich spüre eine wohlige Wärme in mir aufsteigen.

»Mir fällt es manchmal schwer, das Berufliche vom Privaten zu trennen. Meine Schützlinge sind wunderbare Kinder, die trotz all dem Leid keine Wut in sich tragen. Sie wollen einfach nur geliebt werden, und es zerbricht mich innerlich, dass niemand diesen wunderbaren Wesen ein neues Zuhause geben möchte. Ich liebe sie, auch wenn sie nicht meine leiblichen Kinder sind, und wenn ich könnte, würde ich selbst eine Organisation gründen, die sich mit den Behören und den Eltern zusammentut, um die Kinder auf einfachem Wege den passenden Familien zuzuweisen. Der behördliche Aufwand, wenn man ein Kind adoptieren möchte, ist zu umfangreich und kompliziert. Und dann passiert es schnell, dass etwas schiefläuft, und dann wird ein Mädchen, das missbraucht wurde, an einen Haushalt mit vier Männern vermittelt. Das macht es für alle nicht leichter.«

»Viele wollen ja nur Babys adoptieren«, sagt er, als würde er sich in meinem Job gut auskennen.

»Genau, weil sie denken, dass es mit Problemen behaftet ist, ein älteres Kind mit einer schlimmen Vergangenheit zu adoptieren. Was sie aber nicht bedenken ist, dass die Kinder eine Therapie machen dürfen und so unglaubliche Fortschritte erzielen. Außerdem sind alle Mitarbeitenden im Waisenhaus seit über zehn Jahren angestellt und bestens geschult. Die anderen geben den Kindern ebenso viel Liebe wie ich, sodass sie zu selbstbewussten und glücklichen Teenagern heranwachsen können. Diejenigen, die das Glück haben adoptiert zu werden, sind so überaus dankbar für ein eigenes Bett und eine zweite Chance, dass die meisten in Tränen ausbrechen und sich kaum einkriegen können.«

»Wie viele Kinder sind in eurem Waisenhaus?«

»Dreißig wunderbare Seelen.«

»Wow, das ist tatsächlich eine Rasselbande.«

»Wir sind immer mindestens zu dritt im Dienst und auf Ausflügen sind wir meist fünf Betreuungspersonen. Die Heimleiterin und alle meine verheirateten Kolleginnen und Kollegen haben selbst ein oder zwei Kinder adoptiert. Linney, die Leiterin des Heims, ist seit über vierzig Jahren für das Waisenhaus zuständig, sie und ihr Mann haben zwei leibliche Kinder und noch zwei adoptiert. Jason ist mittlerweile Anwalt für Familienrecht und Anabelle ist Leiterin eines Kinderkrankenhauses.«

»Unglaublich, was ihr alles leistet und wie liebevoll ihr euch der Erziehung und Heilung der Kinder widmet.«

»Ich könnte mir nicht vorstellen, etwas anderes zu tun, als für das Wohl der Kinder zu sorgen.«

»Wolltest du selbst einmal eines adoptieren?«

»Da ich Athina sehr oft ins Waisenhaus mitnehme und sie mit fast allen Kindern befreundet ist, habe ich oft überlegt, eines zu adoptieren. Doch Gary war dagegen. Er wollte ja noch nicht mal etwas mit seiner eigenen Tochter zu tun haben, das wollte ich keinem zweiten Kind zumuten.«

»Verdammter Mistkerl«, murmelt er und drückt aufs Gaspedal. Mittlerweile befinden wir uns auf der Interstate. Die Sonne wird von dicken Wolken verdeckt und es sieht nach Regen aus. Es wäre der erste in zwei Wochen, da die letzten Tage Sonne pur waren. Dass mein Ex-Mann ihn wütend macht, ist die Reaktion, die alle an den Tag legen, wenn ich von meiner Vergangenheit oder dem Umgang, den er mit Athina pflegte, erzähle. Aber Athina und ich kannten es nie anders. Meine Familie und ich haben ihr all die Liebe geschenkt, die nicht mal Gary ihr je hätte geben können, selbst wenn er es gewollt hätte. Das Band zwischen uns ist dicker als alles andere.

Ian hebt unsere Hände an, um mir einen Kuss auf den Handrücken zu hauchen, sodass ein herrlicher Schauer meinen Körper durchfährt. Die Zeit mit Ian vergeht immer unglaublich schnell, sodass es nicht lange dauert, bis wir zu einem großen eisernen Tor mit vielen Kameras kommen. Das Sicherheitssystem sieht teuer und kompliziert aus – eines Rockstars würdig. Ich möchte gar nicht wissen, wie oft es vorgekommen ist, dass er in seiner Freizeit von Fans belästigt worden ist. Als das Tor aufgeht, weicht das hart und kalt wirkende Eisen und all die herrlichen Farben der Natur übernehmen dessen Platz. Neben dem Kiesweg, den wir entlangfahren, säumen Bäume mit dicken Ästen den Weg. Sie sind nicht dicht bewachsen, sodass genug Licht auf den Kiesweg fällt. Das Haus ist eher ein Anwesen und sicherlich fünfmal so groß wie mein Elternhaus. Es wurde direkt in den Wald eingebettet und ist eine Mischung aus Holz und vielen Glaselementen.

»Wow«, hauche ich, als wir vor der Villa selbst zum Stehen kommen. Davor sind Blumenbeete, die in den herrlichsten Farben blühen. Eine Veranda gibt es keine, sondern nur einen schmalen betonierten Weg von der Haustür zu einer anderen Tür, die in die Garage führt.

»Willkommen in meinem Zuhause«, sagt Ian und blickt mit Stolz auf das Gebäude vor uns. Es ist anders, als ich mir das Zuhause eines Rockstars vorgestellt hätte. Ich kann nicht beschreiben, was ich erwartet habe, aber dieses Anwesen mit Sicherheit nicht. Ian tippt einen Zahlencode ein und öffnet uns die schwere Haustür. Der Eingangsbereich ist weitläufig und durch die Glaswände lichtdurchflutet. Zwei Treppen führen auf der linken und der rechten Seite in den ersten Stock und ein breiter Rundbogen geradeaus führt uns wohl ins Wohnzimmer. Ich recke meinen Kopf in die Höhe und blicke auf die harmonisch wirkenden Landschaftsgemälde. Die Wände sind in einem elfenbeinfarbenen Ton gehalten, während der Boden aus massivem Holz ist.

»Nach dir«, meint Ian mit einem charmanten Lächeln und lässt mir den Vortritt durch den Rundbogen. Das Wohnzimmer gleicht eher einer Galerie als einem Raum. In der Mitte befinden sich ein Kamin, eine moderne Ledercouchgarnitur, ein bunter und modern wirkender Teppich und viele Grünpflanzen. Links schließt sich eine Küche an, die dreimal so groß wie meine und ebenfalls aus Holz ist, jedoch weiß lackiert wurde. Neben der Küche ist noch genug Platz für eine Essgruppe mit sage und schreibe zwölf Stühlen. Darüber befindet sich eine riesige hängende Lampe, die wohl aus Edelstahl ist und der Form ineinander geschlungener Äste nachempfunden ist.

Auf der rechten Seite des Raums ist eine Ecke der Wand nicht aus Glas, dafür sind dort Bücherregale eingelassen. Unmittelbar vor den Regalen befinden sich gemütlich aussehende Lesestühle. Ich komme aus dem Staunen kaum heraus, sodass ich nicht merke, dass Ian neben mir steht.

»Gefällt es dir?«

»Ja! Und wie. Alles hier im Raum schreit geradezu nach dir.«

»Nach mir?«, fragt er und beißt sich auf die Unterlippe, um nicht loszulachen.

»Ich kann es schwer in Worte fassen, aber das Haus spiegelt dich irgendwie wider. Es ist warm, es ist offen und beständig. Hier zu stehen fühlt sich an, als wäre es nicht das erste Mal. Man fühlt sich gleich zu Hause. Auch wenn es doof klingt.« Ich rede mal wieder einfach drauflos, ohne nachzudenken, aber es stimmt. Trotz der Größe und der eher spärlich gehaltenen

Einrichtung, fühle ich mich wohl, seit ich einen Fuß in dieses Haus gesetzt habe.

Ich blicke gerade aus dem Fenster, als Ian die Arme plötzlich von hinten um mich schlingt und mich fest an seine Brust drückt. Mit einem seligen Lächeln lehne ich mich gegen ihn und seufze auf. Er neigt den Kopf, streicht mit dem Kinn meine Haare zur Seite und drückt seinen Mund auf meine Wange, ehe seine Lippen zu meinem Ohr wandern.

»Das klingt überhaupt nicht doof. Ich habe gehofft, dass es dir gefällt.« Ich drehe den Kopf zur Seite, um ihn anzusehen. Sein Bart ist gestutzt, und seine grünen Augen wirken klarer als noch vor ein paar Tagen. Er wirkt losgelöst und einfach nur glücklich. So habe ich ihn noch nie gesehen, so völlig mit sich im Reinen.

»Ich würde auch dann mit dir zusammen sein wollen, wenn du kein Star wärst oder reich. Nur damit du das weißt.«

»Daran würde ich nie zweifeln. Ich kenne dich, Brooke.«

»Tust du das?«, flüstere ich verlegen und drehe mich in seiner Umarmung, sodass seine Hände nun auf meinen Hüften und meine auf seinen Wangen liegen.

»Hmm. Es gibt noch viel Neues zu entdecken, aber alles, was ich bis jetzt kennengelernt habe, hat mich angezogen.«

»Du sagst so süße Sachen, dass ich immer erröte. Allmählich glaube ich, dass du das absichtlich machst.«

»Nichts ist niedlicher, als dich mit rosa Wangen zu sehen. Jedes Mal, wenn ich dich ansehe, will ich dich einfach nur küssen und nie wieder loslassen.« Nie habe ich mich begehrter und wohler gefühlt als in den Armen von Ian. Es ist beinahe so, als wäre ich zum allerersten Mal wirklich verliebt. Er ist es. Der Mann meiner Träume, derjenige, der mein Herz, meine Tochter so lieben wird, wie ich ihn liebe. Ich weiß es einfach.

»Dann tu es«, hauche ich mit Tränen in den Augen, weil mich plötzlich die Emotionen überwältigen.

»Nichts lieber als das«, bringt er schwer atmend hervor, ehe er seinen Mund auf meinen presst und mich so küsst, als wäre es das erste und letzte Mal. Ich schlinge meine Arme um ihn und öffne meinen Mund, um ihn zu schmecken. Unsere Hände sind überall auf dem Körper des anderen, und ich scheine nur noch aus Emotionen zu bestehen. Ich will ihn küssen, ihn umarmen, ihn in mir spüren und so viel mehr. Keuchend löse ich meinen Mund von seinem, um Küsse auf seinem Hals zu verteilen. Ein erregtes Brummen entweicht seiner Kehle und lässt meine Knie weich werden.

Ich lecke ihm über den Hals und beiße sanft hinein, weil ich diesen Ton noch mal hören will.

»Wenn du das noch einmal tust, werde ich mich nicht zurückhalten können«, raunt er mit tiefer Stimme und zieht mich an seinen Körper, sodass ich an meinem Bauch spüre, wie sehr er mich will.

»Das ist genau das, was ich will. Dir voll und ganz gehören.« Mehr braucht Ian nicht, um erneut meinen Mund zu erobern, ehe er seinen Arm um meine Knie legt und mich hochhebt, als wäre ich leicht wie eine Feder. Er löst die Lippen nicht von meinen, als er mich die Treppe hochträgt. Meine Augen sind geschlossen, und ich fühle tiefe Lust und Vorfreude auf das, was nun kommt. Erst als er die Tür öffnet, blinzle ich und öffne die Augen. Ich sehe Kupfer und Grau. Die Wände sind dunkel. Sie sind mit einer speziellen Tapete beklebt, die wie grauer Marmor mit eingearbeiteten Kupferelementen aussieht. An der Decke hängt eine imposante Deckenlampe, die beinahe so breit ist wie das gesamte Bett. Ian legt mich auf das hellgraue Polsterbett. Die kühlen Seidenlaken fühlen sich erfrischend an.

Mit einem schweren Seufzer löst Ian sich von mir, um mich

aus dunkeln Augen anzusehen. »Je öfter ich dich küsse, Zeit mit dir verbringe oder dich einfach nur ansehe, desto mehr verliebe ich mich in dich, Brooke«, flüstert er und streichelt mir zärtlich über mein Haar.

»Ich liebe dich«, ist meine Antwort auf seine Worte. Ich spüre, dass er derjenige ist, mit dem ich alt werden möchte, dem ich meine schlimmsten Geheimnisse anvertrauen und über dessen schlechte Witze ich lachen will. Es wird nicht einfach sein, aber ich bin bereit, alles in meiner Macht Stehende zu tun, damit das mit uns funktioniert.

»Ich liebe dich auch. Alles an dir. Vor allem das hier.« Seine Hand wandert zu den Trägern meines Kleides, die er sanft zur Seite schiebt. Er küsst die Stelle, wo mein Herz wild gegen meine Brust hämmert. Daraufhin bin ich diejenige, die nicht genug bekommen kann. Ich presse meine Lippen auf seine und greife nach dem Saum seines Shirts, um es ihm über den Kopf zu ziehen. Ich brauche diesen Mann mehr als die Luft zum Atmen.

Ian zieht auch den zweiten Träger von meinen Schultern, und ich hebe den Po an, damit er es mir abstreifen kann. In Unterwäsche vor ihm zu liegen, macht mich ein wenig nervös. Gary wollte seit Athinas Geburt immer weniger Sex, bis er schließlich ganz die Lust an mir verloren hat, weil er meine Leistungen nicht als gut empfand, weil ich ihm zu üppig geworden war oder weiß der Teufel wieso. Doch das hier ist Ian. Der Mann, der meine Tochter respektiert und gut behandelt, der mein Blind Date gecrasht und mich vor einem schmierigen Typen gerettet hat und der mir die schmerzhaftesten Erinnerungen anvertraut hat. Mein Vertrauen in ihn kennt keine Grenzen und bei dem, was wir nun tun werden, hat Unsicherheit keinen Platz.

Ian löst seine Lippen von meinen, aber nur, um sich seiner Jeans samt Boxershorts zu entledigen. Auch wenn der Vergleich etwas albern wirkt, sieht er wie der Hauptprotagonist eines historischen Romans aus. Muskeln, leicht behaarte Brust und halblanges Haar, das danach schreit, meine Finger darin zu vergraben. Mein Mund wird trocken, und ich schlucke, als er mit feurigen Augen zu mir aufs Bett klettert. Doch bevor er wieder meinen Mund erobert, widmet er sich meinem BH. Er streichelt zärtlich über die Haut, was mich etwas kitzelt, ehe ich den Oberkörper anhebe, damit er ihn öffnen und mir ausziehen kann.

Ich zittere am ganzen Körper, weil alle Nerven zum Zerreißen gespannt sind. Ich möchte so viel mehr, aber Ian scheint es zu genießen, mich leiden zu sehen. Unsere Blicke treffen sich, als sein Kopf tiefer wandert und seine Finger mein Spitzenhöschen erreichen. Innerhalb von Sekunden ist auch dieses letzte Kleidungsstück gefallen und ich liege nun nackt vor ihm. Der Blick, mit dem er mich betrachtet, ist überwältigend und sorgt dafür, dass ich mich wie eine Göttin fühle. In seinen Augen sehe ich, dass ich alles für ihn bin, genauso wie er es für mich geworden ist.

Sein Kopf wandert tiefer und ich ergebe mich und lehne mich zurück, um endlich zu fühlen. So lange habe ich mir vorgestellt, wie es sich anfühlen würde, mit ihm zu schlafen, ihn zu spüren und die Seine zu sein. Es hat etwas Aufregendes und Erotisches, nicht zu sehen, was er an meiner empfindlichsten Stelle tut, sodass ich vor Lust zusammenzucke, als seine Zunge sich zärtlich, aber bestimmt nähert und meine pulsierende Mitte trifft. Ian lässt mir keine Zeit, zu mir zu kommen, macht weiter und stellt so herrliche Dinge mit seiner Zunge an, dass ich nicht mehr zählen kann, wie oft ich seinen Namen stöhne.

»Das ist der Himmel«, flüstert Ian und das Vibrieren seiner Stimme geht auf meinen Körper über.

»Oh«, lautet meine Antwort darauf, denn ich scheine wohl das Sprechen verlernt zu haben.

»Nie habe ich etwas Süßeres geschmeckt«, murmelt er und pustet auf meine erhitzte Haut, die mich fast über die Klippe fallen lässt. Ich keuche auf und kralle meine Finger in das Laken, sodass es mich nicht wundern würde, wenn meine Nägel es in Fetzen zerreißen. Ich bäume mich auf, als seine Zunge tiefer in mich eindringt, und ich erreiche einen Punkt, an dem ich mich nicht mehr zurückhalten kann. Sein Name dringt aus meinem Mund, als der Orgasmus wie eine Tsunamiwelle über mich hinwegrollt und alles in den Schatten stellt, was ich jemals erlebt habe.

Mein ganzer Körper bebt, als Ian sich über mich beugt und mich mit einem süffisanten Lächeln anblickt. Er wirkt stolz auf sich und bei Gott, das kann er auch sein. Ich schlinge mit einem seligen Grinsen auf den Lippen meine Arme um seinen Nacken, um ihn zu mir runterzuziehen und meine Lippen auf seine zu pressen. Ich will mehr. Nein, ich brauche mehr, sonst zergehe ich wie heißes Wachs. Er lächelt an meinen Lippen und küsst mich innig und tief.

Während wir einander kosten und diesen alles verzehrenden Kuss genießen, greift Ian zur Schublade an der Nachtkommode, um ein Kondom zu entnehmen. Ein Schauer der Vorfreude überläuft meinen Körper, als Ian es sich überzieht und sich über mir positioniert.

»Endlich«, flüstere ich, als er den Kuss beendet, um mir tief in die Augen zu sehen. Ian beugt sich vor, um mir etwas ins Ohr zu flüstern.

»Ich will dich meinen Namen schreien hören, sodass dich die gesamte Nachbarschaft hört.«

»Mir scheint, ich habe keine anderen Häuser in der unmittelbaren Gegend gesehen«, erwidere ich.

»Dann musst du wohl sehr laut stöhnen«, neckt er mich und dringt im nächsten Augenblick in mich ein. Ich kralle meine Finger in seinen Bizeps und bäume mich unter ihm auf, während wir nicht aufhören können einander anzusehen. Er gleitet aus mir, nur um erneut in mich einzudringen. Der zweite Stoß ist fester und tiefer als vorhin. Ich schreie tatsächlich seinen Namen immer und immer wieder, jedes Mal, wenn er mich ausfüllt. Seine Lippen wandern zu meiner Brust und er beginnt, an meinem Nippel zu saugen, sodass ich glaube, vor Lust zu zergehen.

Er lässt sich Zeit, mir das zu geben, was ich so dringend brauchte, von dem ich aber nicht mal wusste, dass ich es gesucht habe. Meine Finger krallen sich in sein Haar, als er den Winkel verändert und mit jedem Stoß noch ein bisschen tiefer in mich eindringt und eine Stelle erreicht, die noch nie jemand zuvor erreicht hat. Nach zwei Stößen falle ich erneut, und noch während des Höhepunkts spüre ich mit jeder Faser meines Herzens, dass ich nie wieder von ihm getrennt werden möchte.

22. KAPITEL

Ian

Eins mit Brooke zu werden habe ich mir seit unserem ersten Kuss schon öfters ausgemalt. Viele Tage und Nächte wollte ich sie einfach halten und mich in ihr verlieren. Ich habe mir überlegt, wie ich sie verwöhnen möchte, sobald sie in meinem Bett ist, doch tatsächlich mit ihr zu schlafen, hat all meine Pläne in den Schatten gestellt. Es ist, als seien wir füreinander geschaffen und wüssten genau, was der andere braucht, um zum Höhepunkt zu kommen. Brookes Brüste sind ihre erogene Zone, das habe ich sofort bemerkt, und ohne es ihr zu zeigen, hat sie meine gefunden. Als sie sich an meinem Hals zu schaffen gemacht hat, war es um mich geschehen.

Ich bin immer noch in ihr, als auch ich meinen Höhepunkt finde und kraftlos auf ihre Brust sinke. Haut an Haut, Herz an Herz liegen wir einander in den Armen und keuchen um die Wette. Es war nicht geplant, sie direkt in den ersten Minuten in mein Schlafzimmer zu führen, aber sowohl Brooke als auch ich konnten einfach nicht die Finger voneinander lassen.

Ich löse mich nur ungern von ihr, tue es aber, um das Kondom zu entsorgen. Als ich aus dem angrenzenden Badezimmer komme, erwische ich Brooke dabei, wie sie gedankenverloren an die Decke starrt, ein seliges Lächeln auf den Lippen. Sie hat die Arme ausgestreckt und scheint von innen heraus zu strahlen. *Covered in Silk* kommt mir in den Sinn, wenn ich diesen Moment beschreiben müsste, und auf einmal ist der Drang, eine Gitarre in die Hand zu nehmen und zu spielen, übermächtig. Das letzte Mal, dass ich so dringend einen Song schreiben wollte, war damals vor Quinns Hochzeit. Ich mag noch weit entfernt davon sein, tatsächlich wieder ein Instrument spielen zu können. Doch allein den Wunsch zu verspüren, dies zu tun, ist doch schon ein Schritt in die richtige Richtung.

Ich lege mich neben Brooke und ziehe sie an meine Brust, um sie im Arm zu halten und tief ihren Duft einzuatmen. »Ist alles in Ordnung? Du bist so still«, sage ich in die Stille hinein. Sie stützt sich auf meiner Brust ab und blickt mich mit einem glücklichen Gesichtsausdruck an.

»Ich verarbeite noch immer, was gerade geschehen ist.«

»Und dafür brauchst du länger, weil?«

»Na ja, da ich über zwei Jahre keinen Sex hatte, ist das alles wieder neu für mich.«

»Wie bitte? Du bist doch erst seit einem halben Jahr geschieden.«

»Ja schon, aber Gary wollte schon länger keinen Sex mehr mit mir haben. Er hatte wohl die Lust auf mich verloren.«

»Unfassbar«, murmle ich und streichle ihren Oberarm auf und ab.

»Ich will nicht über ihn reden. Was ich meinte war einfach, dass Sex mit dir sich für mich wie mein erstes Mal angefühlt hat. Es war vollkommen, und ich habe mich noch nie sicherer gefühlt.«

»Jetzt ist es wohl an dir, die süßesten Dinge zu sagen, oder?«, flüstere ich mit einem Kloß im Hals, auch wenn ich ihre Gefühle teile. Für mich war es ebenfalls mein erstes Mal mit einer Frau, die ich tatsächlich liebe. Und ich will es immer wieder und wieder tun.

»Ich kann auch aufhören, wenn du willst«, neckt sie mich, neigt dann den Kopf, um mich auf die Nasenspitze zu küssen.

»Niemals. Hör niemals auf, okay?«, sage ich, doch meine Worte haben eine tiefere Bedeutung. Tief in meinem Inneren will ich, dass sie niemals aufhört, mich zu lieben, denn die Gefühle, die ich gerade empfinde, möchte ich für immer bewahren.

Eine halbe Stunde später sind wir in der Küche und machen uns über die Sandwiches her, die Roberta für uns vorbereitet hat. »Das heißt, deine Haushälterin ist auch deine Köchin, Gärtnerin und Haussitterin?«, fragt sie mich kauend.

»Genau. Roberta wohnt nicht weit von hier entfernt und arbeitete an einer Tankstelle, an der ich zufällig war. Als ich an der Kasse stand, kam ihr Sohn gerade von der Schule und bat um etwas Geld, damit er sich etwas zu essen kaufen konnte. Der Inhaber der Tankstelle hat ihn für ein Kind von der Straße gehalten und ihn zur Schnecke gemacht, obwohl Roberta beteuerte, dass er ihr Sohn war. Doch es brachte nichts, er hat all seinen Frust einfach an dem armen Jungen ausgelassen. Als ich bezahlt habe, gab ich ihr meine Karte, mit der Bitte sich bei mir zu melden, wenn sie einen neuen Job brauchte. Es mag ungewöhnlich sein, einer unbekannten Person einfach spontan einen Job anzubieten, aber dass ihr Sohn und sie so wenig Respekt von ihrem Boss erfahren haben, hat mich so unglaublich wütend und zugleich traurig gemacht.«

»Hat sie sich sofort gemeldet?«

»Es hat zwei Wochen gedauert, bevor sie mich angerufen hat. Sie dachte, meine Karte sei ein Scherz, doch dann hat sie mich gegoogelt und festgestellt, dass ich tatsächlich der Mann war, der ihr die Visitenkarte überreicht hat. Ich war schon länger auf der Suche nach einer Haushälterin und traf mich mit ihr. Roberta ist alleinerziehende Mutter von zwei Söhnen und musste zwei Jobs auf einmal stemmen, um über die Runden zu kommen. Nach unserem zweiten Treffen war für mich klar, dass sie die Richtige für den Job war. Ich zahle ihr mehr als doppelt so viel wie in der Branche üblich und habe einen Collegefond für Jeremiah und Jacob eingerichtet, auf den ihre Mom Zugriff hat, sobald sie achtzehn sind.«

»Wow, das muss sie doch überglücklich machen.«

»Sie weiß nichts davon. Ich will sie überraschen. Roberta ist eine Frau, die ihr Herz auf der Zunge trägt und in ihrem Leben viel durchmachen musste. Trotz der vielen Jobs hat sie ihre Kinder wohl erzogen und sie kümmert sich so liebevoll um das Haus und den Garten, dass ich ihr einfach etwas zurückgeben möchte.« Brooke hört auf zu kauen und blickt mich aus großen Augen an.

»Was ist?«, frage ich, weil ich nicht weiß, wieso sie plötzlich sprachlos ist.

»Ist dir eigentlich bewusst, was für ein guter Mensch du bist?«

»Du übertreibst. Ich versuche einfach zu helfen«, sage ich und werde tatsächlich verlegen.

»Tue ich nicht. Mancher Prominente würde Roberta etwas Geld geben und das war's, aber du sorgst für ihre Jungs vor, und das würde nicht jeder tun. Glaub mir, ich kenne mich da aus. Ich habe viel mit dem Jugendamt zu tun und eine gute Freundin von mir hat mir einige Horrorgeschichten erzählt. Von Müttern und Kindern, die vor dem Nichts stehen. Die niemanden haben, der ihnen helfen kann. Auch Roberta hätte eine dieser Frauen sein können, aber du hast sie davor bewahrt.«

»Vielleicht hast du recht. Von diesem Standpunkt aus habe ich es noch nie betrachtet.«

»Halt dich an mich, und ich öffne dir bei vielen Dingen die Augen«, meint sie kichernd und räumt den leeren Teller in den Geschirrspüler. Da Roberta nicht wusste, wann wir ankommen würden, hat sie uns schon das Fleisch mariniert, das ich heute Abend zum Grillen brauche.

»Das tust du wirklich«, sage ich und ziehe sie auf meinen Schoß, als sie sich mir annähert. Sie quiekt vor Überraschung auf, wehrt sich aber nicht, als ich sie dicht an mich ziehe. Sie umfasst mein Gesicht und küsst mich leidenschaftlich. Sofort bin ich Feuer und Flamme, dort weiterzumachen, wo wir vorhin aufgehört haben. Doch ich habe sie nicht nur dafür hierhergebracht.

»So gerne ich dich erneut meinen Namen seufzen hören möchte, habe ich einiges für dieses Wochenende geplant.«

»Ach ja? Ein reines Sexwochenende wäre völlig okay für mich«, meint sie und der flirtende Unterton lässt sie noch jünger wirken.

»Uff, sag so was nicht, denn ein Teil von mir will dich wieder ins Schlafzimmer tragen und viele Dinge mit dir anstellen. Doch mir gehört nicht nur das Haus, sondern auch der Wald, und es gibt einige Orte, die ich dir zeigen möchte.«

»Na gut, egal was wir tun, solange du bei mir bist, bin ich überglücklich«, sagt sie seufzend und küsst meine Nasenspitze, ehe sie aufsteht. Erst als sie ein paar Schritte von mir entfernt ist, bleibt sie abrupt stehen und dreht sich energisch zu mir um.

»Mist. Für Außenaktivitäten bin ich wohl nicht angemessen gekleidet«, meint sie und blickt an sich herab.

»Darüber brauchst du dir keine Sorgen machen. Savannah hat eine Tasche für dich gepackt und sie mir heimlich zugesteckt.«

»Sie hat was? Wie konnte sie das tun, ohne dass ich es bemerke?«

»Ich schätze, das war wohl Athinas Werk, die die Aufgabe hatte, dich abzulenken, bevor ich geklingelt habe.«

»Ihr drei seid echt unmöglich.«

»Ich bin eben gut organisiert, also schwing deinen knackigen Hintern in eine Hose und deine hübschen Füße in Wanderschuhe.«

»Pass auf, hier wird der Weg ziemlich schmal. Nimm lieber meine Hand, damit du nicht stolperst!«, weise ich Brooke an und verschränke ihre Finger mit meinen. Ich habe ihr die weitläufige Terrasse und den angrenzenden Naturpool gezeigt. Er sieht aus wie ein Teich, doch das Wasser ist frei von Fischen oder Algen, es ist glasklar. Danach haben wir die Grünfläche hinter dem Haus passiert, die an den Seiten mit Blumen gesäumt ist. Auf dem Rasen befindet sich zwar außer ein paar Dekofiguren und einer Sitzecke nichts, doch seit ich von der Schwangerschaft von Courtney wusste, hatte ich den Plan, hier einen Naturspielplatz errichten zu lassen. Jetzt, wo sich die Dinge geändert haben, werde ich wohl damit warten müssen.

Wir gehen den Weg, der vom Anwesen wegführt und tiefer in den Wald reicht. Als wir an dem Holzstamm vorbeigehen, an dem ich immer mein Feuerholz hacke, dreht sich Brooke zu mir um.

»Bitte sag mir, dass du hier mit nacktem Oberkörper Holz hackst, während deine Schweißperlen das Sonnenlicht reflektieren und das Haar an deinem heißen Körper klebt«, meint sie, und es wirkt, als sei sie in einem Tagtraum gefangen.

»Du hast eine blühende Fantasie. Aber es stimmt: Ich ziehe meist mein Shirt aus, wenn ich draußen arbeite, aber leider gab es bis jetzt niemanden, der mich dabei anschmachten konnte.«

»Hast du keine Frauen mit hierhergenommen?«

»Nein, abgesehen von meiner Familie und meinen engsten Freunden bist du die erste. Das Haus und alles drum herum sind mein Heiligtum, mein Ort der Ruhe, und wenn ich jemanden hierher mitnehme, dann muss mir diese Person viel bedeuten. Es hat sich bis jetzt nie ergeben, und ich bin froh, dass du die erste Frau bist.«

»Ich auch. Die Gegend und das Haus sind wunderschön. Man merkt, dass jede Ecke mit Liebe gestaltet und geplant wurde. Auch wenn ich keine Ahnung habe, wie ein Rockstar lebt, kann ich mir schon vorstellen, wie sehr du dich nach Ruhe und Beständigkeit sehnst, wenn du ständig von einem Ort zum anderen jetten musst.«

»Das Reisen mag ich am wenigsten an meinem Job. Es ist immer dasselbe Prozedere und einfach anstrengend. Rein in die Halle, vorbei am eigentlichen Geschehen in den Privatjet und dann der vergebliche Versuch, etwas Schlaf nachzuholen, was aber doch nicht funktionieren will.«

»Wieso? Kannst du während des Fliegens nicht schlafen?«

»Ich kann generell nicht im Sitzen schlafen und auch nicht, wenn ich halb liege. Ich brauche eine Matratze unter mir, ein Kissen und eine Decke und erst dann kann ich wirklich tief und fest schlafen.«

»Ich kann immer und überall schlafen. Egal in welcher Position. Ich wünschte, ich könnte mein Talent auf dich übertragen«, sagt sie und bringt mich damit zum Lachen.

»Das wäre der Idealfall, aber das macht nichts. Auch wenn mich mein Beruf viel Kraft kostet, gibt er mir so viel zurück. Ich bin finanziell unabhängig und berühre mit meinen Melodien und Worten so viele Herzen. Auch wenn ich manchmal das Gefühl hatte, meine Seele in der Einsamkeit zu verlieren, sehe ich jetzt ein, dass mich all das nur zu dir geleitet hat.«

»*God bless the broken road*«, zitiert Brooke den Song von den *Rascall Flatts*, der unsere Liebe wohl am besten beschreibt.

»Wusstest du, dass dieser Song das beliebteste Hochzeitslied in den Südstaaten ist?«, frage ich und streiche einen Ast zur Seite.

»Nein, obwohl es mich nicht verwundert. Das ist ein Song über jemanden, der trotz vieler Hürden und eines steinigen Weges die Person seines Lebens gefunden hat. Wenn das nicht ein perfekter Hochzeitssong ist, was dann?«

»Unsere Songs werden auch auf Feiern gespielt, doch unsere Balladen können es nicht mit dem Lied aufnehmen, das die Band für immer berühmt gemacht hat.« Wir gehen noch ein paar Schritte und sind dann endlich am ersten Ziel angelangt. Der Badesee, den ich habe anlegen lassen, ist klein gehalten und wirkt eher wie ein sehr großer Teich als ein richtiger See, aber ich wollte neben dem Pool auch noch eine Naturbadestelle haben.

»Wow, wie cool«, haucht Brooke fasziniert und bewegt sich auf meine Holzhütte zu, die von außen alt aussieht. Das Innere vermittelt aber eher ein Glamping-Gefühl. Für das Innere habe ich eine Holzküche zimmern lassen, die sich perfekt in den kleinen Raum eingliedert. Darüber hinaus befinden sich drinnen ein Fernseher, viele Sitzgelegenheiten, ein kleines Bad und drei kleine Schlafzimmer, vor dem Eingang befindet sich eine Holzterrasse mit zwei Bänken und einem Tisch, perfekt ausgerichtet, um den See betrachten und ein wenig meditieren zu können.

»So viel Platz. Es ist wunderschön hier. Wenn nicht so viele Insekten hier wären, würde ich vor Staunen einfach nur mit offenem Mund rumlaufen.«

»Auf Außenstehende muss mein Zuhause wohl imposant wirken. Für mich stand im Mittelpunkt, eins mit der Natur zu werden und viele Möglichkeiten zu haben, sich draußen zu beschäftigen.«

»Hier kann man sicher viel Zeit verbringen. Athina würde man gar nicht mehr aus dem Wasser herausbekommen.«

»Aber es gibt noch mehr.«

»Mehr?«, fragt sie begeistert.

»Ja, viel mehr«, gebe ich zu und bade mich in ihrem Lächeln, das nicht nur mein Herz erwärmt, sondern meine Seele berührt.

23. KAPITEL

Brooke

Der Geruch von gebratenem Fleisch breitet sich auf der Terrasse aus, während ich über Videochat mit meiner Familie telefoniere. Ich sitze auf einem gepolsterten Gartenstuhl und sehe meinen Familienmitgliedern dabei zu, wie sie sich alle vor die Kamera zwängen wollen. Innerlich seufze ich auf und vergewissere mich mit einem Blick über die Schulter, ob Ian außer Hörweite ist. Schließlich muss er das Verhör nicht unbedingt mitbekommen.

»Wieso bist du eigentlich schon so früh bei Grandma und Grandpa?«, frage ich, da ich dachte, dass Grandpa sie erst am Abend abholen würde.

»Giagiá hat Moussaka gemacht und damit wir gemeinsam essen können, hat sie Savannah und mich zum Essen eingeladen.«

»Mach dir um deine Tochter keine Sorgen, mein Kind. Wir kümmern uns gut um sie, schau du lieber, dass du dich umziehst.« Verwirrt blicke ich an mir herab. Ich trage ein einfaches hellblaues Baumwollshirt mit halblangen Ärmeln und verstehe nicht, was sie meint.

»Wieso sollte ich meine Kleidung wechseln?«

»Der V-Ausschnitt ist zu züchtig. Zeig ein wenig Haut, wenn du dir Ian schnappen willst.«

»Giagiá! Was redest du da? Grandpa, hörst du das?«

»Sie hat schon recht, mein Schatz. Leg dich ins Zeug, wenn du ihn für dich gewinnen willst.«

»Ich muss mich nicht sexy anziehen, damit sich Ian in mich verliebt.«

»Wer muss sich heiß anziehen?«, fragt mein Dad, der wohl jetzt erst das Wohnzimmer betreten hat. Lieber Gott, nicht er auch noch.

»Deine Tochter«, setzt ihn mein Bruder Aris in Kenntnis. *Das ist toll!* Wirklich toll, dass mein Liebesleben das Gesprächsthema Nummer eins ist.

»Was? Wozu denn?«

»Um unseren Rockstar Ian Millard zu verführen«, fügt nun zu allem Überfluss meine Mutter hinzu, die natürlich auf der Seite von Giagiá ist.

»Können wir bitte das Thema wechseln? Ich habe angerufen, um mich zu vergewissern, dass es euch gut geht und Athina artig ist.«

»Du weißt, dass sie immer ein Engel ist und braver, als du es je gewesen bist, aber wir müssen wissen, wie es um euch steht. Seid ihr zusammen?«, fragt meine Großmutter, und ich sehe förmlich durch das Smartphone, wie alle ihre Ohren spitzen.

»Das ist eine ziemlich persönliche Frage und keine, die ich übers Smartphone beantworten möchte.« Daraufhin höre ich griechische Schimpfwörter, kann sie aber niemandem genau zuordnen.

»Wieso die Geheimnistuerei? Ist es, weil er berühmt ist?«

»Um Himmels willen, er könnte euch hören. Können wir darüber reden, wenn wir uns wiedersehen?«

»Könnten wir, aber wir sind nicht wirklich geduldig«, höre ich Melina rufen.

»Oh Mann! Ja, okay! Ich bin in ihn verliebt, und wir sind zusammen. So, seid ihr jetzt zufrieden?«

»Du liebst ihn?«, fragt meine Mutter mit großen Augen. Mittlerweile haben sich fast alle Familienmitglieder vor dem Smartphone versammelt, sodass ich meine Tochter kaum noch sehen kann. Ich will antworten und hole Luft, als ich Ian erkenne, der nur ein paar Schritte von mir entfernt steht, ein Grillbesteck in der Hand. Er muss wohl mein Gespräch mit angehört haben, oder zumindest den letzten Teil, denn auch seine Augen haben sich geweitet. Wir haben unsere Beziehung bis jetzt nicht wirklich benannt, aber ich mache kein Geheimnis daraus, dass ich ihn in meinem Leben will. Ich möchte für immer mit ihm zusammen sein, auch wenn es aufgrund seines Berufs schwierig für uns sein wird.

»Ich liebe Ian«, flüstere ich, woraufhin er mit einem breiten Lächeln im Gesicht näher kommt.

»Na endlich! Costa! Hol den Ouzo!«, höre ich meine Großmutter rufen, doch ich sehe nur Ian, der langsam auf mich zukommt.

»Antio«, flüstere ich zum Abschied und warte keine Antwort ab, sondern lege einfach auf. Mein Herz hämmert wild gegen meine Brust, als Ian vor mir in die Hocke geht und das Grillbesteck auf den Boden legt. Jetzt scheint nichts wichtiger zu sein als er und ich.

»War das okay? Immerhin haben wir uns keinen Status oder so verpasst. Du bist ein Rockstar und eine Freundin würde deine Beliebtheit eindämmen, was ich natürlich nicht will. Ich kann mir nur vage vorstellen, wie das im Showbiz so abläuft, aber es wird sicher nicht leicht«, brabble ich vor lauter Nervosität drauflos. Ian sieht mich einfach an, ohne etwas dazu zu sagen, was mich um den Verstand bringt.

»Wir brauchen keinen Status«, raunt er, als ich schon glaube, mit meiner Aussage einen Keil zwischen uns getrieben zu haben.

»Ich liebe meine Fans, aber sie haben kein Recht, über mein Privatleben zu bestimmen. Du und ich werden hoffentlich für immer zusammen sein, und kein Showbiz der Welt wird das verhindern können.«

»Ich habe es meiner Familie nur gesagt, weil sie keine Ruhe geben wollten. Eigentlich wollte ich das vorher mit dir besprechen. Ich hoffe, du hältst mich jetzt nicht für eine Klette.«

»Das würde ich niemals von dir denken. Du hast mich nicht einmal erkannt und bist noch immer dieselbe Person, die ich kennengelernt habe. Es freut mich, dass du es deiner Familie gesagt hast und dass es sie freut. Du und Athina seid nun Teil meiner Familie und ich hoffe, dass ich euch gerecht werden kann.« Ich greife nach seinem T-Shirt und ziehe ihn zu mir, sodass sein Mund nur ein paar Millimeter von meinem entfernt ist. Ich blicke ihm tief in die Augen, bevor ich meinen Mund sanft auf seinen lege. Dieser Kuss ist so viel mehr als eine Liebesbekundung, er ist ein Siegel und der Startschuss für unsere Beziehung.

»Das war so was von lecker.«

»Mein Dad hat mir beigebracht, Fleisch richtig anzubraten. Er wird in unserer Familie als der Grillgott bezeichnet.«

»Siehst du deine Eltern oft?«, frage ich und lehne mich auf dem Außensofa zurück. Ich schwenke mein Weinglas in der Hand, das mit leckerem Weißwein gefüllt ist.

»Nicht so oft, wie ich es gerne hätte. Jetzt touren wir nicht mehr und sollten an unserm Studioalbum arbeiten, sodass ich länger als sonst in New York bin. Doch meine Eltern leben in den Hamptons und meiden die Stadt eher. Aber wir telefonieren täglich miteinander, das tun wir eigentlich seit dem Überfall.

»Überfall?«

»Ach ja, du weißt nichts von der Adoption.«

»Ich weiß nur, dass Quinn, Hayden und du von den Millards adoptiert wurdet. Das wars.«

»Meine Eltern wurden von zwei Gangstern überfallen, und wir retteten sie, doch im Handgemenge wurden Mom und Quinn verletzt. So schlimm es auch war, bin ich froh darüber, dass beide länger im Krankenhaus geblieben sind, denn so konnten wir uns mit den Millards anfreunden. Einen Monat später wurden wir von ihnen adoptiert.«

»Wie schön. Das ist eine herzergreifende Geschichte. Jedes Mal wenn ich höre, dass ältere Kinder adoptiert wurden, erfüllt mich das mit Freude. Viele meiner Kinder warten noch auf ihre Familie, aber deine Geschichte macht mir und auch meinen Kids mit Sicherheit Hoffnung, dass sie auch als Teenies adoptiert werden können.« Die Frage, wie er überhaupt im Waisenheim gelandet ist, brennt mir auf der Zunge, aber ich werde die Letzte sein, die ihn drängt. Ian hat sich mir bis jetzt immer mitgeteilt, wenn er bereit war. Er weiß, dass ich hier sein werde, wenn er reden will.

»Möchtest du noch etwas Käse und Trauben?«, fragt mich dieser unglaubliche Mann und deutet mit einem Nicken auf die Snacks, die auf dem Tisch ausgebreitet sind.

»Nein, danke, ich bin satt und könnte keinen Bissen mehr runterbekommen.« Ich blicke hinauf zu den Sternen und genieße die Geräusche der Natur. Das Zirpen der Grillen, den leichten Wind, der durch die Blätter rauscht, das Knistern der Feuerschale. Ich fühle mich so gut wie noch niemals zuvor. Endlich habe ich mein chaotisches Leben nach der Scheidung sortiert, habe eine tolle Beziehung zu meiner Tochter und habe mich unsterblich in einen Mann verliebt, der perfekter nicht sein könnte.

»Was geht in deinem hübschen Kopf vor?«, fragt Ian mich,

sodass ich den Blick vom Nachthimmel abwende und feststelle, dass Ian mir näher gekommen ist und nun direkt neben mir sitzt. Er hat den Ellbogen auf der Sofalehne abgestützt und sein Kinn auf seine Handfläche gebettet. Trotz des Barts und der halblangen Haare sieht er nun viel jünger aus.

»Ich denke daran, wie glücklich ich bin. Vor einem halben Jahr war ich ein Wrack, drohte, in den Trümmern meiner Ehe zu ersticken. Nun bin ich aufgeblüht und zufrieden mit meinem Leben.«

»Du hast alles Glück der Welt verdient, nach dem, was du durchgemacht hast.«

»Ja, meine Ehe war eine Katastrophe und seit der Geburt von Athina zum Scheitern verurteilt gewesen, aber ich wollte kämpfen, auch wenn es vergebens gewesen ist. Aber es gibt genug andere Frauen, die Schlimmeres als ich erleiden mussten. Der steinige Weg hat mich zu dir geführt. Wo wir nun wieder beim Song der Racall Flats wären.«

»Haben wir nun einen Song?«, fragt er mich und streicht mir mit seinen Fingern eine Haarsträhne zur Seite.

»Viele Paare finden auch nach vielen Jahren keinen Song, der ihre Beziehung beschreiben würde. Wir hatten einen Song noch bevor wir offiziell zusammenkamen.«

»Das macht es umso besonderer.« Ian greift in seine Hosentasche und kramt sein Smartphone hervor, er tippt darauf herum, als auch schon die Klavierklänge von *Bless the broken road* erklingen. Er legt das Handy auf den Tisch vor uns ab und reicht mir seine Hand.

»Lust auf unseren ersten gemeinsamen Tanz zu unserem Song?«, fragt er mich mit dieser verführerischen Stimme, mit der er mich dazu bringen könnte, alles für ihn zu tun.

»Natürlich. Wie könnte ich da Nein sagen?«, antworte ich und lege meine Hand in seine. Ian zieht mich an seine Brust, die herrlich nach einer Mischung aus Waldluft und seinem eigenen Geruch riecht, den ich überall wiedererkennen würde. Ich blicke von seiner breiten Brust hinauf zu seinem Hals über seinen Kiefer in sein Gesicht. Er mustert mich still. Durch die Terrassenbeleuchtung erkenne ich jeden Winkel seines wunderschönen Gesichts und finde alles, was ich erblicke, attraktiv.

Wir bewegen uns zur Musik und tanzen unter den Sternen zu unserem Lied, an unserem ersten gemeinsamen Wochenende und auch, wenn ich anfangs nervös war, mit ihm alleine zu sein, könnte ich es mir nun nicht mehr anders vorstellen. Er wirbelt mich herum, sodass ich lachen muss, und zieht mich wieder an seine Brust. Seine Hand liegt auf meiner Wange, als er innehält und mir einen Kuss stiehlt der jeden Filmkuss in den Schatten stellen würde. Er blinzelt, als er sich von mir löst und mir so tief in die Augen sieht, dass es sich so anfühlt, als blicke er direkt in mein Herz.

»Danke, dass du in mein Leben getreten bist und mich gerettet hast«, flüstert er, ehe er mich erneut küsst und mich damit zur glücklichsten Frau der Welt macht.

24. KAPITEL

Ian

»Viel Kraft für heute«, meint Brooke und erdet mich mit ihrer sanften Stimme.

»Danke, es wird langsam Zeit. In den letzten Monaten habe ich sie immer von mir gestoßen, wenn sie tiefer gegraben haben, weil ich nicht anders konnte. Dabei haben sie es nur gut gemeint, und trotzdem habe ich sie nicht an mich rangelassen. Jetzt ist es an mir, sie um Verzeihung zu bitten und zu hoffen, dass sie meine Beweggründe verstehen können.«

»Sie werden dir vergeben, weil sie dich lieben. Glaubst du, sie haben dir ein Ultimatum gestellt, weil sie dich hassen? Nein, sie wollten dich damit nur wachrütteln.«

»Und es ist ihnen zum Teil auch gelungen. Den anderen Part hast du übernommen.«

»Dieses Lob kannst du nur dir selbst geben. Ich war da und habe dir mein Herz geschenkt, den Weg zurück ins Leben hast du ganz allein gefunden.«

»Ian!«, ruft eine Stimme und lenkt meine Aufmerksamkeit zu meiner Wohnungstür, wo Hayden und Tori gerade angekommen sind und auf mich warten.

»Mein Bruder ist da. Ich muss Schluss machen. Hören wir uns später?«

»Klar, ich bin immer erreichbar, wenn du mich brauchst.«

»Danke. Bye.« Ich stecke das Smartphone weg und gehe auf

Tori zu, um sie als Erste zu begrüßen, ehe ich Hayden in eine brüderliche Umarmung ziehe. In letzter Zeit kreisten alle meine Gedanken um Brooke, sodass ich das Gefühl habe, meine Familie ewig nicht mehr gesehen zu haben.

»Kommt rein«, sage ich, als ich die Tür öffne und ihnen den Vortritt lasse.

»Danke, hast du Mineralwasser da?«, fragt Hayden, wobei Tori die Nase rümpft. Sie ist diejenige, die das Wasser still trinkt und kein Sprudelwasser mag. Ich bin so froh, dass sie und Hayden zusammengekommen sind. Sie und Hayden sind noch nicht verheiratet, aber sie gehört auch ohne Trauschein zu unserer Familie.

Innerhalb von zwanzig Minuten ist meine Wohnung in Manhattan voll mit all den Menschen, die mir die Welt bedeuten. Die Bandmitglieder und Sly sitzen auf der einen Seite der Couch. Quinn, Jackson und Mom auf der anderen, während Hayden es sich auf dem Ohrensessel gemütlich gemacht und Tori auf seinen Schoß gezogen hat. Dad steht neben der Kücheninsel und sieht so aus, als müsse er sich für das wappnen, was ich zu erzählen habe.

Sie alle blicken mich gespannt an, während ich doch etwas nervös hin und her gehe. Jetzt zu sitzen wäre ein Ding der Unmöglichkeit. Ich schließe für einen Moment die Augen und atme tief ein und aus. Dabei sehe ich wieder das Gesicht meiner toten Tochter vor mir. Da Courtney das Baby in der vierundzwanzigsten Woche verloren hat, war Faith zwar nicht größer als meine Hand, aber ihre Gesichtszüge werde ich mein Leben lang nicht vergessen können. Ich muss über sie sprechen, denn das hat sie verdient. Sie hat es verdient, dass ihre Großeltern, Onkel und Tanten ihre Geschichte kennen, egal wie tragisch sie ist.

»Also«, setze ich an und beginne von den prägendsten Momenten in meinem Leben zu erzählen. Davon, wie ich Courtney kennengelernt habe, wie sie vor ihrem gewalttätigen Ex geflohen ist, unserem One-Night-Stand und der darauffolgenden Schwangerschaft. Niemand redet dazwischen, als ich ihnen von der freundschaftlichen Beziehung zwischen Court und mir erzähle. Doch sie schnappen alle nach Luft, als ich ihnen von dem Vorfall erzähle, dem Tag, an dem wir Faith für immer verloren haben.

»Oh mein Gott«, haucht meine Mom und beginnt zu weinen. Mein Dad nimmt sie sofort in den Arm und schluckt ebenfalls schwer.

»Der Moment, als ich ihren toten Körper gesehen habe, war der schlimmste und auch der schönste für mich. Ich konnte sie sehen und mich verabschieden, auch wenn es mir das Herz gebrochen hat. Danach sah ich nur noch Faith und konnte mit dem Verlust nicht umgehen. Ich wollte nur noch den Schmerz betäuben.« Nun ist es an mir, den Tränen freien Lauf zu lassen, auch wenn ich sie stumm vergieße. Kein Schluchzer entweicht meiner Kehle, doch ich spüre die Nässe auf meinen Wangen, die sich in meinem Bart verliert.

»Bevor ich Faith verlor, habe ich einen Song für sie geschrieben.« Ein Zischen entweicht Seths Kehle, ehe er sich durchs Haar fährt.

»Deswegen konntest du nicht singen oder spielen«, schlussfolgert Kian und fährt sich mit der Hand übers Kinn. Die Mienen meiner Familie sind traurig und düster, was wohl ein Spiegelbild meines eigenen Gesichtsausdrucks sein muss. Ich nicke.

»Auch wenn ich mich euch jetzt öffne, heißt das nicht, dass ich sofort wieder singen oder ein Instrument spielen kann. Ich werde eine Weile brauchen, um zu heilen und wieder zu mir selbst zu finden, aber es ist an der Zeit, euch den Grund für meine Handlungen und Launen zu nennen. Jeder von euch wollte mir auf die eine oder andere Weise helfen, und es tut mir sehr leid, dass ich euch von mir gestoßen habe. Aber vor ein paar Wochen war ich nicht ich selbst. Sondern nur die Hülle von dem, was ich einmal gewesen bin. Mit Faiths Beerdigung ist auch ein Teil von mir selbst unter die Erde gekommen.« Ich wische mir die Tränen aus dem Gesicht und blicke jedem Einzelnen in die Augen. Die Erinnerung an die Beerdigung, den kleinen Sarg, die Tatsache, dass niemand außer Courtney und mir anwesend war. All die Emotionen holen mich ein.

»Es tut mir so leid«, flüstere ich, ehe ich zusammenbreche, vor allen auf die Knie sinke und endlich loslasse. Ich lasse den Schmerz zu, der mir die Luft zum Atmen raubt, lasse die Mauern zusammenfallen, die mich von den anderen abgeschirmt hatten. Ich entschuldige mich immer und immer wieder. Dafür, dass ich mich abgeschottet habe, dafür, dass ich eine Enttäuschung für die Menschen in meinem Leben bin. Ich entschuldige mich bei Faith, weil ich sie nicht retten konnte und bei Courtney, die ich hätte beschützen sollen.

Ich spüre Arme um mich herum. Auch wenn mein Gesicht zwischen meinen Knien ruht, spüre ich, dass alle an meiner Seite sind und mit mir mitleiden, weiß, dass sie mein Verhalten nun etwas besser verstehen, und doch tut es höllisch weh, auch wenn ich mir alles von der Seele geredet habe. Irgendwann sind auch meine Tränen versiegt, doch die Arme um mich herum bleiben bestehen. Als ich blinzelnd den Kopf hebe, sind alle meine Familienmitglieder da. Alle haben verquollene Augen, und doch lächeln sie mich mitfühlend an. Anfangs dachte ich, dass ich kein Mitgefühl bräuchte, dass es nichts einfacher machen würde, doch ich lag falsch. Denn es schenkt mir die Kraft, aufzustehen.

Nach meinem Zusammenbruch ist es eine Weile still, ehe Hayden die Stille durchbricht. »Dürfen wir Faiths Grab besuchen?«, fragt er vorsichtig und legt eine Hand auf meine Schulter. Ich selbst habe es nie wieder besucht, doch jetzt ist der Gedanke daran nicht mehr so beängstigend wie noch vor ein paar Wochen.

»Natürlich. Sie würde sich sicher freuen«, antworte ich und schlucke den schweren Kloß in meinem Hals runter. Ich setze mich auf das Sofa und greife nach meiner Wasserflasche, um einen großen Schluck zu trinken. Meine Mom ist sofort an meiner Seite und zieht mich in die Art von Umarmung, die nur eine Mutter geben kann. Eine Umarmung, die dein Herz und deine Seele berührt und den Schmerz in deinem Inneren etwas lindert.

»Das sollte hier jetzt kein Heulkonzert werden«, sage ich, nachdem ich mich von ihr gelöst habe.

»Du kannst nicht erwarten, dass deine Geschichte und dein Verlust spurlos an uns vorbeigehen«, sagt Seth und schwenkt sein Glas in der Hand.

»Ich weiß, und ich bin dankbar dafür, dass ihr hier seid.«

»Jetzt haben wir natürlich ein schlechtes Gewissen, weil wir dir ein Ultimatum gestellt haben«, sagt Sly und sieht beschämt zu Boden.

»Ihr konntet es nicht wissen, und ich wollte auch nicht, dass ihr es erfahrt. Das alles ist meine Schuld und Teil meines Heilungsprozesses. Dass ich euch von allem erzählt habe, kann mir nur helfen.«

»Wieso sagst du es uns gerade jetzt?«, will Dad wissen. »Ich meine, versteh mich nicht falsch, ich bin froh, dass du uns eingeweiht hast. Aber ich frage mich, was der Auslöser war, dass du uns jetzt alles erzählst.«

»Eigentlich seid ihr die Zweiten, die es erfahren. Nachdem ich einer Panikattacke nahe war und aus dem Studio geflohen bin, habe ich mich Brooke anvertraut.«

»Die Frau von deinem Kaffeedate?«, fragt Lewis neugierig.

»Sie ist seine Freundin«, antwortet Quinn, als gäbe es keinen Zweifel daran, dass sie zu mir gehört.

»Du bist mit ihr zusammen?«, fragt Seth ungläubig, was ich ihm nicht verübeln kann. Immerhin hatte ich noch nie eine Freundin oder jemanden, der nur im Entferntesten diese Bezeichnung verdient hätte.

»Seit Kurzem, ja.«

»Und du vertraust ihr so sehr, dass du ihr alles erzählst?«, fragt Mom ergriffen und beginnt erneut stumm zu weinen.

»Das tue ich. Sie ist ein wunderbarer Mensch und hat viel dazu beigetragen, dass ich jetzt vor euch stehe und euch in alles einweihe.«

»Auch wenn alles schlimm gelaufen ist, hast du doch die Liebe für dich gefunden«, meint Jackson nachdenklich und hat auf die eine oder andere Weise recht.

»Ihr werdet sie bald kennenlernen.«

»Alles zu seiner Zeit, mein Sohn«, meint Dad und schenkt mir ein warmes Lächeln.

»Das Wichtigste ist jetzt, dass du wieder auf die Beine kommst. Alles andere kann warten«, sagt Hayden und lächelt mich aufmunternd an.

»Genau, jetzt wo wir wissen, was tatsächlich mit dir los war, haben wir auch Verständnis für deine Lage. Vorher dachten wir einfach, dass du den Rebell raushängen lässt und der Ruhm dich mürbe gemacht hat«, meint Kian und hat auch recht mit seiner Vermutung.

»Auch das stimmt zum Teil. Die Auftritte in der Öffentlichkeit, das ständige Herumreisen und die Einsamkeit, die dieser Beruf mit sich bringt, haben meine Situation verschärft. Anstatt mich mit meinen Problemen auseinanderzusetzen habe ich es leichter gefunden, um mich zu schlagen und alle abzuwehren.«

»Du hast randaliert wie ein verdammter Teenager«, wirft Sly mit einem Grinsen ein, obwohl das eigentlich eine traurige Tatsache und eher zum Weinen ist. In Anwesenheit meiner Lieben lasse ich jetzt die Mauern fallen und rede mir alles von der Seele, egal wie peinlich es vielleicht sein mag. Ich möchte reinen Tisch machen und völlig neu beginnen.

»Und ich bin nicht stolz drauf. Ich war ein närrisches Kind, das dachte, Geld könne alle Probleme aus der Welt schaffen, aber als ich erfuhr, dass ich Vater werden würde, bin auch ich auf die eine oder andere Weise erwachsen geworden. Ich wollte Faith ein guter Vater und ein Vorbild sein, weshalb ich mich zusammengerissen habe. Oder es zumindest versucht habe.«

»Niemand konnte ahnen, was passieren würde. Ich hoffe, du gibst dir nicht die Schuld?«, will meine Mom wissen.

»Anfangs schon. Die ›Was-wäre-wenn‹-Fragen haben mich fertiggemacht, und je mehr ich drüber nachdachte, desto mehr wollte ich meinen Schmerz mit Alkohol betäuben. Ich hatte jegliches Ziel vor Augen verloren. Die Meinungen von euch allen waren mir egal. Ich wollte nur, dass der Schmerz verschwindet.«

»Verschwinden wird er nie wirklich, aber man lernt, damit zu leben«, sagt Quinn nachdenklich und spielt mit dem Etikett ihrer Wasserflasche.

»Ich bin bereit, alles hinter mir zu lassen und nach vorne zu blicken. Das ist es, was ich euch mitteilen wollte. Ja, ich habe gelitten und werde Faith nicht beim Aufwachsen zusehen können, aber das Leben geht weiter und ich gelobe Besserung. Angefangen bei Everstorm.«

»Mach dir um das Album keine Sorgen. Wir haben noch

kein Releasedatum angegeben, also haben wir diesbezüglich auch keinen Stress«, teilt uns Sly mit. Hayden nickt, da er als unser Labelboss diese Infos bereits kannte.

»Aber ich will euch nicht noch mal hängen lassen.«

»Das tust du nicht. Hättest du uns heute nicht alles erzählt und uns nicht eingeweiht, hätten wir dir den Kopf gewaschen, aber jetzt sind wir ja im Bilde. Mach dir wegen der Band keine Sorgen. Egal, wann du bereit bist, wieder ins Studio zu gehen – wir werden dort sein.«

»Danke, Leute.« Ich möchte die Jungs und Sly umarmen, aber plötzlich fühle ich mich unendlich erschöpft. Das Weinen und die emotionale Achterbahnfahrt haben mich müde gemacht.

»Wir sind für dich da, Mann«, meint Seth und steht als Erster auf.

»Ich stehe hinter dir, das weißt du.« Ich nicke ihn dankbar an, als sich auch die anderen erheben.

»Wir machen uns mal vom Acker. Ruh dich aus, Ian. Melde dich, wenn du kannst, okay?«, fragt mich Kian und klopft mir zum Abschied auf die Schulter.

»Mach ich.« Nach den Jungs verabschieden sich auch meine Eltern und Geschwister, sodass es nicht lange dauert, bis ich allein in dieser großen Wohnung bin. Vor Wochen war es noch die Hölle für mich, allein in einem stillen Raum zu sein, da mich meine Gedanken quälten, doch nun fühle ich mich nicht mehr, als würde die Decke auf mich zukommen und mich erdrücken. Ich lege mich aufs Sofa und greife nach meinem Smartphone, um Brooke anzurufen. Doch mir werden acht neue Nachrichten angezeigt, was mich stutzig macht. Sofort öffne ich unseren Chatverlauf. Dort finde ich viele Nachrichten von Brooke.

Brooke: Hast du im Fernsehen zufälligerweise das Interview von Gary gesehen? Er hat allen Ernstes behauptet, dass er mich bei sich aufgenommen hat, damit ich eine Green Card bekomme, was völliger Schwachsinn ist. Er hat es so dargestellt, als hätte er mich nur aus Mitleid geheiratet.

Brooke: Er tut so, als wäre er völlig vernarrt in Athina, dabei hat er sie seit der Scheidung nicht mehr gesehen.

Brooke: Ich hasse ihn! Nicht weil er mich demütigt, sondern auch meine Familie durch den Dreck zieht. Und vor allem will er Athina für seine Zwecke ausnutzen. Das macht mich fertig.

Brooke: Tut mir leid für die Nachrichtenflut, aber ich fühle mich so machtlos. Und nun habe ich ein schlechtes Gewissen, da ich ja weiß, dass du mit deiner Familie ein wichtiges Gespräch führst.

Brooke: Ich habe Athina zu meiner Mom gebracht. Sie weiß nichts von dem Interview, aber ich kann ihr nichts verheimlichen, also habe ich es so geregelt, um Dampf ablassen zu können.

Brooke: Bist du da?

Brooke: Darf ich zu dir?

Sofort wähle ich ihre Nummer, doch erreiche nur die Mailbox. Auf der Stelle bin ich auf den Beinen, um mich auf den Weg zu ihr zu machen. Als würde es nicht reichen, dass ihr nutzloser und kaltherziger Ex ihr das Leben in der Ehe schwer gemacht hatte, jetzt besitzt er auch noch die Frechheit, sie weiterhin zu quälen. Ich hole mir meine Lederjacke und Schlüssel und eile zur Tür, um sie mit Wucht zu öffnen. Erschrecke jedoch, als ich Brooke davor vorfinde, die die Hand erhoben hat, als wolle sie gerade klopfen.

»Hey, da bist du ja«, flüstere ich und ziehe sie in meine Arme. Sie lässt sich kraftlos gegen meine Brust sinken und bricht augenblicklich in Tränen aus. Auch wenn ich mich machtlos fühle und diesem Arsch am liebsten sofort die Meinung geigen würde, tue ich nichts dergleichen, sondern bleibe an Brookes Seite und halte sie, in der Hoffnung, ihr genauso viel Stärke zurückzugeben, wie sie mir geschenkt hat.

25. KAPITEL

Brooke

»Ich bin hier. Alles wird gut«, flüstert Ian mir zu und streicht mir über Haar, Schultern und Rücken. Egal wo er mich berührt, breitet sich augenblicklich Wärme aus, und doch kann ich nicht aufhören zu weinen. Die letzten Wochen waren so wunderschön, und doch spüre ich diese Unsicherheit. Er ist ein Rockstar und hat schon genug durchgemacht, sodass er keine Freundin braucht, die ihre Probleme bei ihm ablädt. Nicht, nachdem er seiner Familie von Faith erzählt hat.

»Es tut mir so leid«, murmle ich an seinem Shirt, das durch meine Tränen schon längst durchnässt ist.

»Red keinen Unsinn. Wofür solltest du dich entschuldigen?«

»Du hast doch Besuch, und ich schneie hier so rein, um in deinen Armen zusammenzubrechen.«

»Alle sind längst weg, und ich wollte dich sowieso gerade suchen gehen. So spare ich mir einen Weg, denn du bist ja hier.« Ich löse mich schniefend von ihm und möchte gar nicht wissen, wie schrecklich ich aussehe, doch Ian sieht mich an, als wäre ich das Einzige, was für ihn zählt.

»Komm erst mal rein. Dann kannst du mir in Ruhe alles erzählen.« Ich nicke und gehe hinein.

»Lawrence hat mich hochgelassen. Ich hoffe, das ist okay? Er wird wohl gemerkt haben, dass ich aufgebracht bin, und hat keine Fragen gestellt.«

»Er bekommt dafür einen Bonus von mir. Also mach dir keine Sorgen, ja?« Ich nicke und blicke mich im Wohnzimmer um. Auf dem Couchtisch befinden sich einige leere Snackschüsseln und Wasserflaschen. Er wird wohl die ganze Familie eingeladen haben.

»Sie sind erst jetzt gegangen? Also muss es wohl gut gelaufen sein? Ich meine, den Umständen entsprechend gut.«

»Alle verstehen mein Verhalten nun ein wenig besser. Es war nicht in Ordnung, sie alle von mir zu weisen, aber nun wissen sie, wieso ich das Bedürfnis hatte, mich immer volllaufen zu lassen. Es ist keine Entschuldigung, aber sie haben Verständnis gezeigt.«

»War es schwer, über alles zu reden?«

»Es hat erneut die Wunden aufgerissen, aber das ist okay so. Nur wenn ich darüber rede, kann es mir wieder besser gehen. Aber nun genug von mir, erzähl mal, was passiert ist.« Kaum hat er das Thema Gary wieder angeschnitten, verdüstert sich meine Miene. Ian deutet mir an, mich auf die Couch zu setzen. Er setzt sich neben mich und wendet sich mir zu.

»Ich habe gerade die Wäsche zusammengefaltet, während Athina in ihrem Zimmer war. Keine Ahnung wieso, aber anstatt Musik anzumachen habe ich den Fernseher laufen lassen, und genau da kam ein Bericht über die anstehenden Bürgermeisterwahlen. Da ich weiß, dass Gary kandidiert, habe ich mir den Mist angehört, den er verzapft hat. Anfangs hat er nur darüber geredet, was er als Bürgermeister verändern will, und wenn ich nicht wüsste, dass er ein Arschloch mit einem kalten Herzen ist, hätte ich ihm sogar geglaubt.« Ich mache eine Sprechpause, da die Wut und Enttäuschung in mir meine Stimme zum Zittern bringen. Ian hält meine Hand und schenkt mir die nötige Kraft, um weiterzuerzählen.

»Als es um seine Familie ging, hat er von Athina geschwärmt

und den besten Dad des Jahrhunderts vorgegaukelt, was gerade noch zu ertragen war, doch dann meinte er, dass er sich – sollte er Bürgermeister werden – für Menschen mit Migrationshintergrund einsetzen wolle. Immerhin habe er eine Frau mit griechischen Wurzeln geheiratet.«

»Versteh mich nicht falsch, ich bin stolz auf meine Wurzeln, aber die Art, wie er es gesagt hat, war wie ein Schlag in die Magengrube. Die zehn Jahre in unserer Ehe war er mir gegenüber kalt, doch das haben nur meine Familie und Freunde so am Rande mitbekommen. Dass er mich nun vor der ganzen Nation runtermacht, tut einfach unglaublich weh.«

»Je mehr ich von diesem Typen erfahre, desto mehr möchte ich ihn gehörig anschreien«, meint Ian aufgebracht, doch ich schüttle den Kopf.

»Ach was, er hat deine Aufmerksamkeit gar nicht verdient.«

»Athina weiß also von nichts?«

»Sie hat es zum Glück gar nicht mitbekommen, da sie ja in ihrem Zimmer war. Meine aufgebrachte Stimmung dürfte ihr allerdings nicht entgangen sein. Ich denke, sie war froh, dass sie heute bei ihrer Großmutter übernachten kann. Egal was ich tat, ich konnte mich kaum beruhigen, es war, als würde ein Feuer der Wut in meinem Inneren lodern. Ich wusste ja, dass du ein wichtiges Gespräch mit deiner Familie hattest. Aber ich musste dich einfach sehen.«

»Ich bin froh, dass du da bist. Denn ich habe dich vermisst und wollte dich ohnehin fragen, ob ich dich besuchen kommen kann, weil ich bei dir sein wollte.« Ich lehne mich gegen seine Schulter und lasse mich erneut in seine starken Arme ziehen, doch diesmal ohne Tränen, sondern mit einem verliebten Lächeln auf den Lippen.

»Womit um alles in der Welt habe ich dich verdient?«, murmle ich an seinem Shirt.

»Diese Frage stelle ich mir auch jedes Mal, wenn ich bei dir bin. Ich habe oft das Gefühl, nicht gut genug für dich zu sein.« Augenblicklich löse ich mich von ihm, um ihn verwirrt anzusehen.

»Wie kommst du auf diesen Unsinn?«

»Mein ganzes Leben war ich auf mich allein gestellt, bis ich Hayden und Quinn traf. Ich sah beiden dabei zu, wie sie sich unsterblich in ihre Partner verliebten und war froh darüber, sie glücklich zu sehen, doch ich habe mir nie Hoffnungen gemacht, selbst eine wundervolle Frau *die Meine* nennen zu können.

»Du dachtest, dass du dich niemals verlieben könntest?«

»Ich denke, es war eher der Gedanke, dass niemand die Bürde meiner Vergangenheit und meines Berufes auf sich nehmen würde.«

»Du tust ja so, als wärst du ein Verbrecher, der keine Liebe verdient hätte.« Ich lache auf, doch Ians Miene wird plötzlich ernst, als wäre ich mit meinem Scherz zu weit gegangen. Als er daraufhin nichts mehr sagt, bekomme ich ein schlechtes Gewissen.

»Habe ich etwas Falsches gesagt?«, frage ich etwas unsicher, da Ian sonst immer zu Späßen aufgelegt ist.

»Gibt es etwas, was dich triggert?« Er stellt eine Gegenfrage, doch das ist okay, denn ich nehme, was ich kriegen kann. Ich weiß schließlich, dass Ian eher ungern von seiner Vergangenheit erzählt.

»Mein Arsch von Ex. Und Spinnen. Ich hasse diese Viecher.«

»Bei mir sind es Frauenschreie.«

»Wie meinst du das? Wie in Horrorfilmen?«

»Nein, ich meine im realen Leben.«

»Was ist dir passiert?«, frage ich besorgt, da seine Hände

plötzlich zu zittern beginnen und seine Augen trüb werden, als wäre er weit weg.

»Meine Mom war ein guter Mensch. Sie hat das Arschloch, das mich gezeugt hat, geliebt, auch wenn er sie fast jede Nacht verprügelte. Jahrelang musste ich mir ihr Ächzen anhören, da sie es vermieden hat, zu schreien, wenn er sie schlug, damit ich keine Angst bekam. Doch je älter ich wurde, desto zahlreicher wurden die Blutergüsse. Eines Nachts wurde ich durch einen markerschütternden Schrei geweckt. Er war qualvoll und voller Leid, und diesen Laut zu hören, war ebenso schlimm, wie selbst verletzt zu werden. Dann hörte ich ein Poltern, und dann war da nur noch Stille. Normalerweise beschimpfte er meine Mom, selbst wenn sie ohnmächtig wurde, doch diesmal hörte ich nur, wie sein Atem schneller wurde und er schließlich fluchte. Ich denke, ich wusste, dass sie tot war, sobald ich den dumpfen Laut hörte. Als hätte mich ihre Seele wissen lassen, dass sie nun gehen würde.«

»Großer Gott«, murmle ich und streiche ihm über den Oberarm, da ich sonst in Tränen ausbrechen würde.

»Dieser Bastard bekam fünfundzwanzig Jahre, und ich wurde von einem Waisenhaus ins nächste gebracht. Sobald ich zu einer Pflegefamilie kam, dauerte es nicht lange, bis sie mich wieder ins Heim steckten. Ich war ein trotziger und verängstigter Junge. Nichts konnte den Verlust meiner Mutter mildern, die selbst den Schmerz auf sich lud, damit mein Vater mich nicht mehr schlug, als er es ohnehin schon getan hat.«

»Habe ich dich mit meiner Aussage an deinen Vater erinnert?« Seine feuchten Augen glänzen, als er einen Mundwinkel hebt und den Kopf schüttelt.

»Ich fühle mich eher wie der Verbrecher, weil ich nichts gesagt oder getan habe, um meine Mom und mich zu retten. Mir ist klar, dass ich als kleiner Junge nichts ausrichten konnte, doch das Ganze lässt mich trotzdem oft nächtelang nicht schlafen. Vielleicht wäre sie noch am Leben, wenn ich sie angefleht hätte abzuhauen. Ich werde es niemals erfahren.«

»Deine Mom hat dich geliebt und blickt jetzt voller Stolz auf dich herab. Ich glaube an Schicksal, und ich denke, dass du es deiner Mom zu verdanken hast, dass du Quinn und Hayden kennengelernt hast. Auch dass du von liebevollen Eltern adoptiert wurdest, war mit Sicherheit ihr Werk.«

»Das ist ein schöner Gedanke.«

»Komm her«, flüstere ich, denn nun ist es an mir, ihm Trost zu spenden. In seinen Armen fühle ich mich immer so geborgen und wohl, und ich hoffe, dass er dasselbe empfindet, wenn ich ihn umarme. Irgendwann wandert seine Hand von meiner Schulter zu meiner Taille und findet schließlich ihren Weg unter mein Shirt, wo er auf erhitzte Haut trifft, die er verursacht hat. Unsere Lippen treffen sich, und wir versinken in einem alles verzehrenden Kuss. Wir gestehen uns immer wieder unsere Gefühle und lieben einander, als wäre es das erste und letzte Mal. Heute war für uns beide ein aufregender und emotionaler Tag, sodass wir einander mehr brauchen, als wir es je für möglich gehalten hätten.

Nachdem wir uns auf dem Sofa geliebt haben, kommt Ian auf die geniale Idee, uns ein heißes Bad einzulassen. Ich lehne an seiner Brust, spiele mit seinen schwieligen Fingern und genieße einfach den Moment.

»Sind die Schwielen von den Instrumenten?«

»Hmm. Das ist wohl eine Berufskrankheit, wenn man über ein Jahrzehnt verschiedene Instrumente spielt.«

»Was ist dein Lieblingsinstrument?«

»Ich spiele unglaublich gerne Klavier, höre aber Violinenklänge viel lieber. Das ist allerdings ein Instrument, für das ich absolut kein Talent habe.«

»Hatten du und die Jungs Musikunterricht in der Schule?«

»Seth ist der Einzige, der Unterricht hatte, wir anderen haben es uns einfach selbst beigebracht.«

»Das stelle ich mir schwer vor«, sage ich und kuschle meine Wange an seine leicht behaarte Brust.

»Nicht wenn die Musik alles ist, was du hast. Kian, Lewis und ich wären vielleicht auf die schiefe Bahn geraten, wenn wir nicht eine Band gegründet hätten.«

»Mochtet ihr euch von Anfang an?«

»Um Himmels willen, nein. Wir waren vier Rowdys an unserer Highschool und hassten einander in der Junior High. Wir mochten Seth nicht, weil wir ihn für einen reichen Snob hielten, Kian sah ich als Bedrohung an, weil ich ihn insgeheim cool fand, und Lewis war das Bürschchen, das uns ständig nachlief – wir wurden ihn einfach nicht los.«

»Wie konntet ihr dann eine Band werden?«

»Als wir auf Klassenfahrt waren, gab es auch andere Schulen, die das Camp besuchten. Die Arschlöcher haben sich aufgeführt, als wären sie die coolsten Kids der Welt und schikanierten meine Klasse, wann immer sie konnten. Jeden Abend saßen wir am Lagerfeuer und sangen irgendwelche Songs, auf die niemand wirklich Bock hatte. Es war kurz vor der Sperrstunde, als Kian, Lewis, Seth und ich zufällig noch am Feuer saßen. Ein Typ von einer anderen Schule warf einen Böller hinein, ohne dass wir es mitbekamen, und erschreckte uns damit zu Tode. Als Rache haben wir uns mit ihnen geprügelt und einen riesigen Anschiss kassiert, doch dass wir einander verteidigt haben, hat uns irgendwie zusammengeschweißt. Danach haben wir uns unterhalten und festgestellt, dass wir total gut miteinander auskamen. Ein paar Monate später haben wir erneut bei einem Lagerfeuer gejammt und Everstorm gegründet.«

»Und ihr seid seit über zehn Jahren erfolgreich und hoffentlich auch noch die nächsten zehn Jahre.«

»Ich hoffe nicht so lange.«

»Nein? Wieso?«

»Dieses Leben ist aufregend, aber auch ziemlich anstrengend. Ich denke nicht, dass ich das für immer machen möchte.«

»Was willst du stattdessen tun?«

»Musik produzieren, vielleicht am College Musik unterrichten, auf jeden Fall möchte ich anderen etwas beibringen.«

»Du kannst bei mir anfangen. Ich werde deine Schülerin.«

»Oh, ich kann dir einige Kunststücke vorführen«, meint er und hebt sein Becken an, was mich auflachen lässt.

»Du weißt, dass ich das nicht gemeint habe.«

»Weiß ich doch, aber ich sehe deinen Körper so gern erröten.«

»Ja, das muss ich mir unbedingt irgendwie abgewöhnen.«

»Untersteh dich! Ich liebe es, dich nervös zu machen und das soll sich bitte niemals ändern. Versprochen?«, fragt Ian und lässt mich den Kopf drehen, um in sein losgelöstes Gesicht zu blicken. Wenn er mir diesen speziellen Blick schenkt, könnte er mich um alles bitten, denn ich würde es ihm geben. Ich würde einfach alles tun, um ihn glücklich zu sehen.

»Versprochen«, antworte ich, ehe ich ihn sanft küsse und mich erneut in seinen Armen verliere.

26. KAPITEL

Ian

Es ist hart, Brooke nicht jeden Tag sehen zu können. Gerade jetzt am Anfang unserer Beziehung würde ich am liebsten vierundzwanzig Stunden in ihrer Nähe sein, aber das ist leider nicht möglich. Wie Brooke auch, habe ich einen Job und auch wenn ich gerade nicht meiner Tätigkeit als Musiker nachkommen kann, gibt es viele andere Dinge zu erledigen. Gerade sind wir unterwegs nach Florida, wo wir in Miami zum Interview und Shooting für das *GQ Magazin* eingeladen wurden.

Wir sitzen in unserem Privatjet und hören ein Demo-Tape, das Seth aufgenommen hat. »Ich mag den Beat, weil er eingängig ist. Auch wenn du es hier am Klavier gespielt hast, kann ich mir vorstellen, dass es auf der E-Gitarre auch super klingt«, meint Kian mit konzentrierter Miene.

»Das könnten wir ausprobieren.«

»Hast du schon einen Text im Sinn?«, will Lewis kauend wissen und stopft sich ein weiteres Stück Lakritz in den Mund. Reminder an mich, ihm den Süßkram wegzunehmen, ehe ihm schlecht wird.

»Noch nicht, ich habe mich mehr auf die Melodie konzentriert.«

»Wie wäre es, wenn wir uns ins Studio begeben, sobald wir in Manhattan sind?«, frage ich in die Runde, wobei sich alle Köpfe in meine Richtung drehen.

»Denkst du, dass du so weit bist, wieder Musik zu machen?«, fragt Seth vorsichtig. Ich habe das Gefühl, als würden sie auf Zehenspitzen um mich herumlaufen und mich wie ein rohes Ei behandeln, seitdem sie von der Sache mit Faith wissen.

»Die Musik ist mein Leben. Ich kann nicht immer auf der faulen Haut herumliegen und nichts tun außer Promotion. Seths Song hat Potenzial, und je länger ich ihn höre, desto mehr möchte ich daran arbeiten.« Die Jungs nicken verständnisvoll, ehe Seth seinen Laptop zuklappt und in seinen Rucksack stopft.

»Ich denke, ich spreche für alle, wenn ich sage, dass es eine gute Idee ist, wenn du dich langsam wieder an die Musik heranwagst. Keiner erwartet Wunder von dir«, wirft Sly ein, der sich bis jetzt nicht am Gespräch beteiligt hat.

»Lasst es uns probieren.«

»Du wirst jetzt eher an romantischen Balladen arbeiten wollen, oder?«, fragt Lewis mit einem frechen Grinsen.

»Wieso denn das?«

»Na ja, du bist jetzt über beide Ohren verliebt. Das schreit doch nach einem Song über Brooke.«

»Ich möchte wieder arbeiten – ob es Rockhymnen oder Liebeslieder sind, lasse ich auf mich zukommen, aber Brooke ist auf jeden Fall die treibende Kraft. Auch wegen ihr bin ich wieder auf die Beine gekommen.«

»Allein dafür müssen wir sie auf ein Bier einladen«, meint Lewis schmunzelnd, denn jedes Mal, wenn Seth oder Kian ihre Freundinnen eingeladen haben, wurden sie von Lewis eingenommen, der alle peinlichen Geschichten über die zwei ausgegraben hat.

»Das lässt sich einrichten, aber vorher müssen wir erst mal das Interview über uns ergehen lassen. Was steht denn auf dem

Programm?«, frage ich Sly, der sofort an seinem Smartphone herumtippt.

»Es ist ein intimes Shooting.«

»Wie bitte?«, fragt Seth verwirrt, was Sly die Mundwinkel heben lässt.

»Im Studio ist schon alles aufgebaut worden, wir werden keine Außenaufnahmen machen müssen. Es sind Sets in Anzügen geplant und welche, wo ihr oben ohne mit euren Instrumenten abgelichtet werdet.«

»Ah, das hast du mit intim gemeint«, sagt Seth und lacht über sich selbst.

»Was hast du denn geglaubt?«, will ich wissen.

»Na, dass wir uns aneinanderschmiegen und dabei in die Kamera lächeln müssten.«

»Um Himmels willen, ihr seid bestimmt kein Kuschelmaterial«, sagt Kian und rümpft die Nase.

»Das sagst du jetzt. Solange du mich nicht fest in den Arm genommen hast, weißt du gar nicht, was dir entgeht«, sagt Lewis lachend und breitet die Arme aus, als würde er nur darauf warten, dass Kian sich auf ihn stürzt.

»Das Angebot steht jederzeit«, meint Lewis und zwinkert ihm zu. Kian schüttelt den Kopf und wirft das Kissen, auf das er sich gelehnt hat, nach unserem jüngsten Bandmitglied.

»Beruhigt euch. Wir befinden uns gleich auf dem Landeanflug. Genießt noch für einen Moment die Ruhe, ehe eine Horde Stylisten, Make-up-Artists und Fotografen euch belagert«, meint Sly und liefert damit ein überzeugendes Argument. Diese Shootings sind immer eine Mischung aus Stress, Aufregung und Rückenschmerzen. Zumindest für mich. Bis wir zum Studio fahren, setze ich meine Kopfhörer auf und schalte mir eine der K-Pop-Playlisten ein, die mir Brooke und Athina erstellt haben. Langsam, aber sicher steige auch ich auf den K-Pop-

Zug auf und kann nicht fassen, dass es so lange gedauert hat, bis ich diese Musikrichtung für mich entdeckt habe.

Es tut gut, wieder mit den Jungs unterwegs zu sein und sich mit ihnen zu unterhalten. Jetzt, wo sie von dem schlimmsten Moment in meinem Leben erfahren haben, fühlt es sich an, als würden sie meine Beweggründe endlich verstehen, auch wenn es falsch war, meine Sorgen ertränken zu wollen und um mich zu schlagen. Das ist mir mittlerweile bewusst. Alkohol und Gewalt sind auf keinen Fall die Mittel, mit denen ich meine Probleme zu lösen gedenke. Ich möchte Athina ein Vorbild sein, und das kann ich nur tun, wenn ich meine Sorgen anpacke und versuche an ihnen zu wachsen.

Eine Stunde später steigen wir in einen Van, der uns zur Location bringt, während wir uns erneut einen Witz von Lewis anhören, der so mies ist, dass er schon wieder lustig ist. »Wo schnappst du die immer auf?«

»Meine legendären Witze? Die habe ich natürlich aus dem Internet. Willst du noch mehr hören?«, fragt er hoffnungsvoll, doch ich hebe meine Hand, um ihn zu stoppen.

»Bitte nicht. Für heute habe ich genug davon.«

»Dir entgeht etwas, mein Freund.«

»Da bin ich mir sicher, aber lasst uns endlich dieses Shooting anpacken. Was glaubt ihr, wie lange es diesmal dauert?«

»Mit Make-up und Kleidungswechsel werden wir mit Sicherheit bis tief in die Nacht arbeiten müssen«, sagt Seth und seufzt auf. Es ist nicht so, dass wir die Shootings nicht mögen würden, immerhin setzen uns alle bestmöglich in Szene, um wirklich hervorragende Bilder von uns zu machen, doch das Warten und das ewige Stehen kann auch sehr anstrengend sein.

»Egal wie lange es dauert, ich bin froh, dass wir wieder zusammen sind.« Kian klopft auf meine Schulter und drückt sie fest. Ich lächle ihn an und nicke, denn ich verstehe, dass er mit dieser Aussage auf mich anspielt. Während ich mit meinen Problemen beschäftigt war, haben die Jungs weitergemacht und unsere Social-Media-Kanäle bespielt, an Songs gearbeitet und Schadensbegrenzung betrieben, um meine Skandale zu vertuschen.

Jetzt, wo ich mehr darüber nachdenke, bekomme ich ein schlechtes Gewissen, weil ich so viele Probleme gemacht habe. Mir war damals nicht bewusst, welche Tragweite meine Handlungen haben würden. In den letzten Tagen habe ich etwas getan, was ich sonst immer vermeide. Ich habe einen Artikel über meine Eskapaden gelesen, und auch wenn es unheimlich peinlich war, die Fotos von mir zu sehen, auf denen ich sturzbetrunken war, bin ich froh, es getan zu haben. Ich musste wohl auf die harte Tour verstehen, was für einen Schaden ich in den letzten Jahren angerichtet habe, als mich die Einsamkeit zu verschlingen drohte.

Ich blicke zu Kian, der gerade eine Nachricht an seine Freundin Shelby tippt, sehe zu Seth, der Musik hört und mit dem Kopf mitwippt und zu Lewis, der mal wieder herumzappelt, während er aus dem Fenster sieht. Diese Jungs sind seit über einem Jahrzehnt meine Freunde und Familie und ich bin es ihnen schuldig, mich wieder zusammenzureißen und dafür zu sorgen, dass Everstorm nicht wieder in den Dreck gezogen wird.

Zwei Stunden später blicke ich in den Spiegel und staune nicht schlecht. Mein Haar ist offen, doch mit einem Gel in Form gebracht worden, sodass es glänzt, als wäre ich einem Highlander-Roman entsprungen. Meine Augen wurden durch Kajal dunkel umrahmt, und ich trage Ohrringe, die eines Rockstars würdig sind. Ich sehe wie eine dunkle Version meines Rocker-Ichs aus. Zu dunklen Jeans trage ich ein weißes Hemd, jedoch sind die Knöpfe offen, sodass man einen Teil meines Oberkörpers sehen kann.

Es ist verrucht und wird Brooke in den Wahnsinn treiben. Ich ziehe mich kurz in ein verlassenes Zimmer zurück, wo sich ein beleuchteter Spiegel befindet. Ich stelle mich davor und mache ein Foto, um es Brooke zu schicken. Im Chat sehe ich, dass sie es gesehen hat, doch keine Punkte, die eine Antwort ankündigen. Jemand ruft meinen Namen, was heißt, dass nun ich mit den Einzelaufnahmen dran bin. Etwas niedergeschlagen will ich schon das Zimmer verlassen, um mein Smartphone Sly zu reichen, als es endlich in meiner Hand vibriert.

Ein Foto von Brooke, wie sie mit geweiteten Augen und heißen Wangen in die Kamera blickt. Das ist sie wieder, diese Röte, die ich an ihr liebe. Ich erhalte auch noch Nachrichten, die ich hastig antippe, als schon wieder mein Name gerufen wird.

Brooke: Du willst wohl, dass ich auf der Stelle einen Herzinfarkt bekomme. Oder eher einen Orgasmus.

Brooke: Du siehst wirklich wie der feuchte Traum jeder Frau aus.

Ian: Ich will aber nur deiner sein.

Brooke: Das bist du. Ich werde dir mit vollem Körpereinsatz zeigen, wie sehr ich dich gerade vermisse.

Ian: Jetzt hör du auf. Ich kann nicht mit einem Ständer zum Shooting erscheinen.

Brooke: Du hast mich hier auch gerade zum Schwitzen gebracht. Jetzt bist du dran.

Sie hat mir erneut ein Foto geschickt, doch als ich es öffne, hätte ich fast das Smartphone fallen lassen. Sie hat ihren Ausschnitt fotografiert, der zwar bedeckt ist, doch allein die Wölbungen ihrer Brüste reichen aus, um meinen Puls zum Rasen zu bringen. Ich lecke mir über meine trocken gewordenen Lippen und muss grinsen. Diese Frau ist einfach unglaublich.

Es ist Mitternacht, als wir die Location verlassen. Ich bin erstaunt, als ich am Hintereingang Fans erblicke, die im Regen auf uns gewartet haben. Wir werden angewiesen, gleich in den Van zu steigen, und das hätte ich auch getan, aber dann blicke ich wieder auf die jungen Frauen und Männer, die bis auf die Knochen durchnässt hinter einer Absperrung warten und jubeln, als sie uns entdecken. Ich halte inne und gehe auf die Menschen zu, die noch lauter zu kreischen beginnen, als ich mich ihnen nähere.

Ich gebe Autogramme und stehe für Selfies bereit, als auch die anderen Jungs dazukommen und in die Kameras lächeln. Auch wenn wir müde sind, sind wir es unseren Fans schuldig, wenigstens ein paar Minuten auszuhalten, ehe wir ins Bett fallen können. Für uns ist es nur eine Viertelstunde Verzögerung, doch für die jungen Menschen hier ist es wohl einer der aufregendsten Momente in ihrem Leben. Wir winken ein letztes Mal zum Abschied, ehe wir wieder in den Wagen steigen.

»Es regnet ziemlich heftig«, meint Lewis und blickt erneut zu der Gruppe Fans, als wir losfahren.

»Und trotzdem haben sie auf uns gewartet«, füge ich hinzu.

»Das hat gutgetan.« Kian klopft mir auf den Oberschenkel, bevor er weiterredet. »Danke, Mann. Ich weiß gar nicht, wann wir das letzte Mal einfach auf die Leute zugegangen sind. Es war aber bitter nötig. Denn sie sind es, für die wir diese Alben machen. Für die Fans, die sehnsüchtig auf unsere Musik warten und sich nicht um falsche Artikel scheren.«

»Ich habe mich einfach in ihre Lage versetzt. Diese Menschen wussten, dass sie uns vielleicht gar nicht zu Gesicht bekommen würden und haben ausgeharrt, da wollte ich sie nicht einfach so stehen lassen.«

»Wirst du auf deine alten Tage noch zum Softie?«, meint Lewis mit einem breiten Grinsen und dreht sich vom Vordersitz zu mir um.

»Keine Ahnung, vielleicht. Ich habe das Große und Ganze wohl mit der Zeit aus den Augen verloren. Dass wir eigentlich wegen der Musik und der Anerkennung der Fans angefangen haben. Jetzt dreht sich alles nur noch um Chartplatzierungen und Publicity.«

»Es ist alles etwas turbulent geworden, da hast du recht«, stimmt mir Kian zu. Plötzlich meldet sich Sly zu Wort.

»Wollt ihr einen Event für eure Vollblutfans machen?«, fragt er uns und sieht niemanden Bestimmten dabei an, als würde er selbst noch überlegen.

»Was schwebt dir vor?«, frage ich neugierig. Irgendwie bin ich plötzlich Feuer und Flamme, auch wenn ich nicht weiß, worum es geht.

»Wir könnten zwanzig Fans auswählen, die durch unsere Social-Media-Manager ausgesucht werden. Sie kennen die Community mittlerweile gut genug. Auch ihr könnt Fans vorschlagen, wenn ihr mögt. Wir könnten ein gemütliches Abendessen veranstalten.«

»Glaubst du nicht, dass dann alle anderen die Location überrennen werden?«, fragt Seth.

»Wir könnten die Location bis zum Schluss geheim halten und die Fans abholen lassen. Anstatt Smartphones können wir Polaroid-Kameras verteilen und Leute zum Fotografieren engagieren, die dann die Bilder nach dem Event per Mail versenden. So habt ihr eure Ruhe vor anderen Fans und könnt euch auf die konzentrieren, denen wirklich viel an Everstorm liegt.«

»Das klingt gut«, sage ich und stelle mir das Event bildlich vor. Es wäre eine Möglichkeit, den Menschen etwas zurückzugeben.

»Also, ich bin dabei«, sagt Kian, und wir anderen stimmen ebenfalls zu. Ich könnte auch Athina einladen, da sie und ihre beste Freundin unbedingt auch die anderen Jungs kennenlernen wollen. Natürlich muss auch Brooke dabei sein – selbst wenn ich nicht viel Zeit mit ihr verbringen kann, möchte ich sie wenigstens in meiner Nähe haben.

Ursprünglich wollten wir noch essen gehen, doch die Jungs und ich sind nach dem Shooting und der Signier-Aktion im Regen erschöpft und todmüde, immerhin haben wir acht Stunden am Stück gearbeitet. Unser Rückflug geht morgen nach dem Frühstück, aber ich habe das Gefühl, als könnte ich bis zur Mittagszeit schlafen. Wir verabschieden uns, ehe jeder von uns in sein Zimmer geht. Wie es aussieht und welche Aussicht ich habe, interessiert mich nicht. Ich begebe mich sofort ins Badezimmer, um meine Zähne zu putzen. Dann lege ich mich ins Bett und greife nach meinem Handy.

Während ich gearbeitet habe, hat mir Brooke immer wieder kurze Nachrichten geschrieben. Es handelt sich um kurze Infos darüber, was sie gegessen hat, was Interessantes auf der Arbeit passiert ist oder welcher Song sie gerade berührt. Es sind kleine Dinge, aber für mich sind sie wichtig, als wäre ich die ganze Zeit in ihrer Nähe. Trotz der Uhrzeit wähle ich ihre Nummer. Sie hebt nach dem zweiten Klingeln ab.

»Wie konntest du schneller sein?«, fragt sie mich und lacht fröhlich auf. Ich wünschte, ich könnte diesen Klang ihres Lachens aufnehmen, damit er mich in dunklen Tagen wieder aufbauen kann.

»Schneller?«

»Ich wollte dir gerade schreiben, da hast du mich auch schon angerufen.«

»Tut mir leid, ich werde dir beim nächsten Mal den Vortritt lassen, okay?«

»Ach was, ich will dich nicht stören, also schreibe ich lieber.«

»Mein Smartphone ist immer auf lautlos, oder Vibration gestellt, also wäre es kein Problem. Ich würde mich freuen, wenn du mich anrufst, damit ich wenigstens deine Stimme hören kann, wenn ich dich schon nicht halten kann.«

»Wie war das Shooting? Ich hoffe, die Klamotten sind alle angeblieben?«

»Keine Sorge, nur der Streifen Haut, den du gesehen hast, wird in dem Magazin gedruckt werden.«

»Gut. Denn ich weiß nicht, ob ich es verkraften könnte, wenn dich Millionen Frauen angaffen.«

»Na ja, das könnte ab und zu schon passieren.« Ich höre einen schweren Seufzer und werde etwas nervös. Ist sie eifersüchtig? Oder zweifelt sie an uns?

»Ich weiß. Und mir ist bewusst, dass diese Dinge auch zu deinem Beruf gehören, aber ich habe dich noch nicht so lange an meiner Seite, und dich jetzt zu teilen ist schwer.«

»Ich komme morgen Mittag wieder nach Hause, dann kannst du mich ganz für dich allein haben.«

»Das trifft sich gut, denn Athina ist auf Sportwoche, und wir könnten da weitermachen, wo wir aufgehört haben.« Ich lecke mir über meine Lippen, als ich daran denke. Sie lag noch nackt im Bett und wollte mich wieder zurück zu sich zerren, weil sie mich nicht zum Flughafen fahren lassen wollte. Am liebsten wäre ich ihrer Forderung nachgekommen, auch wenn es sich toll angefühlt hat, wieder voll und ganz in der Arbeit zu versinken.

»Gut, dann werde ich mich sehr gut um dich kümmern.«

»Sodass meine Nachbarn neidisch werden?«

»Baby, auch sie werden die Zigarette danach brauchen«, flüstere ich und genieße dieses leise Stöhnen, das ihrer Kehle entweicht. Ich kann es nicht erwarten, wieder nach Hause zu fliegen, um Brooke endlich wieder in meine Arme schließen zu können.

27. KAPITEL

Brooke

»Da seid ihr ja endlich«, begrüßt uns meine Großmutter freundlich, doch Athina und ich werden nicht so herzlich in den Arm genommen wie Ian.

»Wir sind auch noch da, Giagiá«, sage ich und deute mit dem Zeigefinger auf meine Tochter und mich, doch sie macht nur eine wegwerfende Geste und hakt sich bei Ian unter, als wäre er ihr Date, nicht meins.

»Ich denke, wir sind nun abgeschrieben, Mom«, meint Athina mit einem Grinsen, als wäre die Tatsache gar nicht so schlimm.

»Das denke ich auch. Lass uns mal reingehen.« Kaum sind wir in den Garten gegangen, bleiben wir auch augenblicklich stehen. Denn es tummeln sich Dutzende Menschen auf dem Rasen. Die meisten davon kenne ich, doch ein paar habe ich noch nie gesehen.

»Ähm. Mom. Hast du auch das Gefühl, das wir uns auf einer Hochzeit und nicht in Little Greece befinden?«, fragt Athina und blickt sich staunend um.

»Ich denke, ich bin wohl eher im falschen Film.« Ich erkenne, wie meine Großmutter den Anwesenden Ian präsentiert, als wäre er eine Trophäe. Kopfschüttelnd begebe mich zu meinen Eltern, die am Grill stehen und sich unterhalten.

»Bitte sagt mir nicht, das Giagiá die gesamte Familie aus den Staaten hierher eingeladen hat, nur um ihnen Ian vorzustellen.«

»Natürlich nicht.«

»Gut«, sage ich und atme erleichtert aus.

»Einige sind sogar aus Europa und Kanada eingeflogen«, meint sie lässig, als wäre es nicht der Rede wert.

»Was?! Er ist doch kein preisgekröntes Tier, das man auf einer Schau präsentiert.«

»Das nicht, aber er sieht unheimlich gut aus«, schwärmt Mom und blickt mit verträumtem Blick auf meinen Freund.

»Dad! Was geht hier eigentlich vor? Ich dachte, wir treffen uns heute einfach gemütlich zum Grillen.«

»Das war auch der Plan, aber der Drache hat mal wieder übertreiben müssen.«

»Viktor! Nenn meine Mutter nicht so.«

»Entschuldige, es ist mir rausgerutscht. Aber ja, deine Großmutter hat ganze Arbeit geleistet. Wir mussten schon zweimal Fleisch nachkaufen.«

»Das gibt es doch nicht!«, beschwere ich mich und würde am liebsten weglaufen. Athina legt ihren Arm um meine Hüfte und drückt mich fest.

»Sei froh, Mom. So hast du es hinter dir und hast allen die Möglichkeit gegeben, Ian kennenzulernen. Sonst lägen dir alle Verwandten damit in den Ohren.«

»Deine Tochter hat recht, mein Schatz«, sagt Dad und wendet das Fleisch, das herrlich brutzelt.

»Der Arme sieht so überfordert aus«, sage ich und beobachte Ian dabei, wie er verzweifelt versucht, sich alle Namen zu merken, die ihm meine Großmutter ins Ohr flüstert.

»Das alles erträgt er gerne für dich. Vergiss das nicht. Er hätte auch zu Hause bleiben können, wie Gary es immer getan hat, aber er ist hier. Wegen dir und Athina«, flüstert meine Mutter mir ins Ohr. Blinzelnd blicke ich erneut zu Ian, der genau in dem Moment auch zu mir sieht. Als sich unsere Blicke treffen, müssen wir beide lächeln, denn auch wenn das hier ausgeartet ist, werden wir das gemeinsam überstehen. So wie wir es bis jetzt auch immer getan haben.

»Mein Kopf ist leer«, seufzt Ian, als er sich endlich zu mir durchgekämpft hat und seinen Arm um mich schlingt. Es fühlt sich wunderbar an, von ihm gehalten zu werden, als würde diese Geste all meine Sorgen im Keim ersticken und mich erden. Ich streichle sanft über sein dichtes Haar und unterdrücke einen Lacher.

»Liegt es an den ganzen Fragen?«

»Wohl eher an den ganzen Namen. Ich schwöre, ich habe versucht, sie mir alle zu merken, aber ich habe kläglich versagt.«

»Ach was, das macht doch nichts. Du bist heute überfallen worden. Nicht mal Giagiá selbst erwartet, dass du dir sämtliche Namen merkst.«

»Ich habe Durst, meine Kehle fühlt sich schon ganz ausgetrocknet an. Dabei habe ich mich wirklich gut mit einigen unterhalten. Wusstest du, dass du einen echten Künstler in der Familie hast? Meine Mutter hat ein Gemälde von ihm auf einer Vernissage erstanden.«

»Natürlich weiß ich das. Seine Mutter lässt uns das bei ihren Besuchen auch niemals vergessen. Aber jetzt trink mal erst ein Wasser.«

»Ouzo wäre mir heute lieber.«

»Bist du dir sicher? Das letzte Mal bist du auf den eiskalten Stufen eingeschlafen, als du getrunken hast.«

»Das war ein exzessives Trinken, heute möchte ich nur entspannen.«

»Wenn du Ouzo willst, musst du zu meinem Dad gehen. Er hat die Selbstgebrannten für besondere Gäste aufgespart.«

»Na gut, dann gehe ich mal zu ihm. Aber vorher will ich einen Kuss.«

»Hier?« Ich sehe mich um, denn wir sind von einem Haufen Menschen umgeben, die uns beobachten.

»Ja, hier. Ich liebe dich, das sollen alle sehen, außer du möchtest nicht.«

»Doch. Ich will.« Er hebt den Mundwinkel, als seine Hand zu meinem Nacken gleitet und mir einen kurzen Kuss stiehlt Zu kurz, um sich darin zu verlieren, aber genug um zu fühlen, wie sehr er mich will. Mein Atem beschleunigt sich, da ich mehr will, mir aber bewusst ist, dass das nicht geht.

»Fortsetzung folgt später«, sagt er und zwinkert mir zu, ehe er sich umdreht und zu meinem Vater geht, der uns kopfschüttelnd angesehen hat. Kaum ist er weg, schwirren ein Haufen weiblicher Familienmitglieder um mich herum und kichern.

»Du bist wirklich ein Glückspilz«, höre ich des Öfteren, doch mein Blick klebt noch immer an Ian, der mit meinem Vater anstößt und sein Glas austrinkt, ehe er mir erneut zuzwinkert und mein Herz dazu bringt, unkontrolliert gegen meine Brust zu schlagen.

»Entschuldigt, was?«, sage ich und schüttle den Kopf, um den Bann zu lösen, in dem wir uns befinden.

»Dich hat's ja total erwischt«, meint meine Cousine Anastasia, die normalerweise eher einen Bogen um mich macht, aus welchem Grund auch immer.

»Ja, das hat es.«

»Er sieht aber auch gut aus«, meint Savannah und hakt sich bei mir unter. Sie weiß, dass Anastasia und ich noch nie wirklich miteinander ausgekommen sind und stärkt mir den Rücken, wie es nur eine beste Freundin tun kann. Sie muss gerade angekommen sein, da sie noch arbeiten musste.

»Da bist du ja. War noch viel los bei den Kids?«

»Nicht viel. Malcom hat ständig nach dir gefragt und wollte nicht sofort ins Bett, aber irgendwie haben wir es schlussendlich geschafft.«

»Arbeitest du noch immer in diesem Waisenhaus?«, fragt Anastasia mit einem gehässigen Ton.

»Ja, das tun wir.«

»Aber nicht mehr lange«, wirft sie ein und rümpft die Nase. Jetzt weiß ich wieder, wieso wir uns nie ausstehen konnten – sie ist eine überhebliche und arrogante Person. Das war sie sogar schon als Kind.

»Wieso sollte ich nicht mehr dort arbeiten?«

»Du bist mit einem Rockstar zusammen, da kannst du nicht einfach so weitermachen wie bisher.«

»Und was sollte ich deiner Meinung nach tun?«, frage ich sie, denn es interessiert mich wirklich.

»Na, kündigen und dich den Charity-Galas und Spendenaufrufen widmen.«

»Du meinst, anstatt wirklich dort anzupacken, wo meine Hilfe gebraucht wird, soll ich Stars und Promis um Geld anbetteln?«

»So, wie du es sagst, meinte ich das nicht.«

»Weißt du was …« Ich hebe genervt meine Hand und schließe kurz die Augen.

»Deine Meinung hat mich nie interessiert und wieso sollten wir jetzt den Schein wahren, wenn du und ich sowieso nie miteinander ausgekommen sind.«

»War ja klar, dass es nichts bringt, sich mit dir zu unterhalten.«

»Gut, es soll dir eine Lehre sein. Lass mich einfach bei Feiern außen vor und kümmere dich um die wirklich wichtigen Familienmitglieder, okay?« Sie schnaubt über meinen Sarkasmus und zieht beleidigt ab, doch die anderen Frauen und Savannah nicken mir aufmunternd zu.

»Ich kann sie auch nicht ausstehen«, meint Mira, eine andere Cousine, woraufhin wir alle lachen müssen. Die Familie und die Nachbarschaft kann man sich ja bekanntlich nicht aussuchen, und auch wenn ich mich mit meiner engen Familie hervorragend verstehe, muss das nicht für die andren gelten. Es gibt ein paar, die es nie gebilligt haben, dass ich einen Amerikaner anstatt jemanden mit griechischen Wurzeln geheiratet habe. Es waren die Gleichen, die sich nach unserer Scheidung aufgespielt und mir auf die Nase gebunden haben, dass sie es ja gleich gesagt hätten.

Aber all diese Gerüchte und negativen Menschen habe ich stets gut ausblenden können. Wieso sollte ich mich auf sie konzentrieren, wenn es doch genug andere gibt, die ich unheimlich mag. Je mehr Zeit vergeht, desto lockerer wird Ian, dem der Ouzo langsam zu Kopf steigt. Er ist nicht betrunken wie damals auf der Treppe, aber leicht angeheitert und hat einen Heidenspaß mit meinem Großvater und mit Dad. Aris und Linus stehen bei ihm und sehen ihn mit großen Augen an. Die beiden können noch immer nicht fassen, dass ein Rockstar in unserem Garten steht und ihre Schwester mit ihm zusammen ist. Ich will gerade auf sie zugehen, als Athina nach mir ruft.

»Mom!«

»Ja? Renn doch nicht so. Oh, hey Angelica.« Ich ahne, wieso beide auf mich zugerannt sind.

»Darf ich bei Grandma schlafen? Angie schläft auch hier. Bitte, Mom!« Immer wieder dasselbe Theater.

»Wenn deine Großmutter es erlaubt, habe ich nichts dagegen.« Der Jubel, der daraufhin folgt, ist fast ohrenbetäubend.

»Danke, Mom. Bye, Mom.« Und dann sind sie auch schon wieder verschwunden. Leider wohnt mein Cousin Nico in Chicago, weshalb sich die zwei nicht so oft sehen können, aber sie telefonieren oft miteinander und genießen die Treffen umso mehr, weil sie nicht so oft vorkommen.

Ich nähere mich meinem Freund, der mit meinem Vater um die Wette lacht und seine Hand auf die meines Großvaters legt. Es ist für ihn vielleicht eine beiläufige Geste, doch für mich ist es so viel mehr. Es ist ein Zeichen, dass er meine Familie und unsere Umstände akzeptiert.

»Da bist du ja«, ruft Ian aus und nimmt mich fest in den Arm.

»Na, hast du Spaß?«, frage ich, woraufhin er entspannt nickt.

»Und wie. Dein Dad hat mir den köstlichsten Schnaps der Welt eingeschenkt.«

»Danke, Dad«, sage ich sarkastisch, denn wenn er sich betrinkt, ist es wieder an mir, ihn bis zur Wohnung hinaufzuschleppen.

»Er hat vorhin seinen letzten getrunken. Ian wollte keinen mehr.«

»Wirklich?« Ich wende mich ihm zu. Nun ist er derjenige, dessen Wangen sich röten.

»Ich will nicht unser erstes oder besser gesagt zweites Treffen erneut heraufbeschwören. Außerdem habe ich schon mehr als genug.«

»Gut, dann lasst uns mal essen gehen. Das Fleisch wird gerade serviert.« Kaum habe ich das Essen erwähnt, als sich alle zu den Tischen begeben. Nur Ian und ich bleiben übrig. Ich will gerade gehen, als Ian seine Hände an meine Hüften legt und mich mit dem Rücken an seine Brust zieht. Ich keuche erschrocken auf und blicke mich panisch um, als er seine Nase an meinem Hals entlanggleiten lässt und tief einatmet.

»Ich sagte …«, murmelt er und das Vibrieren seiner Stimme lässt einen Schauer meinen Rücken herabrieseln.

»Was?«, keuche ich und versuche, nicht vor Sehnsucht die Augen zu schließen.

»Vom Ouzo habe ich genug, doch von dir werde ich niemals genug bekommen.«

»Oh«, hauche ich und kann nicht verhindern, dass ich wie Wachs in seinen Händen schmelze. Sollen sie uns doch sehen, denn ich stehe hier mit dem Mann, der meine Welt bis in ihre Grundfesten erschüttert hat, und nichts hat sich je richtiger angefühlt, als von ihm begehrt zu werden.

»Ich liebe dich«, flüstert er in mein Ohr und gibt mir damit den Rest.

28. KAPITEL

Ian

»Ihr hört KBS, euren Radiosender mit den besten Hits. Heute bei uns im Studio: die wohl beste Rockband aller Zeiten. Willkommen an die Mitglieder von Everstorm.«

»Hallo New York, ich bin Kian und der Gitarrist der Band.«

»Guten Morgen, mein Name ist Seth, ich bin der Bassist von Everstorm.«

»Hier ist Lewis, der Drummer eures Vertrauens.«

»Hey an alle Fans, mein Name ist Ian und ich bin der Leadsänger.«

»Danke, dass ihr uns mit eurer Anwesenheit beehrt. Wir wurden auf Social Media mit der Bitte bombardiert, euch einzuladen. Die Flut an Fragen, die von den Fans kam, war kaum zu bewältigen. Mittlerweile seid ihr ja über zehn Jahre im Musikgeschäft tätig und noch immer sehr beliebt. Könnt ihr euch erklären, wieso das so ist?«

»Ich denke, da spielen viele Faktoren eine Rolle. Einer davon ist, dass wir uns stetig weiterentwickelt haben. Jedes unserer Alben hat wohl den Nerv der Zeit getroffen. Außerdem haben wir auch nach all den Jahren den Spaß und die Leidenschaft nicht verloren. Auf Konzerten und auch in den Musikvideos sieht man wohl, dass wir lieben, was wir tun«, antwortet Kian und nimmt uns damit die Worte aus dem Mund. Jeder von uns liebt seinen Job auf die eine oder andere Weise.

»Apropos Konzerte und Liveshows. Ihr seid länger nicht mehr aufgetreten. Hat das einen bestimmten Grund?« Auch wenn die Radiomoderatorin es vielleicht nicht beabsichtigt, wandert ihr Blick kurz zu mir, und jeder im Raum weiß, dass sich die Frage auf meine Skandale bezieht.

»Wir sind gerade in der Phase, in der wir Energie und Inspiration für unser siebtes Album sammeln. Das ist ein Prozess. Wir sitzen wie in alten Tagen zusammen, chillen und nehmen neue Songs auf – ganz ohne Druck.« Lewis bleibt sachlich und cool und beantwortet die Frage der Moderatorin mit seiner lockeren Art.

»Zu diesem Thema hat auch *@melanie_the_redhead* eine Frage. Was könnt ihr über das neue Album verraten?« Seth öffnet schon den Mund, doch ich bin schneller und beantworte diese Frage.

»Wir stehen noch am Anfang und haben bisher weder einen Titel für das Album noch ein Releasedatum. Vorrangig wollen wir einfach Spaß miteinander haben und jammen, sobald es möglich ist.« Ich blicke zu Kian. Seine Mundwinkel zucken, und er nickt mir leicht zu. Ich habe zu dieser Frage nicht gelogen, denn ich kann es kaum erwarten, wieder in der Lage zu sein, ein Instrument zu spielen oder zu singen. In den letzten Wochen habe ich schon Erfolge am Klavier erzielt. Während Athinas Klavierstunden werde ich immer mutiger und habe letztens sogar ein paar Minuten am Stück gespielt. Das Zittern in den Händen war zwar nicht mehr so stark, dafür hatte ich mit Schweißausbrüchen zu kämpfen. Alles in allem ist es trotzdem als Erfolg zu verbuchen, den ich den Jungs sofort mitgeteilt habe. Die restlichen Mitglieder der Band üben, seitdem sie von meinem Schicksalsschlag erfahren haben, keinerlei Druck mehr auf mich aus, was die Sache natürlich erleichtert.

»*@Carl_the_king_of_the_couch* hat eine Frage speziell an Seth gerichtet. Wie viele Gitarren besitzt du?«

Seth lacht kurz auf, ehe er die Frage beantwortet. »Witzig, dass du fragst, Carl, denn tatsächlich habe ich mir vor ein paar Tagen die Zeit genommen, meine Gitarren zu zählen. Vierundzwanzig Stück darf ich mein Eigen nennen.«

»Welche davon ist deine wertvollste?«

»Die Gitarre mit dem größten ideellen Wert ist eine Red Special, die mir Brian May von Queen geschenkt hat. Er hat sie mir mit einer Six-Pence-Münze zugeschickt, die er als Gitarren-Pick verwendet hat. Die Gitarre wurde außerdem von ihm signiert.«

»Spielst du damit, oder ist sie für dich eher ein Sammlerstück?«

»Ich habe mir den Teil mit der Signatur versiegeln lassen, sodass sie nicht verblasst, aber ich spiele sehr gern mit ihr. Keine meiner Gitarren ist unbespielt, da ich es nicht mag, wenn sie irgendwo an der Wand verstauben. Ich bin Musiker, kein Sammler.«

»Na, dann hoffen wir, den unverwechselbaren Sound einer Red Special auf dem nächsten Album herauszufiltern zu können. Wir machen gleich mit der nächsten Frage weiter. Wie gesagt, wir haben eine Menge zugeschickt bekommen. *@Lilly_19_to_the_20* möchte wissen, welches Konzert für euch am unvergesslichsten war?«

»Ich denke, das war für uns alle das meistbesuchte Konzert in Rio de Janeiro, wo wir die gleiche Besucheranzahl hatten wie die Rolling Stones bei ihrem Konzert am 5. August 1995 in Prag. Als großer Fan der Stones war es eine unglaubliche Ehre für uns.« Wir anderen nicken bestätigend, denn es war ein unglaubliches Gefühl, vor so vielen Menschen zu spielen.

»Wow, so viele Menschen, das kann ich mir kaum vorstellen. Nun habe ich persönlich eine Frage an euch. Was bedeutet es für euch, Musik zu machen?« Ich weiß nicht wieso, aber irgendwie habe ich den Drang, auf diese Frage zu antworten, auch wenn ich derzeit nicht in der Lage bin, wirklich als Musiker aktiv zu sein.

»In einer Zeit, die so schnelllebig ist und einen durchaus überfordern kann, holt mich dic Musik runter. Egal wie gestresst ich bin, es wird immer einen Song geben, der mich beruhigen kann. Es ist wie Magie, und dass wir diejenigen sind, die diese erschaffen können, macht es umso unglaublicher. Dass Songs oder Melodien heilende Kräfte haben, ist allgemein bekannt, und auch ich spüre diese am eigenen Leib.«

»*I am enough* ist ein Song, der diesen Effekt auf mich hat«, gibt die Moderatorin zu und schenkt mir ein fast dankbares Lächeln.

»Und genau deswegen haben wir ihn geschrieben.«

»Danke dafür! Die nächste Fan-Frage ist etwas persönlicher.« Ich verkrampfe mich augenblicklich, und bemerke, dass es den anderen ähnlich geht. Nicht immer sind Fragen dieser Art auch angemessen.

»Wie kommt ihr mit dem Ruhm klar? Gab es je Augenblicke, in denen euch Depressionen heimgesucht haben? Diese Frage haben viele gestellt.«

»Wir werden immer wieder gefragt, wie wir das alles überstehen konnten, ohne durchzudrehen, und ich muss zugeben, dass ich selbst an Depressionen gelitten habe, was eher auf das Fehlen meiner Familie zurückzuführen war. Gerade zu Beginn unserer Karriere hatte ich oft schlaflose Nächte und Panikattacken«, antwortet Seth, woraufhin Kian ihm eine Hand auf die Schulter legt. Wir alle tragen große Kopfhörer und Mikrofone. Das Interview wird zusätzlich als Livestream auf den Social-

Media-Kanälen des Senders übertragen. Es ist mein erstes Interview seit Wochen. Ich räuspere mich kurz, ehe ich ergänze: »Ich glaube, ich spreche für alle Bandmitglieder, wenn ich sage, dass wir alle mal daran gedacht haben, das Handtuch zu schmeißen, weil uns das Reisen, die Promotions und der andauernde Stress mürbe gemacht haben, aber wir reden offen darüber, wenn uns etwas beschäftigt. Wir sind mehr als nur Kollegen, wir haben Everstorm in der Schule gegründet und sind seit über einem Jahrzehnt befreundet. Wir sind eine Familie.«

»Trefft ihr euch auch privat öfter?«, stellt sie die nächste Frage.

»Klar, wir hocken in unserer Freizeit zwar nicht ständig aufeinander, aber wir treffen uns regelmäßig, auch unsere Familien kennen sich gegenseitig. Meine Schwester hat vor ein paar Wochen eine große Grillparty veranstaltet und auch die Jungs eingeladen. Nicht weil sie sich verpflichtet fühlte, das zu tun, sondern weil sie zur Familie gehören«, sagt Seth, woraufhin ich lächeln muss, da ich mich daran erinnere, wie Lewis betrunken auf einem der Tische getanzt hat.

»Wir bleiben bei dem persönlichen Thema und bei einer Frage, die ebenfalls sehr oft gestellt wurde. Von Kian wissen wir ja, dass er eine Freundin hat, aber wie steht es um den Beziehungsstatus von euch anderen?« Kian, Seth, Lewis und ich haben uns darauf geeinigt, unser Liebesleben von der Presse fernzuhalten. Kian hat seine Beziehung zwar öffentlich gemacht, redet aber nicht darüber. Am Anfang unserer Karriere haben wir bei dieser Frage immer mit Nein geantwortet. Auch diesmal verneinen wir, obwohl es sich tief in meinem Inneren falsch anfühlt, Brooke zu verleugnen. Aber sollte unsere Beziehung öffentlich werden, würden sie und Athina von Paparazzi belagert werden, und das ist das Letzte, was ich will.

Nach dem Interview habe ich herrlich gute Laune und das Gefühl, Bäume ausreißen zu können. Den Jungs entgeht das natürlich nicht, denn es ist das genau Gegenteil von meiner üblichen Laune.

»Da hatte jemand wohl eine tolle Nacht, was?«, fragt der Bengel Lewis und zieht schnell den Kopf ein, bevor ich ihm eine Kopfnuss verpassen kann.

»Bist du etwa neidisch?«

»Um Himmels willen, nein! Mein Singleleben ist mir heilig, es müsste schon eine Wahnsinnsfrau ankommen, damit ich mich verliebe.« Es ist noch gar nicht so lange her, da habe ich genauso gedacht. Damals hatte ich keine Ahnung, was es bedeuten würde, zu lieben und sich einem Menschen völlig zu öffnen. Ich freue mich auf den Tag, an dem auch mein Freund dieses unglaubliche Gefühl erleben darf.

»Sollten wir die gute Laune von unserem Griesgram ausnutzen?«, fragt Seth und grinst mich frech von der Seite an.

»Wie meinst du das?«, will ich wissen und steige mit den anderen in den Van, der uns zum Label bringen soll.

»Wir könnten ganz frech sein, das eher lockere Treffen mit Hayden absagen und stattdessen ins Studio gehen. Wer weiß, vielleicht geht dir das Singen und Spielen leichter von der Hand«, meint Seth und schnallt sich an. Ich denke kurz über den Vorschlag nach. Jetzt ein Instrument in der Hand zu halten, könnte vielleicht eine andere Auswirkung als sonst auf mich haben, da ich laut Dr. Santiago in den letzten Wochen ungeheure Fortschritte gemacht habe.

»Einen Versuch ist es wert«, antworte ich und tue alles, um meine Erwartungen nicht zu hoch zu schrauben, da ich schnell enttäuscht werden könnte.

Eine Stunde später sitze ich am Klavier und habe meine Finger über die Tasten gelegt, es aber nicht gewagt, darauf zu spielen. Die Jungs sind beschäftigt und arbeiten gerade an einem Song, den Kian geschrieben hat. Es ist eine rockige Nummer, die eher an unsere alten Tage erinnert. Beim letzten Mal haben mich alle beobachtet. Auch wenn ich ihre Gesichter nicht gesehen habe, wusste ich, dass sie jede meiner Bewegungen verfolgt haben. Diesmal achtet niemand auf mich, sodass ich die Augen schließe und die Jungs ausblende. Ich denke an Brooke und den Moment, als ich sie nackt in den Seidenlaken gesehen habe.

Damals wie heute stellt dieses Bild einiges mit mir an. Es ist nicht nur die Erotik, die diese Erinnerung auslöst, sondern das Vertrauen und die Liebe, die ihr ganzes Wesen ausgestrahlt hat. An diesem Tag wusste ich, dass ich diese Frau liebe, und alles dafür tun werde, um sie glücklich zu machen. Ihr körperlich nah zu sein war wunderschön, aber ich möchte, dass unsere Herzen und Seelen sich vereinen. Ich will bis zum Ende meiner Tage ihr gehören.

Meine Finger bewegen sich wie von selbst und stimmen eine Melodie an. Sanfte, aber eingängige Klänge. Eine Ballade, wie sie nur Brooke würdig sein kann. Ich wiederhole den Refrain immer und immer wieder und dabei sehe ich nur sie und mich. Zwei Menschen, die eine Seele ergeben.

»Was war das denn?«, fragt einer der Jungs, nachdem der letzte Ton verklungen ist. Wer von ihnen es ist, bekomme ich nicht mit, da ich zu sehr von der Tatsache fasziniert bin, dass ich zum ersten Mal seit Monaten ein Instrument gespielt habe, ohne Atemnot zu bekommen oder eine Panikattacke zu erleiden.

»*Covered in Silk*«, antworte ich leise, denn das war der Titel, der mir damals schon im Kopf hängen geblieben ist.

»Cooler Titel und noch besseres Klavierstück. Willst du weiter daran arbeiten?«, fragt mich Kian und ich höre die Hoffnung aus seiner Frage heraus. Ich nicke, denn das Gefühl der Freude und Aufregung, das ich beim Spielen gespürt habe, will ich immer und immer wieder erleben.

Ich steige gerade in meinen Truck, als mein Smartphone vibriert. »Hey an die viertschönste Frau auf der ganzen Welt.«

»Hey! Moment! Wie kann ich so schnell von Platz zwei auf Platz vier rutschen?«, beschwert sich Quinn lauthals.

»Hast du vergessen, dass ich nun eine Freundin habe und sie auch eine wundervolle Tochter hat?«

»Nein, aber es tut trotzdem weh.«

»Schmoll nicht rum.«

»Ich schmolle nicht!«

»Nein, so gar nicht«, sage ich mit einem sarkastischen Unterton und lehne mich gegen das Kopfteil des Sitzes. Ich bin noch immer beflügelt von der Session, die wir gerade im Studio abgehalten haben. Stundenlang habe ich am Klavier gesessen und mit den Jungs an einem Text gefeilt. Damit habe ich ihnen meine Gefühle für Brooke offenbart, aber ich schäme mich nicht dafür. Jeder auf der Welt, der diesen Song hört, soll wissen, wie sehr ich diese Frau liebe.

»Was treibst du?«

»Ich bin gerade aus dem Studio raus. Wir haben ein paar Stunden am Album gearbeitet.«

»Gearbeitet wie, wir haben professionell an einem Song gefeilt, oder gearbeitet wie, wir haben uns einfach nur dreckige Witze erzählt und Süßes in uns reingestopft?«

»Ersteres.«

»Wirklich?«

»Ja.«

»Und wie war es? Ich meine, konntest du diesmal spielen oder singen?«

»Beides«, antworte ich und könnte vor Freude platzen. Das ist es. Wegen diesem Hochgefühl haben wir damals angefangen, Musik zu machen. Wegen dieser Emotionen, die wir empfinden und durch unsere Songs an die Fans weitergeben.

»Ich fasse es nicht! Ian, das ist wunderbar.«

»Lass uns feiern.«

»Jetzt? Es ist erst vier Uhr nachmittags.«

»Egal. Trommel Hayden und Tori zusammen, sie sollen Kyle mitbringen. Ich kümmere mich um Athina und Brooke.«

»Aber …« Doch ich lasse sie nicht ausreden, sondern lege einfach auf. Ich kann nicht aufhören zu grinsen. Ich bin wieder da. Der alte Ian, der immer einen Grund gefunden hat, mit seiner Familie das Leben zu feiern, der stets gut drauf war und der für die Musik gelebt hat. Auch wenn es nur kleine Schritte in die richtige Richtung sind, bewirken sie doch, dass ich mich wieder wie ich selbst fühle.

29. KAPITEL

Brooke

»Gott, wie sehr ich ihn hasse«, rufe ich aus. Am liebsten würde ich die Fernbedienung gegen die Wand knallen.

»Mom, es ist nur ein Film, und er ist nur ein Schauspieler.«

»Trotzdem! Wie kann er ihr das nur antun?«, beschwere ich mich und könnte diesen fiesen Willoughby umbringen, der die arme Marianne einfach für eine reichere Frau sitzen lässt. Wir gucken zum gefühlt hundertsten Mal *Sinn und Sinnlichkeit*. Eine Filmadaption von Jane Austens gleichnamigem Roman. Noch bevor ich *Titanic* gesehen habe, habe ich Kate Winslet bereits in dieser Rolle verehrt, und mich in Alan Rickman verknallt, lange bevor der Sirius Snape in Harry Potter gespielt hat. Für mich ist es ein Herzensfilm. Alles Historische ist genau mein Geschmack. Seien es Filme, Bücher, Magazine oder einfach nur klassische Musik.

»Was denkst du? Wird sich Ian jemals romantische Filme oder Serien mit dir anschauen wollen?«

»Er weiß noch nicht, wie verrückt ich danach bin. Lassen wir ihm noch etwas Zeit, ehe er das volle Ausmaß meiner Obsession kennenlernt, okay?«

»Na gut«, antwortet sie und stopft sich eine Handvoll Popcorn in den Mund, wobei einiges davon auf der Couch landet.

»Wer am meisten kleckert, räumt auf! Du kennst die Regel.«

»Ja, ja. Ich wohne schon lang genug mit dir zusammen und kenne sie in- und auswendig.«

»Gut.« Als es an der Haustür klingelt, pausiere ich den Film und stehe auf.

»Hey! Wieso musst du ihn stoppen? Du kannst ihn doch im Traum mitsprechen!«, beschwert sie sich mit vollem Mund, was sich eher witzig als anklagend anhört.

»Weil ich nichts verpassen will! Noch eine Regel, die du anscheinend vergessen hast.«

»Na gut, dann gehe ich mal auf die Toilette.« Schmollend zieht sie ab, woraufhin ich nur den Kopf schütteln kann. Ich öffne die Tür und finde Ian vor.

»Hey«, begrüße ich ihn voller Freude.

»Hallo, meine Schöne. Ich habe dich schrecklich vermisst.« Ich keuche auf, als er einen Schritt auf mich zumacht, die Finger in meinem Haar vergräbt und mich stürmisch küsst. Sofort erwidere ich den Kuss, und als hätte er das schon gehofft, erobert er mit seiner Zunge meinen Mund, sodass ich nicht mehr denken, sondern nur noch fühlen kann.

Es ist ein weltenerschütternder Kuss, so wie ich ihn noch nie erlebt habe. Ian drückt mich gegen die Wand neben der Tür und presst seinen heißen Körper fest gegen meinen. Das hier ist Leidenschaft pur. Wer braucht schon Sex, wenn Ian diesen allein mit einem Kuss auszudrücken vermag. Als Athina das Wasser im Badezimmer aufdreht, kommen wir beide zur Besinnung und lösen uns voneinander, sind aber noch immer in einer Art Rauschzustand. Ich lege meine Finger an meine geschwollenen Lippen und blicke zu ihm auf. Ian schenkt mir dieses anzügliche, halbe Lächeln, das meine Kleidung und mich selbst in Feuer aufgehen lässt.

»Was war das denn?«, frage ich, und atme dabei so schwer, als hätte ich gerade einen Marathon hinter mir.

»Ein Kuss, wie nur ich ihn geben kann.«

»Ich will mehr«, seufze ich und blicke auf seine vollen Lippen, die sich zu einem Lächeln verziehen.

»Das bekommst du. Später.«

»Ist etwas vorgefallen, dass du so herrliche Laune hast?«, frage ich neugierig, da er wie unter Strom zu stehen scheint.

»Ich habe am Klavier gespielt. Stundenlang, ohne Hemmungen.«

»Wirklich?«, frage ich und kann nicht glauben, dass er es tatsächlich geschafft hat.

»Ja, und es war einfach unglaublich. Zuerst habe ich einfach drauflosgespielt, und dann plötzlich saßen wir zu viert um das Klavier und haben einen Song geschrieben.«

»Ich bin so unsagbar stolz auf dich, Ian. Du hast es verdient, endlich wieder das zu tun, was dir all die Jahre solche Freude bereitet hat.« Ich schlinge meine Arme um ihn und drücke ihn ganz fest, damit er fühlt, wie erleichtert und froh ich darüber bin, dass er einen Schritt weitergekommen ist.

»Danke, meine Süße. Und weil ich mich fühle, als könnte ich Bäume ausreißen, müssen wir das feiern.«

»Jetzt?«

»Du klingst wie Quinn. Was ist verwerflich daran, hier und jetzt eine Party zu machen?«

»Ähm, sieh mich doch an«, sage ich und blicke an mir herunter. Ich trage Pyjamashorts zu Oversize-Sweater und Kuschelsocken.

»Du siehst heiß aus, egal was du trägst.«

»Sei nicht albern. Aber jetzt im Ernst. Du willst ausgehen?«

»Ja, wir feiern mein Comeback als Musiker bei Hayden auf der Dachterrasse. Quinn besorgt das Essen, Hayden bringt die Terrasse auf Vordermann, und Tori holt Kyle ab. Die Jungs kommen etwas später und jetzt fehlen nur noch meine Mädels.«

»Deine was?«, frage ich, da diese Aussage etwas in mir anstellt. Es überwältigt mich und macht mich auch etwas traurig.

»Ihr zwei seid meine Mädels. Neben meiner Mom und Quinn seid ihr die wichtigsten Frauen in meinem Leben und ich will heute das Leben und das Glück, das ihr mir beschert habt, feiern.« Meine Sicht verschwimmt, da ich diese Worte zum ersten Mal in Bezug auf meine Tochter und mich höre. Mein Ex hat uns noch nie einen Kosenamen oder liebevolle Worte entgegengebracht, aber dieser Mann tut es und erschüttert mein Innerstes auf die schönste Art und Weise.

»Hey, wein doch nicht.« Er zieht mich in seine Arme und ich lasse meinen Tränen freien Lauf. Nie habe ich mich glücklicher gefühlt als in diesem Moment, als er meine Tochter und mich als die Seinen bezeichnet hat. Als Teil seiner Familie. Ich schniefe gerade, als sich kleine Arme um mich und Ian schlingen. Ich blinzle die Tränen weg und entdecke Athina, die uns wiederum umarmt. Sie muss seine Worte ebenfalls gehört haben und wird genauso überwältigt sein wie ich. So sollte es sein. Diese familiäre Liebe hätten wir schon von Anfang an erfahren sollen, doch ich denke, wir beide sind froh, dass wir sie durch Ian erfahren. Den Mann, der uns so liebt und akzeptiert, wie wir sind.

Am Tag nach der spontanen Party scheint die gute Laune von Ian auf mich abgefärbt zu haben. Die Sonne strahlt, die Kids sind wirklich artig, und sonst ist nicht viel vorgefallen. Es fühlt sich wie ein perfekter Arbeitstag an.

»Chloe. Komm runter, das Mittagessen ist fertig!«, rufe ich vom Esszimmer aus, in der Hoffnung, dass sie mich trotz des Lärmpegels hört. Beim Essen sind die Kids alles, nur nicht still, aber genau das mag ich. Es wirkt wie ein normaler Familienhaushalt. Es wird um Gerichte und Beilagen gestritten und mit Gabeln gespielt, als wären es Schwerter. Heute gibt es Fleischklöße mit Soße, dazu Kartoffelpüree und einen überbackenen Nudelauflauf als vegetarische Option.

»Wo ist Malcom?«, frage ich Savannah, die gerade ins Esszimmer gekommen ist.

»Vermutlich noch immer im Wohnzimmer.« Sie schüttelt kaum merklich den Kopf und signalisiert mir so, dass er wohl heute in keiner guten Verfassung ist. Ich seufze auf und wische mir die Hände an einer Serviette ab.

»Ich sehe mal nach ihm.« Ich begebe mich ins Wohnzimmer und finde ihn tatsächlich auf einem der Sofas wieder, wo er mit leerem Blick auf den Fernseher starrt. Es läuft irgendein Barbie-Film, den er vollkommen ignoriert.

»Malcom. Hey.« Ich setze mich neben ihn, behalte aber meine Hände bei mir. Er mag es nicht, wenn man ihn unangekündigt berührt, selbst dann nicht, wenn es ein sanftes Klopfen auf die Schulter ist. Da keine Antwort kommt, rede ich einfach weiter.

»Alle sitzen schon am Tisch und wollen essen. Jetzt fehlst nur noch du.«

»Ich hab keinen Hunger«, antwortet er mit leiser Stimme. Mein süßes Sorgenkind. Es gibt Tage, an denen ich ihn zu gewissen Dingen ermutigen kann, aber an anderen Tagen ist er einfach nur ein Schatten seiner selbst. Da ist so unfair. Dieser bildhübsche Junge sollte im Garten Fußball spielen, mit den anderen Kindern lachen und sich über Lehrkräfte beschweren, die viel zu viele Hausaufgaben aufgeben, aber er sitzt hier wieder ganz allein und durchlebt innerlich wohl erneut die Hölle. Immer und immer wieder.

»Könntest du nicht mir zuliebe ein wenig essen? Gestern hast du nur einen Teller Risotto gegessen, und den nicht einmal ganz.« Seit Tagen sitzt er nur in seinem Zimmer und hört über Kopfhörer Musik.

»Ich kann nicht.«

»Und wenn ich dir verspreche, dass ich dann heute Nachmittag Pancakes mache?« Das lässt ihn aufhorchen. Durch eine der Sozialarbeiterinnen habe ich erfahren, dass Pfannkuchen sein Lieblingsgericht sind.

»Trotzd…«

»Mit Blaubeeren und verschiedenen Soßen. Wir haben Ahornsirup da, Nutella, Obst zum Belegen, Sahne und noch vieles mehr. Na, klingt das nicht lecker?« Malcom nickt langsam.

»Na siehst du, also komm, steh auf, iss mit uns und dann kannst du mir helfen, wenn ich sie uns später mache, okay?« Wieder ein Nicken und sogar ein leichtes Lächeln, das sein Gesicht noch hübscher aussehen lässt. Als wir uns erheben, klingelt es an der Tür.

»Geh du schon mal vor, ich komme gleich nach.« Während er ins Esszimmer geht, begebe ich mich zur Haustür und öffne sie. Mein anfängliches Lächeln verblasst jedoch, als ich Gary erblicke. Ein grimmig dreinblickender Mann, den ich als seinen Bodyguard vermute, ist an seiner Seite und blickt starr geradeaus.

»Was tust du denn hier?«, frage ich nicht wirklich freundlich und bin heilfroh dass alle bereits am Esstisch sitzen und diese sehr unerfreuliche Konversation nicht miterleben müssen.

»Schön dich wiederzusehen, Bryony.«

»Die Freude ist ganz und gar nicht meinerseits. Also noch mal: Was zum Teufel machst du hier?« Ich habe die Nachrichten ignoriert, in denen er nach Athinas Anwesenheit auf einer Gala verlangt hat. Selbiges gilt für seine Anrufe, da er sich mit Sicherheit nicht nach unserem Wohlbefinden erkundigen wollte.

»Ich will mit dir reden, aber du ignorierst mich völlig, also blieb mir nichts anderes übrig, als diesem Loch hier einen Besuch abzustatten.« Ich hasse es, wenn er mein zweites Zuhause so nennt. Niemals werde ich verstehen, was ich je an ihm gefunden habe.

»Pass auf deine Worte auf!«, knurre ich. Niemand nennt das Zuhause meiner Kinder so.

»Ganz schön wild geworden, seitdem du nicht mehr bei mir bist.« Er schnalzt mit der Zunge und mustert mich von oben bis unten. Ich erschaudere voller Ekel.

»Glücklich trifft es eher. Froh darüber, dich nicht mehr ertragen zu müssen. Wenn du also nichts zu sagen hast, wars das.« Ich will die Tür wieder schließen, doch der Schrank an seiner Seite lässt die Hand hervorschnellen und hindert mich daran.

»Loslassen oder ich rufe die Polizei.«

»Keine Sorge, Liebling, ich will nicht in dieses marode Haus einsteigen, sondern dich nur warnen. Entweder du lässt es zu, dass Athina mich zu den Wahlkampfveranstaltungen begleitet, oder ich werde dich fertigmachen.«

»Ich habe dir immer wieder gesagt, dass ich es nicht zulassen werde, dass du sie benutzt. Wenn du Zeit mit ihr verbringen willst, kannst du dich gern melden. Auch wenn du keine Beziehung zu ihr aufbauen konntest, sollte sie wissen, wer ihr Vater ist.«

»Ich habe kein Interesse daran, mit ihr ein Picknick zu machen oder sonstigen Scheiß. Ich brauche ihre Präsenz, und sobald die Wahl vorbei ist, werde ich euch nicht mehr behelligen.«

»Bis du dann als Senator kandidierst, oder wie? Dann fängt diese Hölle von vorne an.«

»So in der Art«, meint dieser Mistkerl allen Ernstes und verzieht keine Miene. Ich koche innerlich und muss mich wirklich zusammenreißen, um ihm nicht eine zu scheuern.

»Vergiss es.«

»Ist das dein letztes Wort? Ich warne dich, wenn du sie mir nicht aus freien Stücken übergibst, werde ich andere Saiten aufziehen.«

»Ich habe keine Angst vor dir.«

»Oh, das lässt sich schnell ändern.«

»Träum weiter«, zische ich und mache einen Schritt auf ihn zu. Wütend über seine bloße Anwesenheit verziehe ich das Gesicht voller Hass.

»Du willst mir wirklich mein eigenes Kind nicht anvertrauen?«

»Nein! Nenn sie nicht dein Kind, du hast in den letzten zehn Jahren dreißig Sätze mit ihr gesprochen, wenn es hochkommt. Du hast das Recht verloren, sie deine Tochter zu nennen.«

»So willst du es?«

»Ja, so will ich es. Halte dich fern von uns. Ich werde es nicht zulassen, dass du sie wie ein Püppchen der Meute vorführst.«

»Nein? Dann bleibt mir nichts anderes übrig, als dich fertigzumachen. Hier geht es nicht mehr um gute Publicity, sondern ab jetzt nur noch um Rache.«

»Mach du nur.«

Er beginnt zu lachen. Es ist ein böses, hinterhältiges Lachen, das mir eine unangenehme Gänsehaut beschert.

»Dann werde ich es genießen, dir alles zu nehmen, was dir etwas bedeutet.« Nach diesen Worten dreht er sich um und geht, dicht gefolgt von seinem Leibwächter. Ich schließe die Tür und lasse zum ersten Mal der Wut freien Lauf. In seiner Anwesenheit war mein Körper ruhig, aber meine Worte scharf, doch jetzt merke ich, was sein Besuch in mir ausgelöst hat. Meine Hände sind schwitzig und zittern, mein Puls rast – vor Wut, aber auch vor Angst, dass er seine Worte in die Tat umsetzen könnte.

Die ersten Tränen fließen und ich lasse sie zu, denn das brauche ich jetzt. Einen Moment, um all die Emotionen, die in mir hochgekocht sind, wieder rauszulassen. Während ich stumm weine, denke ich an meine süße Tochter, die gerade in der Schule ist. Sehe ihr losgelöstes Lachen, wenn sie am Klavier sitzt, ihre strahlenden Augen, wenn Ian ihr von seinen Konzerten erzählt und die Liebe, die ihr ganzes Wesen ausstrahlt, wenn sie bei mir ist.

Während wir noch bei Gary gelebt haben, war davon nichts zu sehen. Wir waren zwei graue Mäuse, die sich zwar innig geliebt haben, doch ihr Leuchten unterdrückt haben. Nie habe ich es verstehen können, wieso er seinem Kind keine Aufmerksamkeit schenkt. Aber jetzt bin ich froh darüber. Ich werde es nicht zulassen, dass er ihr schadet. In meiner Hosentasche vibriert mein Smartphone, und als ich auf das Display blicke, wird der Schmerz schwächer. Ian vermag es wie sonst niemand, mich zu beruhigen und wieder klar denken zu lassen.

Natürlich reagiert er wütend, als ich ihm alles erzähle. Er hat Gary noch nie kennengelernt, und ich lege es nicht darauf an, die beiden einander vorzustellen, doch seine Wut auf meinen Ex-Mann könnte wohl ein ganzes Stadion füllen. Unser Telefongespräch ist zwar nur kurz, aber es hat mir sehr viel bedeutet und mich wieder so weit gebracht, dass ich das Geschehene hinter mir lassen und mich um die Kinder kümmern kann.

Nach dem Essen räumen unsere älteren Schützlinge eigenständig den Tisch ab und sorgen für Ordnung, während die Jüngeren für ihren Mittagsschlaf vorbereitet werden. Ich räume gerade die Küche auf, als es erneut an der Tür klingelt. Diesmal soll jemand anderes sie öffnen. Dass Gary hier war, nagt immer noch an mir. Mit ihm werde ich schon fertig, auch wenn ich manchmal in alte Muster verfalle, doch was mich wirklich fertigmacht, ist die Tatsache, dass ihm das Wohlbefinden seines Kindes egal ist.

»Oh mein Gott. Ich glaube es nicht«, höre ich Malcom plötzlich kreischen und drehe mich überrascht um. Normalerweise ist er nicht besonders begeisterungsfähig und redet auch nicht viel. Ich drehe mich um und erkenne eine Traube von Kindern, die durch die Tür in den Flur schielen. Ich gehe auf die Gruppe zu und schaue ebenfalls in den Flur und staune nicht schlecht. Ian unterhält sich gerade mit Savannah an der Haustür. Die Information, dass ein Rockstar in unser Haus gekommen ist, hat sich offensichtlich wie ein Lauffeuer verbreitet.

Also ob er meine Anwesenheit spüren würde, dreht er den Kopf und sieht mich direkt an. *Wird das immer so sein?* Dass sich mein Herzschlag beschleunigt, sobald er in meiner Nähe ist? Oder wird dieses Gefühl abflauen, sobald der Alltag uns einholt? Was auch kommen mag, eines weiß ich: Er ist die Liebe meines Lebens.

»Bist du wirklich ein Rockstern?«, fragt Kris mit großen Augen, woraufhin alle lachen.

»Ich bin Sänger, aber Rockstern klingt viel besser.«

Kris grinst von einem Ohr zum anderen und strafft vor Stolz seine Schultern.

»Komm rein«, weist Savannah Ian an. Als wäre er eine Mutterente, folgen ihm meine Kids wie kleine Küken.

»Hey«, flüstert er, als er vor mir zum Stehen kommt. Alles in mir schreit danach, die Arme um ihn zu legen, doch ich reiche ihm nur meine Hand, die er entgegennimmt und sanft drückt. Sein Daumen streichelt über meinen Handrücken, ehe er sie loslässt.

»Hallo. Schön, dass du da bist. Wie du siehst, hast du auch hier viele Fans. Kennt ihr überhaupt die Musik von Ian?«, frage ich die Kinder, die mich daraufhin mit erhobenen Brauen ansehen.

»Du nennst den berühmtesten Sänger Amerikas einfach Ian?«, fragt Malcom perplex und weckt so meine Aufmerksamkeit.

»Ich kenne ihn schon länger, deshalb nennen wir uns beim Vornamen.«

»Wirklich? Wow. Ich bin Malcom.« Ian und ich wechseln einen Blick. Ich habe ihm schon von meinem Sorgenkind erzählt, weshalb er genau weiß, wen er vor sich hat. Ian geht vor ihm in die Hocke, sodass er sich auf Augenhöhe mit ihm unterhalten kann. Er ist ein Bär von einem Mann, während Malcom eher schmächtig wirkt.

»Freut mich sehr, dich kennenzulernen. Welcher unserer Songs gefällt dir denn am besten?«

»*Clearblue*«, kommt es wie aus der Pistole geschossen und auch sonst wirkt der kleine Junge wie ausgewechselt, als hätte es den schüchternen Malcom nie gegeben.

»Wusstest du eigentlich, dass dieser Song Seths Liebeserklärung an seine kristallblauen Augen ist?«

»Wirklich?«

»Ja, wir haben nur den Text verändert – so als wäre es ein Song für eine Frau.« Lachen erklingt von allen Seiten. Als ich mich umsehe, ist sogar die Leiterin selbst aus ihrem Büro gekommen.

»Isst Lewis wirklich immer so viele Süßigkeiten?«, lautet Malcoms nächste Frage.

»Und wie. Wir nehmen ihm immer den Süßkram weg, sonst würde ihm ständig schlecht werden.« Ian beantwortet geduldig all die Fragen der Kinder. Nach einer Weile verziehen sich alle ins Wohnzimmer, wo er weiter in die Mangel genommen wird. Er verzieht keine Miene und scheint wirklich Spaß zu haben.

»So, jetzt reicht es mit den Fragen. Ab an eure Hausaufgaben«, sagt Savannah, woraufhin das große Nörgeln beginnt. Das Gejammere haben wir jeden Tag, wenn es ans Lernen geht.

»Bist du noch da, wenn wir unsere Hausaufgaben erledigt haben?«, will Malcom wissen. Sein Ton ist so flehend, dass es mir das Herz zerreißt. Seit dem Tod seiner Mom war es schwer, etwas zu finden, das ihn fesseln konnte, geschweige denn etwas oder jemanden, der ihn begeistert.

»Das kann ich leider nicht versprechen. Ich habe noch einiges zu tun.«

»Oh. Schade. Hat mich sehr gefreut, dich zu sehen.« Er macht kehrt und will gerade gehen, als Ian nach ihm ruft.

»Willst du denn kein Foto mit mir machen?«, fragt er in leicht eingeschnapptem Tonfall, woraufhin Malcoms Gesicht erneut zu strahlen beginnt.

»Klar.« Nachdem fast alle Kinder ein Foto mit Ian gemacht haben, ist es im Wohnzimmer endlich leerer geworden. Ian begrüßt die anderen Mitarbeitenden, die aber weiter ihrer Arbeit nachgehen, bis nur noch er und ich übrig bleiben. Um diesen kurzen Moment auszunutzen, gehe ich auf ihn zu und lasse mich von ihm fest in den Arm nehmen.

»Geht es dir gut?«, fragt er, womit er wohl auf Garys Auftauchen anspielt. Ich nicke an seiner Brust und atme tief seinen Duft ein, ehe ich den Kopf hebe, um ihn anzusehen.

»Mir geht es gut, seitdem du da bist.« Er streicht mit der Hand über mein Haar, so zärtlich und sanft, als könnte ich zerbrechen, wenn er mich stärker hält.

»Ich habe mir Sorgen um dich gemacht, also bin ich gleich hergekommen. Ich hoffe, es macht dir nichts aus, dass ich dich auf der Arbeit belästigt habe.« Ich schüttle den Kopf und genieße seine Berührungen, die niemals genug sein werden.

»Überhaupt nicht.«

»Möchtest du später essen gehen und über alles reden? Wir können auch eine Kneipentour machen, wenn dir eher nach Cocktails ist.«

»Athina ist noch bei meiner Mutter, und ich müsste fragen, ob es meiner Kleinen etwas ausmacht, länger bei ihr zu bleiben. Aber es klingt schon mal herrlich.«

»Ersteres oder Zweiteres?«, fragt er belustigt und küsst mich auf die Nasenspitze.

»Beides«, sage ich und stehle mir einen kurzen, aber unfassbar heißen Kuss, den ich mir nach diesem Tag verdient habe.

30. KAPITEL

Ian

Zwei Wochen später haben wir das Album beinahe fertig aufgenommen. An den Songs zu arbeiten, hat sich beinahe wie ein Rausch angefühlt. Ich konnte nicht aufhören und habe bis tief in die Nacht gearbeitet, weshalb Brooke leider zu kurz gekommen ist. Das möchte ich heute Nacht wiedergutmachen. »Bist du mir wirklich nicht böse, dass ich deine Mom immer wieder ausführe und du bei deinen Großeltern übernachtest?«, frage ich Athina zum gefühlt hundertsten Mal, weil das schlechte Gewissen an mir nagt. Ich blicke in den Rückspiegel, um auf ihr grinsendes Gesicht zu blicken. Sie sieht aus wie die jüngere Version ihrer Mutter.

»Egal wie oft du mich noch fragen willst, meine Antwort wird sich deswegen nicht ändern. Ich habe absolut kein Problem damit, und ich liebe es, in Little Greece zu übernachten. Zufrieden?«

»Wieso nennt ihr euer Familienanwesen eigentlich so?«

»Weil es sich ein bisschen so anfühlt, als wäre man in Griechenland. Die Sprache, das Essen, das Flair, alles daran ist griechisch, auch wenn wir mitten in Brooklyn sind«, antwortet Brooke, woraufhin Athina nickt. Jetzt, wo ich so darüber nachdenke, ist da etwas Wahres dran. Als ich Brookes Familie besucht habe, kam es mir ebenfalls fast so vor, als wäre ich nicht mehr in Amerika. Alle waren so offen und freundlich, und das

Temperament ihrer Familie erklärt, warum sie selbst zu der starken Person geworden ist, die sie heute ist.

»Dieses Gefühl hatte ich auch, nur war mir anfangs nicht klar, was genau bei meinem Besuch anders war.«

»Warst du jemals in Griechenland?«, möchte Athina von mir wissen. Ich wechsle die Spur, ehe ich antworte und mich an die Besuche in diesem schönen Land erinnere.

»Wir haben zwei Konzerte in Athen und eins in Rhodos gespielt. Leider hatten wir nicht genug Zeit, die Gegend zu erkunden. Aber die Konzertveranstalter waren offen und gesellig, ähnlich wie eure Familie.«

»Ja, unsere Mentalität bleibt einem lange im Gedächtnis«, meint Brooke mit einem Lächeln, ehe sie nachdenklich aus dem Fenster blickt. Ich würde sie gerne fragen, was ihr durch den Kopf geht. Mit Sicherheit nagen noch die Drohungen von ihrem Ex-Mann an ihr. Ob sie ihrer Tochter davon erzählt hat, weiß ich nicht, also schweige ich.

»Ian?« Ich löse mich von meinen Gedanken und blicke zu Athina auf die Rückbank.

»Ja?«

»Du kannst gerne auch bei uns übernachten, wenn ich da bin. So müsst ihr nicht immer warten, bis ich nach Little Greece fahre.«

»Ich wollte nichts überstürzen, weil wir ja nicht lange zusammen sind«, meint Brooke und wendet sich ihrer Tochter zu. Dieses lockere Gespräch ist nun ziemlich ernst geworden.

»Du musst nicht erneut wegen mir zurückstecken, Mom. Ich werde bald elf Jahre alt und weiß, was für ein Arsch mein Vater ist und wie sehr du gelitten hast. Ein Kind bekommt so etwas mit, egal wie alt es ist.«

»Ich war glücklich, wenn ich bei dir war und bin es heute noch.«

»Das weiß ich, aber jetzt ist es an dir, endlich dein Leben zu leben, und es macht mich wirklich froh, dass du und Ian zusammen seid. Weil er dich gut behandelt und weil seine Gefühle echt sind.« Brookes Augen glänzen verräterisch.

»Wann bist du so erwachsen geworden?«, fragt Brooke und nimmt mir die Frage förmlich aus dem Mund.

»Keine Ahnung. Frühpubertät?«

»Aber sollte die Pubertät nicht Stress für die Eltern bedeuten?«, meint Brooke lachend.

»Das kommt noch, keine Sorge«, antwortet ihre Tochter, als ich die Auffahrt zu Brookes Elternhaus hochfahre.

»Viel Spaß, und verpass morgen nicht den Bus zur Schule.«

»Danke, werde ich nicht. Bye, Ian.«

»Bye, und danke für deine Worte.« Sie winkt uns zum Abschied und steigt aus.

»Fahr! Jetzt!« Brooke klingt plötzlich hektisch.

»Wieso die Eile?«

»Meine Großmutter eilt auf uns zu, und wenn sie dich einmal in die Finger bekommt, wirst du sie bis morgen früh nicht mehr los.«

»Was für Fragen kann sie bitte noch haben? Sie hat mich beim letzten Mal ausgequetscht wie eine Zitrone.«

»Glaub mir, sie findet immer neue. Los jetzt!« Doch ich weigere mich, denn ich mag ihre Großmutter. Ja, sie kann manchmal anstrengend sein mit ihren Fragen, aber die stellt sie doch nur, um mich besser kennenzulernen. Um zu sehen, ob ich ihrer Enkelin würdig bin, diese Tatsache hat Brooke anscheinend noch nicht verstanden. Hier geht es immer nur um ihr Glück. Ich lasse die Scheibe runter, als sie ankommt.

»Ian, mein Lieber. Schön dich wiederzusehen.«

»Schönen Abend, Sofia. Du siehst gut aus.«

»Ach was! Du Charmeur. Ich sehe immer noch aus wie eine

alte Schachtel«, meint sie verlegen und errötet leicht. Das Erröten wird Brooke wohl von ihr geerbt haben.

»Überhaupt nicht.«

»Könnt ihr mal mit dem Flirten aufhören?«, fragt Brooke, kann sich aber ein Lächeln nicht verkneifen.

»Sei still, du freches Ding! Ich wollte eigentlich nur kurz mit dir sprechen, Ian.«

»Bitte, was kann ich für dich tun?«

»Die Enkelin meiner Schwester heiratet, und ich wollte dich fragen, ob du Lust hast, Brooke auf die Feier zu begleiten.«

»Natürlich werde ich das. Wieso hast du nichts erwähnt?«, frage ich Brooke, die die Augen verdreht.

»Ich habe dich nicht gefragt, weil die Hochzeit auf Samos stattfindet.«

»Na und?«, frage ich und verstehe ihre Beweggründe immer noch nicht.

»Das ist in Griechenland. Du arbeitest doch gerade am Album, und es läuft so gut.«

»Das ist doch egal. Wenn du willst, dass ich dich begleite, werde ich mir die Zeit dafür freischaufeln.«

»Würdest du das wirklich tun?«, fragt ihre Großmutter begeistert, woraufhin ich nach Brookes Hand greife und in Richtung ihrer Grandma antworte.

»Natürlich. Setz uns auf die Gästeliste. Wir werden kommen, wenn Brooke es möchte.«

»Wie toll. Ach mein Schatz, du bist ein Glückspilz, dass du einen Mann wie ihn ergattern konntest.«

»Nein, Sofia. Ich bin hier der Glückliche«, sage ich und küsse Brookes Handrücken.

»Willst du wirklich mit uns nach Griechenland reisen und den Rest der Meute kennenlernen?« Brooke sieht mich fragend an, als wir nach dem Essen einen Spaziergang entlang des Flusses machen, wo wir einen herrlichen Blick auf die Brooklyn Bridge haben.

»Wieso denn nicht? Du regst dich zwar immer über deine Familie auf, aber ich finde sie wirklich nett und interessant. Wenn ich etwas nicht möchte, dann sage ich das, okay? Du brauchst dir diesbezüglich keine Sorgen machen.«

»Aber sie können so nerven.«

»Bei uns ist das nicht anders. Das haben Familien so an sich.«

»Aber meine ist riesig.«

»Umso besser, da geht einem der Gesprächsstoff nie aus.«

»Egal was ich sage, du hast ein Gegenargument, oder?«

»So was in der Art, aber ich meine es ernst.« Ich bleibe stehen und schlinge meine Arme um sie, um ihr ins Ohr flüstern zu können.

»Ich weiß nicht, wer dir eingetrichtert hat, dass du dich für deine Familie und deine Marotten, wie du sie nennst, rechtfertigen musst, aber in meiner Gegenwart brauchst du das nicht zu tun. Ich liebe dich so, wie du bist und würde nichts ändern wollen.«

»Entschuldige, das sind wohl noch alte Angewohnheiten, die sich in den letzten Jahren in mir gefestigt haben.«

»Lass sie los. Bei mir kannst du durchatmen und einfach loslassen.« Sie löst sich langsam von mir und legt ihren Kopf in den Nacken, um mich mit einer Mischung aus Verblüffung und Wärme anzusehen.

»Du bist der perfekteste Mann der Welt.«

»Ich denke, da spricht der Wein aus dir.«

»Quatsch, es liegt an dir. Männer wie dich habe ich damals nur aus der Ferne betrachtet.«

»Männer wie mich?«, frage ich erstaunt.

»Ja, ich war eine graue Maus, die für Boybands geschwärmt hat und mit sechzehn noch nie von einem Jungen geküsst worden war. Ich interessierte mich für die Sportler, aber die hatten nur Interesse an Cheerleaderinnen.«

»Dann haben sie nicht gewusst, was sie verpassen.«

»Lieb von dir, dass du das sagst. Du warst mit Sicherheit Sportler, oder?«

»Ja, ich habe Football gespielt, aber ich war keiner der Wilden, die leichtfertig etwas anstellten.«

»Zerstör mir nicht meine erotischen Fantasien! Ich stelle mir dich als Quarterback vor, der an mein Fenster klopft, um mir einen Kuss und noch viel mehr zu stehlen.«

»Entschuldige, aber du brauchst doch nicht zu fantasieren. Erzähl mir, was du dir im Bett wünschst, und ich lasse es Wirklichkeit werden.«

»Ernsthaft?«

»Solange es nicht ganz skurril ist, ja.«

Sie stellt sich wie ein Kind vor mich hin und versperrt mir den Weg, dann tippt sie sich mit dem Zeigefinger ans Kinn und denkt nach. Schließlich weiten sich ihre Augen, und sie zeigt mit dem Finger auf mich.

»Ich wollte schon immer mal beim Sex gegen die Wand gedrückt werden. So, wie es in den Filmen oft der Fall ist.«

»Das lässt sich einrichten. Was noch?«

»Oh! Und ich fände Rollenspiele toll.«

»Welcher Art?«, frage ich neugierig und richte meine Hose, damit man meine Beule darin nicht so leicht erkennen kann.

»Wenn du eine Marineuniform tragen würdest und ich eine attraktive Krankenschwester spiele. So etwas in der Art.«

»Das klingt heiß.« Ich greife nach ihrer Hand und ziehe sie an meine Brust, sodass sie gegen mich prallt und zu mir aufsieht.

»Jetzt müssen wir aber das Thema wechseln.« Sie blickt zwischen meinen Augen hin und her und ihr Atmen beschleunigt sich. Nur ein Zentimeter trennt unsere Münder voneinander.

»Was machst du nur mit mir?«, flüstert sie fast hilflos und blickt auf meine Lippen.

»Nichts, außer dich von Kopf bis Fuß zu begehren.«

»Morgen werde ich diese Worte wohl bereuen, aber ich will, dass du mich hier und jetzt küsst, bis ich kaum noch Luft bekomme. Und dann will ich nach Hause, wo du mich hart nehmen sollst. So als wäre ich unartig gewesen.«

»Dein Wunsch ist mir Befehl«, kann ich gerade noch sagen, bevor sie ihren herrlich weichen Mund auf meinen presst. Lange können wir den Kuss nicht genießen, da wir plötzlich ein Flüstern hören. Wir lösen uns voneinander und entdecken eine Gruppe von jungen Frauen, die zu uns rübersehen. Sie scheinen zu überlegen, ob ich der Rockstar bin, den sie vermuten zu erkennen. Ich versteife mich, als eine von ihnen ein Smartphone aus der Tasche holt. Wir treten den Rückzug an und machen, dass wir von der Straße wegkommen.

Als wir in einer Gasse zum Stehen kommen, atmen wir beide durch. Da wir unsere Schritte beschleunigt hatten, sind wir ganz schön außer Atem. »Folgen sie uns?«, fragt Brooke, doch ich schüttle nur den Kopf.

»Nein, sie haben mich nicht erkannt. Wir sind allein.«

»Gott sei Dank.«

»Brooke?«

»Hmm?«, antworte ich und wende meinen Kopf in seine Richtung.

»Ich will, dass du weißt, dass ich nicht geflohen bin, weil ich dich verstecken will. Nicht dass du denkst, ich tue das, weil es mir unangenehm wäre oder so.« Brooke kommt auf mich zu.

»Ich verstehe deine Absichten, Ian. Wenn das mit uns rauskommt, dann gibt es Trubel, den ich jetzt nicht gebrauchen kann, besonders da Gary noch nicht offenbart hat, was er im Schilde führt.«

»Wenn du es willst, erzähle ich der ganzen Welt, wie glücklich ich bin.«

»Das weiß ich, aber ich möchte auch nicht, dass unsere Beziehung öffentlich wird. Noch nicht.«

»Gut, dann haben wir das geklärt. Geht es dir gut?«

»Ja, aber der Wein hat meine Beine müde werden lassen.«

»Na komm, ich nehm dich huckepack bis zum Auto.«

»Musst du nicht«, sagt sie, doch ich kann ihr ansehen, dass sie ziemlich müde ist. Sie hat Wein getrunken, während ich heute bei alkoholfreien Getränken geblieben bin.

»Ach was, spring auf. Je schneller wir beim Auto sind, desto eher beginnt der gemütliche Teil des Abends.« Aufgrund meiner Worte breitet sich ein breites Grinsen auf ihrem Gesicht aus, das uns beiden eine schöne Nacht verspricht.

31. KAPITEL

Ian

»Das war wirklich gut. Unglaublich, was wir in den letzten Tagen gemeistert haben«, lobt uns Kian. Und er hat recht, denn wir haben in den letzten Wochen härter gearbeitet als jemals zuvor, angespornt durch meine Motivation, die sich wohl auf die anderen übertragen hat.

»Es liegt wohl eher daran, dass unser Ian hier einen Song nach dem anderen schreibt. So gut warst du noch nie, Mann«, sagt Seth und klopft mir auf die Schulter. Wir sitzen auf der schwarzen Ledercouch im Studio, vor uns auf dem Tisch stapeln sich unzählige Kaffeebecher, Kartons von Essensbestellungen und viele leere Verpackungen von Süßkram – Letztere gehen wohl hauptsächlich auf das Konto von Lewis.

»Keine Ahnung, woher das alles kommt, aber ich kann gar nicht mehr aufhören zu schreiben.«

»Somit hätten wir die letzten Wochen wieder aufgearbeitet, die wir verpasst haben«, stellt Kian klar, und ich nicke erleichtert, denn ich bin ja derjenige, der alle vom Arbeiten abgehalten hat.

»Haben wir schon einen Titel fürs Album?«, fragt Lewis in die Runde, und wir alle schütteln gleichzeitig den Kopf. Auf Anhieb fällt mir kein passender Titel ein, aber wir haben ja noch Zeit, bevor wir den Titel veröffentlichen.

»Wie wäre es mit Faith?«, fragt Kian vorsichtig und wendet

sich mir zu, als wüsste er nicht genau, ob dieser Vorschlag zu viel für mich wäre. Hätte er noch vor ein paar Wochen ihren Namen gesagt, hätte sich alles in mir zusammengezogen und der Drang zu flüchten wäre übermächtig, doch jetzt erinnere ich mich mit Freude im Herzen an meine verstorbene Tochter.

»Das wäre schön«, antworte ich flüsternd und bin dankbar, dass er das überhaupt erwähnt hat. In jeden Song, den wir einspielen, fließt auch etwas von meinem Leid, Verlust, Glück und meiner Dankbarkeit ein.

»Dann ist es beschlossene Sache. Sobald wir das Album aufgenommen haben, gehe ich damit an die Presse«, sagt Sly, und ein Kribbeln der Vorfreude breitet sich in mir aus.

»Gibt es einen Song, den ihr als ersten releasen wollt?«, fragt unser Manager, wobei er aber nur mich ansieht. Als wäre das nur mein Album. Ich blicke die Jungs an, die mich ebenfalls abwartend anblicken.

»*Covered in Silk*. Es ist meine Liebeserklärung an Brooke und der erste Song, der mich wieder ins Leben zurückgeholt hat.«

»Dann ist es beschlossen«, meint Kian, und die anderen nicken stumm.

»Aber ich bin nicht der Einzige, der hier das Sagen hat.«

»Dieses Album gehört nur dir. Deine treibende Kraft hat es zu dem gemacht, was es ist. Es trägt den Namen deiner Tochter, also sollst du entscheiden, welche Songs wir veröffentlichen.«

»Jungs, echt jetzt«, sage ich und spüre einen Kloß im Hals. »Wir sollen keine Jammerlappen sein, die hier herumflennen«, sage ich anklagend.

»Du bist der Einzige, der heult, Mann«, wirft Seth ein und grinst frech.

»Hört auf mit dem sentimentalen Scheiß. Wir beenden bald unser siebtes Album, da ist keine Zeit für Rumgeheule. Ich will lieber Jubel hören! Wir sind wieder da«, ruft Kian aus, und wir stimmen mit ein. Seitdem ich keine Skandale mehr liefere und mehr auf unseren Social-Media-Kanälen präsent bin, steigt unsere Beliebtheit, und die Fans erwarten voller Vorfreude das neue Album. Nach der Nacht, in der diese jungen Frauen Brooke und mich fast gefilmt hätten, habe ich lange überlegt, wann der beste Moment wäre, um meinen neuen Beziehungsstatus zu verkünden.

Klar, jetzt ist nicht der richtige Zeitpunkt, aber ich möchte vorbereitet sein und es richtig machen. Als Seth und Lewis sich unterhalten, lehne ich mich zu Kian vor, der als Einziger seine Beziehung öffentlich gemacht hat.

»Darf ich dich was fragen?«

»Sicher. Worum geht's denn?«

»Wie war das für Shelby und dich, als ihr eure Beziehung öffentlich gemacht habt?«, frage ich leise.

»Na ja, wie du dir vorstellen kannst, haben sie großes Theater darum gemacht und tief in ihrer Vergangenheit gewühlt, aber nichts gefunden. Du kennst sie, sie ist ein Nerd wie ich. Außer, dass sie als eine der besten World-of-Warcraft-Spielerinnen weltweit gehandelt wurde, haben sie nichts gefunden. Wieso fragst du?«

»Na ja, es fühlt sich falsch an, Brooke vor der Welt zu verstecken.«

»Ich verstehe dich. Shelby und ich sind seit der Highschool zusammen, und wenn es nach ihr gegangen wäre, würden wir es wohl immer noch geheim halten. Es war ihr nicht so wichtig, aber ich wollte das nicht mehr. Es war an der Zeit, weißt du?«

»Hmm. Egal wann es passiert, ich möchte auch öffentlich zu dieser Beziehung stehen. Ich will das mit Brooke nicht versauen, auch wenn ich Angst habe. Ich bin nicht gerade dafür bekannt, alles richtig zu machen.«

»Wer ist das schon? Bei Shelby und mir sind es die Gespräche, die unsere Beziehung ausmachen. Wir reden über alles, egal wie unangenehm das Thema auch ist. Das ist wichtig.«

»Das tun wir auch. Sie kann manchmal einfach nicht ruhig sein und Athina auch nicht, aber ich mag das. Bis jetzt war ich immer einsam, nach Konzerten drohte diese Leere mich zu ersticken. Die Stille war so laut in meinen Ohren.«

»Brooke hat ein Kind, das bedeutet natürlich viel Verantwortung für dich. Die Kleine ist verdammt intelligent und auf der Party dachte ich wirklich, sie wäre älter als zehn Jahre.«

»Ja, sie ist wirklich zu reif für ihr Alter.«

»Wann geht es für euch nach Griechenland?«

»Übermorgen früh. Ich kann es kaum erwarten. Es ist lange her, dass ich wirklich Urlaub hatte.«

»Du nimmst doch den Jet, oder?«

»Ja, das werde ich, doch das wissen sie noch nicht. Ich will sie damit überraschen.«

»Das kann dann nur spaßig werden.«

»Opa!«, sage ich, den griechischen Begriff für Freude, und freue mich jetzt schon auf die Sonne Griechenlands.

Nicht mal achtundvierzig Stunden später sitzen wir im Flugzeug nach Griechenland. Da es sich um eine Familienfeier handelt, haben Athina und Brooke Sonderurlaub bekommen. Auf uns warten sieben Tage Sonne, Strand und Meer. Obwohl es erst Mai ist, sind die Temperaturen sommerlich, sodass wir uns im Ozean abkühlen können.

»Ich fasse es noch immer nicht! Noch nie bin ich in einem Privatflieger geflogen«, schwärmt Brookes Mom Eleni, während Viktor aus dem Fenster blickt und sein Glas Whiskey schwenkt. Er scheint tiefenentspannt zu sein, während seine Frau aufgekratzt ist. Aris und Linus machen Selfies von jedem

Winkel des Privatjets, und Athina guckt eine Serie auf ihrem Tablet. Brooke ist an meiner Schulter eingenickt und so müde, dass selbst die lauten Gespräche sie nicht aufwecken. Ihre Großeltern können leider nicht mitkommen, da ihr Grandpa sich eine Erkältung eingefangen hat und nichts riskieren wollte.

»Sie schläft wie ein Stein«, meint Linus lachend.

»Sie war auch stundenlang damit beschäftigt, die Koffer zu packen und die Dokumente zusammenzusuchen. Dabei hat sie noch bis spätabends gearbeitet«, sage ich und streiche ihr zärtlich über den Arm.

»Sie war immer schon ein Nervenbündel, bevor wir in die Heimat geflogen sind. Da sie eine Chaotin ist, hat sie immer das Gefühl, etwas vergessen zu haben, und meistens stellt sich heraus, dass das auch tatsächlich der Fall ist. Mal war es ein Fön oder das Ladekabel für ihr Smartphone. Einmal hatte sie allen Ernstes ihren Pass vergessen. Wir waren schon am Flughafen, als sie es feststellte«, meint ihre Mom und blickt liebevoll auf ihre Tochter.

»Mich hat sie noch nie vergessen«, wirft Athina ein, ohne von ihrem Tablet aufzusehen.

»Du bist auch das Wertvollste, was sie hat, Moró«, meint Brookes Vater.

»Ist das auch kein Problem für dich gewesen, einfach spontan mit uns mitzukommen, obwohl ihr gerade an eurem Album arbeitet?«, will Aris wissen und setzt sich auf den Sitz mir gegenüber.

»Ein Urlaub stand nicht auf dem Plan, aber gleichzeitig habe ich ihn bitter nötig. Sie werden auch eine Pause einlegen und ab und zu an den Songs arbeiten, ohne dass ich dabei bin. Es ist wie ein Puzzle. Jeder kann ein Stück hinzufügen, bis ein großes Gesamtkunstwerk entsteht.«

»Wie lange dauert es, ein Album aufzunehmen?«

»Das ist unterschiedlich. Je nachdem, wie gut es läuft.«

»Wusstest du, dass Tupac sein Album *The 7 Day Theory* in drei Tagen eingesungen hat und es in sieben Tagen aufgenommen wurde?«

»Das habe ich tatsächlich gelesen und finde heute noch, dass er ein Ausnahmekünstler gewesen ist, der uns leider viel zu früh genommen wurde.«

»Jeder hat seine eigene Art, Musik zu produzieren. Viele schreiben Songs wie am Fließband, doch die Fans bekommen am Ende einen ganzen Haufen davon gar nicht zu hören. Manche bieten ihre Lieder anderen Künstlerinnen und Künstlern an, und manche brauchen völlige Stille und Isolation, um einen Song, geschweige denn ein ganzes Album aufzunehmen.«

»Welcher Typ bist du?«

»Einer, der sich von seinen Gefühlen leiten lässt. Wenn ich in der Stimmung bin zu schreiben, dann muss ich den Text oder die Melodie sofort einfangen, sonst entgleitet sie mir. Deshalb kann ich das Haus ohne mein Smartphone nicht verlassen.«

»Es ist so interessant, mehr über deinen Beruf zu erfahren«, meint Linus, der ebenfalls an meinen Lippen gehangen hat.

»Wir kennen eher Leute, die technische Berufe ausüben, in der Gastronomie oder im Servicebereich arbeiten«, stimmt Aris mit ein. Ich mag die Jungs, sie sind unkompliziert und direkt. Man kann sich mit ihnen trotz ihres jungen Alters über ernste Themen unterhalten und mit ihnen gemeinsam lachen. Generell finde ich jedes enge Familienmitglied von Brooke interessant und sympathisch.

»Können wir einmal auf ein Konzert kommen?«, fragt mich nun Brookes Vater und überrascht mich mit dieser Frage. Bis jetzt hat er sich noch nie eingebracht, als es um meinen Job ging.

»Natürlich, ich kann euch für jedes Konzert Karten beiseitelegen. Es würde mich freuen, wenn ihr euch ein Konzert im VIP-Bereich ansehen möchtet.« Jubel breitet sich aus, doch egal wie laut sie sind, Brooke schläft seelenruhig weiter.

32. KAPITEL

Brooke

Wie fast immer begrüßt uns Samos mit Sonnenschein. Es ist immer wieder herrlich, auf die Insel zu kommen, wo die meisten meiner älteren Familienmitglieder zur Welt gekommen sind. Was ich aber an der Insel ganz besonders mag, ist, dass man trotz der Touris, die immer mehr Gefallen an unserer Insel finden, stets ein ruhiges Plätzchen am Strand finden kann. Dort lässt es sich herrlich entspannen.

Ian hat darauf bestanden, dass wir uns zwei Leihwagen besorgen, obwohl unsere Verwandten angeboten haben, uns abzuholen. Er hat alle Kosten auf sich genommen und uns zwei teure SUVs geliehen. Mein Dad hat vor Freude über die Autowahl gestrahlt und dankbar die Schlüssel entgegengenommen. Mom und Dad sitzen in dem einen und der Rest von uns in dem zweiten Leihwagen. Ian fährt durch die Gegend, als wäre er sein Leben lang hier gewesen, während ich durchatmen kann. Ich finde das Reisen zwar wunderbar, kann aber den Stress bei der Gepäckausgabe und die Warterei am Flughafen nicht ausstehen.

Doch diesmal macht mir nur die Hitze zu schaffen. Mit einem Privatjet zu reisen hat den Vorteil, dass man schnell zu seinem Gepäck kommt und sich nicht zu lange auf dem Flughafen aufhalten muss. Innerhalb kürzester Zeit erreichen wir die Stadt Samos, die wie immer das pulsierende Leben ist. Vor fast jedem Haus sitzt jemand, der gemütlich Tee oder Kaffee trinkt und das Wetter genießt, ehe es wieder an die Arbeit geht.

»Wie lange warst du schon nicht mehr hier?«, fragt mich Ian, als das Navigationsgerät ihn anweist, aus der Stadt raus und zu unserem Dorf zu fahren.

»Seit zwei Jahren. Ich war jedes Mal allein hier. Gary hat mich nie auf Reisen begleitet.« Ein bitterer Geschmack breitet sich in meinem Mund aus, wenn ich über ihn rede.

»Auch nicht bevor du schwanger wurdest?« Ich schüttle den Kopf, worauf er mit dem Kiefer mahlt.

»Aber eigentlich bin ich froh, dass er nicht hier war. So konnte er mir dieses kleine Stück zweite Heimat nicht vermiesen.«

»Also bin ich der erste Mann, den du mit hierhernimmst?«

»Genau, es ist ein historischer Augenblick. Du wirst auch meine weitere Verwandtschaft kennenlernen, die aber nur griechisch spricht.«

»Das wird interessant.«

»Eher zum Schießen. Ihnen wird es egal sein, dass du sie nicht verstehst. Sie werden sich trotzdem mit dir unterhalten und dir irgendwelches Essen anbieten, auch wenn du keinen Hunger hast.«

»Das heißt, ich kann mit fünf Kilo mehr in den nächsten Tagen rechnen.«

»Rechne besser mit zehn Kilo, dann bist du auf der sicheren Seite.« Athina stimmt in unser Lachen mit ein, während Aris und Linus verzweifelt darauf warten, sich ins WLAN einloggen zu können. Den ganzen Flug über haben sie Fotos geschossen, die sie unbedingt auf Social Media posten wollen. Kaum habe ich daran gedacht, drehe ich mich zu den Jungs um.

»Keine Fotos auf Social Media von Ian, okay? Niemand weiß, dass wir hier sind, und so soll es auch bleiben. Habt ihr verstanden?«

»Sicher doch«, meint Aris schmollend.

»Aber sobald wir wieder in den Staaten sind, können wir es tun, oder?«, fragt Linus hoffnungsvoll. Für einen jungen Mann, der aufs College geht, wirkt mein Bruder noch ziemlich jung.

»Nein«, antworte ich.

»Sicher«, sagt Ian, worauf ich ihn verwundert ansehe.

»Die beiden freuen sich, einen berühmten Sänger als Freund zu haben und wollen das auch der Welt zeigen. Ich finde es in Ordnung, wenn sie es später posten.«

»Aber nervt dich das nicht? Hast du dann nicht das Gefühl, ausgenutzt zu werden, oder zumindest dein Promistatus?«

»Ich habe eine relativ gute Menschenkenntnis und weiß schnell, wer es gut und wer es schlecht mit mir meint. Deshalb brauchst du dir keine Sorgen zu machen, denn ich weiß, dass deine Familie mich nicht als Rocksänger, sondern nur als Ian wahrnimmt.«

»Genau! Sei nicht immer so eine Spielverderberin«, beschwert sich Aris, woraufhin ich ihn grimmig ansehe.

»Ich bin keine Spielverderberin.«

»Wenn du meinst. Wir wissen es besser.«

»Jungs! Seid nett zu meiner Freundin, sonst überlege ich es mir vielleicht noch anders.« Die Ansage wirkt, denn die beiden schweigen augenblicklich. Ich wende mich ihm zu, woraufhin er mir frech zuzwinkert. Meine Eltern sind schon vor uns im Haus und haben bereits die Klimaanlage angemacht. Athina ist müde von der Reise, sodass sie sich auf die Couch im Wohnzimmer legt, um ein Nickerchen zu halten.

Ian trägt mit Dad unsere Koffer in die jeweiligen Zimmer, während Mom und ich Schwarztee machen. Unser Ferienhaus ist dreistöckig, wobei sich in jedem Stock eine eigene Küche, ein Wohnzimmer sowie zwei Schlafzimmer befinden. Der untere Wohnbereich gehört meinen Eltern, der erste Stock Melina und mir, während Aris und Linus die Dachgeschosswohnung gehört.

Der fünfhundert Quadratmeter große Garten gehört zum Haus dazu, außerdem ein Baugrundstück direkt neben unserem Haus, auf das aber keiner von uns Anspruch gestellt hat. Die Einrichtung ist einfach gehalten und nicht gerade modern, wie man es heutzutage kennt, sondern eher dem Geschmack unserer Eltern nachempfunden. Während es meinen Brüdern nicht gefällt, mögen Melina und ich das griechische Flair in jedem der Räume.

»Es war schwer, den Bau von Brooklyn aus zu organisieren, aber unsere Verwandten haben uns geholfen und sehen jede Woche nach dem Rechten«, erklärt mein Vater, als die beiden zu uns auf die Terrasse kommen und Platz nehmen.

»Habt ihr viele Verwandte in der Gegend?«, fragt Ian interessiert.

»Wir sind auf die eine oder andere Weise mit dem ganzen Dorf verwandt«, meint meine Mutter lachend.

»Wow. Ich hätte nicht gedacht, dass man überhaupt so viele Verwandte haben kann.«

»Glaub es ruhig. Morgen wirst du den Umfang ungefähr erleben.«

»Also wird es eine große Hochzeit?«

»Sie wird riesig. Es werden ungefähr vierhundert bis fünfhundert Personen anwesend sein«, kläre ich ihn auf, woraufhin seine Augen groß werden.

»So viele?«

»Das ist noch gar nichts. Bei manchen waren es über tausend Gäste«, sage ich, und überrasche ihn damit erneut.

»Dann hoffe ich mal, dass ich euch morgen in der Menge nicht verliere«, sagt Ian fröhlich und raubt mir mit seiner bloßen Anwesenheit immer noch den Atem. Ihn hier und jetzt inmitten meiner Familie zu sehen, macht mich glücklicher, als ich es jemals gewesen bin.

»Bilde ich mir das ein, oder sehen alle zu mir statt zu dem Brautpaar?«, flüstert mir Ian ins Ohr, während seine Finger meine nackte Schulter streicheln. Ich sehe mich um, und tatsächlich: Alle blicken zu unserem Tisch.

»Es muss sich wohl rumgesprochen haben, dass du zu Everstorm gehörst«, sage ich, woraufhin er nach meiner Hand greift und sie sanft drückt.

»Wie viele deiner Tanten werden mich später ausfragen?«

»Ich schätze fünfzig, aber keine Panik, sie sind nicht so extrem wie meine Giagiá.«

»Gut zu wissen.« Als das Klirren von zerbrochenem Porzellan erklingt, zuckt Ian erschrocken zusammen.

»Was war das?« Wir drehen uns um und sehen, wie der Brautvater, also mein Onkel, Tonteller zerschlägt.

»Es ist griechische Tradition, Steingutgeschirr zu brechen. Dies geschieht bei großen Festen wie Hochzeiten und Geburtstagen, um Freude auszudrücken. Es gibt verschiedene Theorien über den Ursprung dieses Brauchs. Eine davon ist, dass es früher üblich war, dass Brautpaare an der Haustür Geschirr zerbrochen haben, um schlechte Geister zu vertreiben.«

»Verletzt man sich da nicht schnell?«

»Das Brechen von Tellern ist in Griechenland heutzutage nicht gern gesehen. Viele werfen stattdessen Nelken oder Servietten, doch hier haben sie es auf sieben Teller begrenzt, als Symbol für die Jahre, die das Brautpaar zusammen ist.«

»Ich mag solche Bräuche. Bei uns feiert man meist nur Ostern, Weihnachten und Geburtstag.«

»In Griechenland feiern die Menschen eher den Namenstag des Heiligen, dessen Namen sie tragen, als den eigenen Geburtstag. Weihnachten und Ostern wird bei uns intensiv gefeiert. Zwar nicht so pompös wie eine Hochzeit, aber es sind Freudenfeste, für die die ganze Familie zusammenkommt.«

»Also ist jeder Feiertag eine riesige Party?«

»Genau«, stimme ich zu. Ich liebe es, dass ihn meine Kultur so interessiert. Es ist das erste Mal, dass ein Mann sich für meine griechischen Wurzeln begeistern kann. Gary hatte zwar den Fakt akzeptiert, dass ich Griechin bin und mich meine Feiertage begehen lassen, aber nie Interesse gezeigt oder mich zu den Feiern begleitet. Es hat meinen Eltern sehr wehgetan, dass er sie so offensichtlich nicht leiden konnte, aber dafür habe ich sie mehrmals die Woche mit Athina besucht, damit sie wissen, dass ich sie noch immer von ganzem Herzen liebe und meine Tochter die griechische Kultur genauso kennenlernt wie die amerikanische.

Das Servicepersonal fegt die Scherben weg, als auch schon das Brautpaar die Tanzfläche betritt. Sie tanzen zuerst eng aneinandergeschmiegt zu einem griechischen Liebeslied, ehe die traditionelle Musik erklingt. Der Bräutigam beginnt damit, die Hände zu heben und den Zeibekiko zu tanzen. Sofort neigt sich Ian vor, um den Tanzstil genau zu verfolgen.

»Was tanzt er da?«

»Das ist ein Ausdruckstanz, der auf Improvisation beruht. Aber der Tänzer muss dazu in der Lage sein, dem charakteristischen Rhythmus zu folgen. Schritte, Sprünge, Figuren sowie Drehungen improvisiert er aus der Melodie und dem Takt heraus.«

»Das sieht schwer aus.«

»Es dauert eine Weile, bis man die Schritte und Drehungen raushat, aber es ist ein Tanz voller Freude und Leidenschaft.«

»Und Können«, sagt Ian und bewegt sich zum Takt der Musik. Nachdem der Bräutigam mit dem Tanz für seine Braut fertig ist, wird die Tanzfläche auch für den Rest der Hochzeitsgesellschaft freigegeben und der ausgelassene Teil des Abends beginnt. Athina tanzt mit ihren Cousinen, während ich mit Ian tanze, bis meine Füße zu schmerzen beginnen. Immer wieder stelle ich ihm Verwandte von mir vor, doch mir ist klar, dass er sich nicht einmal fünf Namen oder Gesichter merken wird. Mom und Dad gehen mit Athina bereits um zwei Uhr nach Hause, während meine Brüder, Ian und ich noch bis in die Morgenstunden tanzen, ehe wir die Feier schließlich erschöpft, aber glücklich verlassen.

Für den nächsten Morgen habe ich einen Ausflug mit Athina und Ian an den Strand von Livadaki geplant, doch als ich ins Wohnzimmer komme, ist meine Tochter gerade dabei, ihren Rucksack mit Snacks zu packen.

»Willst du irgendwo hin?«

»Grandma nimmt mich mit zu Großtante Nikki.«

»Aber ich wollte mit dir und Ian an den Strand.«

»Sorry, ich habe Nikki gestern auf der Hochzeit versprochen, dass ich sie besuche.«

»Na schön, aber nimm Sonnencreme und Wechselklamotten mit.« Ein Hupen ertönt, woraufhin Athina schnell ihren Rucksack zumacht und mir einen Kuss auf die Wange gibt.

»Das ist Grandpa. Bis dann!«

»Viel Spaß«, rufe ich, doch sie ist schon längst aus der Haustüre. Ihre Freude ist beinahe ansteckend. Nun haben Ian und ich das riesige Haus für uns. Aris und Linus haben bei einem Cousin übernachtet und werden mit Sicherheit so früh am

Morgen noch ihren Rausch ausschlafen. Ich schließe die Haustür und begebe mich nach oben in Ians Schlafzimmer, das er sich mit Aris und Linus teilt. Mein Dad ist da noch altmodisch und lässt Ian nicht bei mir im Zimmer übernachten. In unserer Kultur ist es eher unangebracht, bei seinem Partner zu schlafen, wenn die Eltern unter demselben Dach schlafen.

Ich klopfe leise an, um ihn nicht zu wecken. Dann öffne ich die Tür und staune nicht schlecht, als ich einen putzmunteren Ian vorfinde, der Unmengen an Papier auf seinem Bett ausgebreitet hat.

»Was machst du?«

»Oh hey. Guten Morgen, meine Süße. Ich arbeite ein wenig.«

»Du schreibst?«

»Ja, und das schon seit Stunden. Es war toll, das Zimmer für mich allein zu haben, so konnte ich ungestört arbeiten.«

»Wie kommt es, dass du selbst im Urlaub arbeitest?«

»Ich war so inspiriert von der Band gestern. Als ich an der Bouzouki gestern gespielt habe, war das nicht vergleichbar mit den Gitarren, die ich bisher ausprobiert habe.«

»Ich sehe, dir hat die Hochzeit gestern also gefallen.« Er legt das Papier beiseite und sieht mich vom Bett aus an.

»Ja, das hat sie, aber weißt du, was mir noch mehr gefallen hat?«

»Nein«, antworte ich und bewege mich auf ihn zu. Er streicht die Blätter von dem Bett, den Blick fest auf mich gerichtet.

»Du in diesem heißen Kleid. Du hast in diesem langen, eleganten Seidenkleid wie eine Göttin ausgesehen. Wie meine griechische Göttin.«

»Tatsächlich? Ich muss ja sagen, dass ich gehofft habe, dass es dir gefällt. Noch mehr hätte es mir gefallen, wenn du es mir vom Körper gerissen hättest.«

»Diese Gelegenheit habe ich leider verpasst. Aber das Kleid, das du gerade trägst, würde sich gut auf dem Fußboden machen.«

»Hast du ein Glück, dass wir heute allein zu Hause sind.«

»Glück ist gar kein Ausdruck. Komm her.« Er packt meine Hand und zieht mich auf seinen Schoß. Im nächsten Moment erobert er auch schon mit einem Kuss meinen Mund. Schnell fallen die Kleidungsstücke. Seit gestern Nacht wollte ich mit ihm schlafen. Weil er unglaublich im Anzug ausgesehen hat. Weil er mich mit diesem Blick voller Liebe angesehen und beim Tanzen so unglaublich sexy ausgesehen hat.

»Nimm mich«, flüstere ich zwischen zwei Küssen. Da Ian weiß, dass ich seit Jahren die Pille nehme, und wir beide getestet sind, zögert er nicht lange und dringt hart und tief in mich ein. Mein Stöhnen wird von einem Kuss seinerseits verschluckt. Dann beginnt er sich zu bewegen. Diesmal ist er nicht sanft, sondern wild, und genau das brauche ich jetzt. Ich liebe jede Facette an ihm – und die Tatsache, dass er und ich wie geschaffen füreinander sind.

33. KAPITEL

Ian

Wir kommen an einem der schönsten Strände von Samos, dem Livadaki Beach im Nordosten der Insel, an. Die Bucht, welche etwas versteckt an einem Zipfel der Insel liegt, wird oft wegen ihrer Sauberkeit und der traumhaften Kulisse gelobt. Das habe ich zumindest schnell auf Google nachgelesen, bevor wir losgefahren sind. Der Weg zu diesem Traumstrand ist zwar etwas beschwerlich, doch sobald ich einen Blick auf die Bucht werfe, erkenne ich, dass es sich gelohnt hat.

Wir parken am Strand und schnappen uns unsere Badesachen, ehe wir uns auf den Weg zum Wasser machen. Zwischen Parkplatz und Meer befindet sich am Strand eine Taverne mit vielen Sitzgelegenheiten. Ein paar Liegen befinden sich direkt im Wasser und scheinen mich wie magisch anzuziehen. Mein letzter Badeurlaub ist eine Ewigkeit her, und das letzte Mal, dass ich an einem Strand war, habe ich ein Fotoshooting gemacht und nicht einmal einen Fuß ins Wasser gesetzt.

»Gefällt es dir?«, fragt mich Brooke und sieht mich mit einem fröhlichen Gesichtsausdruck an.

»Und wie. Es ist so idyllisch und überhaupt nicht überfüllt. Wie eine Bucht eben sein soll.«

»Lass dich von der Ruhe nicht täuschen, denn wir sind ziemlich früh angekommen. Später wird noch mehr los sein, aber es ist nicht so schlimm wie in den touristischen Gebieten.«

»Kommst du oft hierher?«, frage ich, immerhin ist es nicht allzu weit von ihrem Haus entfernt.

»Ich versuche jedes Mal, wenn wir auf Samos sind, hierherzukommen. Als Kind hat es Athina hier geliebt, aber ihr ist das Treffen mit der Familie wichtiger als ein Badeausflug. Außer Meer und Strand gibt es nicht viel zu entdecken.«

»Also ich mag es hier. Wenn es nach mir ginge, könnten wir stundenlang hierbleiben.«

»Das ist auch der Plan«, sagt sie und zwinkert mir zu, ehe sie auf die Liegen im Wasser zusteuert.

»Hast du deshalb keine Tasche mitgenommen, sondern nur ein Handtuch und ein Buch?«, frage ich sie, ehe ich auf der Liege neben ihr Platz nehme. Meine Füße werden vom herrlich kühlen Meer umspielt, und ich atme die Meeresluft tief ein.

»Ja, ich liege immer direkt im Wasser, deshalb sind wir auch so zeitig hier. Diese Liegen sind schnell besetzt.«

»Du hast das alles schön durchgeplant, was?«

»Ja, auf alle Fälle. Eigentlich wollte ich einen entspannten Tag mit Athina und dir verbringen, aber ich denke, sie wird bei Großtante Nikki viel Spaß haben.«

Die Sonne brennt auf uns herab. Ich besorge uns noch einen Sonnenschirm und zahle in dem Zuge auch schon die Leihgebühr für die Liegen, dann gehe ich zurück zu Brooke. Wir liegen einfach da und machen nichts. Der Flug, die Besuche bei Brookes Familie, die Hochzeit, das alles war aufregend, aber auch anstrengend. Die Umgebung und die Menschen haben mich so inspiriert, dass ich jede Nacht bis in die Morgenstunden gearbeitet habe. Dieses Album wird meine persönliche Reise zu mir selbst widerspiegeln. Es wird von der Einsamkeit, dem Verlust, der Hilflosigkeit aber auch der Heilung beeinflusst sein.

Ich neige den Kopf zu Brooke, die eingeschlafen ist, und muss unweigerlich lächeln. Mein Leben war nicht immer einfach, aber jetzt ist das Glück permanent an meiner Seite, und ich habe das Gefühl, es kann nur besser werden.

Da Athina bei Nikki übernachten wird und ihre Familie nicht zu Hause ist, gehen wir abends noch romantisch an der Promenade unweit von ihrem Zuhause am Strand spazieren. Der Mond lässt den Ozean erleuchten, während wir Hand in Hand am Wasser entlanglaufen.

»Irgendwie möchte ich gar nicht nach New York zurück«, sage ich in die Stille hinein. Außer uns ist niemand unterwegs, da wir einen Strandabschnitt erreicht haben, der wohl ihrem Onkel gehört, der aber in Kanada wohnt. Keine Menschenseele kreuzt unseren Weg. Ich verstehe ihre Gefühle, denn auch ich genieße diese Auszeit viel zu sehr.

»Ich auch nicht. Ein ewiger Urlaub hat nie verlockender geklungen.« Besonders mit solch einer schönen Frau an meiner Seite.

»Das klingt wie Musik in meinen Ohren.«

»Und doch müssen wir wieder in unseren Alltag zurück«, seufze ich und bleibe stehen, um meine Arme um ihre Hüften zu schlingen und sie einfach anzusehen.

»Sieh es mal so. Wenn wir jeden Tag hier leben würden, würden wir diese Schönheit mit der Zeit nicht mehr zu schätzen wissen.«

»Da könntest du recht haben. Also: Wir fliegen bald zurück und haben eine ganze Nacht für uns allein. Was möchtest du tun?«

»Hmm«, murmelt sie und überlegt, ehe sie sich auf die Zehenspitzen stellt und mir einen Kuss auf den Mund drückt. Ich lächle in den Kuss hinein, und als sie sich lösen will, packe ich sie an der Schulter und vertiefe den Kuss. Mit jeder Sekunde unseres Kusses wird Brooke lockerer, bis ich das Gefühl habe, dass sie Wachs in meinen Händen ist. Das sind die Momente, die ich an unserer Beziehung am meisten liebe. Ein spontaner Kuss wird für uns beide nie genug sein. Wir brauchen immer alles voneinander. Schwer atmend löse ich mich von ihr, um meine Stirn an ihre zu legen und ihren Blick zu suchen.

»Wir sollten aufhören«, murmle ich an ihrem Mund, doch sie schüttelt nur den Kopf.

»Ich will dich.«

»Hier und jetzt?«

»Jetzt und hier«, stöhnt sie in mein Ohr, sodass mein Widerstand augenblicklich zerbröckelt.

»Und wenn uns jemand sieht?«, frage ich, und versuche, der Vernünftige von uns zu sein.

»Niemand kommt an diesen Privatstrand, und mein Onkel ist weit weg.«

»Okay«, flüstere ich, ehe ich ihr das gebe, was wir beide so dringend wollen. Wir lieben uns am Strand, unter dem Vollmond, der ihre Schönheit in ein atemberaubendes Licht taucht. Am Strand von Samos erwacht mein altes Ich nun endgültig zum Leben, und das kann mir niemand mehr wegnehmen.

Wir liegen auf meinem Hemd, das uns als Decke vor dem meisten Sand geschützt hat und blicken hinauf zu den Sternen. Sie zieht Kreise an meiner nackten Brust und spielt mit den Härchen.

»Ich bin so glücklich«, flüstert sie, hört dabei aber nicht auf, mich zu streicheln.

»Das bin ich ebenfalls. Ich glaube, mit Worten könnte ich niemals ausdrücken, wie viel du mir bedeutest.« In einem Song schon eher. *Covered in Silk* ist meine Liebeserklärung an Brooke und ich kann es kaum erwarten, ihr ihren Song vorzuspielen.

»Ich liebe dich, Ian.«

»Und ich dich.«

»Mein Herz gehört dir aus so vielen Gründen, aber am meisten, weil du der Mann bist, der meine Kultur genauso wertschätzt wie mich und meine Tochter. Man sieht dir an, wie viel wir dir bedeuten.«

»Ich könnte nicht mehr ohne euch sein.« Das ist die Wahrheit. Egal wohin ich gehe oder was ich tue, meine Gedanken kreisen um die zwei wichtigsten Frauen in meinem Leben. Zeit mit ihnen zu verbringen ist das, wonach ich am meisten strebe, vor allem wenn ich daran denke, dass mit der Veröffentlichung des Albums bald wieder der Promotion-Stress beginnt.

»Und wir nicht mehr ohne dich«, antwortet sie und küsst mich erneut. Jetzt, und hoffentlich auch noch viele Jahre später.

Es regnet, als wir am JFK-Airport landen. Die kühle Luft fühlt sich wie Eis auf meiner Haut an, da ich die heiße Sonne von Samos wahrlich genossen habe. Auch wenn der Urlaub für alle toll war, nagt die Müdigkeit und Erschöpfung an uns. Es gab keine Nacht, in der wir vor zwei Uhr im Bett waren. In den sieben Tagen hatte ich auch die Gelegenheit, Brookes Familie noch besser kennenzulernen. Jedes Familienmitglied hat etwas Besonderes an sich. Ihr Dad ist ein eher ruhiger Typ, der mit der Zeit aber durchaus gesprächiger wird.

Ihre Mom ist wie Brooke, voller Lebensfreude und guter Laune. Aris ist der Jüngste und voller Energie, während Linus mir anfangs noch nicht ganz vertraut hat. Als der ältere der beiden Brüder wollte er mich wohl besser kennenlernen, bevor er sich eine Meinung zu mir und unserer Beziehung bildet.

Auch Brooke und ich sind einander noch nähergekommen, als wir es ohnehin schon waren. Ich durfte die Menschen kennenlernen, die sie zu der Frau gemacht haben, die sie jetzt ist und erleben, wie liebevoll sie mit jedem ihrer Familienmitglieder umgeht. Brooke ist die Eine für mich, denn als ich sie tanzen sah, stellte ich mir vor, dass sie die Braut wäre, die in ihr neues Leben hineintanzt. Etwas in meiner Brust hat sich bei dem Gedanken erwärmt, und diese Wärme ist auf meinen gesamten Körper übergegangen.

Ich weiß nicht, wann es passieren wird, aber eines Tages werde ich Brooke darum bitten, meine Frau zu werden. Wir werden Athina Geschwister schenken und ein glückliches gemeinsames Leben führen. Denn sie ist es, die ich will. Sie und keine andere. Ich begleite die beiden in ihre Wohnung und will schon gehen, als Athina nach mir ruft.

»Bleibst du nicht noch zum Essen?«

»Ich wollte in meine andere Wohnung fahren und nach dem Rechten sehen.«

»Das kannst du auch heute Abend noch tun. Wir bestellen beim Italiener, bleib noch.« Wer könnte beim Anblick dieses Welpenblicks schon widerstehen? Ich gebe nach und begleite die beiden in ihre kleine, aber feine Wohnung. Wir bestellen uns etwas beim Lieferservice, während Brooke die erste Ladung Wäsche in der Waschmaschine startet. Athina und ich machen es uns auf der Couch gemütlich und blicken beide auf den Fernseher.

»Wie viel müsste ich dir bezahlen, damit du jetzt aufstehst und mir die Fernbedienung reichst?«, frage ich und reibe mir über die müden Augen.

»Das könntest du dir gar nicht leisten, denn ich schaffe es nicht mal auf die Beine.«

»Was machen wir dann?«

»Vielleicht versuchen wir es mit Telekinese. Wir starren einfach ganz intensiv auf den Bildschirm, und dann …« Auch wenn es lächerlich ist, tue ich das, was sie sagt, ehe wir beide losprusten. Wir lehnen unsere Köpfe an die Rückenkissen des Sofas und starren an die Decke.

»Die Reise hat mich so müde gemacht«, murmelt sie und gähnt.

»Mich auch. Ich könnte jetzt sofort einschlafen.«

»Wieso tust du es dann nicht?« Ich blinzle und meine Lider werden unglaublich schwer. Plötzlich lehnt sie ihren Kopf an meine Schulter, ein Seitenblick verrät mir, dass sie eingeschlafen ist. Um sie nicht aufzuwecken, bleibe ich einfach sitzen. So lange, bis auch ich einschlafe.

Ich blinzle, als ich etwas Weiches auf mir spüre und schließlich aufwache. Brooke hat sich über mich gebeugt und scheint mich zuzudecken. »Guten Morgen«, murmle ich, was sie zum Lachen bringt.

»Wohl eher guten Abend.«

»Ich verstehe nicht.«

»Athina und du habt den ganzen Tag verschlafen. Es ist bereits einundzwanzig Uhr. Ich kann die Pizza wieder aufwärmen, falls du Hunger hast.« Doch ich schüttle den Kopf.

»Der Jetlag muss uns zu schaffen machen. Wo ist Athina?« Auf der Couch sehe ich sie nicht mehr.

»Ich habe sie ins Bett getragen, da sie dich immer wieder im Schlaf geschlagen hat.«

»Das erklärt die Schmerzen in meinem Oberarm«, scherze ich, ehe ich sie auf mich ziehe. Überrascht keucht sie auf, ehe sie sich an meine Brust kuschelt. Ich streichle über ihr Haar und lausche ihrem Atem.

»Weißt du, was für ein schöner Anblick ihr beide wart?«

»Wie meinst du das?«

»Athina ist an deiner Schulter eingeschlafen, und im Schlaf hast du dich auf die Couch gelegt und sie hat sich an dich gekuschelt, als wärst du ihr Dad. Das ist etwas, was sie mit Gary nie hatte, und nun habe ich das Gefühl, als würde sie zum ersten Mal diese Art von Gefühlen zulassen. Und sie gelten dir. Ich hoffe, es ist okay, dass ich ein Foto von euch gemacht habe.«

»Natürlich ist das in Ordnung. Athina ist ein wunderbares Mädchen, und es tut mir in der Seele weh, dass ihr Vater sie nicht geliebt hat, wie sie es verdient hat. Sie ist mir sehr wichtig, und wenn sie es zulässt, werde ich alles in meiner Macht Stehende tun, um ein cooler und loyaler Stiefdaddy für sie zu sein.«

»Stiefdad? Wie kommst du darauf?«

»Na ja, weil du und ich hoffentlich eines Tages heiraten werden.«

»Machst du mir etwa einen Antrag?«, fragt sie mich belustigt, aber mit rasendem Herzschlag. Den fühle ich sogar durch den Stoff unserer Kleidung.

»Nein, aber das werde ich. Dann, wenn du es am wenigsten erwartest.«

»Eigentlich habe ich mir geschworen, nie wieder zu heiraten.«

»Und dann komme ich daher und versaue deinen ganzen Plan.«

»Genau, was für eine Frechheit! Was gedenkst du dagegen zu unternehmen?«

»Hmm, mir fallen da schon ein paar Dinge ein, die dir gefallen würden. Als Entschädigung.«

»Das klingt unanständig. Es gefällt mir.«

»Ich gehe schnell duschen und dann dürfen wir keine Zeit verlieren, denn ich habe vor, mich körperlich sehr oft bei dir zu entschuldigen. Dafür, dass ich deinen Plan durchkreuzt habe.«

»Ich warte im Bett auf dich.«

Am nächsten Tag beschließe ich spontan, meine Schwester in der Früh zu besuchen, ehe sie in die Kanzlei fährt. Ich war in letzter Zeit so oft von Brookes Famlilie umgeben, dass ich meine eigene vermisst habe.

»Guten Morgen, Schwesterchen«, begrüße ich sie, nachdem sie mir die Wohnungstür aufgemacht hat. Sie blickt mich überrascht an.

»Was machst du denn hier?«

»Ich denke, ich muss euch allen mal beibringen, wie man sich richtig begrüßt«, sage ich kopfschüttelnd, denn ein *Hallo* hört man in meinem Freundeskreis ziemlich selten.

»Übertreib mal nicht, mein Freund. Komm rein.« Sie winkt mich in ihre Wohnung und schließt die Tür hinter mir.

»Wie war es auf Samos? Seid ihr nicht schon gestern angekommen?«

»Das sind wir, aber ich habe bei Brooke und Athina geschlafen und bin heute früh losgefahren. Ich wollte dich sehen, ehe ich in meine Wohnung gehe.«

»Schön, dass du deine Schwester nicht vergessen hast, auch wenn du unsterblich verliebt bist.«

»Jetzt übertreibst du.«

»Was denn? Deine Augen haben die Form von Herzchen. Noch deutlicher geht es nicht mehr.«

»Wer diskutiert hier denn schon um sieben Uhr in der Frühe so laut?« Jackson kommt verschlafen im Pyjama ins Wohnzimmer und reicht mir die Hand.

»Mein Bruder und ich können gar nicht anders, es ist meine Pflicht als kleine Schwester, ihn zu nerven, bis er durchdreht.«

»Davon bist du tatsächlich nicht weit entfernt.«

»Bitte keine Streitereien vor meinem ersten Kaffee«, jammert Jax und bewegt sich auf die Kaffeemaschine zu.

»Du bist auch kein früher Vogel, was?«, frage ich ihn mit einem breiten Grinsen.

»Nicht wenn ich frei habe, aber meine Freundin braucht keinen Wecker. Ihre innere Uhr weckt sie um fünf Uhr morgens, und dann erledigt sie bis sieben Uhr das, wofür ich einen ganzen Tag bräuchte.«

»Das ist unser Organisationstalent.«

»Macht euch nur über mich lustig, aber ohne mich bekommt ihr kein Frühstück.«

»Gott bewahre, hast du etwa gekocht?«, frage ich gespielt geschockt. »Jackson, hol den Feuerlöscher«, weise ich ihn an, doch er schüttelt nur den Kopf.

»Ich muss mit ihr leben, Mann. Wenn ich in den Scherz einsteige, werde ich mit tagelangen Schimpftiraden bestraft.«

»Okay, dann höre ich schon auf«, gebe ich mich geschlagen.

»Das wäre auch besser für dich«, sagt Quinn und lächelt triumphierend.

»Na schön, wie ich sehe, ist meine Schwester dieselbe Besserwisserin wie immer, also kann ich getrost nach Hause gehen, ehe ich später noch bei Hayden vorbeischaue.«

»Was? Du gehst schon?«

»Ja, ich bin todmüde. Der Jetlag nagt noch an mir. Ich wollte einfach nur Hi sagen und sehen, ob alles in Ordnung ist.« Das tue ich immer, wenn ich von Reisen nach Hause komme.

»Lawrence meinte, es gibt etwas wegen des Sicherheitssystems zu besprechen und dass wir einen Brief bekommen werden, aber aus Zeitgründen konnte ich mich nicht weiter mit ihm unterhalten. Lass uns das demnächst mit Hayden zusammen besprechen.«

»Ist gut, sagt einfach Bescheid. Ich gehe jetzt mal nach Hause. Bis dann, Leute.«

»Bye«, verabschieden sich die beiden, ehe ich mich endlich zu meiner Wohnung aufmache. Die Besuche bei meiner Schwester heben meine Laune immer wieder. Sie schafft es immer, mich wieder zum Lächeln zu bringen. Da ich weiß, dass Hayden mit Sicherheit schon im Label ist, gehe ich direkt zu meiner Etage. Doch als ich zu meiner Wohnung komme, finde ich einen Umschlag an meiner Tür.

Ich öffne den Umschlag und spähe hinein, doch außer Blättern Papier befindet sich nichts Verdächtiges darin. Als ich einen genauen Blick darauf werfe, hätte ich vor Schock beinahe alles auf den Boden fallen lassen. Dort auf den gedruckten Bildern sind Brooke und ich nackt beim Sex abgebildet. Am Strand von Samos, wo wir dachten, wir seien ungestört, wurden sehr hochaufgelöste Aufnahmen von uns gemacht. Meine Hände zittern, und ich hebe den Kopf, um mich umzusehen, als ich einen Mann entdecke, der an der Wand lehnt und mich mustert.

»Wer ist da?«, frage ich und kann nicht verhindern, dass meine Stimme zittert.

»Schön, dass wir uns endlich einmal treffen. Ich habe schon einiges von dir gehört und unweigerlich viel zu viel von dir gesehen.« Er deutet mit einem Nicken auf die Bilder in meiner Hand. Jetzt, wo er endlich vor mir steht, erkenne ich ihn als das Arschloch, das Brooke und Athina so viel Leid zugefügt hat.

»Was zum Teufel soll das hier?«, knurre ich und halte die Fotos demonstrativ in die Höhe.

»Du weißt, was das ist. Ich bin nur gekommen, um mich zu unterhalten. Die Fotos sind als amüsante Untermalung des Gesprächs gedacht.«

»Du verdammter Drecksack!«, brülle ich und will mich

schon auf ihn stürzen, besinne mich dann aber. Wenn ich endlich wieder auf die Beine kommen will, darf ich mich nicht reizen lassen. Ich atme tief durch und schlucke die Wut hinunter.

»Wie bist du überhaupt hier reingekommen?«

»Einer meiner Wahlkampfmitarbeiter wohnt in diesem Gebäude und hat mich auf die Besucherliste gesetzt.«

»Was willst du?«

»Oh, da gibt es viele Dinge. Vorrangig möchte ich aber meine Ex-Frau vernichten.« Er sagt es so locker dahin, als würde er über das Wetter reden, was mich dazu bringt, ihn fassungslos anzustarren. *Wie kalt ist dieser Mensch?*

»Du bist echt ein Arschloch. Siehst du nicht ein, dass wenn du Brooke wehtust, du auch automatisch deine Tochter verletzt?«

»Ich habe keinerlei Interesse an Athina, aber ich brauche sie, um Werbung für mich zu machen und zu zeigen, dass ich den Daddy des Jahrhunderts mimen kann.«

»Das wird nicht passieren. Brooke und auch ich werden nicht zulassen, dass du das arme Mädchen zu deinem Vorteil ausnutzt.«

»Mittlerweile habe ich auch eingesehen, dass Brooke nicht mehr die graue Maus ist, die ich so leicht manipulieren konnte. Doch wenn ich nicht gewinnen kann, bin ich ziemlich nachtragend, musst du wissen.«

»Und jetzt willst du sie und mich fertigmachen, ja?«

»Diese Fotos sind nur der Anfang. Ich habe auch ein ausführliches Video und muss sagen, sie ist ziemlich gut in dem, was sie tut.« Ich kann mich kaum noch halten. In Gedanken packe ich ihn bereits am Kragen, um ihn gegen die Wand zu keilen. Doch ich reiße mich zusammen und belasse es dabei, ihn mit hasserfülltem Blick anzusehen.

»Halt deine verdammte Klappe. Rede nicht so über sie.« Daraufhin beginnt er zu lachen, als hätte ich einen Witz gerissen. Dieser Typ ist ein hoffnungsloser Fall.

»Ich sehe, ihr habt euch gefunden und muss sagen, dass sie mit dir keine schlechte Partie gemacht hat, aber ich habe ihr geschworen, ihr alles zu nehmen, was ihr lieb ist und bei dir werde ich beginnen.«

»Du Arschloch. Lass Brooke und Athina in Ruhe und kümmere dich um deinen Wahlkampf.«

»Diesen habe ich durch Schmiergelder fast in der Tasche, aber meine Rache ist mir genauso wichtig wie das Gewinnen. Sie wollte nicht einlenken, also wird sie dich verlieren.«

»Das ist Erpressung, und das weißt du.«

»Na und? Willst du mich jetzt verklagen? Soll deine Schwester für dich in den Ring steigen? Nur zu, aber egal, was du tust, diese Fotos werden an die Öffentlichkeit kommen.«

»Und wenn schon? Es sind nur Bilder und nicht der Untergang der Welt.«

»Bist du dir da sicher? Überleg doch nur. Euer Album soll doch bald erscheinen, und dann noch ein Skandal? Und für Brooke wird das auch nicht gut ausgehen.«

»Was meinst du damit?«

»Ich meine damit, dass sie ein solches Video das Sorgerecht kosten könnte.«

»Was? Du hast doch selbst gesagt, dass dir nichts an Athina liegt.«

»Das stimmt, aber allein Brookes Verzweiflung zu sehen …« Meine Atmung geht immer schneller und schneller, einerseits, weil die Wut jeden Muskel in meinem Körper aufheizt und andererseits, weil mir langsam die Argumente ausgehen. Könnte Brooke ihre Tochter verlieren? Das würde sie niemals verkraften.

»Wie du also siehst, habe ich einen Trumpf im Ärmel. Offenbar scheinst du endlich zu verstehen.«

»Was genau soll ich tun, damit du sie in Ruhe lässt?«

»Du sollst sie verlassen«, sagt er mit einem hinterhältigen, kalten Lächeln.

»Niemals.« Ich kann und werde sie niemals verlassen können. Ich habe sie gerade erst gefunden. Das kann er unmöglich ernst meinen.

»Ich gebe dir Zeit bis heute um Mitternacht, um deine Entscheidung zu fällen. Meine Nummer findest du auf der Rückseite des Umschlags. Ich würde dir raten, meinen Vorschlag in Erwägung zu ziehen, sonst werdet ihr es alle bereuen.«

»Verschwinde«, knurre ich, da ich befürchte, mich sonst doch noch auf ihn zu stürzen.

»Okay, aber ich hoffe um Brookes willen, heute noch von dir zu hören.«

»Raus aus diesem Gebäude!«, brülle ich so laut, dass es wohl jeder in dieser Etage gehört haben muss, doch er lässt sich nicht einschüchtern, sondern lacht laut auf, ehe er endlich aus meinem Sichtfeld verschwindet. Mein Atem ist das einzige Geräusch, das zu hören ist, doch innerlich schreie ich vor Frust. Erneut blicke ich auf die Fotos. Wir sehen glücklich aus, als würden wir jede Sekunde genießen, doch für die Presse und das Jugendamt ist es Erregung öffentlichen Ärgernisses. Egal ob in Griechenland oder hier. Ich schließe die Wohnung auf und setze mich auf die Couch, um in mich zu gehen und in Ruhe das Chaos in meinem Kopf zu ordnen. Egal wie ich es drehe und wende, der Saftsack sitzt am längeren Hebel, da er das belastende Material hat.

Ich verbringe Stunden damit, über einen Ausweg nachzudenken, doch es endet damit, dass ich meine Autoschlüssel schnappe und zur Kanzlei meiner Schwester fahre.

Sie reagiert genauso geschockt auf die Geschichte wie ich und verdunkelt sofort ihr Büro, damit wir in Ruhe über diesen Schlamassel reden können. »Was denkst du? Können wir etwas gegen diesen Kerl ausrichten?«

»Na ja, wir könnten ihn wegen Rufschädigung anklagen, sobald die Fotos öffentlich sind, aber er wird clever sein und seine Spuren verwischt haben, sodass wir nur die Person verklagen könnten, die die Fotos gemacht hat. Doch das ändert nichts an der Tatsache, dass es zu einem Streit um das Sorgerecht kommen könnte.«

»Das könnte sie nicht ertragen. Die Demütigung, der Stress. Ihre Familie ist eher konservativ, es würde ihren Ruf und ihr Ansehen schädigen.«

»Wie du es drehst oder wendest, es geht böse aus. Was will er für sein Stillschweigen? Geld?« Ich habe meiner Schwester nicht erzählt, dass er die Trennung von Brooke von mir verlangt. Ich will nicht mal darüber nachdenken, und es aussprechen schon gar nicht.

»Hmm«, murmle ich, nicht in der Lage, ihr die Wahrheit zu sagen.

»Dann können wir es doch so regeln, oder?«

»Und wie lange wird das gut gehen? Was ist, wenn der Arsch uns bis an unser Lebensende die Pressefuzzis auf den Hals hetzt, einfach weil ihm danach ist? Das kann doch nicht so weitergehen.«

»Was willst du dann tun?«, fragt sie mich, und ich bereue es, die Stimme erhoben zu haben. Immerhin kann Quinn nichts für diese Situation.

»Das Unvermeidliche«, antworte ich und höre laut und deutlich, wie mein Herz zersplittert, das ich nach Faiths Tod mühsam zusammengeflickt habe. Nach dem Gespräch mit Quinn fahre ich stundenlang durch die Gegend und ignoriere die Nachrichten und Anrufe von allen. In mir tobt ein Sturm, der sich einfach nicht beruhigen lässt. Egal wie schnell ich fahre oder wohin es mich treibt, der Schmerz in mir wird größer. Ich war mein Leben lang ein Kämpfer, der sich niemals unterkriegen ließ, und hatte meist für jedes Problem eine Lösung, doch jetzt keine zu haben erdrückt mich.

Brooke ist eine liebevolle und fürsorgliche Mutter. Alle, die sie kennen, wissen das. Dass belastende Fotos sie in ein falsches Licht rücken können, will ich auf keinen Fall riskieren. Muss ich es tun? Kann ich sie überhaupt verlassen, ohne selbst durchzudrehen? Es ärgert mich ungemein, dass ihr Ex-Mann uns auseinanderbringt, einfach weil ihm danach ist. Doch ich habe keine Zeit mehr. In einer Stunde ist die Frist abgelaufen, und ich muss eine Entscheidung fällen.

Ein Teil von mir will Brooke nicht verlieren, weil sie das Beste ist, was in meinem Leben passiert ist, aber der rational denkende und vernünftige Teil von mir weiß, dass es für uns beide eine Katastrophe wäre, sollten die Fotos an die Öffentlichkeit kommen. Auch wenn sich alles in mir dagegen sträubt, habe ich wohl oder übel schon eine Entscheidung getroffen. Eine, die mich für immer zerstören wird.

34. KAPITEL

Brooke

Seit Stunden kann ich Ian nicht erreichen und langsam fange ich an, mir Sorgen zu machen. Egal wie beschäftigt er ist, sei es mit der Band oder privat, er hat immer die Zeit gefunden, um mir eine kurze Nachricht zukommen zu lassen. Nun habe ich seit vielen Stunden nichts von ihm gehört und drohe vor Sorge den Verstand zu verlieren. Er weiß, dass ich heute erst am Nachmittag arbeiten muss, und es ist mittlerweile zehn Uhr vormittags, und ich gehe in meiner Wohnung auf und ab und frage mich, wo er sein könnte. Mein Gefühl sagt mir, dass etwas nicht stimmt. Ich kenne Ian, und es sieht ihm so gar nicht ähnlich, sich nicht zu melden. Zum Glück hat Athina nichts von meiner Unruhe mitbekommen, da sie verschlafen hat und schnell in die Schule geeilt ist, um es noch pünktlich zum Unterricht zu schaffen.

Als es dann an meiner Tür klingelt, renne ich förmlich auf sie zu, um sie aufzureißen und Ian vorzufinden. »Gott sei Dank«, sage ich erleichtert und umarme ihn.

»Geht es dir gut? Ich habe mir Sorgen gemacht«, flüstere ich an seiner Brust und sauge seinen Duft tief in meine Lungen, um mich zu beruhigen. Vielleicht reagiere ich gerade über, aber ich kann nur dann frei atmen, wenn ich weiß, dass es ihm gut geht. Ian löst sich von mir, ohne mir zu antworten und geht in die Wohnung. Er bleibt neben dem Sofa stehen. Sein Blick ist verschlossen und seine Haltung verkrampft. Ich habe ihn noch nie so erlebt.

»Ist alles in Ordnung?«, frage ich vorsichtig, da er auf mich etwas verloren wirkt.

»Nicht wirklich«, murmelt er und setzt sich auf die Couch, ohne mich ein einziges Mal anzusehen. Ich eile zu ihm und nehme neben ihm Platz. Mich packt die Angst, und ich suche seinen Blick. Erst wenn er mir in die Augen sieht, kann ich ungefähr einschätzen, wie er sich fühlt. Doch als ich es tue, keuche ich vor Schreck fast auf. Seine sonst strahlenden und warmen Augen sind jetzt matt und farblos.

»Ian? Rede mit mir«, flehe ich beinahe, und endlich seufzt er und sieht mir direkt in die Augen, doch der Ausdruck darin ist wie eine Ohrfeige, denn von der Wärme und Liebe der letzten Monate ist nun nichts mehr zu sehen.

»Ich habe nachgedacht.« Danach ist er eine Weile still, ehe er fortfährt. Ich halte den Atem an und bete zu Gott, dass nichts Schlimmes passiert ist, das ihn erneut in einen Abgrund reißen könnte.

»Das Album wird in zwei Monaten erscheinen, und Sly hat unseren Terminkalender so prall gefüllt, dass ich kaum eine freie Minute haben werde.« Termine? Ist er deswegen so durch den Wind?

»Ach, das legt sich wieder, sobald es eine Weile auf dem Markt ist.« Ich weiß, dass er sich nie wieder einsam fühlen wird, denn er hat ja mich und Athina.

»Vielleicht, aber das wird ewig so weitergehen. Nach dem Album ist vor der Tour, ist nach der Promotion und dann wieder vor dem nächsten Album. Mein Leben ist hektisch, und Momente wie in den letzten Monaten wird es nie wieder geben. Ich muss mich auf meine Karriere konzentrieren.«

»Worauf willst du hier hinaus, Ian?«, frage ich ihn, denn es hört sich in meinen Ohren beinahe so an, als suche er nach einem Grund für eine Trennung. Aber das kann nicht stimmen. Mein Kopf muss mir einen Streich spielen.

»Athina braucht Beständigkeit in ihrem Leben.«

»Die hat sie doch.« Ich habe das Gefühl, auf der Stelle zu treten, da ich ihm alles aus der Nase ziehen muss.

»Aber nicht, wenn ich ein Teil eurer Familie bin. Überleg doch mal. Ich werde nicht auf ihre Klaviervorführungen kommen können, eventuell nicht da sein, wenn sie auf den Abschlussball geht. Und sollte unsere Beziehung öffentlich werden, wird euch die Presse aufspüren. Sie werden Geschichten erfinden, nur um ihre Verkaufszahlen zu steigern, und Athina und du werdet die Leidtragenden dabei sein.«

»Das haben wir doch alles schon besprochen, und ich akzeptiere es, um mit dir zusammen zu sein. Mit Athina habe ich auch darüber gesprochen, und sie ist zäher als sie wirkt.« Ich lege meine Hand auf seine, doch er schüttelt sie ab und steht auf, beinahe so, als könnte er nicht ertragen, von mir berührt zu werden. Dabei ist unser Körperkontakt immer Garant dafür gewesen, dass wir wieder runterkommen können. Bei dem jeweils anderen einfach nur wir selbst sein können. Ich blinzle und sehe ihn verzweifelt an. *Kann es sein …? Nein! Er würde mich niemals verlassen. Niemals!*

»Brooke«, seufzt er und sieht mich an, als würde er ebenfalls kurz davor stehen, in Tränen auszubrechen. Schock erfüllt mich, doch das ist nur die Ruhe vor dem Sturm, denn ich wusste es von Anfang an. Mein Gefühl hat mir gesagt, dass etwas nicht stimmt.

»Du willst es beenden?«, frage ich fassungslos und keuche erschrocken auf, als er langsam nickt. Das hier kann nicht passieren! Das ist alles nur ein schlechter Scherz oder ein Traum. Ja, ich träume das hier nur!

»Nein. Das kannst du nicht ernst meinen!« Bitte, Ian. Bitte nicht!

»Es tut mir leid, aber das mit uns hat einfach keine Zukunft«, flüstert er mit gebrochener Stimme.

»Das ist nicht wahr! Wir haben alles geplant und besprochen. Für jedes Problem hatten wir eine Lösung, und jetzt willst du alles, was wir haben, in den Wind schießen?« Nach dem ersten Schock werde ich langsam wütend. Er steht einfach nur da und tut nichts. *Wieso hindert er mein Herz nicht daran, zu brechen? Wieso tut er mir das an?* Die Wut verraucht so schnell wieder, wie sie gekommen ist, und jetzt flehe ich einfach nur noch.

»Bitte sag mir die Wahrheit!« Mir ist bewusst, dass ich hier vor Verzweiflung nach jedem Strohhalm greife, aber ich weiß einfach nicht, was ich tun soll. Wie ich ihn halten könnte.

»Es tut mir leid, Brooke. Ich kann einfach nicht mit dir zusammen sein. Du verdienst es, jemanden an deiner Seite zu haben, der nicht wie ich durch die Welt reisen muss.«

»Ich will doch nur dich«, sage ich und spüre Nässe auf meiner Wange. Wann ich zu weinen angefangen habe, weiß ich nicht, aber das ist jetzt auch egal. Ian macht einen Schritt auf mich zu und hebt die Hände, als würde er mein Gesicht streicheln wollen, doch dann lässt er sie langsam wieder sinken. Er wird mich wohl nie wieder berühren.

»Vergiss mich, Brooke. Es tut mir leid«, flüstert er und geht an mir vorbei, als wäre ich eine Fremde und nicht die Frau, die ihn mit allem liebt, was sie hat. Meine Unterlippe zittert, doch ich weigere mich, ihn einfach hier und jetzt aufzugeben. Ich fange an zu laufen und rufe seinen Namen.

»Ian!«, rufe ich verzweifelt und sehe ihn im Fahrstuhl. Er hat die Hand über seinen Mund gelegt und bricht wohl genauso zusammen wie ich. Das kann es nicht mit uns gewesen sein!

»Bitte«, flehe ich weinend und renne auf ihn zu, doch die Fahrstuhltüren gleiten zu, und als er sie nicht daran hindert, weiß ich, dass es endgültig vorbei ist. Ich lege weinend die Hand auf meine schmerzende Brust. Es tut so weh, als würde ich innerlich verbrennen. Ich kneife die Augen zusammen und schluchze, kann nicht aufhören, immer und immer wieder den Kopf zu schütteln. Ich will es nicht wahrhaben, dass Ian weg ist. Nicht nach den letzten Monaten, in denen ich ihm alles von mir gegeben habe.

Nach Gary habe ich mir geschworen, mein Herz nie wieder einem Mann zu schenken, der es brechen könnte, und doch ist es passiert. Ich habe ihm geglaubt, als er sagte, dass er mich für immer lieben würde. Wie eine Närrin habe ich mich in ihn verliebt, nur um jetzt wieder allein dazustehen. Die Tränen wollen nicht versiegen, auch wenn ich jede einzelne von ihnen hasse. Denn sie sind der nicht zu leugnende Beweis, dass es vorbei ist, auch wenn mein Herz diese Tatsache wohl nie akzeptieren wird.

Ich habe mich bei der Arbeit krankgemeldet und Mom gebeten, Athina abzuholen, damit sie bei ihr schlafen kann. Seit Stunden sitze ich allein auf der Couch und starre vor mich hin, überlege fieberhaft, wie ich meiner Tochter erklären soll, dass der Mann, den sie wirklich mag und in dem sie eine Vaterfigur gesehen hat, nicht mehr wiederkommen wird. Ich habe mich leichtfertig verliebt und habe vergessen, dass, wenn wir uns trennen, er nicht nur eines, sondern gleich zwei Herzen brechen wird. Also habe ich mich wie ein Feigling zu Hause verschanzt, um zu weinen und zu trauern.

Irgendwann muss ich wohl eingenickt sein, denn ich höre ein dumpfes Klopfen, ignoriere es. Der Schlaf ist so eine schöne Flucht vor der Realität, und ich will nicht aufwachen. Doch dann höre ich es wieder, diesmal lauter. Jemand klopft an meine Tür. *Ian!*

Ich trete die Decke von meinen Füßen und stehe auf. Das alles war nur ein Traum und ist nie wirklich passiert. Ian steht mit Sicherheit vor der Tür und nimmt mich in den Arm, wie er es immer tut. Dann wird alles wieder gut, und die Nachwirkungen des Albtraums werden verschwinden. Ich reiße hoffnungsvoll die Tür auf, doch mein Lachen erstirbt, als ich anstatt Ian Savannah vorfinde. Mit jedem Atemzug bricht alles noch mal über mich herein.

»Brooke? Was ist los? Ich habe eine Nachricht von Ian bekommen. Er meint, ich solle nach dir sehen.«

»Nein«, murmle ich und meine Sicht verschwimmt erneut.

»Was?«

»Es ist wahr. Alles ist wirklich passiert«, flüstere ich resigniert und lasse die Schultern hängen.

»Ich verstehe gar nichts. Was ist vorgefallen?«

»Ian hat mich verlassen«, flüstere ich leise, doch die Worte schrillen in meinen Ohren und lassen mich die Hölle erneut durchleben.

35. KAPITEL

Ian

Ich sitze im Auto und blicke auf die Nachricht, die ich an Gary getippt habe. Ich hasse jedes einzelne Wort. *Ich werde es tun.* Vier Worte, die das Böse siegen lassen und drei Herzen brechen werden. Nicht nur Brooke und ich werden an der Trennung leiden, sondern auch meine kleine Athina. Meine kleine Pianistin, die in mir eine Vaterfigur gesehen hat, ohne es mir je zu sagen. Aber ich habe es gefühlt. Fühle ihre dünnen Ärmchen immer noch, als sie Brooke und mich in eine Gruppenumarmung gezogen hat. Ich kneife die Augen fest zusammen, weil es unglaublich wehtut, an die beiden zu denken.

Seit Stunden fahre ich in meinem Truck durch die Gegend und habe in dieser Zeit mein Autoradio kaputt gemacht, als ein Radiosender tatsächlich unser Lied gespielt hat. Vor lauter Wut über die Situation habe ich auf das Display geschlagen und den Bildschirm ruiniert. Jetzt habe ich den Wagen abgestellt und blicke hinauf zu Brookes Wohnung, wo immer noch Licht brennt.

Vor ein paar Minuten ist es angegangen, als Savannah eilig das Gebäude betreten hat. Egal wohin ich fahre, ich lande immer wieder vor dem Gebäude, wo auch ich meine Wohnung habe. Wie wird das künftig sein? Werden wir einfach aneinander vorbeigehen, ohne uns zu grüßen? Werden wir uns ignorieren und weitergehen?

Ich will es eigentlich gar nicht wissen, denn sie nur zu sehen und nicht berühren oder gar mit ihr sprechen zu können, wird mich umbringen. Ich denke an die Zeit, die wir miteinander verbracht haben. Als ich sie vor dem Blind Date gerettet habe, als ich sie in der Boutique gesehen habe und sie mir den Atem geraubt hat. An unser erstes Date, den ersten Kuss, unser erstes Mal, das schöner nicht hätte sein können.

Ich klammere mich an das Lenkrad, da ich so viele Gefühle in mir habe, die einfach rauswollen. Doch ich kann nicht loslassen, sondern stehe immer noch unter Strom. Ich blicke erneut zu Brookes Fenster, ehe ich den Wagen starte und losfahre.

Es ist längst spät in der Nacht, als ich auf der Etage aus dem Aufzug steige, auf der Haydens Wohnung liegt. Da er nicht wirklich eine Wohnungstür hat, bleibt mir nichts anderes übrig, als hier einfach reinzuschneien. Cody begrüßt mich voller Freude, sodass ich in die Hocke gehe und ihn streichle, als das Licht angeht und Hayden in Pyjamahosen und Tori im Bademantel aus dem Schlafzimmer kommen.

»Ian? Ist alles in Ordnung?«, fragt mich mein Bruder, doch ich schlucke nur schwer und schüttle den Kopf. Nichts wird jemals wieder in Ordnung sein, wenn ich nicht bei Brooke sein kann.

»Hey. Ist ja gut, komm her«, flüstert Tori und nimmt mich fest in den Arm. Ihre Sorge und die fürsorgliche Geste lassen den Damm in mir brechen, den ich mit aller Macht zusammenhalten wollte. Sobald die erste Träne gefallen ist, folgen viele weitere. Ich spüre Haydens Hand an meiner Schulter, die mir wohl Trost spenden soll, aber sie bewirkt eher das Gegenteil. Jetzt, wo ich losgelassen habe, kann ich nicht mehr aufhören, um die Frau zu weinen, die meine ganze Welt geworden ist.

Irgendwann erlöse ich die besorgte Tori und lasse mich von Hayden zur Couch führen. Ich setze mich und erzähle den beiden, dass Brooke und ich uns getrennt haben. Von Gary erwähne ich nichts, denn es tut auch nichts mehr zur Sache. Der Schaden ist angerichtet. Brooke ist ein sehr stolzer Mensch und wird mir nie verzeihen können.

»Möchtest du etwas trinken oder essen?«, fragt mich Tori, geht vor mir in die Hocke und zwingt mich somit, sie anzusehen.

»Ich habe keinen Hunger oder Durst«, antworte ich mit kratziger Stimme, doch sie ignoriert meine Worte und bringt mir ein Glas Wasser, das ich entgegennehme und ihr zuliebe in einem Zug leere. Daraufhin schweigen wir. Ich sage ihnen, dass sie gehen können, doch sie bleiben an meiner Seite, bis ich vor Erschöpfung auf der Couch einschlafe.

Als ich die Augen öffne, ist noch nicht einmal die Sonne aufgegangen. Tori und Hayden sind auf der zweiten Couch eingeschlafen und haben sich aneinandergekuschelt, wie Brooke und ich es unter anderen Umständen wahrscheinlich auch gerade tun würden. Ich lasse den Schmerz kommen, der wohl nie ganz verschwinden wird und gehe hinaus auf die Dachterrasse, um mich am Geländer anzulehnen und den Sonnenaufgang zu beobachten.

Ein neuer Tag ist angebrochen, wieso fühle ich mich, als wären meine Zeit und mein Herz für immer stehen geblieben? Wie können alle hier es wagen, weiterzumachen, wenn mein Leben in Trümmern liegt?

Nichts scheint Sinn zu ergeben, wenn Brooke nicht mehr hier ist, aber sie zu verlieren ist immer noch besser, als dass sie Athina verliert. Ich habe es für sie getan, und das muss für mich reichen.

In den letzten zwei Wochen habe ich mehr Zeit im Studio als irgendwo sonst verbracht. Ich habe mir den Schmerz von der Seele geschrieben und gesungen, und doch scheint er immer wieder zu wachsen, jetzt, wo ich Brooke habe gehen lassen. Alles erinnert mich an sie und Athina. Eine Zeitschrift, in der Tom Hiddleston als Loki dargestellt ist, erinnert mich an die Obsession, die Athina für ihn gehabt hat. Der Geruch von griechischem Essen, das in das Studio unter unserem geliefert wird, steigt mir in die Nase und macht den Trennungsschmerz nur noch schlimmer.

»Mann, du solltest echt mal schlafen. Du siehst aus wie ein Schauspieler, der für eine Rolle als Zombie vorsprechen will«, meint Kian und klopft mir auf die Schulter.

»Ich habe genug geschlafen.«

»Das sagen nur die Menschen, die nicht genug Schlaf abbekommen.«

»Glaub, was du willst, aber mir geht es gut.« Das ist eine fette Lüge, denn mir geht es überhaupt nicht gut, aber Kian akzeptiert meine Worte und sagt nichts mehr, genau wie die anderen Bandmitglieder, Sly und meine Familie. Sie wissen, dass ich mich von Brooke getrennt habe und dass sie bei mir nicht weiterkommen, wenn sie mich mit Fragen löchern.

»Wenn du reden willst, sind wir da, okay?«, meint Kian und will gerade nach Hause fahren, nachdem wir den Feinschliff an dem Album beendet haben.

»Das weiß ich«, antworte ich und greife nach dem Zettel mit den Eckdaten zum letzten Song, den wir aufgenommen haben. Kian öffnet gerade die Tür, als ich mich leise bei ihm bedanke. Er nickt nur kurz, denn er weiß, dass dieses *Danke* ein Zeichen ist, dass ich seine Hilfe annehmen werde, nur eben nicht jetzt.

Die Momente, in denen ich nicht von Menschen umgeben bin, sind die schlimmsten für mich. Denn dann habe ich Zeit zum Nachdenken, und das ist in meiner Situation das Letzte, was ich tun sollte. Quinn liegt mir jeden Tag damit in den Ohren, dass sie einen Weg sucht, um Gary das Handwerk zu legen, doch sie findet keinen. Genauso wenig, wie ich ihn gefunden habe. Die Entscheidung, sie zu verlassen, war für alle Beteiligen das Beste, aber die Vernunft hat in meinem Herzen keinen Platz, denn ich leide wie ein Hund. Wenn ich die Augen schließe, sehe ich nur Brooke und ihren verletzten Gesichtsausdruck Wenn ich zu den Sternen sehe, denke ich an Athina, die mir voller Begeisterung etwas Neues über die Sternenbilder oder Planeten erklärt. Alles erinnert mich an die beiden Menschen, die mich in den letzten Monaten mit so viel Liebe und Freude erfüllt haben. Um nicht erneut in Tränen auszubrechen, greife ich nach meiner Lederjacke und gehe frische Luft schnappen. Manhattan ist in der Nacht ruhiger als am Tag, aber es gibt kaum eine Minute, in der kein Auto vorbeifährt oder kein Mensch zu sehen ist.

Ich sehne mich nach meinem Haus im Wald, doch es wäre fatal, allein dorthin zu fahren. Als sich Tori von Hayden getrennt hatte, war das Haus der Ort, wo er zu sich selbst finden konnte, ehe sie wieder zusammengekommen sind. Für mich wäre es der Untergang, denn all die schönen Erinnerungen an Brooke würden mich überkommen, und das wäre das Letzte, was ich gebrauchen könnte.

Brooke muss mir wichtiger sein als mein Leid. Ich betrete einen 24/7-Coffeeshop und bestelle mir einen doppelten Espresso. Doch anstatt wieder nach draußen in die frische Nachtluft zu gehen, entscheide ich mich dafür, mich ans Fenster zu setzen und den Menschen dabei zuzusehen, wie sie ihr Leben leben. Manche sehen müde aus, andere fröhlich, ein paar von ihnen scheinen gerade von einer Party zu kommen. Ich stelle mir vor, dass auf alle ein Bett wartet, das von ihren Liebsten gewärmt wurde, während ich auf einer ungemütlichen Couch im Studio schlafe.

In meine Wohnung fahre ich nur, um zu duschen und mich umzuziehen, ehe ich schnell wieder ins Studio fahre. Denn jeder Winkel meiner Wohnung ist von Brookes Präsenz gefüllt, selbst die Dusche, in der wir uns oft geliebt haben. Mein ganzes Leben war erfüllt von der Frau, die meine Rettung aus der Einsamkeit war, und jetzt drohe ich wieder in dieses Loch zu fallen, aus dem sie mich mühsam rausgeholt hat.

»Mr Millard?«

»Hmm?« Ich wende mich der Barista zu, die mir den Kaffee gemacht hat. Sie ist jung, vielleicht zwanzig Jahre alt, hat lange blonde Haare und lächelt mich schüchtern an.

»Ich will Sie nicht stören, aber könnten Sie mir vielleicht meine Smartphonehülle signieren?«, fragt sie mich freundlich, und es kostet mich sehr viel Kraft, ihr Lächeln zu erwidern.

»Klar. Wie heißen Sie?«, frage ich sie und greife nach dem Edding und der Hülle, die noch ganz neu aussieht.

»Faith«, sagt sie und verpasst mir damit eine emotionale Ohrfeige. Ich unterschreibe mit zittrigen Fingern die Hülle und erhebe mich dann augenblicklich. Den Kaffee und sie lasse ich stehen, denn ich kann nur noch daran denken, endlich hier rauszukommen. Ich gehe nach draußen, doch egal was ich tue, ich bekomme keine Luft mehr.

Ich setze mich in Bewegung und gehe in irgendeine Richtung, doch das ist nicht genug, also beschleunige ich meine Schritte. Schließlich laufe und laufe ich, als wäre der Teufel hinter mir her. Ich renne und kann dem Schmerz doch nicht entkommen. Ich laufe nach kleinen Pausen immer wieder, bis die Sonne aufgeht und ich wieder zurück ins Studio gehe. Nichts hat sich geändert, ich bin immer noch derselbe, der

Schmerz ist derselbe. Aber mir ist nun klar, dass ohne Brooke nichts mehr so sein wird, wie es war.

Am nächsten Morgen fühle ich mich gerädert und erschöpft, doch ich stehe auf und steige in meinen Truck. Statt in meine Wohnung zu fahren, fahre ich auf die Interstate auf, lasse mich von meinem Schmerz und meiner Sehnsucht treiben und entfliehe dem Drang, wieder umzukehren und direkt zu Brooke zu fahren.

36. KAPITEL

Ian

Der Grabstein von Faith ist kaum zu erkennen, so viele Blumen schmücken ihre Ruhestätte. Meine Familie hat Briefe geschrieben, Spielzeug mitgebracht und Stofftiere hingelegt. Ich bin mir sicher, meine Tochter wäre von jedem meiner Familienmitglieder sehr geliebt worden. Sie hätte ein liebevolles Umfeld gehabt und wäre zu einer klugen jungen Frau herangewachsen. Ich knie mich hin und blicke auf die Grabinschrift. Es gibt so viele Dinge, die ich ihr gerne sagen möchte und doch nicht kann. Und diese Tatsache frustriert mich.

»Ian?«, höre ich eine mir bekannte Stimme und erhebe mich augenblicklich, als ich die Frau erkenne.

»Courtney?«

»Schön, dich zu sehen. Ich habe dich nicht hier erwartet«, sagt sie und kommt mit einem Korb in der Hand auf mich zu. Ich umarme sie und drücke sie fest an mich. Es tut gut, sie wiederzusehen, da es so viel gibt, was ich ihr sagen wollte. Ich habe sie nicht trösten können, da sie gegangen ist, ohne sich zu verabschieden, aber das hole ich jetzt nach. Zumindest habe ich es vor. Plötzlich erklingt ein Murmeln, was mich dazu veranlasst, mich von ihr zu lösen. Nicht sie war diejenige, von der das Geräusch kam. Was ich vorhin für einen Korb gehalten habe, ist in Wirklichkeit eine Babyschale. Ich blicke sie überrascht an, doch sie nickt nur überglücklich.

»Ich habe ein Baby adoptiert. Sag Hallo zu Hope.« Faith und Hope, zwei bedeutungsvolle Namen, die sich perfekt ergänzen. Ich muss augenblicklich lächeln.

»Hallo Hope«, sage ich leise und greife nach ihrer Hand, die sie sofort fest umschließt.

»Sie ist fünf Monate alt und ich habe sie in Chicago adoptiert.«

»Ein entzückendes Mädchen«, sage ich und erhebe mich. Courtney mustert mich, und auch ich sehe sie an, als würde ich eine vollkommen Fremde ansehen. Ihre Wunden sind verheilt, aber auch ihr Herz scheint langsam zu heilen. Sie sieht glücklich aus.

»Du siehst besser aus«, sage ich, und hoffe, dass ich damit nicht in ein Fettnäpfchen trete, aber sie nickt.

»Da hast du recht. Es hat eine Weile gedauert, bis ich wieder auf die Beine gekommen bin. Der Verlust von Faith hat mich innerlich zerstört, aber sie hätte nicht gewollt, dass ich verkomme und in einen Abgrund stürze, also habe ich mich zusammengerissen und habe eine Adoptionsanfrage gestellt. Es war wohl Schicksal, dass ich Hope innerhalb von wenigen Wochen abholen durfte.«

»Du wirst eine wunderbare Mutter sein. Daran habe ich keinen Zweifel.«

»Danke, aber was ist mit dir? Du siehst aus, als hätte dich ein Laster überfahren. Ich denke, dich bedrückt etwas. Liegt es an Faith?«

»Unter anderem. Aber das ist eine lange Geschichte.« Sie zuckt mit den Schultern, ehe sie antwortet.

»Ich habe Zeit.« Und so kommt es, dass Courtney und ich ein paar Minuten später in einer Bäckerei sitzen und uns unterhalten. Wir reden über den Verlust von Faith und darüber, was er in uns ausgelöst hat. Außerdem erzähle ich ihr von

Brooke. Nach Quinn ist sie die Zweite, die von der Drohung und den Fotos erfährt.

»Sehe ich das richtig? Du hast dich von ihr getrennt, weil der Mistkerl von Ex sonst Nacktfotos von euch öffentlich machen würde?«

»Genau«, antworte ich und unterdrücke die Wut in mir, während ich an den Moment zurückdenke, der alles zerstört hat.

»Na und?«, meint sie und lässt mich stutzen.

»Wie bitte?«, frage ich. Sie kann diese Frage unmöglich ernst meinen.

»Du liebst sie, und sie liebt dich auch, oder?«

»Ja, aber die Fotos, Videos und das Sorgerecht.«

»Es sind nur Fotos. Klar, es wird peinlich sein, aber was soll's. Sie sieht sicher heiß aus und soll sich einfach vorstellen, dass es Shootingfotos für den Playboy sind.«

»Du sagst das so leicht. Brooke ist Mutter einer Tochter. Sie könnte Athina verlieren.«

»Ja, es gibt immer noch das Gesetz, sie hat nichts Falsches getan. Nur weil sie Sex hatte, wird man ihr nicht das Sorgerecht aberkennen.«

»Ich habe Angst, dass es so weit kommt, also habe ich alle nötigen Mittel genutzt, um sie vor einem Sorgerechtsstreit zu bewahren.«

»Okay, aber wie ich dich kenne, hast du alles auf eigene Faust gemacht und sie nicht ins Bild gesetzt, oder?« Ertappt blicke ich auf meine Schuhe. Würde sie die Scham ertragen, um bei mir bleiben zu können? Vielleicht, aber es würde Gary nicht aufhalten, sie fertigzumachen.

»Es muss einfach so sein.«

»Ach, ihr Männer seid manchmal echt schwer von Begriff.«

»Wie soll ich das verstehen?«

»Ein Richter wird sich nicht vom Akt der Liebe, ob nun am Strand oder im Bett, blenden lassen. Sie ist immer noch eine gute Mutter, auch wenn sie einmal wild war und am Meer, wohlgemerkt auf einem Privatstrand, Sex hatte.«

»Du findest es nicht schlimm?«

»Nein, aber das liegt im Auge der Betrachterin.« Mein Smartphone beginnt zu läuten, und ich entschuldige mich bei Court, als ich sehe, dass es Quinn ist.

»Entschuldige mich bitte.«

»Hey Quinny.«

»Ian, komm bitte nach Hause, egal wo du bist.«

»Wieso? Ist etwas passiert?«

»Ja, ich habe einen Weg gefunden, wie du den Mistkerl daran hindern kannst, je wieder auch nur mit Brooke zu reden, geschweige denn ihr zu schaden.«

»Ich bin gleich da«, antworte ich und lege auf.

»Geh nur. Ich habe etwas mitgehört, hol sie dir, Tiger.« Ich gebe ihr einen Kuss auf die Wange und drücke sie ganz fest. Bevor ich gehe, verabschiede ich mich auch von der süßen Hope.

»Komm bald wieder, okay?«

»Versprochen. Wir werden dich bald besuchen kommen, aber jetzt zisch ab.«

»Was hast du gefunden?« Ich komme direkt zur Sache, als ich ihr Büro betrete.

»Erinnerst du dich an den angekündigten Brief der Sicherheitsfirma?«

»Ja, aber ich war seit Wochen nicht mehr wirklich am Briefkasten oder bei Lawrence.«

»Aber ich war es, und weißt du, was drinstand?«

»Was?«

»Dass sie aufgrund von zeitlichen Überschneidungen die Kameras schon vor Wochen aktiviert haben, ehe der Infobrief an uns rausgegangen ist.«

»Das heißt was?«

»Du erwähntest doch, dass das Gespräch vor deiner Wohnung stattgefunden hat.«

»Ja …«, sage ich, und dann macht es endlich Klick. Die Kameras waren schon aktiv, das heißt, dass sie das Gespräch mit dem Arschloch aufgenommen haben.

»Genau. Du siehst, worauf ich hinauswill.«

»Wir müssen dort anrufen.« Sie hebt die Hand und hält mich auf.

»Das habe ich schon getan, und ich habe die Aufnahme eben erhalten und gesichtet. Dabei hätte ich fast den Monitor geschlagen.«

»Das hätte ich wohl auch«, gebe ich zu und setze mich, bin plötzlich total aufgeregt.

»Was tun wir jetzt?«

»Das kommt auf dich an.«

»Auf mich?«

»Ja. Wie willst du die Rache servieren?«, fragt sie mich und grinst von einem Ohr zum anderen.

»Am besten kalt.«

Mit dem USB-Stick in der Hand betrete ich das Büro, in dem Gary arbeitet, und ignoriere die Sekretärin, die mich aufzuhalten versucht. Ich öffne einfach die Tür und erwische den Typen gerade am Telefon.

»Ich rufe dich zurück«, sagt er und legt auf. Er guckt zu seiner Sekretärin und nickt ihr zu, woraufhin sie verschwindet und die Tür hinter sich schließt.

»Wen haben wir denn da? Kann ich dir etwas anbieten?«

»Kommen wir am besten gleich zur Sache«, sage ich und kann es kaum erwarten, sein gehässiges Lächeln verblassen zu sehen.

»Dann leg mal los«, meint er und verschränkt die Arme vor der Brust, als wäre er gelangweilt.

»Ich habe hier etwas für dich«, sage ich und reiche ihm den USB-Stick.

»Was ist das?«

»Wirf doch mal einen Blick rein.« Auch wenn er misstrauisch zu sein scheint, steckt er den Stick am Laptop ein und spielt die Aufnahme ab. Je mehr Minuten vergehen, desto blasser wird er. Er weiß, dass er am Ende ist, und das spiegelt sich auf seiner Miene wider. Er nimmt den Stick und zerstört ihn augenblicklich, doch das bringt mich nur zum Lachen.

»Glaubst du wirklich, ich habe keine Sicherheitskopien gemacht? Nicht zu fassen«, sage ich und lache ihn absichtlich aus.

»Was willst du?«, fragt er, und mahlt mit dem Kiefer. Jetzt ist er derjenige, der es mit der Angst zu tun bekommt.

»Ich weiß es noch nicht. Zuerst wollte ich eine Kopie an den Polizeipräsidenten schicken. Den dürfte wohl auch die Sache mit den Schmiergeldern sehr interessieren.« Seine Augen werden groß wie Untertassen.

»Das würdest du nicht wagen«, sagt er, wirkt aber nicht mehr ansatzweise so selbstbewusst wie beim letzten Gespräch.

»Lass es ruhig darauf ankommen, du verdammtes Stück Dreck.« Er erhebt sich, als wolle er sich auf mich stürzen, doch dann besinnt er sich wieder und setzt sich erneut hin.

»Da du so schön Platz genommen hast, sage ich dir jetzt mal, wie das laufen wird.« Ich gehe demonstrativ auf und ab und genieße es, wie er sich windet.

»Du wirst das Video und die Fotos vernichten und solltest du Brooke oder Athina je wieder belästigen, werde ich das Video an jeden wichtigen Menschen in der Politik schicken, damit jeder weiß, was für ein Arschloch du bist.«

»Okay, ich tue, was du verlangst. Aber dafür bekomme ich die Datei.«

»Niemals.«

»Dann wird nichts aus dem Deal«, meint er und gibt sich mutig. Doch der Schweiß, der an seiner Stirn klebt, verrät ihn. Er ist nicht so selbstsicher, wie er tut.

»Gut, dann muss ich mal meine Mailinglist aktualisieren«, sage ich und will schon aus dem Raum gehen, doch er hält mich auf und schlägt schließlich ein. Er unterschreibt ein Schriftstück, das Quinn aufgesetzt hat. Es garantiert, dass er nichts Dummes tun wird, aber auch ich musste mit meiner Unterschrift bestätigen, dass ich das Video nur öffentlich stelle, sollte er gegen die Auflagen verstoßen.

Als ich aus dem Gebäude trete und die Sonne auf mich herabscheint, fühle ich mich zum ersten Mal seit Wochen wieder wirklich wohl in meiner Haut. Ich habe es geschafft, Gary von Brooke, Athina und mir fernzuhalten, doch damit ist es noch nicht getan. Jetzt liegt es an mir, Brooke um Verzeihung zu bitten und zu hoffen, dass sie mir vergeben kann. Und das werde ich am besten mit dem Song tun, den ich für sie geschrieben habe.

37. KAPITEL

Brooke

Ich tue alles, um nicht an Ian zu denken. Ich arbeite viel, beschäftige mich so gut ich kann. Doch mein dummes Herz ist es, das sich an ihn erinnert. An jedes Lachen, jede Berührung und jeden Kuss, den wir geteilt haben. Ich verschließe mich nicht vor diesen Erinnerungen und bade richtig in dem Schmerz, denn auch wenn die Zeit mit ihm kurz war, war sie die schönste in meinem Leben. Ich dachte, Gary damals geliebt zu haben, aber das ist Schwachsinn, denn er hat mein Herz noch nie so zum Rasen gebracht oder mir das Gefühl gegeben, ich sei die schönste Frau der Welt, wie Ian es mit einem einzigen Blick zu tun vermochte.

In den letzten zwei Wochen habe ich einfach funktioniert, ohne wirklich da zu sein, und auch Athina verzieht sich sofort in ihr Zimmer, wenn sie von der Schule kommt, und trauert so auf ihre Art um Ian. Ian hat mir unglaublich wehgetan, und ich befürchte, dass ein Teil von mir immer um ihn weinen wird. Aber ich versuche einfach weiterzumachen. Auch wenn jeder Herzschlag schmerzt, lächele ich.

Am Nachmittag suche ich überall nach meinem liebsten Sorgenkind und finde es nach langem Suchen endlich draußen ganz allein.

»Malcom, was tust du hier ganz allein?«, frage ich und setze mich zu ihm auf die Treppenstufe. Er sitzt da und beobachtet die anderen Kinder beim Spielen.

»Ich habe keine Lust auf Party.«

»Aber es ist deine Geburtstagsfeier. Alle wollen mit dir feiern.« Er blickt mit leerem Blick auf die Schaukel, ehe er sich mir zuwendet.

»Er kommt nicht, oder?«

»Wen meinst du?«

»Ian. Er hat versprochen, zu meiner Party zu kommen, als er dich vor ein paar Wochen besucht hat.«

»Hat er das?«

»Aber es war ihm wohl nicht so wichtig, denn er ist ja nicht da.« Ich seufze auf, denn er kann nicht wissen, dass auch ich ihn mit jeder Faser meines Seins vermisse.

»Vielleicht kommt er ja noch. Die Party hat gerade erst angefangen.«

»Laut Google kommt in zwei Monaten das neue Album. Er ist sicher damit beschäftigt zu arbeiten. Was interessiert ihn ein Waisenjunge.«

»Hey! Jetzt reicht es aber. Du bist ein wunderbarer, herzensguter junger Mann, der heute seinen Geburtstag feiert. Athina hat sich seit Wochen auf heute gefreut, und jetzt schmollst du hier. Er ist nicht da, na und? Du hast ja mich.«

»Aber er war immer für mich da, als meine Eltern es nicht waren«, flüstert er, und ich weiß auf Anhieb, was er damit meint. Die Musik von Everstorm hat so vielen Menschen dabei geholfen zu heilen, dass es kein Wunder ist, dass Malcom so empfindet.

»Lass uns reingehen.« Er nickt und legt seine Hand in meine, um mit mir wieder ins Wohnzimmer zu gehen, wo Savannah gerade die Torte mit Kerzen verziert. Es herrscht ein enormer Lärmpegel, und auch die Musik ist ohrenbetäubend, aber Malcom sieht noch immer etwas niedergeschlagen aus. Wir singen lauthals Happy Birthday, und mit Freude beobachte ich seine strahlenden Augen.

Seitdem er hier im Waisenhaus ist, haben wir eine zarte Bindung zueinander aufgebaut, sodass ich ernsthaft mit dem Gedanken spiele, ihm bei mir ein neues Zuhause zu schenken. Damals wollte ich diesen Vorschlag auch Ian unterbreiten, der mit Sicherheit auch dafür gewesen wäre, aber er ist nicht hier. Er wird nie wiederkommen.

»Ian!«, ruft Malcom aus und springt vom Stuhl auf. Mein Herz bleibt augenblicklich stehen, und das nur, weil er seinen Namen gesagt hat. Ich hebe den Blick und sehe gerade noch, wie Ian das Geschenk aus der Hand fällt, weil Malcom sich in seine Arme geworfen hat. Er drückt den Jungen fest an sich, und mein Herz würde vor Wärme aufgehen, wenn es nicht schon längst gebrochen wäre.

Die anderen Kinder sind ebenfalls aus dem Häuschen, dass Ian wieder da ist, und umkreisen ihn. Es kostet Savannah viel Überzeugungskraft, die Kids wieder dazu zu bringen, sich hinzusetzen und die Torte anzuschneiden. Kaum sind Süßigkeiten im Spiel, werden die Kids wieder ruhig und können es kaum erwarten, mit dem Naschen zu beginnen. Ian blickt auf, und unsere Blicke treffen sich zum ersten Mal seit zwei Wochen. Den Stich, den sein Anblick in meinem Herzen auslöst, kann ich verbergen. Doch ich kann nicht den Schmerz verschleiern, der mich durchfährt, als er mich zaghaft zur Begrüßung anlächelt.

Mit jedem Atemzug scheint der Raum kleiner zu werden und mein Leid immer größer. Ich habe mir in schwachen Momenten vorgestellt, wie ich reagieren würde, sollte ich ihn je wiedersehen. Ich wäre tough und selbstbewusst und würde nicht zeigen, wie weh er mir getan hat. Doch jetzt bin ich ein offenes Buch für alle Anwesenden. Zumindest für die Erwachsenen. Malcom ist nun wie ausgewechselt und wieder der fröhliche Junge, den er manchmal an die Oberfläche lässt.

Als er Ians Geschenk öffnet, das ziemlich groß ist, reißt er die Augen auf und staunt nicht schlecht, als er die Akustikgitarre in die Hand nimmt. Er ist außer sich vor Freude und umarmt ihn erneut. *Wieso tut es so weh, dass er jeden in den Arm nehmen kann, nur mich nicht? Sollte es nicht nach vierzehn Tagen etwas besser werden?* Als ich es nicht mehr ertragen kann, gehe ich hinaus und setze mich auf die Stufen, wie Malcom es vorhin getan hat.

Ich hasse die Situation, in der ich mich befinde. Hasse es, dass ich ihn noch immer in meinem Leben will und nichts lieber täte, als ihn zu küssen. Verabscheue mein Herz, das sich leichtfertig wieder für den Mann öffnen möchte, der es mit Füßen getreten hat. Ich vergrabe das Gesicht in den Händen und konzentriere mich auf meine Atmung, um nicht in Tränen auszubrechen. Die Terrassentür wird geöffnet, und ich erwarte, dass sich Savannah neben mich setzt und wir Ian gemeinsam verfluchen können, doch ich erschrecke, als ich seinen Geruch wahrnehme.

Ich reiße den Kopf herum und blicke auf Ian, der mich traurig ansieht.

»Hey«, sagt er eher schüchtern, als wüsste er nicht, wie er mich ansprechen soll. Ich nicke ihm zu, fühle mich nicht in der Lage, jetzt zu sprechen. Das Einzige was ich tun kann, ist ihn einfach anzusehen und zufrieden festzustellen, dass auch er so aussieht, wie ich mich fühle.

»Du siehst gut aus«, flüstert er, woraufhin ich nur schnaubend den Blick abwende und auf die Schaukel blicke.

»Entschuldige, ich weiß nicht wirklich, was ich sagen soll«, gibt er zu und schiebt seine Hände in die Jeanstaschen.

»Am besten gar nichts«, antworte ich, ohne ihn anzusehen. Doch kaum habe ich angefangen zu sprechen, habe ich plötzlich das Bedürfnis weiterzureden.

»Es wäre nett gewesen, wenn du dein Kommen angekündigt hättest, so hätte ich Malcom nicht trösten müssen. Er war am Boden zerstört.«

»Ich wollte ihn überraschen.«

»Das kannst du bei Athina machen, aber nicht bei einem traumatisierten Jungen, für den du ein Idol bist. Alles, was du tust, hat Konsequenzen, und das sollte dir bewusst sein. Du verursachst Schmerz, wenn du dein Wort nicht hältst.«

»Redest du jetzt von Malcom oder von dir selbst?«, fragt er und sieht mich aus leer wirkenden Augen an.

»Ich rede im Allgemeinen. Wenn du denkst, dass ich wieder auf dich reinfalle oder dir noch irgendetwas glaube, dann irrst du dich.« Meine Worte treffen ihn, und das sollen sie auch.

»So war das nicht gemeint.«

»Und wie dann? Du bist unglaublich! Wieso bist du überhaupt hier draußen bei mir? Willst du, dass ich mich erneut erniedrige und dich auf Knien anflehe, zu mir zurückzukommen?« Er zuckt zusammen und schließt die Augen, als würde er Schmerzen haben.

»Das ist vorbei, Ian«, sage ich selbstbewusster, als ich mich fühle und stehe auf, um wieder hineinzugehen. Ich werde mich nicht zu ihm umdrehen. Nein, das werde ich mit Sicherheit nicht. Und doch ertappe ich mich dabei, dass ich die Tür öffne und zu Ian blicke, der das Gesicht in den Händen vergraben hat und sich schüttelt, als würde er weinen.

Dieses Bild verfolgt mich noch einen Tag später und mittlerweile bereue ich es, die Worte ausgesprochen zu haben. Es war die Wut und der verletzte Stolz, die aus mir gesprochen haben, aber ich bin kein jähzorniger Mensch. Normalerweise würde ich niemandem noch Salz in die Wunde streuen, nur um mich danach besser zu fühlen. Und doch habe ich es getan. Die Scham darüber lässt mich die Decke über den Kopf ziehen. Im Fernsehen läuft gerade Werbung, und Athina liest in ihrem neuen Astrologiebuch. Immer wieder liest sie mir einzelne Passagen vor, die ich jedoch einfach nicht verstehe.

Mein merkwürdiges Verhalten hinterfragt sie schon gar nicht mehr, denn sie weiß mittlerweile, dass ich nicht ganz ich selbst bin. »Kannst du die Werbung nicht wegschalten?«, frage ich Athina, doch sie schüttelt den Kopf.

»Dafür müsste ich aufstehen. Die Fernbedienung liegt neben dem Fernseher.«

»Wer hat sie dort hingelegt?«

»Na, ich werde es nicht gewesen sein!«

»Schon gut, schon gut. Ich war es, keine Panik.« Sie verdreht die Augen und konzentriert sich wieder auf ihr Buch, als ihr Smartphone zu vibrieren beginnt. Sie liest etwas, als ihre Augen plötzlich groß werden und sie sich aufsetzt.

»Was ist los?«

»Ich weiß es noch nicht genau«, antwortet sie und tippt auf ihrem Smartphone herum, als ich plötzlich Ians Stimme höre.

»Hallo, ihr Lieben. Ich bin Ian Millard, der Sänger von Everstorm, und tue etwas, was wir in den letzten zehn Jahren nie getan haben. Exklusiv werde ich euch einen Song präsentieren, der auf unserem neuen Album *Faith* zu hören ist.«

»Da bist du, Mom!«, ruft Athina aus, und da ich nur zugehört habe, setze auch ich mich auf und blicke auf das viel zu kleine Display. Und tatsächlich, da ist ein Selfie von Ian und mir, das wir vor einem Restaurant aufgenommen haben.

»Was hat er vor?«, murmle ich, als er auch schon weiterredet.

»Wie ihr wisst, halten wir unser Privatleben geheim, aber es ist an der Zeit, dass ich euch die Frau zeige, die die treibende Kraft und größte Inspiration für dieses Album war. Sie trat in mein Leben, als ich dabei war, mich selbst zu verlieren und hat mich auf so viele Arten gerettet.«

»Oh mein Gott«, hauche ich und bedecke meinen Mund mit der Hand.

»Ich hoffe, sie nimmt es mir nicht übel, dass ich diesen Weg wähle, um ihr meine Gefühle zu gestehen, aber heute möchte ich mutig sein. *Covered in Silk* ist ein Lovesong, der ihr gewidmet ist. Er handelt von einem Mann, der seinen Lebenssinn verloren hat und in Dunkelheit gehüllt ist, bis das Licht in Form seiner großen Liebe ihn rettet. Es ist die Geschichte von Brooke und mir.« Er lächelt das Bild an, das das Foto von uns beiden zeigt, ehe er weiterspricht.

»Der Grund, wieso ich euch diesen Song jetzt live präsentiere, ist, dass ich einen Fehler gemacht habe und mich entschuldigen möchte. Und weil ich nie gut mit Worten war, widme ich diesen Song jetzt und für immer dir, Brooke.« Er blickt in die Kamera, und es ist, als würde er mich direkt ansehen. Ich halte die Luft an und blicke gebannt auf den Bildschirm.

»Bitte verzeih mir«, sagt er mit herzergreifender Stimme, als auch schon der Song angespielt wird und nur noch das Foto von uns beiden gezeigt wird. Die Melodie am Klavier ist einfach wunderschön, und der Text, gepaart mit seiner Stimme, lässt mich verträumt und traurig die Augen schließen. Seine Stimme ist reine Magie, und dass dieser wunderschöne Song mir gewidmet ist, kann ich einfach nicht glauben.

Hat er diesen Livestream wegen der Worte gemacht, die ich ihm gestern an den Kopf geworfen habe?

»Mom«, flüstert Athina und blickt mich ungläubig an. »Ist das jetzt wirklich passiert?«, fragt sie mich. Offensichtlich kann sie es ebenfalls nicht fassen.

»Ich weiß nicht, denn ich habe das Gefühl zu träumen.«

»Na ja, Hundertausende Menschen haben den Livestream verfolgt, also ist es mit Sicherheit kein Traum.«

»Wahnsinn«, hauche ich und fahre mir durchs Haar, und widerstehe dem Impuls, nach meinem Smartphone zu greifen und sofort nachzusehen, ob der Livestream gespeichert wurde.

»Was tust du jetzt?«, fragt sie mich, und ich muss gestehen, dass ich es selbst nicht weiß.

»Keine Ahnung.«

»Dann überlege es dir gut, denn die Leute hier sprengen die Kommentarspalte und wollen wissen, ob es für euch beide ein Happy End gibt.«

38. KAPITEL

Brooke

Seitdem *Covered in Silk* veröffentlicht wurde, sind zwei Tage vergangen. Je häufiger ich den Song höre, desto mehr verliebe ich mich erneut in diesen Mann. Denn dass ich ihn liebe, steht außer Frage. Ja, er hat mir wehgetan, aber das hat meine Liebe zu ihm nicht gemildert. Trotzdem ist ein Gespräch fällig, bevor ich überhaupt an eine Entscheidung denken kann. Also greife ich nach meinem Smartphone und zittere am ganzen Körper, als ich seine Nummer wähle. Er hebt augenblicklich ab.

»Hey«, sagt er. Er klingt erleichtert, was mich vor Rührung kurz die Augen schließen lässt.

»Hallo Ian.«

»Es ist so schön, deine Stimme zu hören«, flüstert er und atmet tief durch, als würde er mit den Tränen kämpfen. Auch an mir geht dieser Moment nicht spurlos vorbei.

»Wir müssen reden«, verkünde ich schnell, ehe ich etwas Überstürztes sagen kann.

»Gerne. Wo sollen wir uns treffen?«

»Kannst du zu mir kommen? Athina ist bei meiner Mom.«

»Ist gut. Ich bin in einer Minute da.«

»Moment mal. Was?«, sage ich, doch da hat er schon aufgelegt. *Was meinte er mit einer Minute?* In dem Moment klopft es an der Tür. *Das kann nicht sein, oder?* Und tatsächlich, als ich sie öffne, steht dort Ian. Attraktiv wie eh und je, steht er vor mir und sieht mich voller Sehnsucht an.

»Bist du hierhin geflogen?«, frage ich belustigt und trete zur Seite, damit er hereinkommen kann.

»Nein, ich war in der Dachgeschosswohnung und habe auf deinen Anruf gewartet.«

»Und wenn ich nie angerufen hätte?«

»Dann hätte ich trotzdem auf dich gewartet, Brooke. Ich hätte dich niemals wieder aufgegeben.«

»Setz dich. Dann reden wir.« Als er mir alles erzählt, schwirrt mir der Kopf, und die Wut erfasst mich heftiger, als sie sollte, aber seine Erzählung hat auch ein Happy End. Zumindest für uns, denn Gary hat verloren. Vielleicht zum ersten Mal in seinem Leben. Ich bin froh, dass er Ian gegenübergestanden ist, denn ich hätte mich wie eine Wilde auf ihn gestützt. Doch laut seinen Aussagen ist er ruhig geblieben.

»Als ich alles endlich zum Guten wenden konnte, musste ich mir einen Weg überlegen, um dich wieder zurückzugewinnen und da *Covered in Silk* sowieso immer dir gewidmet war, wollte ich es dir schenken und meine Liebe zu dir öffentlich machen.«

»Das ist dir auf jeden Fall gelungen. Selbst Fremde sprechen mich an und fragen mich, ob ich dir verziehen habe.«

»Und, hast du es?«, fragt er hoffnungsvoll und versprüht seinen Charme.

»Ich denke, das habe ich, sobald ich die erste Note des Songs gehört habe.«

»Wirklich?«, fragt er und greift nach meiner Hand, die wie für seine gemacht zu sein scheint.

»Ja. Jetzt wo ich alles weiß, verstehe ich deine Beweggründe. Trotzdem hast du mir wehgetan.«

»Ich weiß, und ich verspreche dir, dass ich es wiedergutmachen werde. Ich werde mir Mittelalterromanzen mit dir anschauen, dir Tag und Nacht Süßes zur Verfügung stellen und dich für immer lieben.«

»Das Letzte klingt interessant«, sage ich und schlinge meine Arme um seinen Hals. Wem will ich etwas vormachen? Ich kann ihm nicht länger böse sein, nicht nachdem ich erfahren habe, dass er das alles getan hat, um mich und Athina zu retten.

»Es tut mir schrecklich leid, Brooke.« Ich küsse seine Nasenspitze, ehe ich ihn anlächle und mich zum ersten Mal wieder ganz wie ich selbst fühle.

»Entschuldigung akzeptiert. Jetzt küss mich schon und lass mich nie wieder los.«

FÜNF JAHRE SPÄTER

Ian

»Ist er nicht wunderschön?«, frage ich stolz und richte die Kamera meines Smartphones auf Malcom, der auf einem Stuhl sitzt und seinen kleinen Bruder im Arm hält, der vor einer halben Stunde das Licht der Welt erblickt hat. Athina steht daneben und blickt mit leuchtenden Augen auf unser neues Familienmitglied. Wir haben Malcom vor vier Jahren adoptiert, sehr zur Freude von Athina, die ihn immer schon gemocht hat. Und die beiden sind ein eingespieltes Team.

»Er sieht aus wie du«, meint Tori entzückt. Sie selbst hält ihre Tochter Maisie im Arm.

»Der Arme«, sagt Hayden und erntet einen leichten Klaps auf den Hinterkopf von Quinn, die daraufhin ihre Hand wieder auf ihren Schwangerschaftsbauch legt.

»Wie süß er schläft«, sagt meine Mutter schniefend und beginnt wieder zu weinen.

»Mom! Musst du bei jeder Geburt eines Enkelchens weinen?«, fragt Quinn gerührt.

»Natürlich muss ich das. Ich muss doch meine Freude ausdrücken können.«

»Lasst eure Mutter in Ruhe. Wir genießen unser jetziges Leben als Großeltern«, meint Dad, der mittlerweile zu einem Vollblutgrandpa mutiert ist. Er hält Maisies Zwillingsbruder Dean im Arm. Die Zweijährigen sind zum ersten Mal ruhig und blicken auf ihren Cousin, der trotz des Lärms gemütlich weiterschläft.

»Wie geht es Brooke?«, will Jackson wissen.

»Ganz gut, sie ist noch im Operationssaal. Ihre Kaiserschnittnarbe wird noch genäht und dann kommt sie schon zu uns aufs Zimmer.«

»Wann dürfen wir euch besuchen?«, fragt Dad und scheint es kaum erwarten zu können, seinen Enkel kennenzulernen. Brooke wird gerade mit dem Bett hereingeschoben und der Schwall an Fragen geht getrost weiter. Es ist schon witzig, dass alle Babys der Familie in dem Krankenhaus zur Welt kommen, in dem wir drei unsere Eltern kennengelernt haben. Aus drei Teenies wurden kluge und erfolgreiche Erwachsene, die ihre großen Lieben geheiratet und mit ihnen Familien gegründet haben.

Unsere Begegnung war Schicksal, und auch die Liebesgeschichte von mir und meinen Geschwistern war vorherbestimmt. Wir haben in unserer Kindheit gelitten, wurden aber mit purem Glück belohnt.

»Wie heißt denn der kleine Schatz?«, fragt Tori und ich blicke zu Brooke, die nur nickt, da wir uns von Anfang an für diesen Namen entschieden haben.

»Griffin Viktor Millard«, antworte ich. Die Fragen beginnen erneut. Unsere Familie ist chaotisch und liebevoll, und auch wenn wir uns manchmal necken – jeder von uns ist dankbar, die jeweils anderen in seinem Leben zu haben.

DANKSAGUNG

Tadaa. Mein vierzehntes Buch ist beendet, und ich hätte niemals gedacht, dass ich in sechs Jahren über eine Million – ihr lest richtig: eine Million – Wörter schreiben würde. Es war eine Reise voller Ups und Downs, aber ich liebe das, was ich tue. Geschichten und Protagonist:innen in euren Köpfen zum Leben zu erwecken. Jedes einzelne Wort gehört euch. Meinen Leser:innen, die mir die Welt bedeuten. Danke, dass ihr meine Bücher lest und an mich glaubt.

Ein ganz großer Dank gilt meinen Autorenkolleginnen und Freundinnen auf Discord und Twitch, die mir immer wieder Motivation geschickt haben – allen voran Nina MacKay. Ohne euch wäre ich nie so schnell fertig geworden. Danke von Herzen.

x April

Triggerwarnung

Dieses Buch enthält Elemente, die triggern können.

Diese sind:

Fehlgeburt, häusliche Gewalt und Gewalt in der Partnerschaft, Kindesmisshandlung, Aggressionen, Alkoholismus, Depressionen.

Weil sich in jedem Herzen etwas Gutes verbirgt

April Dawson
DARE TO TRUST

432 Seiten
ISBN 978-3-7363-1435-1

Als der Geschäftsmann Hayden Millard seiner ehemaligen Mitschülerin Tori Lancaster gegenübersteht, gerät seine Welt ins Wanken. Schließlich war sie es, die ihm das Leben in der Highschool zur Hölle gemacht hat – auch wenn sie ihn scheinbar nicht wiedererkennt! Als Hayden herausfindet, dass Tori einen Job braucht, bietet er ihr eine Stelle als Assistentin bei seinem Plattenlabel an - um es ihr endlich heimzuzahlen! Doch Hayden merkt schon bald, dass sein Herz ganz andere Pläne hat …

» Diese wundervolle Geschichte zeigt, dass du jederzeit zu dem Menschen werden kannst, der du sein willst.« NADJABOOKDATING

LYX

Wage eine zweite Chance ...

April Dawson
DARE TO DREAM

400 Seiten
ISBN 978-3-7363-1494-8

Quinn Millard kann es kaum erwarten, ihrem Verlobten Troy in wenigen Wochen das Jawort zu geben. Doch dieser Plan gerät gehörig ins Wanken, als sie im Urlaub auf Hawaii plötzlich dem Besitzer ihres Luxushotels begegnet: Jackson Orwood, ihrer ersten großen Liebe! Sie wollte ihn nie wiedersehen, und doch knistert es gewaltig zwischen ihnen. Und auf einmal steht Quinn vor der Entscheidung ihres Lebens: Heiratet sie ihren Traumprinzen oder riskiert sie alles für ihre Jugendliebe, die sie nie vergessen konnte?

»Humorvoll, sexy, tiefgründig und mitten ins Herz.« NINA FROST

LYX

Wie weit würdest du für deine große Liebe gehen?

April Dawson
UP ALL NIGHT

416 Seiten
ISBN 978-3-7363-0967-8

Als Taylor Jensen an ein und demselben Tag nicht nur ihren Job an einen Kollegen verliert, sondern auch ihren Freund beim Fremdgehen erwischt, hat sie von Männern erst einmal genug. Völlig verzweifelt läuft sie Daniel Grant in die Arme, der ihr ein Zimmer in seiner WG anbietet. Einst waren sie beste Freunde, aber ein männlicher Mitbewohner mit sexy Tattoos und einem unwiderstehlichen Lächeln ist das Letzte, was Tae jetzt gebrauchen kann. Doch Dan steht schon lange auf Männer, weshalb das heiße Prickeln zwischen ihnen nichts zu bedeuten hat – oder etwa doch?
»Eine Geschichte, die Mut macht und zeigt, dass jedes Ende ein neuer Anfang sein kann.« LOVINBOOKSWORLD

LYX

Die Community für alle, die Bücher lieben

- ★ In der Lesejury kannst du Bücher lesen und rezensieren, die noch nicht erschienen sind
- ★ Gemeinsam mit anderen buchbegeisterten Menschen in Leserunden diskutieren
- ★ Autoren persönlich kennenlernen
- ★ An exklusiven Gewinnspielen und Aktionen teilnehmen
- ★ Bonuspunkte sammeln und diese gegen tolle Prämien eintauschen

Jetzt kostenlos registrieren: www.lesejury.de

Folge uns auf Instagram & Facebook:
www.instagram.com/lesejury
www.facebook.com/lesejury